Knight:
Encuentro fatídico

Knight: Encuentro fatídico

S.J. Louis

Número de Control de la Biblioteca del Congreso
de EE. UU.:   2013918666
ISBN: Tapa Dura   978-1-4633-6841-8
               Tapa Blanda   978-1-4633-6840-1
               Libro Electrónico   978-1-4633-6839-5

Esta es una obra de ficción. Cualquier parecido con la realidad es mera coincidencia. Todos los personajes, nombres, hechos, organizaciones y diálogos en esta novela son o bien producto de la imaginación del autor o han sido utilizados en esta obra de manera ficticia.

Este libro fue impreso en los Estados Unidos de América.

Fecha de revisión: 25/10/2013

Para realizar pedidos de este libro, contacte con:
Palibrio LLC
1663 Liberty Drive
Suite 200
Bloomington, IN 47403
Gratis desde EE. UU. al 877.407.5847
Gratis desde México al 01.800.288.2243
Gratis desde España al 900.866.949
Desde otro país al +1.812.671.9757
Fax: 01.812.355.1576
ventas@palibrio.com
499789

ÍNDICE

El mundo no es un lugar tan aburrido como parece, pensé, después de conocer los secretos que nunca debí haber conocido y cuando los conoces es imposible pretender que nada ha ocurrido e intentar escapar, porque es algo imposible de hacer; pues inmediatamente formas parte de ese secreto. Es absurdo que solo hace falta un pequeño empujón para entrar en un mundo totalmente desconocido.

Resulta increíble considerando que toda mi vida había pensado que este "mundo" simplemente se trataba de un lugar para matar el tiempo que sigue la misma fastidiosa y pasada de moda rutina, la cual nos limita a estudiar, trabajar de diversas maneras, formar nuestros hogares y finalmente morir; que si bien no siempre se cumple, puede definir la vida de por lo menos un 40% de la población mundial y para el resto de los casos simplemente se define en una vida normal sin nada extraordinario. Solo pocas personas escapan a este destino y nunca considere ser una de ellas. Siendo capaz de conocer la inimaginable verdad, detrás de lo obvio, detrás de las mentiras y por sobre todo detrás del mundo.

Lo más curioso de todo, son las decisiones que acompañan el escape a una vida normal. Resultando en un sacrificio sin importar la opción a escogerse. Llevando a la locura en la mayoría de los casos. La muerte también resulta tu fiel acompañante en este tipo de entorno, en el cual las injusticias e incógnitas son mayores, donde el sentido o lógica se quedan cortos, y donde nada más se puede confiar en algo mucho mayor a nosotros mismos. Ya sea el destino, propósito o la figura más grande para el ser humano, Dios.

PROLOGO

--3 DÍAS--

"Tener una vida tranquila y pacífica, es un beneficio que no todos valoran. Al menos no antes de experimentar lo cruel que puede ser el mundo"

Han pasado pocos días desde que el nuevo año 1999 había comenzado, y junto a este una cantidad innecesaria de rumores acerca de sucesos sobre naturales debido al cambio de milenio; que en mi opinión no eran más que puras patrañas las cuales simplemente debían ser ignoradas. Por estas fechas mi padre siempre se queja de lo molesto que fue diciembre y según su juicio sólo se disfruta siendo hijo, teniendo el imposible deseo que el año entrante solamente tenga once meses, lo cual le resulta muy divertido a mis dos hermanas menores.

Mi padre definitivamente es una persona extraña; reflexioné mientras divaga por mis pensamientos, tranquilamente acostando en mi cama, con la vista fija hacia el techo.

"¡Reiss baja el desayuno está listo que llegaras tarde hoy también, siempre es lo mismo contigo!"

"¡Cálmate ya bajo, y que yo sepa llegar tarde no es un crimen!"

Grité un poco molesto debido a que me hicieron perder la concentración; mientras intentaba vestirme en el menor tiempo posible. Una vez termine de hacerlo, bajé al acto y me encontré con una adolecente, cocinando lo que parecían ser huevos revueltos.

Es mi hermana menor quien tiene trece años y una tez muy blanca como todos los miembros de nuestra familia; su mediana estatura no le ayuda a la hora de alcanzar los platos en la alacena, rubia de cabello largo en un tono rojizo y diminutos ojos verdes, facciones finas y la cara de igual. La cual encajaba perfectamente con su boca y nariz pequeñas. Usando un vestido rosado con blanco hasta las rodillas; todo esto la hace muy linda, aunque si definiera su actitud la describiría como alguien con un talento natural para hacer bromas pesadas.

"Karla, ¿Para qué me llamas me llamas si aún no está listo el desayuno?".

Le hablé en un tono sarcástico. Buscando más comodidad me senté en unas sillas del fino comedor de madera, que para mí disgusto se encuentra vacío.

"Hermanito querido lo serviría rápido si siempre bajaras enseguida... pero te quedas mirando el techo de tu cuarto como si estuvieras en otro mundo, deberías saber lo importante que es comer en familia"

Me decía en un tono de cariño, al mismo tiempo que me traía unos huevos revueltos acompañados de pan y un poco de jugo; al dejarlos sobre la mesa, toma una silla para sentarse a mi lado.

Esas palabras las he escuchado mucho últimamente; y se perfectamente que tiene razón, pero esta condición no es como si la pudiera evitar; pensar sobre todo y reflexionar siempre ha sido parte de mí, es que simplemente, a medida que más tiempo pasa me doy cuenta de la importancia que poseen las cosas y reflexionar detenidamente sobre eso siempre toma su tiempo, pues en mi caso abordo el tema a mayor profundidad costando algo más de tiempo.

Al mirar con detenimiento la cocina, noto que no está mi padre y tampoco stephie la menor de todos; parece que Karla sólo me recordó a mí la importancia de comer en familia.

"Otra vez te metiste en tus pensamientos, además no has empezado tu desayuno"

Dijo mirándome fijamente, mostrando una expresión de molestia.

"Si sabes que lo hago, también deberías saber cuándo termino, a veces pienso cosas importantes. No he comenzado porque estoy esperando a papa y a Stephie, ¿Sabes si se demoran?"

Era raro que mi viejo y la más pequeña de nosotros no se encuentren en el comedor. Después de todo el viejo no acostumbra a salir tan temprano y la pequeña stephie ya debería estar despierta.

"Los dos salieron temprano en una salida de padre e hija, simplemente porque aún seguimos en vacaciones."

Así que todo esto ha sido invento de Karla y la gran sonrisa que la acompaño sólo empeoro mí ya pésimo humor, me había tomado el tiempo y sobre todo la molestia de vestirme con unos vaqueros y una camiseta blanca, además de prepararme para otro día rutinario... esta pequeña diablilla era responsable de eso, últimamente le gusta llevar sus bromas a un nuevo nivel, creo que vivir en mis pensamientos no es tan bueno como parece.

Eso me pasa por tomarme en serio sus palabras, ya que ella siempre me despierta en las mañanas cuando debo hacer diligencias importantes, aunque de no ser por las celebraciones de año nuevo no tendría idea de la fecha en que estamos, pues acostumbro a perderle la pista cuando estoy de vacaciones.

Saqué mi celular con la intención de ver la hora y saber tan pesada fue la broma, ya que de eso dependía el regaño que debía darle; al mirar la hora y para mi sorpresa eran las 9:30 a.m., lo cual fue muy tranquilizante y me hizo saber que a pesar de ser pesadas las bromas de Karla, aun eran tolerables e incluso hasta divertidas, eso ultimo solo para ella...

"Parece que disfrutas hacerme quedar como tonto"

Le dije con una sonrisa, intentando disfrutar un poco de la situación.

Habiendo dicho esas palabras me dispuse a disfrutar de mi desayuno, el cual se encontraba delicioso. Dejando a un lado su talento en las bromas, Karla era extremadamente buena cocinando.

"Hermanito, reaccionas muy chistoso a cosas como esta, primero te quedas callado y después intentas mostrar una sonrisa algo torcida, luego, tratas de actuar como si nada hubiera pasado. Si supieras como se ve tu cara cuando lo haces lo entenderías, además estoy segura de que no solo a mí me causa gracia"

Dice esas palabras con una gran sonrisa de satisfacción.

"Dejando eso a un lado, tu cocina es muy rica, disfruto cada vez que lo haces"

Estando detrás de esas palabras la intención de sonrojarla, pues Karla no es muy buena reaccionando ante los halagos. Actuó justo como predije, su rostro se ruborizo tornando de rojo sus mejilla, al notarlo coloca sus manos al frente de su rostro con la intención de cubrirlo.

"Jejeje, me encanta cuando pones esa cara"

"Hermanito eres malo"

Me reclama tocándome la ropa, al mismo tiempo que realiza la típica expresión de un niño descontento.

"La verdad no entiendo por qué te sonrojas con esto, pero siempre has sido así; a pesar de ser tan buena haciendo bromas, te apenas con nada"

"Es sólo que no acostumbro a que me halaguen después de todo, usualmente me reclaman molestos por mis bromas".

Pensándolo bien es cierto, Karla casi nunca recibe halagos, pero es de esperarse de una persona que disfruta tanto reírse de los demás; sin embargo ella posee un arma mortal la cual la hace inocente aunque haya hecho la más fuerte de las bromas, y esa es su linda cara. Cuando muestra una sonrisa tierna y sincera es tan difícil molestarse con ella que simplemente te das por vencido.

Ya faltándome poco para terminar el desayuno, noté a Karla un poco ansiosa; el por qué no era muy difícil de saber, debía estar aburrida de tanto esperar a que terminara.

"Sabes si ya estas fastidiada puedes irte, yo me encargo de lavar la vajilla"

"Estaba esperando que dijeras eso"

Habla mientras me muestra su lengua. Al finalizar de esas palabras salió corriendo en dirección a su habitación; definitivamente es alguien muy especial.

Después de terminar el desayuno, tranquilamente lavé los platos prácticamente limpios, por lo que no me tomo mucho tiempo hacerlo. Un poco más tarde había terminado y me dirijo hacia mi cuarto. Una vez en mí habitación enciendo el televisor para disfrutar de la programación de Discovery Channel cómodamente acostado en mi cama, lo cual era para mí una costumbre.

-Ding-,-Ding-

Suena el timbre varias horas después de la pesada broma de Karla, pero no bajare para abrir, ya que me encontraba concentrado en la programación matutina de discovery channel, eso sin contar la gran comodidad que sentía en ese momento, definitivamente no hay nada como tu cama.

"¡¡Reiss, Reiss. Es tu amiga, te anda buscando.... no me acuerdo el nombre pero es la pla-!!"

-Plack-

Gritaba fuerte mi hermana siendo bruscamente interrumpida, mientras el sonido de un golpe se esparce por la casa. Debido a esa reacción ya sabía de quien se trataba.

Usando toda mi fuerza de voluntad para intentar vencer la pereza y olvidar la comodidad que me envolvía, me levante y caminé tranquilamente hacia la puerta que se encontraba en el primer piso.

Al llegar, veo a una mujer de tez blanca, pelinegra de cabellos hasta los hombros y buena estatura, vestida con vaqueros y una blusa de encaje negra que resaltan su figura esbelta; y su linda cara en forma de corazón arrugándose en un intento por ocultar el enojo hacia el comentario de Karla, que si bien no está equivocado fue demasiado imprudente; ahora que llegué, se encuentra mirando fijamente mi rostro, cambiando su expresión de enojo en una de curiosidad.

"Hola Reiss, ¿Estabas ocupado?"

Me dijo acercándose lentamente hacia a Karla, cuando estuvo lo suficientemente cerca la tomo en sus brazos, los cuales en este momento rodean la cabeza de mi hermana, pues esa era su manera de darle escarmiento a esa pequeña, pero gran bromista.

"¿Por qué siempre que mi hermanita te abre terminan en esa situación?"

Pregunté con un tono sarcástico, esperando que mi comentario aliviara la tensión. Inmediatamente la joven soltó a Karla y paso a acariciarle el cabello. Esto también era común después de sus frecuentes peleas, significando un quedamos a mano.

"Bueno ya dejaron de pelear, pero, Erika no deberías molestarte tanto por esas cosas, que por cierto son muy comunes en esa pequeña bromista"

"Aun sabiendo eso, no deja de ser molesto, pero... tú también deberías dejar de regañarme eso es aún más incómodo"

Añadió Erika mostrándose un poco enfadada.

"No es que disfrute hacerlo, simplemente te recuerdo que ya estás muy grande para esas cosas tan infantiles"

Le hablé con un tono gracioso y levemente arrogante, aunque su actitud demuestre lo contrario ella tiene diecisiete años, pero siempre pierde su poca capacidad para mantener la calma cuando Karla la molesta, terminando de ese modo.

"¿Por qué siempre te burlas de mí?, ha sido así desde que nos conocemos"

Respondió la joven, mostrando en su cara una expresión inconfundible que claramente me decía <eres muy irritante>. Me encanta verla con ese rostro, con sus mejidas infladas coloreándose de un tono rosado. A decir verdad, es como una niña.

"Ese es mi derecho, después de todo te conozco desde hace quince años Erika"

Comente con una sonrisa y actitud algo arrogante, con la intención de disfrutar un poco más las lindas reacciones de mi amiga de toda la vida.

"Puede que tengas razón, como sea... ya por fin decidiste ¿Cuál será tu meta en un futuro?"

Preguntó tomando una actitud mucho más seria, mirándome fijamente en busca de obtener una respuesta igual de seria como lo fue pregunta. Ese cambio repentino de tema me dejo sin palabras, añadido al hecho de que no me gusta pensar mucho en un futuro que además aún está muy lejos.

En realidad y aunque ella lo desconozca, me está preguntando mucho más que donde estaré y que haré en los siguientes cinco o seis años. Pregunta sobre como pienso vivir el resto de mi vida.

"No hablen de esas cosas aburridas mientras este aquí, váyanse al cuarto de mi hermano"

Interrumpió Karla tomándonos de nuestras ropas con la intención de llevarnos hacia mi habitación. Quien diría que esas palabras aparentemente inoportunas me darían tiempo de pensar en una respuesta apropiada, a veces Karla puede ser de gran ayuda. Pensé, mientras sonreía un poco.

"Karla siempre has sido así y lo mismo con tu <actuación> acerca de olvidar mi nombre, te encanta burlarte de mí, ¿No es cierto?"

Le susurró Erika a los oídos de la pequeña Karla, aunque con una voz tan alta que pude oírlo perfectamente; al alejarse poco a poco se pudo notar su cara que muestra un gesto aterrador.

"Es muy divertido molestarte"

Añadió mi hermana luciendo la más sincera de las sonrisas, solo verlo me hace sentir lastima por Erika; no había manera de molestarse viendo una cara tan linda como la de Karla en esos momentos y menos con ese gesto. Sin embargo mi amiga de la infancia superó ese encanto.

"Vaya, vaya, si sigues así. Yo seré me asegurare de molestarte mucho en un futuro, pequeña"

La sonrisa macabra que le siguió a esas palabras fue la más clara prueba de que ya se había cansado de las bromas de Karla, era algo difícil de creer considerando que la <victima> estaba relativamente acostumbrada este tipo de cosas, incluso he llegado a pensar que lo disfrutan.

"Ya deténganse siempre pelean y peor aún, siempre por lo mismo, Erika vámonos a mi cuarto"

Comenté con una expresión seria esperando que fuera suficiente para terminar con esta escena infantil, la cual ya no me resultaba para nada interesante.

"Si, si, ya me voy. Sólo déjenme decirles algo más...·<<Karla quien está hablando, hizo una pequeña pausa dibujándose en su rostro una sonrisa traviesa>>·Es una lástima de que sean tan tímidos, siempre he querido tener una hermana mayor."

Al terminar sus palabras se dirigió muy rápido hacia su habitación, mientras abría la puerta disfrutó en mostrarnos su lengua en forma de burla, sin embargo no me importó debido a la tranquilidad que prometía este hecho.

Ese comentario inapropiado pero típico de Karla provocó un silencio muy incómodo, obligándonos a recordar que tanto Erika como yo somos pésimos en lo que respecta a cuestiones amorosas. Debido a eso, nos hemos apoyado mutuamente en esta etapa muy molesta en ese sentido... desafortunadamente hemos generando malentendidos sobre nuestra relación, pero evitando peores resultados.

"Karla nunca cambiara, parece que también tiene un talento innato para realizar comentarios incomodos"

Comentó Erika, Distanciándome de mis pensamientos. Recuerdo la pregunta que me había hecho hace unos momentos; ahora me dedico a pensar en que podía responderle, pocos segundos más tarde le di mi respuesta.

"Bueno, dejando a un lado ese tema, Aun no sé qué quiero para el futuro, por ahora simplemente tratare de disfrutar la vida tan fugaz que tenemos"

Asentí tratando de verme genial con un final algo filosófico, Pero Erika que me conoce muy bien no creyó para nada mi actuación.

"Deberías tomártelo más en serio, una persona con tu potencial es raro de ver, pero como no tienes interés en nada..."

Alargó deliberadamente las últimas palabras al terminar la frase. Aunque entiendo que me quiso decir, es cierto que no tengo una meta; pero si fuera fácil encontrarla no estaría así, ella en este momento claramente se encuentra preocupada por mí.

"No te preocupes por mí, aun soy joven. Al menos se quienes quiero tener a mi lado"

Contesté mostrándole una gran sonrisa, buscando no preocuparla más de la cuenta. En algún momento conoceré la respuesta a esa pregunta, por lo pronto debo tomar las cosas con calma para no tomar decisiones equivocadas.

"Mmm, bueno en ese caso te acompaño a ver tv. Después de todo hoy tengo algo de tiempo libre"

Asintió ya menos preocupada. Ella no debería preocuparse tanto por mí, a veces lo hace incluso más que mi viejo, quien por cierto está ausente desde hace ya un buen rato. No parecen entender que simplemente quiero es estar tranquilo un tiempo.

"A propósito el comentario de Karla te sonrojó hace un momento, por poco se me olvida"

Comenté queriendo molestarla y buscando verla sonreír pero... fue todo lo contrario, la joven se veía muy molesta. Se acercó lentamente hacia mí con un propósito incierto, es muy posible intente golpearme, así que observo cuidadosamente cada uno de sus movimientos como medida de precaución.

Pasaron varios segundos mientras un silencio incomodo se cernía sobre el ambiente, que poco a poco iba aumentando mi tensión. Se detuvo al quedar a mi lado, cuando de repente y para mi sorpresa, Erika sonríe y colocando su mano en forma de puño sobre su boca inicia una pequeña carcajada.

"Sabes tus maneras de hacerme reír son las peores, si no conociera tus intenciones te golpearía. Es más, estuve a punto de hacerlo"

Con esas palabras se esfumó la tensión entre nosotros, gracias a eso el buen ambiente al que acostumbro mientras permanezco junto a Erika había regresado.

Entramos a la habitación, eran alrededor de las 9:30 de la mañana, y como de costumbre Erika se acostó en mi cama como si fuera suya. Ella disfruta mucho de mi cama, pues según su opinión es muy suave; pero por muchas veces que lo haga no deja de ser incomodo, sobre todo porque tiene la costumbre desordenarla.

Sentándome yo también en la cama con el control en la mano, enciendo el televisor. Sólo espero que no me haya perdido de mucho. A propósito, la actitud natural de ella ha regresado.

"Ya eres tú misma de nuevo, siempre que Karla te molesta de esa manera, te comportas ra-"

La mano de Erika cubrió mi boca y lentamente se acercó hasta mi rostro mientras me miraba fijamente a los ojos. Poco a poco continúo acercándose, se detuvo poco antes de tocar nuestras frentes. Las cuales ahora se encuentran muy cerca, tanto que sentía su respiración sobre mis labios.

Su mirada fija y hermosos ojos azules, que hacían juego con sus lindas cejas delgadas me cautivaron dejando mi mente en blanco. Todo esto en conjunto me había convertido en un manojo de nervios, sin embargo me las arregle para no demostrarlo y solo hacer un gesto de incredulidad.

"Jajaja, y dices que yo me comporto rara. Deberías ver tu cara en estos momentos"

Erika continuó riéndose a carcajadas por alrededor de un minuto, para ese momento ya estaba tranquilo. Al parecer alguien está recibiendo malas influencias de cierta persona... por un momento pensé que me besaría.

"Te diviertes mucho con esto, sabes muy bien que no soy bueno en este tipo de situaciones. Más importante, este programa es muy interesante; déjame concentrar".

Le dije un poco avergonzado y algo molesto, tratando de cambiar el tema, pero sobre todo Erika debería saber lo mucho que ha crecido desde que nos conocemos. Los recuerdos que tengo de ella en su infancia parecen memorias ancestrales sobre todo por el gran cambio que ha experimentado, se ha convertido en una mujer muy linda. Hecho que claramente no le diré; si lo supiera, inmediatamente se aprovecharía de su buena apariencia física usando más este tipo de método para molestarme, cosa que disfruta hacer. En fin solo empeorarían las cosas si se lo dijera.

"No deberías hacer este tipo de cosas, conseguirás empeorar los ya pésimos malos entendidos sobre nuestra relación, incluso Karla se ha aprovechado de esto. Teniendo otro pretexto para molestarnos"

Mascullé con la intención de que no lo hiciera más, después de todo no acostumbro a sentir nervios. El sólo hecho de ponerme tan intranquilo como hace unos instantes no es para nada divertido.

"En ese caso lo hare únicamente cuando estemos los dos en privado"

Como si leyera mis pensamientos, contestó con esa frase que me dejo sin argumentos y pretextos para cumplir mi cometido, en verdad mi suerte no ha sido muy buena hoy. Pero eso no significa que he perdido, simplemente debía encontrar una solución distinta... abordar el problema de otra forma.

"Mmm...·<<Dejé escapar ese sonido>>·Interesante propuesta, deberías saber que intentare robarte un beso cada vez que lo hagas"

"Inténtalo..."

Mi carta de triunfo había funcionado pues Erika que aún no ha dado su primer beso, se molesta fácilmente cuando alguien toca el tema; hacerla enojar fue el precio por mi victoria, pero sencillamente ha valido la pena.

Esas fueron las últimas palabras que escuche de ella en un buen rato, por lo menos ha pasado una hora.

Erika, quien ha olvidado su enojo se encontraba recostada en mi hombro viendo la tv; esto es perfectamente normal en nosotros. Así terminábamos luego de que se le pase la molestia conmigo, porque gracias a Dios no sabe estar enojada por mucho tiempo; por fin el ambiente de paz que tanto me gusta ha vuelto.

"¡¡¡Reiss te hemos traído algo de nuestro pequeño paseo!!!"

La voz proveniente del primer piso se escuchaba fuerte y claro en mi habitación, era muy familiar para mí, fue mi papá quien había regresado con la pequeña stephie.

Los suvenires de mi viejo son muy buenos no importa a donde valla, parece que mi suerte ha regresado. Siendo incapaz de controlar el sentimiento de felicidad que invadía mi cuerpo deje salir una pequeña risa.

Sin pensarlo más, me dirigí hacia la sala pues era costumbre reunirnos allí para repartir los presentes. Al llegar a la habitación se hace evidente la gran caja al lado de los muebles, lo más lógico es pensar que adentro se encuentra algo de tamaño similar, pero conociendo a mi viejo no hay manera de saber que hay adentro. Si tuviera que adivinar diría que es un libro envuelto en mucho papel de burbujas o poliéster.

"Imagino que se mueren por saber que hay adentro"

Repuso mi viejo leyendo perfectamente el ambiente, bueno considerando el tamaño del paquete no era difícil imaginar nuestra reacción. El debería comportarse un poco más de su edad ya está cerca de cumplir cuarenta años y aun actúa como un niño; pero es cierto que se ve más joven, su cabello color bronce está intacto sin ninguna cana a simple vista, sin contar su mullida barba que aún conserva su color y tampoco posee arruga alguna en su rostro similar al mío, si no supiera su edad diría que es quince años más joven... para colmos tiende a vestir vaqueros, tenis y camisas manga larga (usualmente rojas), dándole una apariencia incluso más juvenil, justo como ahora.

Karla quien es muy impaciente comenzó a abrir la caja, ignorando a la pequeña niña de a su lado vestida con un conjunto blanco de falda larga y blusa de largas mangas; cuyo color de cabello es igual al de papa, su cara angelical es un complemento de sus delicados modales, definitivamente es una princesa a pesar de tener apenas diez años.

Unos minutos después, Karla término de abrir el paquete. Sin embargo, la cara de decepción seguida de investigar su contenido fue desconcertante.

"Papa,... ¡¡¿Q‑que sig‑significa esto?!!"

Gritó mi hermana escandalizada, con el rostro totalmente enrojecido; sea lo que haya adentro debe ser muy vergonzoso para ella. Juraría que vi un brillo en los ojos de Erika, quien parecía disfrutar esa reacción.

"Hahahaha. Es el mejor regalo que se me ocurrió, especialmente para ti hija. Eres tan impaciente"

"Yo le ayude a papa"

Dice la linda angelita que en ese momento estaba elegantemente sentada en el mueble.

"Sin embargo,... esto es algo que yo misma debería comprar‑<<Dijo mi hermana con dificultad>>‑¡NO!, es algo que yo debo comprar, si Reiss mira est‑"

"¿Si yo miro que?"

Le dije interrumpiendo su frase, para ese momento estaba justo detrás de ella. Me acerqué tranquilamente mientras se quedó inmóvil, escandalizada por el hasta ahora regalo desconocido.

Sorprendida por mis palabras Karla se encontraba muy apenada intentando ocultar el contenido del paquete con su cuerpo y manos, Ver a mi hermana con este comportamiento no es común, ¿Qué rayos hay en ESE PAQUETE?.

Erika quien era víctima de las continuas bromas de esta niña no perdería la oportunidad para verla avergonzada,

"Vamos déjame ver que hay aquí, pe-que-ña"

Le susurró al oído, propinándole un buen susto por la sorpresa, ya que Erika se acercó muy rápido. Al parecer es la hora del desquite, podría ser interesante.

"Pero déjame ver~"

Continúo susurrándole, mientras la envolvió con sus brazos intentando controlar sus movimientos. Después de unos segundos de forcejeo, la joven tomo el contenido de la caja alzándolo frente a todos.

"¿Era esto?... Pensé que era más serio, no deberías avergonzarte por cosas como esta, después de todo aquí no hay desconocidos"

Dice mirando a todo los presentes, sosteniendo un conjunto de ropa interior; lo cual supuestamente es el misterio regalo... mentiría si dijera que no estoy decepcionado. Sus palabras de alguna manera calmaron a Karla, aunque normalmente son enemigas mortales se apoyan, quizás se deba a que ambas son mujeres y se comprenden mutuamente en este tipo de situaciones.

Esa misma noche Erika quien me ha estado acompañando todo el día se quedara a comer, son cerca de las siete y estamos esperando en la sala a que mi viejo nos llame a cenar. Cada vez que tenemos invitados él se esfuerza por preparar mejor comida a la que usualmente hace; por ejemplo esta noche es lasaña, normalmente serian sándwiches o incluso arepas y jugo. Pero en consecuencia, se demora un poco más.

"Han pasado ya tres años desde que murió tu mama Reiss; fue muy querida por todos... La noticia de su muerte nos devasto; ¿Recuerdas?"

Comentó mi amiga de toda la vida introduciendo un tema... bastante delicado.

Hablar de mi madre se puede resumir en la maravillosa que era, "lo bueno no dura demasiado" seria la manera en que describiría el tiempo que pasamos con ella. La perdimos muy pronto pero poco a poco se ha ido superando. Papa fue el más afectado por su pérdida y a pesar de esto tomo la gran responsabilidad de nosotros sus hijos por sí solo, aunque suele ser una persona muy directa y un a veces algo tosca, ha cumplido con tan dura tarea. De vez en cuando su hermana Jennifer le ayuda en las labores domésticas además de asuntos exclusivos de mujeres.

A pesar de que hablar sobre mama es un tema delicado. Es imposible no recordarla, debido a que en dos días se cumple su tercer año de fallecida.

"Las cosas han mejorado desde entonces, tanto que incluso podemos tener días como estos que parecen sacados de una comedia"

Inquirí con un tono sarcástico, es cierto, "ya no volverá; pero eso no cambia el recuerdo de ella en nuestros corazones y mientras lo atesoremos... nunca morirá". Esas fueron las palabras que mi viejo dijo en su funeral, las cuales no podían ser más precisas para ese difícil momento.

"Si tienes razón"

"¡¡¡Todos la cena esta lista, vengan rápido que se acaba!!!"

Anuncia mi papá con gran entusiasmo, distanciando un poco el tema de mi madre. Desde que dominó el <arte de la cocina> no para de presumirlo.

Atendiendo a su llamado, todos en la casa nos reunimos en torno a la mesa con la intención de disfrutar la comida que se había tardado más de lo normal, en especial mis hermanas y yo quienes solo comemos este tipo de platillos cuando tenemos visitas. No desperdiciando más tiempo, tome una gran porción de la lasaña recién salida del horno.

Esa cena fue particularmente interesante porque a pesar de ser cinco personas habían doce porciones, es decir, quien terminara antes tenía el derecho de repetir por tercera vez, en esta ocasión la visitante y yo resultamos ganadores de tan codiciado premio.

Siendo alrededor de las 11:00 me encontraba solo en mi habitación, mirando al techo como de costumbre. Ya todos estaban dormidos y Erika se marchó poco después de comer.

La vida es un camino complicado con altos y bajos, desvíos y atajos, plagada de problemas además de preocupaciones; sin embargo lo bello de esta son las oportunidades que nunca cesan mientras continúes en este camino, en pocas palabras mientras estés vivo. Aunque fue duro de alguna manera, la muerte de mama nos fortaleció como familia e individualmente, quizás sea cómico pero lo que no te mata solo te hace más fuerte. Reflexionaba pensando en la fecha que se aproxima.

Comenzando a sentir somnolencia busco una posición más cómoda y cerrando mis ojos me dedico a conciliar el sueño, que por cierto para mí es muy esquivo.

"Nunca me dejes sola…"

Es la primera vez escucho esas palabras, la pálida joven con rubios cabellos y ojos ligeramente plateados me mira fijamente esperando mi respuesta. La verdad no sé qué decir…

En ese momento despierto; abriendo los ojos de golpe y envuelto por sudor. Eso fue algo demasiado raro para ser un sueño... dejando a un lado lo real que se sintió, no acostumbro a tener ese tipo de sueños, algo no anda bien. Para empezar soñé con alguien que no conozco y nunca me han interesado mucho las cuestiones amorosas.

Al levantarme de la cama voy a directo a la ventana queriendo mirar el clima de esta mañana, a ver si el mal presentimiento generado por el sueño era cierto. Sin embargo, el clima era excelente, desmintiendo completamente mis supersticiosos pensamientos.

Son alrededor de las nueve de la mañana, el olor del desayuno es muy fuerte, al punto de percibirse claramente incluso en mi habitación. Después de pasar por el baño, caminé hacia la cocina buscando saciar el hambre que siento en este momento.

En la cocina se halla mi viejo quien esta vez nos prepara el desayuno, son pancakes, debe estar corto de tiempo como siempre. Una vez terminó el desayuno, rápidamente se puso su abrigo y corre por toda la casa asegurándose de no olvidar nada.

"Hijo ya voy de salida, asegúrate de tener todo en orden y no te olvides de cuidar a tus hermanas"

Me dijo mi papá desde el garaje, debe estar sacando el auto tan rápido como puede. Pero lo último que me dijo era innecesario; porque mis hermanas a pesar de ser tan jóvenes, son muy maduras e incluso independientes en labores domésticas o de estudios.

Por otra parte el desayuno estaba delicioso, los pancakes estaban en su punto, suaves y con gran sabor, mi viejo no me deja de sorprender pues a pesar de estar tan apurado se las arregló para preparar perfectamente el desayuno; quizás sea debido a mucha práctica.

"Buenos, días hermanito, ¿Dormiste bien?"

Dice Karla mientras se limpia la cara con sus manos y como en todas las mañanas tiene el cabello hecho un desastre, Stephie quien se encontraba detrás de ella está un poco más presentable, pero se ve claramente que aún tiene algo de sueño. Hoy llegaron un poco más tarde a desayunar, casi siempre soy yo quien las saluda mientras las veo comer plácidamente.

"Stephie que no se note, que tienes sueño"

Nuestra angelita de la casa a pesar de escuchar mis palabras, no deja de frotarse los ojos; debió quedarse viendo televisión con Karla hasta tarde, aun así, no puede evitar verse tierna incluso recién levantada.

"Hermanitoooo, ¿Qué hay de desayuno?"

"Si, que hay de desayuno me muero de hambre, ¡Stephie oye... No te duermas encima mío!"

"Es pancakes sírvanse. Papá los hizo poco antes de irse, Karla ayuda a tu hermana"

Le conteste a mis dos hermanas quienes de inmediato tomaron su desayuno, no perdiendo tiempo en agradecer por la comida ni mucho menos para masticarla, terminaron en poco más de tres minutos, sino fuera por sus sencillas pijamas blancas diría que son animales hambrientos. Tal fue su velocidad al devorar, que aún me falta un pancake, a pesar de que comencé antes... no puedo competir con ellas.

"Hermanito, vamos a mi cuarto a ver televisión. Nos vemos luego"

Al finalizar esas palabras Karla toma la mano de Stephie para llevarla a su cuarto; les encantan los programas de la mañana porque solo los pueden ver en vacaciones.

Tomándome las cosas con calma terminé mi desayuno, como hoy no tengo nada para hacer creo que debería concentrarme en jugar videojuegos, y lo mejor podré permanecer en pijama todo el día, en pocas palabras con una pantaloneta y un suéter de franela.

Los juegos son un pasatiempo increíble, pues me permiten ver mundos mucho más entretenidos en comparación al aburrido mundo real, eso sin contar la emoción que siento a jugarlos. Mi género favorito son los <RPG> los cuales me permiten desarrollar a los personajes por medio de un sistema de niveles, equipo y habilidades que determinan la fuerza de estos.

Debido a la mecánica de un RPG hasta el personaje más débil en un comienzo puede convertirse en uno tremendamente fuerte en el tramo final; lo cual hace innegablemente interesante llevarlos todos a su nivel máximo.

Para mí quien disfruta mucho este tipo de cosas se ha convertido en una segunda naturaleza. Sin embargo cada RPG tiene su propio sistema de juego que varía desde un solo personaje, hasta un equipo de ellos; con los cuales o el cual cuentas para superar cada desafío venidero.

Sin perder más tiempo me dirigí a mi habitación con la plena de intención de terminar el último tramo de FF XIII el cual llevaba jugando desde hace tiempo. En el juego dispones de un equipo con seis personajes diferentes que asumen diversos roles en la batalla y la manera en que los uses determina si ganas o pierdes. A pesar de que cada personaje puede asumir casi cualquier función, cada uno tiene un rol determinado el cual determina sus atributos, siendo estos unos grandes indicadores de cómo puedo utilizarlos.

"¡¡¡Toma estoooooooooooo!!!"

Vamos faltan poco, unos cuantos puntos más de vida...

"¡¡¡Ganeeeeeee, me lo pase!!!"

Grité celebrando, lleno de emoción después de la intensa batalla contra el último enemigo; la cual me había obligado a emplear cada gramo de concentración en sus movimientos y contramedidas para estos, dejándome mentalmente agotado.

Apagué la consola y me acosté en la cama después de una pequeña celebración por mi logro, siento que todas las necesidad fisiológicas que fueron ignoradas por mi concentración comienzan a protestar, inicié dirigiéndome hacia el baño para saciar la necesidad más urgente en ese momento.

Increíblemente son las cuatro de la tarde, o eso marca el reloj de mi celular, el tiempo paso demasiado rápido, pero de alguna manera tiene sentido; la última batalla se sintió interminable.

Poco a poco comienzo a sentir el hambre que había ignorado, lo cual me sorprende porque a pesar de no haber almorzado mi cuerpo se las arregló para no hacerme sentirla. Una vez en la cocina comencé a buscar que comer, saciándome con el almuerzo además de galletas y jugo, que fue todo lo que pude encontrar. La sensación de estar saciado es muy relajante considerando todo el tiempo que me encontraba hambriento.

Mis hermanas parecen haber salido o algo por el estilo, no las he visto desde la mañana. Por otro lado mi viejo no regresara hasta tarde, así que estaré solo por un buen tiempo. Reflexionaba mientras me relajaba en el sofá de la sala cómodamente después de comer, acompañado por un sentimiento de satisfacción que poco a poco me acarrea sueño.

Es muy temprano pero creo que me acostaré; para alguien como yo que el sueño es un sentimiento poco frecuente debería aprovecharlo, pero antes de hacerlo tomare un baño.

Más tarde ya me en mi cama y con otra pijama, busco una posición de comodidad; al parecer todo el sueño y el cansancio de la semana anterior se había acumulado, forzándome a cerrar los ojos periódicamente.

Sin darme cuenta me quedo dormido profunda y plácidamente, ignorando completamente que los hechos del día siguiente cambiarían completamente mi vida y mi visión del mundo.

-7 de enero de 1999 una fecha que nunca olvidare-

-Ugh-

El dolor que provenía de mi vientre era demasiado intenso al punto de dejarme al borde de la inconciencia, mi mano que se encontraba cubriendo la herida estaba toda manchada de sangre al igual que mi camiseta y pantalón. Frente a mí se encontraba una mujer con ojos ligeramente plateados y cabello rubio que me resultaban muy familiares, aunque es solo eso, puesto que tenía unas ropas bastante extrañas. Sintiendo un líquido en mi pecho a parte de la sangre, me doy cuenta que está llorando. Colocando mi mano en su barbilla busco levantarle la cara porque quiero mirarla a los ojos... antes de que pudiera notarlo me abrazó muy fuerte.

"E-eres un idiota; ¿Por qué haces todo esto por mí?-<<Su voz se desgarró>>-¡¡Una desconocida!!"

Dijo la joven entre sollozos y con lágrimas en los ojos; yo quien me encontraba muy desconcertado por lo sucedido y abatido por el dolor no podía pensar con claridad, pero algo es seguro no puedo dejarla sola,.

"No lo sé muy bien, pero para ayudarte no necesito motivo"

"Graci-"

Sus palabras fueron bruscamente cortadas mientras de repente. Empapado en sudor me encuentro solo en mi cama. Eso fue por mucho el sueño más raro que haya tenido, lo único que reconocí fue la muchacha de ojos plateados, pero todo eso carece de lógica, quizás solo sean imaginaciones por culpa de los juegos; me dije a mi mismo intentado justificar lo que paso, esa explicación tuvo más sentido para mí.

La luz que entraba por la ventana era muy fuerte y molesta. Aparentemente dormí hasta el día siguiente; son alrededor de las 11.

El sueño tan extraño no solo me tenía desconcertado por su significado, sino también porque me había hecho dormir mucho más de la cuenta.

Debido a que es miércoles mis amigos no deberían tardar, siempre nos reunimos para ver nuestras series favoritas o jugar, costumbre que tenemos desde niños. Eso y además hoy es el aniversario de la muerte de mama, imagino que mi viejo se ha llevado a las niñas para visitar su tumba.

-Ding-,-Ding-,-Ding-,-Ding-

Sonó el timbre de la casa repetidamente, deben ser mis amigos, parece que el dicho: "hablando del rey de roma" encajaría perfecto. Esos chicos son muy impacientes, sólo espero que sean capaces de quedarse quietos hasta que llegue, no me gustaría que sugieran tocando el timbre como si se tratase de un instrumento musical.

Rápidamente fui hacia la puerta; Al llegar me encuentro con mis dos amigos quienes se encontraban riendo como siempre, imagino que algo interesante debió haber sucedido. Observando hacia la calle más detenidamente me doy cuenta del motivo, un hombre había tenido la mala suerte de pisar excremento de perro y con desespero se limpiaba en el césped de la casa de enfrente.

"Chicos saben que si estuvieran en su lugar·<<Afirmé con tono de regaño>>·No estarían riéndose de ese modo"

"Tienes razón, pero eso no le quita lo gracioso, jajaja"

Me repuso Quatre entre carcajadas, el joven de tez blanca, rizado cabello negro y ojos medianos de igual color, con finas cejas, un poco menor que nosotros, de contextura delgada y algo bajito; aproximadamente metro sesenta y cinco. Quien es muy conocido por no tomar nada en serio; bueno quizás lo único que toma en serio son las competencias, porque le encanta demostrar que ser el menor no lo hace menos capaz.

"Palabras arrogantes para alguien con una suerte como la tuya"

Allen quien se percata casi de todo le hace recordar la pésima suerte que tiene, Quatre inmediatamente detiene sus carcajadas para lanzarle una mirada amenazadora; formando una escena muy extraña. Allen es bastante alto con aspecto desordenado, su largo cabello castaño despeinado y piel ligeramente bronceada le dan un aire de hombre de la selva, sus cejas increíblemente gruesas y ojos grandes no le ayudan mucho... haciéndolo un tanto intimidante en comparación al poco amenazador de mi otro amigo.

"Chicos que no se les olvide porque estamos aquí, podemos resolver esos problemas en los juegos más tarde"

"Bueno pero no se las dejare fácil"

"Eso si puedes hacerlo... Mal perdedor"

Asintiendo a mi propuesta los dos chicos entran a la casa y como de costumbre suben corriendo a mi habitación, compitiendo en cada momento. Quatre es la típica persona que no le gusta perder, a causa de esto era constantemente retado por Allen quien disfruta derrotarlo. Esa diferencia irónica de actitudes genera todo tipo de competencias entre ellos, unas en mi opinión, muy estúpidas. Solo siendo superadas por la razón a competir, un ejemplo de eso es lo sucedido hace unos momentos.

Después de tomar mi almuerzo y haber visto los episodios de estreno, comienza nuestra competencia en juegos. El día de hoy competiríamos en la famosa franquicia de carreras callejeras Need For Speed.

Esta vez Allen lleva una pequeña ventaja estando en la última carrera que es todo o nada, yo voy en segundo lugar y Quatre de último estando muy cerca unos de otros, lo cual significa que el más mínimo error nos puede costar la victoria. El ambiente es sofocante, siendo la tensión tan espesa que podría cortarse con un cuchillo; cada uno de nosotros se encuentra en una total concentración tomando cada vuelta, cada curva y esquivando cada obstáculo. Faltando muy poco para la meta era hora de usar el nitro, sin embargo el primero había cometido un error a la hora de hacerlo y se había estrellado en una curva de la peor manera, quedando tan abierto que nosotros podríamos chocar con él sino tenemos cuidado.

Usando la última posibilidad que queda me dirijo directo a estrellarme con él en la punta del choche, si todo sale como lo planeo simplemente perderé un poco de velocidad abriéndome paso por allí, conservando la aceleración suficiente para ganar la carrera; por otro lado mi competidor parece querer evitar la colisión.

El plan resultó como quería, bueno casi todo, no me imagine que mientras Allen intentaba salir, el choque de mi auto dejaría al estrellado coche patinando por toda la calle, resultando en una colisión con el rezagado, concluyendo en mi victoria.

"¡Eso último fue trampa yo habría ganado!, que mala suerte".

"Ves a lo que me refería cuando dije, <alguien con tu suerte>"

Ese comentario de parte de Allen quien no solo lo <hizo> perder, sino que encima se burla de nuestro perdedor, sólo está sirviendo para ponerlo más molesto.

"De todas maneras yo gane hoy, así que no quiero peleas, mejor aún, ¿Por qué no vamos a comer algo?"

"Es una buena idea este tipo de juegos dan mucha hambre"

"Si, deberíamos irnos, no perderé mi tiempo. Esta vez simplemente tuviste suerte"

Allen y Quatre, aceptaron inmediatamente olvidando su pequeña disputa, cuando se trata de comida parece que siempre hay una manera.

Salimos de la casa en rumbo a nuestro local favorito de comidas rápidas. Ya era de noche, el tiempo había pasado rápido mientras estábamos absortos en nuestra competencia; el restaurante a donde nos dirigíamos era nuestro destino elegido para estos días de juego.

Hasta ahora no hay señales de mi familia, quienes supongo no han regresado de visitar la tumba de mama; conociéndolos no me extrañaría que llegaran muy tarde hoy. Pensaba mientras caminábamos hacia nuestro destino.

"Hola chicos, ¿Quieren lo de siempre?"

Nos saluda el dueño del local quien está bastante familiarizado con nuestras frecuentes visitas, al punto de tener memorizados nuestros pedidos favoritos, no hace falta decir más. Conociéndolo, nuestra comida debe estar preparándose desde que nos vio a la distancia.

"Si, lo de siempre. Como todos los miércoles".

Afirmó Allen ante esa pregunta; quien hablo perfectamente por todos nosotros, solo nuestros pedidos de siempre son capaces de saciar el hambre generadas por la gran intensidad de nuestras competencias.

"Oigan, mejor entremos antes de que comience a llover"

Propusó Quatre mirando fijamente hacia arriba, imitándolo alce mi vista. Topándome con un cielo muy nublado sin ninguna estrella visible, si llueve, parece que lo hará muy fuerte.

Entramos al local buscando nuestra mesa preferida, tiene la particularidad de estar debajo de los ductos de ventilación dejándola muy fría, en consecuencia casi siempre está libre; haciéndola perfecta para clientes frecuentes como nosotros. Los cuales por cierto vestimos casi lo mismo, vaqueros y camisetas sencillas de un solo color: azul Allen, verde Quatre y yo roja; incluso nuestro estilo de cabello es el mismo, despeinado. Debe ser el resultado por tantas horas sentados enfrente del televisor.

"Las picadas estuvieron deliciosas"

Dice Allen mientras acaricia su estómago, al mismo tiempo muestra una inconfundible cara de satisfacción, que era compartida por todos.

La comida en este lugar es verdaderamente buena, no importa cuántas veces lo pruebe no cansare de este sabor.

Lo único malo es que con nuestro estilo de comer se acaban muy rápido, esta vez no duraron más de cinco minutos.

"A propósito Reiss, ¿Hoy no es la misma fecha que cuando murió tu madre?"

"Si es hoy se cumplen tres años desde su muerte... más tarde visitare su tumba"

Quatre puso sus ojos en blanco al escuchar mi respuesta, debe pensar que estoy loco por querer ir allá a esta hora y con este clima, que en mi opinión no es razón suficiente para evitar mostrarle mis respetos a mi madre, sobre todo el día de hoy.

"Reiss, siempre tienes la costumbre de ir a visitarla en la noche, ¿Podrías ser un poco menos imprudente?"

Me dijo Allen con un gesto preocupación, esta mala costumbre mía suele ponerle los pelos de punta, pero rara vez me comenta al respecto; pues sabe muy bien que me puedo cuidar solo. Si me lo está diciendo debe tener un mal presentimiento. No puedo evitar pensar que tiene razón y que estoy siendo poco cuidadoso.

"Relájate·<<Les coloqué una mano a cada uno en su hombro>>·No he pasado nada estos dos años no hay razón para que esta vez pase algo fuera de lo común... pero te escucharé de todas maneras, me iré ahora mismo para no regresar tan tarde"

Les dije a los chicos mientras me preparaba para irme, mi comentario los tranquilizo lo suficiente para que me dejaran ir sin más pretextos. Al mirar el reloj son las 8:37, regresare alrededor de las once siguiendo a mi manera el consejo de Allen.

Quince minutos más tarde llegué al cementerio, un lugar muy familiar para mí debido a que lo visitaba con frecuencia. La razón por la que voy tan tarde es muy simple, no me gusta que me vean llorar delante de la tumba, justo como ahora lo estoy haciendo. La lluvia ha sido mi fiel acompañante desde que estoy aquí, me ha tranquilizado, ayudándome a pensar las cosas con mayor claridad.

"Han pasado años pero aun te extraño, quisiera tenerte a mi lado y contarte tantas cosas, ojala hubieras pasado más tiempo con nosotros"

Dije entre llantos y lágrimas, solo me permito llorar en este momento, sé que llorar no significa ser débil, pero no quiero despreciar la fortaleza que he ganado con los años. También entiendo perfectamente que no puedo hacer nada para traerla de vuelta, ya supere el dolor de su muerte... aunque el hecho extrañarla mucho es algo que nunca desaparecerá, no importa cuánto tiempo pase.

En ese momento, cuando me concentraba en mi madre; paso algo que nunca me habría imaginado y mucho menos esperado.

-BOOOOOOOOOOOMM-

Se escuchó una gran explosión cerca del cementerio. El fuego producido por esta genera una fuerte luz resaltante en la oscuridad de la noche, volviéndolo imposible de ignorar.

Es muy extraño que algo halla explotado con esta lluvia, sea lo que sea no es algo normal. Me invade un fuerte sentimiento diciéndome <Debes ir a ver>, no sé cómo explicarlo pero es demasiado poderoso como para fingir que no ha pasado nada. Armándome de valor, tomé la decisión que sin saberlo en ese momento, cambiara por completo mi vida y mi futuro.

CAPITULO 1

--LIZBETH--

"Un encuentro que cambia toda una vida, le pasa a todos
aunque no crean en ellos"

Después de ver esa misteriosa explosión, me encuentro caminando por el bosque siguiendo el resplandor generado por el fuego; Minutos más tarde llegué al lugar. Es un gran claro en el bosque, con llamas en algunos árboles circundantes.

Mientras sigo caminando por el lugar, veo una mujer en el suelo. Tiene su ropas un tanto rasgadas, una blusa blanca de mangas largas y su falda roja. Rubios cabellos con un ligero tono dorado y de piel muy pálida, no se mueve ni un milímetro, debe estar muy herida o inconsciente.

Sin pensarlo más tiempo atravieso el fuego que me rodea y voy en su auxilio, aunque nunca la haya visto tengo que ayudarla, todo mi cuerpo me está diciendo eso al unísono. Llegando al sitio donde se encuentra, rápidamente compruebo que tan mal esta; parece que solo se ha desmayado, debo ir a llevarla a un lugar más seguro. Pienso después de tomarla en mis brazos.

"Oye tu rubio, ¿Qué crees que estás haciendo?"

Se escuchó una fuerte voz, dejándome muy sorprendido, no creí que habría más gente en este lugar. Pero debe ser solo mi imaginación alimentada por los sonidos extraños que producen las llamas y el viento, lo único seguro es que este es un lugar muy peligroso tanto para mí como la chica que llevo en brazos.

"¿Que no me escuchas insecto?. ¡Dije!, ¡¿Qué crees que estás haciendo?!"

Parece que mis oídos no me mintieron, en realidad hay alguien además de nosotros, el problema es quien es y donde está. Busco intensamente el origen de la voz en el claro, hasta que alcanzo a divisar una silueta que viene de entre las llamas. A medida que se acerca, puedo verlo mejor, es un hombre alto y corpulento, con ropas muy extrañas además de antiguas. En su espalda parece tener una capa de color negro y por debajo vestiduras de color blanco.

"¿Quién eres y más importante que quieres?"

Le dije al hombre que recién salía de la llamas. Se acercó lentamente mostrando una cara de repugnancia, no me fijé mucho en su apariencia. Aparentemente mi pregunta lo hizo sentir indignado.

"¿De verdad quieres saber quién soy mocoso?... no valdrá la pena decirle a alguien que está a punto de morir"

No puedo creer lo que está diciendo, ¿Quiere matarme solo por estar aquí?. Es totalmente absurdo, aquí debe haber gato encerrado. La opción lógica seria abandonar a esta joven pero es algo que no haré, me rehúso a perder a alguien más; no me importa quién sea debo protegerla, de lo contrario no seré capaz de ver a mi madre a los ojos una vez me encuentre con ella.

"No sé quién eres pero no te dejare hacer lo que quie-"

"No te escuché pequeño insecto"

A una velocidad impresionante el hombre me había atravesado con lo que parece ser una espada. Simplemente fue demasiado rápido, no lo vi venir, ni siquiera me dejó terminar de hablar, <¿¡Que rayos es ese hombre!?>. Me dije a mi mismo bastante aterrorizado.

La joven que llevaba se ha caído porque me desplomé sobre mis rodillas, esta vez pude verla de frente. Quedé con los ojos en blanco por la gran sorpresa, es idéntica a la muchacha con quien llevaba soñando los días anteriores. ¿¡De verdad los sueños son una mirada de nuestro futuro!?.

-cough-, -cough-

Tosí sangre mientras intentaba recuperarme del shock que todo esto representa, en este momento todo carece de sentido, sino fuera por el intenso dolor en mi abdomen diría que sólo es un sueño y honestamente desearía eso. Lentamente estoy perdiendo la conciencia, es muy probable mi vida termine aquí; Esta no era la manera que quería hacerlo, quisiera por lo menos haber vivido un poco más para encontrar las respuestas de mis tantas inquietudes.

Estoy a punto de rendirme y cerrar los ojos... ¡Pero!, veo a la chica siendo llevada por ese hombre tan peligroso, ¡Definitivamente es algo que no puedo permitírmelo!. Aunque diga eso no tengo manera de atacar a alguien como él.

˙¡¡!!˙

Espera un momento tengo una espada clavada en mi estómago, tiene una apariencia similar a las usadas por los soldados romanos.

Juntando más valor del que alguna vez tuve en toda mi vida, saqué el arma incrustada en mi abdomen para empuñarla. Con mis últimas fuerzas corro a toda velocidad para atravesar al misterioso hombre, cada paso me acerca más a la muerte y el dolor que siento aumenta a tal punto, que no puede ser descrito. Si moriré quiero ser capaz de ver a mi madre a los ojos, sin ningún tipo de remordimiento.

Logrando mi cometido lo atravesé en la espalda apuntando hacia su pulmón izquierdo, con suerte también lo he apuñalado en el corazón. Lentamente, el hombre voltea hacía mí, mostrando en su rostro la más pura incredulidad.

"Pensar que un insecto como tu pudo hacerme esto, ¡Hmph!...˙<<Se quejó>>˙ Aparentemente te he subestimado, no creí que sobrevivirás y ni hablar sobre usar mi arma"

"No te preocupes por eso, todo mi esfuerzo solo retraso lo inevitable... pronto también moriré"

Ya podía irme tranquilo, aquel hombre se encontraba en el suelo vomitado sangre, pronto también morirá; ya he perdido toda capacidad de sentir. El dolor que hasta hace poco me tenía abatido ha desaparecido, lentamente me sumerjo en una gran oscuridad que resulta ser inesperadamente tranquila... así que esto es la muerte. Fue mi último pensamiento antes de perderme en la oscuridad.

"Des----ta... Despierta..... Despierta joven"

Es extraño escucho una voz muy dulce que me llama, aun no puedo ver nada, ¿Estaré en el cielo?, ese podría ser el caso. No siento ningún tipo de dolor o sufrimiento como usualmente describen cuando se está el infierno. Por el momento simplemente esta esa voz llamándome.

"Abre los ojos, creo que ya puedes abrirlos"

Atendiendo a esa orden abro lentamente lo ojos, la luz abrumadora me tiene completamente segado, pero a medida que mis ojos se acostumbran comienzo a distinguir las cosas; Parece que está amaneciendo. El sol que se ve a lo lejos, saliendo por detrás de las montañas mientras colorea el cielo con su luz como si se tratase de un enorme lienzo; pintándolo de diversos colores que van desde amarillo y rojo, hasta azul y morado.

Recuperando más los sentidos noto que estoy acostado sobre el regazo de una mujer quien me está acariciando los cabellos, solo puedo ver su silueta pero parece ser muy hermosa. Estamos en un peñasco muy alto con un bosque atrás, la vista del sol en sus primeros momentos acompañando al hermoso valle que se extiende más abajo, muestra una vista casi embriagadora.

"¿Estoy en el cielo?·<<Pregunté con cierta ironía>>·¿Eres un ángel?"

"No, aun no estás muerto. Tranquilízate"

Me respondió con la más dulce de las voces a mis tenues palabras, ahogadas por mi falta de aliento; no tengo nada de memoria después que fui absorbido en la oscuridad... debería haber muerto; pero, ese no era el caso. Observando con más cuidado a mi aparente salvadora, se trata de la joven que salve anoche.

"¿Quieres saber por aun estas vivo?"

Me pregunta notando la curiosidad en mi cara, asentí con la cabeza sin pensarlo dos veces. la forma en que me salvó es un completo misterio, considerando la gravedad y el lugar de la herida, sin mencionar que estábamos solos en un bosque. Sencillamente no hay explicación lógica.

Te curé acelerando el proceso natural de cicatrizado, utilice mucha de mi energía para hacerlo"

La sencillez de la respuesta sólo sirvió para generar una gran cantidad preguntas, dejándome mucho más desconcertado. Hasta donde yo tenía conocimiento, no había manera de hacer lo que ella acababa de decir, no tiene sentido.

"¿Quién eres?"

"Ohh, es verdad no te he dicho mi nombre, soy Elizabeth, puedes llamarme Lizbeth"

"No me refería a eso·<<Le corregí>>·En realidad quiero saber cómo puedes hacer ese tipo de cosas; Por cierto mi nombre es Reiss Schneider"

Elizabeth o Lizbeth como se hace llamar, se encuentra muy indecisa debido a mi pregunta, puedo suponer que se está preguntado si debe decírmelo. Su cara comienza a reflejar cierta ansiedad, moviendo sus dedos entrecruzados rápidamente en lo que parece una costumbre; todo esto solo hace aumentar mi curiosidad por su respuesta.

"Está bien te lo diré, pero debes ser muy cuidadoso con lo que estas apunto de escuchar... aun así, ¿Estas plenamente seguro?"

"Si"

Asentí de inmediato y con total seguridad a sus dudosas palabras.

"Bueno solo lo diré porque tambíen salvaste mi vida... soy mitad humana, mi otra mitad sería más conocida por el ser humano como ángel"

No puedo creer lo que acaba de decir, ¿Mitad ángel?, no hay manera de que lo sea, pero el hecho de que este vivo es una prueba irrefutable. Es obvio, un humano normal no podría haberme curado, ¿Qué rayos está sucediendo?. Al menos ella no pretende matarme, si ese fuera el caso... ya no estaría en este mundo.

"Si no hubieras sanado mis heridas encontraría casi imposible creerte, ¿Por qué estás aquí? Y más importante aún ¿Qué harás ahora?"

Pregunté con firmeza queriendo entender la situación, en este momento me encuentro intentando explicar lo sucedido, pero simplemente no puedo hacerlo... esto es malo comienzo a perder la calma, sea como sea es mucha información para procesarla tan rápido debido a la gran cantidad de repentinas y posibles explicaciones que invaden de pronto mi cabeza. Lo mejor que puedo hacer es tratar de tranquilizarme, de lo contrario no seré capaz de pensar objetivamente.

"Eres un humano interesante, cualquier otra persona ya se habría desmayado por lo que acabo de decirte..."<<Hizo una pausa, mostrando curiosidad hacia mi>>·Respondiendo a tus preguntas, estaba siendo perseguida y tu mataste a mi secuestrador salvándome la vida. Según la costumbre debes asumir la responsabilidad por esa acción"

"Asumir la responsabilidad...¿A qué te refieres con eso?"

Dije sin lograr entender el significado oculto en sus palabras, por lo menos ya tengo claro de que sí estaba en peligro y la salve, eso me tranquiliza. Por ahora debo esperar a que me diga qué tipo de responsabilidad deberé asumir.

Lizbeth se encontraba mirándome fijamente a los ojos, sus ojos plateado-azulados estaban muy fijos en mí. Es una sensación escalofriante, como si estuviera viendo lo más profundo de mi alma, bueno si de verdad lo hace no me sorprendería. Dejando a un lado todo eso no me había percatado de lo hermosa que es, su cara perfecta en un color blanco, facciones finas y tiernos labios... todo su rostro parece elaborado por alguien, su belleza es demasiada como parecer natural, ¿Así que con esto se refieren a la belleza de un ángel?.

"Es incomodo pero voy a explicarlo de manera muy simple. Solo tienes que encárgate de mí, en otras palabras viviré contigo de ahora en adelante"

No puedo creer lo que estoy escuchando, esta mujer habla como si fuera muy fácil de arreglar. Solo pensar que podría decir mi viejo...¡¡Mi viejo!!; lo había olvidado, mi familia no tiene noticias de mi desde anoche, debo irme lo más rápido posible.

Tomando la mano de la extraña joven que ahora debía cuidar, me dirijo a mi casa. Deberé dar muchas explicaciones cuando llegue, al parecer y para mi disgusto será una larga charla.

Llegamos a la casa alrededor de media hora más tarde, habíamos cogido un taxi a la salida del cementerio, Lizbeth tenía en su bolso restos de las armas que portaba su perseguidor, según ella serán de mucha utilidad en un futuro cercano. Pero no me imagino como pueden servir esas pequeñas esquirlas.

Después de tocar varias veces el timbre es mi viejo quien sale, por la manera en que esta vestido debe estar de salida.

"Hijo, Estaba preocupado por ti...·<<Dice al mismo tiempo que me abraza con fuerza>>·¿Estas bien?, ¿dime que paso?... vamos entra"

Por alrededor de otros treinta minutos le expliqué la situación lo mejor que pude, por supuesto he omitido ciertos detalles. Le conté que mientras estaba visitando la tumba de mama, me encontré con Lizbeth; a quien hice pasar por mi novia ayudando a un ciervo herido... debido a un incendio en el bosque, hicimos todo lo que pudimos durante la noche pero al final no sobrevivió. Eso sirvió para explicar la sangre y las rasgaduras de nuestras prendas. No es precisamente la mejor excusa...

"Ya entiendo, así que eso fue lo que paso... pero en definitiva lo más raro es que no llamaras y por cierto, ¿Desde cuando tienes novia?"

"Estaba en el bosque, sabes que no hay muy buena señal. Además no tiene nada de raro que tenga novia, que no lo cuente es un asunto muy diferente"

Le respondí intentando explicar todo de una manera creíble; si le contara la verdad no me lo creería. Ahora, vamos al problema principal; no tengo idea de cómo puedo explicarle que mi recién presentada novia vivirá con nosotros. Solo espero que valga la pena todo este lio.

Lizbeth, la causante de la incómoda situación le lanza una mirada a mi viejo y parece estar a punto de decirle algo.

"Mucho gusto soy, Elizabeth y estoy comprometida con su hijo"

Esas palabras provocaron un absoluto silencio, la sorpresa fue demasiado fuerte, hago todo lo posible por no demostrarlo y mantener la compostura... ¿Así que a esto se refería?. Debió decírmelo antes.

Por otro lado mi viejo no hace esfuerzos por disimular, se encontraba sentado con la boca abierta (casi rozando el suelo) desde que escucho la palabra <compromiso>; con los ojos en blanco y podría jurar que por un momento todo su cuerpo compartió el mismo tono. Bueno, es una reacción normal considerando mi aparente poco interés por las mujeres; de repente presentarle una belleza como Lizbeth que dice ser mi prometida... es una sorpresa muy grande para cualquiera, incluso para mí.

"¿Fue tan raro lo que dije?"

Esa pregunta que hizo Lizbeth resulto ser de lo más ridícula, al ver nuestras reacciones comprendió que si lo fue, y mucho. Dejándome claro lo diferente que eran sus costumbres de las nuestras. Imagino que no es exactamente un <compromiso>, quizás lo mejor sea dar esa bizarra explicación a revelar el inmenso secreto que esconde esta misteriosa mujer.

"Así es papa, prometí que me quedaría con ella, debido a una reciente calamidad familiar no tiende donde quedarse, por eso le ofrecí quedarse con nosotros"

Mostrando una gran decisión y firmeza en mis palabras, mi respuesta logro tranquilizar a papa, él sabe que no tomo decisiones a la ligera. Es un paso importante, mientras este calmado nos escuchara. A decir verdad nunca creí que pronunciaría esas palabras, la situación es cada vez más extraña.

"Mis padres murieron hace mucho tiempo ya no me queda nada, así que por favor permítame quedarme aquí, le prometo que no seré una molestia, Reiss también ha prometido que se hará cargo de mi"

Pide mientras agacha la cabeza intentando convencerlo a pesar de nuestra explicación forzada... espera un momento ¿Así que yo lo prometí?. Bueno por ahora no importa, si todo sale bien ella se quedara aquí y podré obtener respuestas a las tantas preguntas que me han atormentado toda la mañana.

"Si están seguros puedo dejarla quedarse un par de días·<<Mi viejo casi parece acorralado>>·Elizabeth ¿Cierto?... por ahora puedes usar la habitación huéspedes"

"Muchas gracias por dejarme estar en esta casa"

Fue complicado, pero habíamos logrado que se quedara en la casa. Si mi padre reacciono de esa manera, la reacción de mis amigos quizás sea mucho peor. Les resultara difícil de creer que alguien con mi personalidad tenga de novia a una mujer como Lizbeth; no puedo imaginar que dirá Erika cuando se entere...

"En todo caso Reiss, tú y tu novia le dirán a las niñas, sabes que su palabra es muy importante para mí"

Es cierto debemos decirle a Karla y Stephie. Las palabras de mi viejo me hicieron poner los pies en la tierra; esas niñas han perdido a su madre hace relativamente poco tiempo, y que su hermano mayor este comprometido a esta edad significará una gran sorpresa para ellas, pueden tomarlo muy mal. Él entró primero para explicarles de forma muy completa la situación, aunque omitiendo un solo detalle, el que yo debía decirles.

Preparado para todo, en especial para lo peor me dirijo a su habitación tomado de la mano con mi supuesta prometida. En ese momento no tenía manera de haber previsto su respuesta, y por supuesto mi papá tampoco, quien necesitaba la aprobación de las niñas para hacer efectiva su decisión.

"Así que mi hermanito, está comprometido con esta chica... estaba muy preocupada porque no llegaste anoche, y... ¿Me sales con esto?"

"Entonces se casaran pronto..."

Dicen Stephie y Karla después que yo tartamudeará las palabras que nunca esperaron salir de mi boca tan temprano. "Hermanitas, ella es Elizabeth. Mi prometida" mientras muy nervioso señalé a Lizbeth. Su pausa sólo sirve para aumentar mí ya muy alta ansiedad.

"Que feliz me siento, siempre quise una hermana mayor, además ya me estaba preocupando por ti, no entiendo por qué estás tan nervioso, deberías saber que te apoyamos en todo lo que sea bueno para ti y por supuesto, esto no es la excepción"

"¡Si!, otra hermana mayor, además es mucho más bonita que Karla...hermanito tienes buen gusto"

Espera un segundo a ver si no estoy alucinando, ¡¿Es en serio?!. Nunca me habría imaginado que mis hermanas querían una hermana mayor, en vez de estar molestas parece que les dio un ataque de felicidad, sobre todo a Stephie quien inmediatamente abraza a su <nueva hermana>. De cualquier forma, todo esto es muy extraño. Aceptaron a Lizbeth con demasiada facilidad... algo no anda bien.

"Papa, niñas·<<Referí incrédulo>>·¿Seguras?"

"Reiss, hijo"

Mi viejo quien se ha puesto serio hace una pausa para suspirar. Parece que será importante.

"Desde que murió su madre he estado preocupado por ustedes y lo saben. Sin embargo, Reiss tu siempre has sido muy extraño, quizás es porque la muerte de tu madre te ha hecho madurar, pero tienes una mentalidad muy similar a la de una persona con un poco más de mi edad, no haces nada que no te convenga. Tu sentido de responsabilidad es en cierto sentido mayor al mío; no creo que esto sea un error, debes tener una muy buena razón; Elizabeth no parece una mala persona y les apoyaré, a decir verdad me sorprendió todo esto; dado que es la primera y quizás la última vez que te intereses en una chica, no veo ninguna razón válida para oponerme"

Así que esto era lo que pensaba mi viejo, no es tan infantil como pensé; pero fue de cierta forma humillante que se atreviera a mencionar mi supuesto reducido interés en el género opuesto, al contrario de su primera impresión se la ha pasado pensando en los puntos buenos y malos, resultando en esa conclusión. Al menos, todo salió bien, incluso están contentos con la bizarra situación; quizás mi supuesta prometida tuvo algo que ver en todo esto.

Este resultado, quito de lejos la mayor preocupación que he experimentado en años. Ahora que no está, soy consciente

de muchas otras cosas que hasta hace solo unos instantes
no tenían importancia. Una de ellas es mi higiene.

"Bueno si no hay nada más que hablar me voy a
bañar"-<<Anuncié>>-Quiero quitarme la suciedad y la
sangre de encima"

"Perfecto, Elizabeth ve tú también. En cualquier momento
podrían llegar los amigos de tu novio"

Dice Karla con una mirada sospechosa. Mis amigos... no
sería extraño que viniesen a ver como estoy, deben estar
preocupados.

Después de tomar un baño y ponernos algo de ropa entera.
Lizbeth quien solo tiene su pequeño bolso con ella, le faltan
prendas. Así que imitando mi vestimenta está usando una
de mis camisas y pantalonetas. Ambos nos encontramos en
mi cuarto teniendo un momento a solas.

Son las 10:07 a.m., debo aprovechar este tiempo para
lograr conseguir algunas respuestas, necesito saber ciertas
cosas para saciar mí ya en ese momento insoportable
curiosidad.

"Lizbeth, quiero hacerte unas preguntas"-<<Intenté sonar lo
más cortés posible>>-¿Por favor podrías responderlas?"

"Si, imagino que mereces algunas explicaciones"

"Bueno entonces lo primero, cuántos años tienes y por qué
motivo te estaba persiguiendo ese hombre"

Ante mi pregunta se ve un poco vacilante, como si
intentara recordar todos los detalles de algo.

"Mi edad... bueno si no equivoco alrededor de cincuenta
años... y ese hombre que me estaba persiguiendo ayer es
un Caído"

Estoy un poco impresionado por su edad que no tiene nada ver con su aspecto, pareciera que tiene también diecisiete. Por otro lado, ¿que será eso de caído?; tengo un mal presentimiento sobre ese asunto.

"¿A qué te refieres con Caído?"

"Son ángeles que han sido expulsado de los cielos y pierden sus alas, bueno hay excepciones. Como lo es quizás el más famoso de los Caídos, El antiguo ángel Lucifer"

Si, de alguna extraña manera ese concepto no me resulto tan ilógico. Había escuchado de ellos en la biblia y en muchos juegos, además de series; pero nunca pensé que fueran tan reales, quien diría que existiría un secreto de esa magnitud. Espera un momento... que más existe a parte de estas dos razas.

"Contéstame algo, ¿Existen los demonios, Deidades y lo más importante Dios?"

"Los demonios y Dios son totalmente reales, este último es tan poderoso que una sola movida de su mano podría destruir la tierra, al menos eso me dijo mi padre, quien fue un ángel hasta morir... en cuanto a deidades se muy poco sobre ello, deben ser reales. Por otro lado las bestias míticas en su mayoría existen pero en un número ya muy reducido"

No puedo creerlo, así que creencias las mitologías y toda esa aparente basura fantasiosa, no son del todo falsas, de no ser por esta mujer nunca lo hubiera imaginado y mucho menos descubierto. Creo que sería correcto decir que solo Dios sabe por cuánto tiempo hemos vivido en este mundo ignorantes de la verdad.

"Espera un momento, si todo esto es real ¿Por qué no es algo que todos conocen?"

"No sabría decirte a ciencia cierta·<<Vaciló algo pensativa>>·Pero quizás sea debido a cierta barrera"

"¿Barrera...?"

"Si, esta separa nuestros mundos, en términos más realistas puede decirse que somos de dimensiones separadas, los contactos ahora son muy pocos·<<Me respondió con bastante seguridad>>·Bueno... ha sido así desde lo que ustedes llaman el oscurantismo"

Así que son dimensiones separadas, eso tiene mucho más sentido; también sus condiciones corporales podrían ser explicadas por diversos factores de su mundo y esos famosos poderes pueden ser su tecnología, quien diría que al separarnos más de los mitos comenzamos a olvidar este hecho tan importante. Aún quedan cosas en blanco referentes a este tema, por ahora puedo comprenderlo y debería parar, saber más de la cuenta podría ser peligroso.

·Ding·,·Ding·

Sonó el timbre de la casa casi que confirmando mi decisión, acerca de interrumpirnos. Deben ser mis amigos.

Pocos instantes después del sonido, la puerta de la habitación se abre violentamente dejando ver a una cansada y sofocada Erika, con una blusa amarrilla de tiras y un short verde, al parecer salió en pijamas. Quien se sorprende inmediatamente al ver la situación... no todos los días ve a una muchacha vestida con mi ropa.

"Reiss·<<Parece querer apuñalarme con la mirada>>·¿Quién es esa mujer?"

"Ahh, hola Erika, ella es mi... prometida"

Esta vez no me fue tan difícil decir que tipo de relación tenemos, comparado con mi familia esto es pan comido.

KNIGHT: ENCUENTRO FATÍDICO

Mi respuesta la dejó en blanco <literalmente>, perdiendo los colores de su cuerpo. Le tomó unos momentos volver en sí, quizás ella sea quien más sorprenderá por lo bien que me conoce y tiene razón, en circunstancias normales no habría manera de que esto pasara, al menos no tan rápido.

"Mucho gusto soy Elizabeth, puedes llamarme Lizbeth"

"Dame un momento...·<<Dice Erika, quizás necesita más tiempo para asimilar esta situación que entre otras cosas es extraña para todos, incluyéndome>>·Reiss, quiero que me respondas dos cosas, ¿Cuándo? Y ¿Cómo paso?"

Típico de Erika, hacer las preguntas más difíciles de contestar. Ella está actuando muy extraña después de la sorpresa, parece una muerta viviente. Por el amor Dios, ¿Es tan increíble que tenga novia?... pensándolo bien si, aunque ella no es exactamente mi pareja y eso no justifica tan exagerada reacción.

"Nosotros nos conocimos en el bosque hace mucho tiempo·<<Interrumpió Lizbeth>>·El me ayudo a escapar de un animal salvaje mientras caminaba a la orilla de un rio, al empujarme para salvarme nos caímos. Reiss se golpeó con una roca mientras íbamos por la corriente. Después de salvarlo lo puse en mi regazo hasta que nos vimos por primera vez a los ojos...Todo lo demás sucedió con el tiempo, y ahora aquí estamos; ¿Qué más quieres saber?"

Estoy impresionado, aunque fue claramente una versión modificada de lo que paso ayer; Lizbeth había contestado de una manera creíble con esa excelente historia, acompañada por su buena actuación no hay manera de que dude de nosotros. Solo espero que no se tome a mal nuestro extraño tipo de compromiso, aunque ella no lo sepa. Sin embargo yo tampoco conozco los detalles sobre eso, debo preguntarle más tarde.

"Ya, c·cre·creo...E·entenderlo·<<Tartamudea con un hilo de voz mientras sus ojos están llorosos mostrando una cara muy roja>>·Sabia que eras de ese tipo Reiss, ¿Es por su pecho no?"

"¡¡Noooo... ¿Cómo se te ocurre?!!"

Grite fuerte intentando hacerla recuperar el sentido, lo ha malentendido todo. Aun así no hay manera de decirle la verdad.

En realidad... ahora que lo menciona Lizbeth tiene un cuerpo excelente, con las curvas donde deben ir y generoso busto, ¿Así que por esto lo dice?. Pienso al mismo tiempo que miro detenidamente a la rubia, que extrañada por el comentario de Erika se toca el pecho... con todo este enredo no había tenido la oportunidad de mirarla bien.

"¡¡¡Lo sabía, Reiss eres un pervertidooooo!!!"

"¡¡Por Dios, que no lo soy!!"

Gritamos mi amiga de tota la vida y yo, me tomo por sorpresa mientras examinaba a mi aparente pareja. Debo hacer que se calme.

Tomándola bruscamente de los hombros la miro a los ojos intentando que se tranquilice y me crea, parece que ha funcionado. Aparentemente incluso sabiendo secretos de ese tamaño mi comedia diaria continuará, aunque no lo quiera.

Pasamos varias horas los tres en mi habitación hablando de diversas cosas bastante importantes, entre ellas temas de chicas; al parecer ignoraba muchas cosas hasta ahora sobre el género opuesto. Según Erika es necesario que lo sepa todo debido a que viviré junto a una chica, su aprobación era quizás la segunda más importante después de mi familia, quiero que ellas dos se lleven bien porque no tengo ni idea de cuánto tiempo este junto a Lizbeth.

"Me alegra saber que están bien, apoyare su compromiso les diré a tu amigos Reiss"

"Gracias, eso nos ayudaría mucho a Reiss y a mí"

Mi amiga de toda la vida se molestó por ese último comentario hecho por mi supuesta prometida, aunque eso no lo le impidió irse mostrando descaradamente su lengua. Ahora bien antes de olvidarlo, debo saber en qué tipo de compromiso estoy metido.

"Lizbeth, ponte una ropa más presentable, que saldremos a comprarte unas cuantas prendas"

Haciendo caso a mi petición Lizbeth fue a cambiarse para salir de compras, no puede andar siempre con mi ropa, por lo menos no fuera de la casa, además aprovechare la situación para saber lo que quiero.

"Lizbeth, antes de que lleguemos al centro comercial quiero que me digas en que consiste nuestro <Compromiso>"

Le dije mientras caminábamos hacia nuestro destino, no podría haber mejor momento que este; debo saber todo esto ahora, de lo contrario me será muy complicado lidiar con situaciones como las de hoy todos los días... curiosamente, de nuevo usamos la misma ropa, vaqueros y una de mis camisas blancas. Ella se ve bien con ropa chico.

"Tarde o temprano tenías que preguntarlo, bueno escúchalo una con atención solo lo diré una vez. Básicamente es un contrato..."

"Contrato ¿Qué quieres decir?"

Pregunté forma tajante e inmediata. Su pausa es muy sospechosa mientras mueve sus dedos entrelazados, se ve bastante nerviosa; solo espero que no sea algo tan descabellado como haberle vendido mi alma. Sea lo que signifique, sus costumbres son muy raras, incluso es demasiado para alguien que nació a finales de los cuarenta.

"Mi mama me dijo cuando era niña que si mi vida era salvada por un hombre que arriesgaba la suya, estaríamos comprometidos con el contrato de perteneceremos uno al otro por hasta la muerte"

Eso no es diferente al concepto básico del matrimonio. Pero que extraña manera de casarse, su madre verdaderamente fue una persona con unas costumbres... No puedo imaginar bajo que entorno creció esta joven, considerando a sus para nada normales padres.

Así que básicamente estamos casados, de haberlo sabido no habría actuado de una manera tan imprudente, sin embargo es conveniente de una u otra forma.

"Reiss, a todo esto ¿qué es un centro comercial?"

"¿No lo sabes?·<<Repliqué bastante sorprendido>>· Bueno básicamente es un espacio donde se reúnen muchas tiendas que venden todo tipo de cosas, entre esas lo que vamos a comprar. Ropa"

Si no conoce algo tan simple como eso, debe estar desconectada del mundo. Lo cual no me resultaría extraño, pues según ella lo sobrenatural se ha separado grandemente del mundo que percibimos los humanos; De ser así, será normal no estar al tanto de los últimos avances en nuestra sociedad... de ahí me surge una pregunta ¿Qué tanto desconocemos unos de otros?. Lo claro es que los humanos sabemos muy poco de ellos, pero en realidad quiero saber su nivel de conocimientos respecto a nosotros.

"Es enorme este lugar"

Dice Lizbeth maravillada mirando en todas direcciones, en verdad no había visto un centro comercial, parece una niña pequeña. Voy a tomarla de la mano para que no se pierda, eso sería una verdadera molestia.

No oponiendo resistencia a mi iniciativa, vamos tomados de la mano mirando las tiendas. Las miradas eran cada vez más incomodas y difíciles de soportar, acompañados de algunos comentarios de mis conocidos complicaban más la situación.

Continuamos caminando por otro par de minutos hasta encontramos una tienda que le pareció interesante. La cual vende en su mayoría ropa sencilla, ligera y muy cómoda; no parece tener gustos muy extravagantes en ropa.

"¿Qué quieres llevarte?"

Le pregunté con la intención de orientarla un poco mejor, además de limitar nuestro lugares de búsqueda.

"Cosas para estar en casa y también algo de ropa interior"

"Siéndote honesto se muy poco de ropa interior-<<Fui honesto>>-Pídele ayuda a esa señorita de allá"

Acatando mi consejo llega a donde las asistentes, en busca de una mejor ayuda; soy muy poco útil en cosas así.

Lizbeth se ve muy emocionada mientras compra la ropa, gracias a Dios parece ser una mujer muy rápida para elegir, tal vez se demoré mucho menos de lo que pensé.

"Reiss, mira esto lo último que llevare-<<Me señalo justo antes de apartar la cortina de probador>>.-Como me veo"

Lleva una blusa blanca en combinación a una falda negra, ambas son prendas sencillas. Se ve muy bien, la ropa casual de mujer le luce mucho mejor que la mía, si nuestro compromiso fuera normal y no este contrato bizarro sería muy feliz.

Más adelante mi suposición sobre el tiempo probo ser correcta, solo demoramos cerca de cuarenta y cinco minutos comprando. Fue bastante eficaz en el manejo del tiempo y lleva una buena cantidad considerando que fue su primera vez. Ahora viene la parte que menos me gusta, debo pagar por todo esto.

La salida de compras termino siendo todo un éxito aunque un rotundo golpe a mi situación económica. Ahora nos encontramos cenando en familia, por primera vez con una invitada casi permanente. Mi familia parece muy feliz de tenerla como una nueva integrante, haciéndola sonrojar en cada momento por sus gentiles cumplidos.

"Lizbeth, de ahora en adelante cuida a mi hermano lo dejo a tu cuidado, jejeje.. Por cierto... ¿Te puedo llamar Liz?"

"Si...."

El signo definitivo de aceptación era una de las bromas de Karla justo como acaba de suceder; si sigue así es posible que tome el lugar de favorita en la casa.

Por otro lado se me hace raro el comportamiento de Liz ante estos temas amorosos y de relaciones...¿Sera posible que estemos en igual condiciones en cuanto al sexo opuesto se refiere?... no, no puede ser cierto; tiene medio de siglo de edad, no hay forma en que sea tan inocente...Por un momento olvide que es mitad ángel, así que si puede ser posible, si no conociera ese detalle diría que es una chica común y corriente.

Se me hace difícil de imaginar la infancia de mi <pareja>, creciendo como mitad y mitad no perteneciendo a ninguno de los dos lados, teniendo solo lazos con su padre y su madre. Viéndolo de ese modo no se me hace difícil pensar porque esta tan feliz con nosotros quienes la aceptamos sin importar de donde viene, bueno, todos esos detalles lo sabré a medida que nos conozcamos mejor.

"¿Tengo algo en la cara?"

"No... ·<<Respondí la pregunta de la nueva integrante en la familia>>·No pasa nada"

Sin darme cuenta llevaba un buen rato mirando fijamente a Lizbeth poniéndola muy sonrojada debido a eso, mis hermanas quienes no se pierden de nada estaban hablando solo para ellas de una manera muy sospechosa; al parecer les encanta que tengamos ese tipo de relación. Por otro lado ya he terminado de comer; quiero ir a mi habitación, necesito algo de tiempo a solas y sobre todo tranquilidad; con esa idea llevo los platos a la encimera.

Karla pareció notar mis intenciones lanzándome una mirada traviesa, tengo un mal presentimiento.

"Oh, Hermano ya te vas a tu habitación... Liz, ve con él. Recuerda que también es tu habitación"

"Espera un momento ¿Dormiremos juntos de ahora en adelante?"

Comenté bastante sorprendido y esperando que se trate de una broma.

"si"

Mi familia contestó al unísono sin dudarlo por un segundo... esto es ridículo, apenas la conocí ayer y solo se las presente hace unas horas, como pueden estar tan seguros de nosotros, no puedo creer lo preocupados que estaban por mí. ¿Tan desesperados estaban de que consiguiera novia?. Si ese es el caso no es para nada gracioso.

"Papá, que paso con toda esa charla de virtud y morales, ¿¡Desde cuando eres tan liberal!?"

Me dirigí hacia mi viejo con la esperanza de volver la situación un poco más normal.

"Eso solo aplica cuando están saliendo y son novios. Ustedes ya atravesaron esa etapa y dieron el siguiente paso al estar comprometidos, que en mi opinión es casi lo mismo que estar casados"

Su lógica es un poco forzada pero se las arregló para no se contradecirse, aunque innegablemente tiene un buen punto. El compromiso es la entrada del matrimonio, si mi compromiso fuera normal y lleváramos saliendo varios meses o años, seria todo más sencillo. La verdad no sé qué esperar; nunca antes he dormido con una chica.

Este loco día por fin ha terminado, junto a todas sus bizarras situaciones provocadas por una sola razón, Lizbeth. O eso quisiera decir, pero al parecer aún tengo que lidiar con otra situación que no tiene precedentes; la joven que ayer salve arriesgando mi vida se encuentra parada frente a mí usando una de mis camisas mientras tímidamente abraza una almohada; Tiene clavados sus ojos en mí, como si esperara a que le diga algo... lo hare.

"No pensemos tanto en esto, a decir verdad estoy igual o más nervioso que tú, por eso tomémoslo como si fuera algo natural"

La bella joven se acuesta en el lado izquierdo de la cama, dejándome pegado a la ventana. Mientras intentamos buscar una posición cómoda para dormir, descubrimos que mi lecho es demasiado estrecha para nosotros dos; en pocas palabras tendremos que dormir demasiado juntos.

"Parece que no vamos a lograr dormir"

"Bueno. Eso sería lo más lógico"

Dije afirmando la observación de mi compañera de cama, mientras intento buscar una posición cómoda para que ambos podamos dormir, con lo cual no tengo mucha suerte. ¿Qué rayos tenía en la cabeza la madre de Lizbeth cuando le implanto esas ideas?, sólo a ella se le ocurre que salvarle la vida a alguien es una propuesta de matrimonio...

Ese pensamiento fue cortado por una respuesta obvia, que era tema frecuente en libros y películas. Los humanos son demasiado egoístas como para poner su vida en juego por alguien más, sólo están dispuestos a hacerlo las personas que se aman. Casi nunca sucede con extraños y menos aún en el tipo de situación en la que estaba; donde una muerte segura era la única salida que podía ver. Aun así decidí salvarla, algo dentro de mí me impulso a hacerlo fue casi como un instinto; gracias a estamos aquí.

A decir verdad no es malo tenerla a mi lado, su presencia me es reconfortante y puedo tranquilizarme. Quizás sea este sentimiento impregnado y rebosante en ella el responsable de la gran aceptación dentro de mi familia.

"Reiss, ¿No puedes dormir?"

Preguntó notando mis ojos abiertos y clavados en el techo.

"Ahh, no. Estaba pensando unas cosas"

Respondí con la mayor gentileza posible, ella por su parte no ha cambiado su expresión; parece triste.

"¿Te arrepientes de haberme salvado?, todo el día has estado muy preocupado y támbién muy pensativo"

"Sabes aún es muy rápido decir si eres una molestia o no·<<Hice una pequeña pausa para mostrarle una sincera sonrisa, con la esperanza de que esto pueda animarla>>·La decisión de salvarte seguro cambiara muchas cosas de ahora en adelante, un buen ejemplo es la situación en que estamos. Pero lo he pensado mucho, llegando a la conclusión que hice bien en salvarte, tomemos las cosas con calma, también todo este asunto del compromiso es nuevo para mí, así que avancemos juntos"

"Gracias·<<Dice mientras me abraza fuertemente con los ojos algo húmedos, veo que se siente de la misma manera. Muy nerviosa por las cosas venideras>>·Te prometo que también te cuidare"

Nunca he creído en cosas como el destino, pero sobre algo no tengo duda alguna. Nuestro encuentro no fue una simple casualidad como muchos pensarían, debe tener un propósito importante, sobre todo por el gran secreto que de alguna manera ahora pertenecía.

Reflexionaba mientras sorpresivamente el sueño comienza a dominarme, en cualquier momento me quedare dormido junto a Lizbeth, la hermosa joven a mi lado que esta acostada en mi pecho después del abrazo... esta persona es mi prometida...

Fue el último pensamiento que tuve antes de caer profundamente dormido. Ignorante e los enormes giros que sufriría mi vida.

CAPITULO 2

--CAMBIOS--

"Si conociéramos las consecuencias y efectos de nuestras elecciones, la vida sería mucho más sencilla"

Ha pasado una semana después de conocer a Lizbeth, lentamente mi familia y yo nos hemos acostumbrado al hecho de tenerla en casa; además ya estoy sobrellevando mejor el asunto de dormir junto a ella todos los días.

Me encuentro en el garaje sacando el auto, mientras Erika y Liz que usan ropa sencilla, unas faldas cortas y blusas de tirantes blancas, me esperan fuera de la casa... A parte de Allen y Quatre quienes aguardan por nosotros en la casa del primero, acompañados con una chica hasta ahora desconocida.

Todo este lio fue idea de Erika, la cual propuso irnos a la playa con el fin de hacer las debidas presentaciones entre mis amigos y mi prometida. Pues según ella sería la mejor situación para hacerlo; mi viejo dio su aprobación sin pensarlo dos veces y me presto el coche, últimamente reacciona muy entusiasta a cualquier asunto referente con su supuesta nuera.

"¡Chicas suban, Asegúrense de llevar todo, no tengo intenciones de devolverme si algo se les queda!"

"Si ya tenemos todo, no te preocupes por nada, relájate. Recuerda que vamos con tu prometida"

"Si...Reiss cálmate..."

Responden las chicas que ahora están dentro del auto, Lizbeth se sienta a mi lado y Erika en los asientos de atrás; recientemente han desarrollado una amistad muy singular entre ellas, apoyándose una a la otra para lograr sus cometidos. Este viaje fue resultado indirecto de eso.

"Reiss, ¿cómo son tus amigos?"

"Bueno si tuviera que decirlo en pocas palabras son mis cómplices en las actividades que más nos gustan, ¿Lizbeth que te gusta hacer?"

Le comento amablemente mientras conduzco por la calles del pueblo, en dirección a la casa de Quatre. Espero que respeten la hora y estén listos, la idea de esperarlos no me parece muy agradable, aunque no sería extraño si eso pasara.

"Bueno...Me gusta leer, pasar el rato con tus hermanas y dormir contigo, estas actividades son muy interesantes en especial la última, te pones muy nervioso, jejejeje"

Sé que no lo hace con mala intención pero ella debería saber qué tipo de cosas solo debería decir cuando estamos en privado, a veces la inocencia de Lizbeth era más un inconveniente que una bendición. Afortunadamente la otra mujer presente está ligeramente acostumbrada a esos comentarios, tomándolo con relativa naturalidad.

"Liz no digas cosas que haces con Reiss a solas, las personas que recogeremos no te conocen, incluso para mí es un poco incómodo escuchar eso"

"Ohh, disculpa"

"Gracias Erika, eso ayudara mucho cuando estemos todos juntos, no quiero provocar más sorpresas innecesarias, tuve suficientes el día que la lleve a casa·<<Estoy comenzando a ver que será complicado, mucho más de lo que creí>>·Chicas ya llegamos, así que prepárense"

Proseguí a tocar la corneta del auto.

·Bing·,·Bing·

Honestamente estoy muy nervioso por la situación, Lizbeth haciendo uso de qué ha aprendido a leer mi estado de ánimo toma mi mano en signo de apoyo, es verdad estamos juntos en esto...

"¡Heeeeeey!"

Salieron los chicos acompañados de una chica levemente bronceada, de estatura media y cuerpo esbelto, de cabellos castaños, Usando un short y una blusa blanca encima del traje de baño. Es muy mi linda, me sorprende que ande con esos dos, pero no tanto como el hecho de que se ría tan poco disimuladamente como ellos... A ruidosas carcajadas.

"Chicos, ¿qué es lo gracioso esta vez?"

Pregunte intentando unirme a su fiesta.

"No es nada solo que Allen casi se golpeó en la cabeza al abrir la puerta"

Me contesta Quatre disfrutando enormemente la situación, sobre todo por lo raro que ver a Allen siendo torpe, no es algo para nada común. Si no estuviera en esta situación tan incómoda lo aprovecharía con gusto.

Los chicos están a punto de entrar así que quito el seguro de las puertas. Bueno aquí vamos, Dios ayúdame... lo voy a necesitar.

"Yo pido el asiento de adelan...teeee..."

Quatre abrió primero la puerta, al entrar cambio su expresión de una alegría total a una sin emoción alguna y se quedó congelado, la razón era obvia, había visto a Lizbeth. Allen le siguió, teniendo la misma reacción cuando entro; por otro lado la chica que desconozco se hizo paso entre las ahora estatuas de mi amigos, sentándose justo al lado de Erika e ignorándolos se dispuso a presentarse.

"Mucho, gusto me llamo Jeanne, ¿Eres Reiss cierto?"

Hablo de forma muy educada. Parece una chica bastante femenina, no está particularmente arreglada, pero sabe aprovechar su belleza natural. Sus cejas de buen grosor y grandes ojos verdes son su distintivo, el cual combina bastante bien con sus rosados labios y pequeña nariz, ¿Cómo la hicieron para invitarla?. Ahh... por poco olvido responder.

"Si ese soy yo mucho gusto, ellas son Lizbeth y Erika"

Dije mientras las señale respectivamente a cada una, las chicas se limitaron a saludar gentilmente con las manos debido a la tensión generada por los dos <congelados> en la puerta, incluso yo estoy bastante tenso y nervioso.

"Por favor chicos reaccionen, ni que fuera tanta la sorpresa"

Les dice Jeanne a ese par, ignorando por completo la revelación que pronto les haría. Recuperando el sentido, mis cómplices se sientan atrás en completo silencio, usualmente estarían haciendo bromas, pero por obvias razones hoy no. No perderé más tiempo en preocuparme por ellos ya están grandecitos.

"Reiss, debí preguntártelo antes pero... ¿Quién es esta chica que está sujetando fuertemente tu mano?"

"Es Lizbeth, ¿no la oíste cuando la presente"'·<<Hago una pausa mientras intento evitar la pregunta por la tangente, el hilo de voz de Quatre solo me pone más nervioso>>·"Vamos, chicos actúen normalmente parecen zombis, hehehe"

"Sabes que no me refiero a eso, tendré que decirlo claro... ¿Qué tipo de relación tienen ustedes?"

Por el amor de Dios, Justo cuando debías quedarte callado no lo hiciste, lo que estoy a punto de decirles destruirán todos los esfuerzos que han hecho para recuperar la calma. Apreté un poco más fuerte la mano de Lizbeth en busca de tranquilizarme, quien de inmediato me responde con la mirada a los ojos que me dice: "Tu puedes".

"Chicos no se sorprendan tanto por favor, ella es mi prometida y actualmente vive conmigo"

Siendo en vano mi advertencia todos los que desconocían el hecho se muestran muy sorprendidos, en especial Quatre quien nuevamente se <congelo>, pero su sorpresa fue en un nivel mucho menor a los anteriores. Jeanne aunque me resulte difícil de creer, se ve algo decepcionada.

"Vaya, Vaya...Así que esta es la razón por la actuabas tan extraño todos estos últimos meses, aunque nunca me imaginé que te ibas a casar... eres una caja de sorpresas, jajajajaja"

Dice Allen con una expresión lasciva en su rostro, seguida de un gran ataque de carcajadas, es una persona impresionante. Mantuvo lo compostura en esta situación.

Mi otro amigo sigue sorprendido, no debo preocuparme por él, se recuperara en unos momentos, eso espero.

"Oye te decidiste muy rápido, estos chicos me habían dicho que tienes muy poco interés en las mujeres. Me mintieron de una forma increíble, resultaste ser mejor que ellos"

Comentó Jeanne intentando llenar de humor el ambiente, aunque causo el efecto contrario.

"No, no es eso"·<<Suspiré, preparándome para el decir el discurso que había practicado toda la semana>>·"Hay cosas que esta vida no se controlan, claramente el enamorarse es una de ellas. Pero cuando conoces a la persona con quien quieres estar toda la vida, la verdad no hay mucho que pensar, solo hay que actuar y ese actuar nos ha llevado a donde estamos ahora, Liz gracias por estar a mi lado"

Mi discurso ha provocado una reacción muy cariñosa por parte de Lizbeth, quien me beso el mejilla una vez termine.

Las chicas se encuentran muy emocionadas secreteándose entre ellas y los chicos están dándome palmadas en la espalda en signo de felicidades con una expresión algo forzada en sus rostros, al menos ya están relativamente bien.

"Reiss, amigo disculpa por sorprenderme tanto... Pero no me culpes, nunca habías mostrado interés en una mujer... Sé que hablo por Allen y Jeanne cuando te digo muchas felicidades"

Comento Quatre en tono muy sarcástico, no tuve la necesidad de contestarle. Lizbeth se me adelanto

"Gracias, Reiss y yo apreciamos sus buenos deseos"

Uff, mis amigos sobrellevaron la situación mejor de lo que esperaba, haciendo inútiles todas las respuestas practicadas para cada una de sus posibles reacciones, excepto para esta.

Pensaba... Que inmediatamente llegarían a la errada conclusión de que mi pareja está embarazada, pero al parecer y afortunadamente no lo hicieron... Sin importar a que punto empeorara la situación. No tenía la más mínima intención de comentarles que a pesar de estar <comprometidos> ni siquiera nos hemos besado, pues nosotros acordamos llevar las cosas con calma.

"¡Miren es el mar!"

Gritó Erika muy emocionada. El hermoso mar de color azul claro igual que el cielo, nos muestra su inmensidad a la izquierda, perdiéndose en el horizonte. Teníamos bastante tiempo de no venir, casi olvido esta hermosa vista.

Alrededor de diez minutos más tarde llegamos a la playa. El clima de hoy es estupendo para un viaje de este tipo, el sol nos baña suavemente su luz que resplandece en la arena blanca, el mar está tranquilo, pareciendo infinito se pierde poco a poco de vista; ver esto es algo que no tiene precio.

"¡Hola Reiss, cuando tiempo sin vernos, ¿Vienes de paseo?!"

Me saluda amablemente un hombre alto con una camisa adornada en flores, es Joham desde un local que dice en su letrero <Mar azul>, él es su dueño y un viejo amigo de mi padre. Estamos en el lugar que mi familia acostumbra a llegar cuando venimos a playa, así que yo era muy conocido en los restaurantes y hoteles de los alrededores; por lo que cosas como comida o habitaciones para descansar no son difíciles de conseguir. Prueba de eso, es que a veces me hacen descuentos.

"Joham, estaré aquí con mis amigos todo el día, ¿Me echas una mano?

"Jajajaja, Por supuesto. Entonces... Un lugar para cambiarse y dejar sus cosas además de la comida, ¿Con eso estas bien?"

"Si, Gracias"

La amabilidad del hombre es solo una de sus cualidades con las que ya estoy bastante familiarizado, pero aun así es bastante reconfortante. Por otra parte parece que mis amigos están mostrando un interés particular en Lizbeth, deben tener curiosidad acerca de qué tipo de mujer se enamora de alguien como yo, o espero que esa sea la razón.

"Chicos, dejen a Liz en paz, esperen un momento que nos vamos a cambiar. Además, ella ya tiene dueño, deberían buscar una novia"

Eso debió doler, echar sal a una herida... Erika que ahora está jalando a Liz en dirección a los baños no conoce el significado de la palabra prudencia.

Jeanne observa la situación y no pierde la oportunidad de acercarse un poco más a ellas, así que las sigue. Me entere cuando fui a comprar con Lizbeth su bañador de los diversos <inconvenientes> que las mujeres tienen con este tipo de prendas, que siendo sincero para mi carecen de sentido, aun así insisten en que debo saberlas, sobre todo mi amiga de toda la vida.

"Dejemos que se cambien. ¡Allen vamos al agua llegare de primero!"

"No seas tan infantil, sabes que perderás"

Los chicos ahora están corriendo hacia el mar a toda velocidad, ya han iniciado su ronda diaria de competencias, olvidándose por completo del insolente comentario de hace unos momentos. Nosotros en vez de bañadores usamos simplemente pantalonetas para entrar al agua, así que solo nos quitamos nuestras camisas; en cambio las chicas se cambian de todo, incluyendo la ropa interior, demorando mucho más tiempo.

Lizbeth y yo habíamos dejado en claro ciertas cosas referentes a nuestra nueva vida juntos. Una de las cosas que me exigió es que seamos muy tradicionales e ignoráramos las costumbres actuales en cuanto a relaciones, parte de eso significa que deberé ser un caballero; también que avancemos lento debido a las extraños sucesos que rodearon nuestra <unión>, en realidad no tengo problema con la mayoría de sus condiciones y solo pedí cero mentiras entre nosotros, propuesta a la que accedió gustosamente.

Ahora siguiendo mi papel de caballero me encuentro sentado debajo de unas palmeras, esperando a que mi <princesa> termine de cambiarse.

"Discúlpame por la tardanza, ¿Cómo me veo?"

"Ahh hola Liiiiiiiiz......."

"..."

A pesar de que había visto ese bikini blanco de tirantes y flores rosadas anteriormente cuando lo compró, no imaginaba que le quedara tan bien. Estoy sin palabras, total y honestamente sorprendido, nunca la había visto con tan poca ropa. Erika quien está a su lado usando un bikini azul, se da cuenta de mi reacción, cambiando su cara a la de un zorro tramposo.

"Reiss, ¿Estás bien?"

Me pregunto Lizbeth ignorando el motivo de mi nerviosismo.

"...Si estoy bien, te... Queda muy bien el traje de baño, vamos"

Diciendo eso tomo de la mano a mi ruborizada prometida mientras corremos hacia el mar, parece que será un día divertido. Me impresiona el hecho de tener días tan normales, incluso sabiendo que todas las noches duermo junto a una <ángel>. Solo espero que esta paz dure mucho tiempo.

He estado pensando acerca estos seres que conocemos como ángeles y sobre todo ese rollo acerca de su dimensión, lo primero es que deberían ser capaces de cruzar sin ningún tipo de restricción entre los dos espacios, lo segundo es que tienen una forma de manipular las células o hasta ahora nada más he visto eso. Pero sobre todo me intriga que buscan aquí, ¿Qué pueden desear de un mundo como este?, no lo entiendo.

A decir verdad no me sorprendería el hecho de que todas las mitologías resultaran terriblemente reales, bueno en realidad estoy casi a un cien por ciento seguro de que es así.

Ya es la hora del almuerzo, todos nos encontramos en torno a la mesa del restaurante-hotel Mar azul esperando la comida, Lizbeth está a mi lado recostada en mi hombro. Hoy se encuentra particularmente afectuosa conmigo, causando una que otra incomodidad con los presentes. Sobre todo para los chicos.

"Oigan dejando a un lado a los tortolos, ¿se han enterado de los inusuales incendios de estos días?"

Pregunto Quatre intentando aliviar un poco la tensión por nuestras demostraciones de afecto.

"Si, ya van 4 incluyendo el de ayer, Quatre tu vistes personalmente uno, ¿cierto?"

Quien le respondió fue Allen, al parecer nadie más aparte de ellos conoce algo sobre esos incidentes.

"Claro, aunque no vi nada extraño. Suelen decir de hombres que aparecen entre las llamas"

"Eso último pienso que son solo rumores. Lo impactante es que la causa de los incendios aún no se sabe"

La conversación iniciada por los chicos solo es seguida por ellos mismos, los demás sólo nos limitamos a escuchar; Pero...Es demasiado sospechoso, a Lizbeth la conocí en uno de esos inusuales sucesos y las personas que aparecen, podrían ser más Caídos; en definitiva vale la pena investigarlo, hablare más tarde con ella acerca de esto.

"Ha habido 4 incendios y no se sabe por qué..."

Susurró mi pareja en muy baja voz, al parecer llego a una conclusión similar a la mía. Prosiguiendo a refugiarse en sus pensamientos. Debe estar buscando una explicación.

"Chicos ya viene la comida"

"Al fin"

"Se demoró mucho"

Se escucharon ese tipo de comentarios en torno a la mesa, después de tanta espera vino la comida, bueno por ahora me concentrare en disfrutar el día. Meterme en problemas mayores de los que ya poseo no es una idea agradable, y aunque estoy obligado a hacerlo, trato de evitar inconvenientes innecesarios. Sin embargo, estos acontecimientos son demasiado sospechosos como para decir que solo es pura casualidad, bueno...Supongo que pronto lo sabré.

Pasamos las siguientes horas después de comer relajándonos como grupo y estrechando relaciones con nuestros nuevos integrantes, que desde ahora formaran parte de nuestros planes. Jeanne encajo perfectamente en el ambiente que mantenemos y resulto ser una cómplice total para nosotros los chicos, ya que comparte muchos de nuestros gustos; entre ellos las largas sesiones de competencias en videojuegos, las cuales prometen ser más interesantes en un futuro cercano.

Ya es algo tarde y la hora de irnos se aproxima. En este momento me relajo disfrutando del atardecer sentado en un tronco encima de la arena, viendo como el cielo cambia lentamente de color mientras el astro rey comienza a ocultarse.

"Reiss, ¿te importa si me siento?"

Comento mi pareja apareciendo de la nada, llego en un buen momento.

"No, de hecho quiero hablar contigo de algo, tienes buena sincronización·<<Después de escuchar esas palabras se sienta a mi lado acurrucándose en mi hombro, en verdad estas cariñosa hoy Lizbeth>>·¿Recuerdas los rumores que los chicos nos contaron durante el almuerzo?, bueno deberíamos investigar"

"Si, yo te iba a decir lo mismo, pensé que solo hubo un incendio hace una semana, es raro incluso para los Caídos este tipo de acciones...En el peor de los casos están planeando algo"

"Oye oye, aún no sabemos si en verdad los responsables son Caídos"

Aunque su lógica es impecable me niego a aceptar esa posibilidad que implica muchos peligros, no solo para nosotros dos, sino además puede significar un gran problema para el pueblo entero. No conozco como actúan o que buscan, pero a juzgar por los mitos no es difícil de imaginar.

"Si, aún desconocemos a ciencia cierta muchas cosas...Por ahora solo investiguemos"

A parte de eso hay otro asunto que me tiene pensativo, es buen momento para hablar de ello.

"Lizbeth... ¿Sabes si hay una manera de combatir en igualdad de condiciones a esos Caídos, para mí que soy un ser humano?"

"Bueno no puedo decir que en igualdad de condiciones pero...Si hay una forma·<<Tomó mi mano y se quedó en silencio por unos instantes>>·La única manera que conozco es modificar un poco tu cuerpo y utilizando un arma forjada de un metal especial, las armas convencionales no sirven contra ellos"

"Ahh, Me alegra saber que tengo una manera para protegerte, después me cuentas los detalles...Solo disfrutemos el atardecer"

Mis palabras la conmovieron bastante, al parecer no pensó que quiero protegerla. A pesar de su procedencia realmente quiero hacerlo, me ha cuidado estos días e incluso salvo mi vida cuando la conocí. Todo eso quitando el hecho de nuestro compromiso, es lo menos que puedo hacer.

"Gracias, sabes Reiss... En verdad aprecio que te sientas así, eres una de las pocas persona que me acepta sin prejuicios"

Sus ojos lucían algo húmedos y levemente hinchados. No entiendo el significado total de sus palabras, pero hay algo que si comprendo a la perfección.

"Lizbeth, no tengo razones para odiarte debido a tu procedencia o que hacías antes de conocernos, lo que importa es que haces ahora. Ten por seguro que te protegeré con mi vida, la vida que una vez salvaste"

El ambiente es perfecto entre nosotros, acompañados por el hermoso ocaso reflejado en el mar mientras el sol lentamente se oculta. Ella tiene su mano en mi mejilla desde que termino de hablar, puedo sentir su calidez y una gran sensación de tranquilidad invade mi cuerpo.

Sin darme cuenta nos estamos acercando lentamente. Dejándome llevar por el momento cierro los ojos y espero que nuestros labios se junten; finalmente nuestro primer beso. O eso pensé, pero ella me detiene los labios con sus dedos.

"Cálmate, te dije que avancemos lento. Aun no"

Sus labios, los labios que no habían sido tocados en cincuenta años estuve muy cerca de hacerlos míos. Tsch, Debí haber esperado algo como esto, aunque está entusiasmada con el hecho de estar juntos casi las veinticuatro horas del día incluso cuando dormimos, tiene cierta aversión hacia cuestiones amorosas.

Ella es una chica con un fuerte sentido tradicionalista, no será nada fácil a pesar de estar casi <casados>. Sin embargo me comienzo a dar cuenta poco a poco de la idea que tiene de amor; es una romántica como yo.

Bueno, por el momento deberé olvidarme de temas amorosos, Pues... Hay ciertas personas observándonos que no hacen el más mínimo esfuerzo por disimular.

"Oigan ustedes, sé que es una escena increíble. ¡Pero por lo menos escóndanse!"

Grité con el propósito de hacer consientes a los idiotas detrás de nosotros que han sido descubiertos. Quien salió de inmediato es Erika, se ve un tanto decepcionada.

"Lo siento, lo siento...Es que soy tu amiga de la infancia debo ver esto...Los demás solo se colaron"

"¡¡¡¡Ehhhh!!!!"

Dicen todos los demás, muy molestos con ese para nada adecuado y ante todo sarcástico comentario.

La pésima excusa que Erika pone para justificar su comportamiento es increíble, en su cara tiene pintado por todas partes un <no es para tanto>, sé que la conozco desde hace mucho, pero esto ya es abusar.

-ugh-,-ugh-

Me duele todo el cuerpo, mientras siento un líquido cálido en el cual estoy empapado...Es sangre, ¡mi sangre!, pero más importante...Hay algo encima de mí, parece una puerta, esta no me deja ver a mi alrededor y mucho menos moverme libremente.

"¡¡Con fuerza!!"

Logre levantarlo, fue más pesado de lo que parecía. Está muy oscuro y aun no puedo ver bien, estoy dentro de una casa o debería decir los restos de una."¡¿Que rayos está pasando?!.

Dejando eso a un lado, estoy demasiado herido, todo el cuerpo me duele incesantemente, creo que tengo una o dos costillas rotas. Al seguir tocando mi cuerpo en busca de otras posibles lesiones, me di cuenta del grave estado de mi persona. Me sangra la cara, los brazos y sobre todo mi pecho. Tanto que mi ropa está teñida de rojo por la sangre,

El miedo que me invade es uno totalmente nuevo para mí, nunca antes había tenido tantas dudas, temor y desesperación.

Corrí a toda velocidad fuera de la casa intentando descubrir que está pasando. Al salir, la visión es increíblemente terrorífica, superando con creces mis peores pesadillas.

¡Mi pueblo el, lugar donde crecí, está casi completamente destruido!, todo está en ruinas, con llamas que se ven a la distancia consumiendo los restos de la devastación, parece como si toda la vida fuera segada repentinamente por una gran explosión.

"¿¡Que rayos paso!?"

Grite como fruto de la gran mezcla de sentimientos en mi interior. Para empeorar las cosas, acabo de caer en cuenta de algo muy importante. Dónde está mi familia, mis amigos, Lizbeth... ¡¿Están muertos?!.

"¡No puede ser!. ¡¡¡¡MALDICION!!!!"

-Couff-,-Couff-,-Couff-

Fue solo una pesadilla, me levante de golpe completamente tosiendo agitado y lleno de sudor, el aire me falta; bueno me debo calmar, nada más fue un sueño. "Todo está bien, todo está bien", me dije para mis adentros, respirando más lento mientras estoy sentado tocándome la cabeza con las manos en el borde de la cama.

Continúe por alrededor de diez minutos hasta que conseguí recobrar la calma. Ese sueño fue demasiado realista, llegando a tal punto que si no hubiera despertado, sin duda lo habrá creído.

"Reiss, ¿Qué te pasa?,¿Mas pesadillas?"

Me dijo la preocupada joven a mi lado luciendo somnolienta; debí haberla despertado.

"Si, cada vez se vuelven más reales"

"Ven sabes que cuentas conmigo, dímelas"

Su tono tranquilo y lleno de cariño es reconfortante, aunque por ahora hay ciertos inconvenientes.

"Antes de eso..."

Le mencione a mi supuesta prometida, quien ahora está prácticamente encima de mí, además que solo este usando una camisa es algo... sé que no lo hace con esa intención. Lizbeth tomó la costumbre de dormir con mis camisas, según ella debido a la comodidad. A veces me gustaría que fuera más consienta de ciertas cosas.

Aun así, es lindo tener alguien que se preocupe por ti. Sus inocentes y lindos gestos son un buen consuelo a mis pesadillas. Lo ha hecho desde hace un tiempo; a su juicio también es una de sus responsabilidades, las cuales se preocupa mucho por cumplir.

Por algún extraño capricho del destino o debería decir de Dios, estamos juntos. La verdad es agradable y estoy agradecido, sólo que casi morir me parece un precio algo exagerado por su compañía.

"Liz, lo de siempre perdido desorientado en un pueblo en ruinas"

Finalmente le dije cuando se sentó en la cama.

"Reiss, sabes que ya me has comenzado a preocupar. Los sueños no son solo eso, sobre todo los persistentes, esos tienden a ser advertencias. Debemos andar con cuidado"

Respondió casi de inmediato un poco consternada por mis palabras, mencionando también un punto interesante.

"¿Así que una advertencia, eh?...ahora que lo mencionas podrías decir que soñé contigo antes de conocernos"

Al escuchar eso se sorprendió ligeramente, y puso sus dedos entrecruzados como siempre hace cuando está nerviosa.

Olvidando un poco los sueños. Ayer después de llevar a todos paso algo perturbador. Después de salir a comer juntos en lo que podría considerarse nuestra primera cita, la lleve al gran mirador en donde se podía claramente todo el pueblo y los alrededores. Casual o intencionalmente sólo sirvió para que fuéramos testigos de otro incendio, que cada vez son más frecuentes.

Como medida preventiva debería conocer a fondo aquella oportunidad para pelear con los Caídos.

"Lizbeth, recuerdo cuando me hablaste la manera en que puedo combatir con Caídos, ¿De qué se trata?"

"Reiss, ¿Estás seguro?. Prácticamente dejaras de ser humano si decides hacerlo y no solo eso, sería una opción apresurada"

Me dijo muy preocupada y un tanto reacia a comentarme más detalles sobre ello, dado que conoce a fondo el proceso de modificación debe tener muy buenas razones para estarlo. Sin embargo también tengo fuertes motivos para considerar seriamente esa arriesgada opción.

"Tengo un mal presentimiento sobre todo este asunto, quiero estar listo para lo peor-<<Estoy atrapado en un mundo que desconozco, quisiera ser capaz de defenderme sin estar al borde de la muerte cada vez. Pensé entre líneas>>-Esto no solo es por mí, quiero ser capaz de protegerte a ti y a todos, no quisiera morir y salir herido tan fácil como la otra vez"

Al ver mi determinación parece desistir en la idea de no decirme. Pero sigue sin verse muy convencida.

"Bueno si estas tan seguro..., consiste en modificar tu cuerpo haciéndolo más parecido al de nosotros, es algo así como llevar tus capacidades humanas al máximo, acelerando tu proceso de curación y haciéndote envejecer más lento"

Esto es interesante, consiste en <modificar>, bueno al parecer me tocara practicar con un arma, ya que las balas no funcionan en los Caídos y tampoco las armas convencionales, pues su piel tiene propiedades similares al acero, según la muy limitada información que Liz posee de ellos.

"¿No hay consecuencias o efectos secundarios?"

"Con el arma no, la forjare con algo de tu ADN como un cabello o algo de tu sangre así que será similar a una parte de ti y la sentirás bastante familiar, en cuanto a la operación... Pasaras con un intenso dolor. El proceso es similar a reformarte como si fueras metal. Soy una herrera después de todo"

Una herrera, por lo menos no es una alta sacerdotisa o algo por el estilo. Me tranquiliza saber que ella podría no ser la razón de estos incidentes, quizás sólo estuvo en el lugar equivocado y momento erróneo.

"¿Ósea me reconstruirás de nuevo?"

Pregunte un tanto urgido por más información. Ella reaccionó de forma pensativa y vacilante.

"No exactamente. El cambio es por dentro más específico en los huesos y flujo sanguíneo, que gradualmente cambiara todo tu cuerpo."

Así que de esto se trata, un cambio interno, puedo suponer de que mi apariencia externa cambiara poco. Si se trata de llevar mi potencial humano al máximo será similar a cierto capitán. Me pregunto qué tanto mejorare y que clase de cambios surgirán. Supongo que algún momento deberé explicare a mi familia porque soy tan joven en relación a ellos, en unos años.

"¿Cuánto dura el procedimiento?"

"Eso no lo sé a ciencia cierta, puede tomar horas o días"

"En ese caso deberemos salir de viaje tu y yo solos... ·<<Con este tiempo tan variable no hay manera de hacerlo en casa>>·¿El ambiente ayuda a acelerar el proceso?"

"La verdad eso no depende mucho del ambiente, pero si tienes un lugar donde puedas calmarte ayudara mucho"

Ya veo así que depende de la mente el proceso, puedo imaginar porque estaba tan reacia a contarme. No cualquiera podría soportar un intenso dolor por varias horas y permanecer en sus cabales, todo dependerá de mi fortaleza mental y fuerza de voluntad. Liz, a pesar de que se esfuerza por ayudarme, está bastante preocupada por mí. Pero, no quiero ser una carga para nadie.

"Liz, antes de la operación vayamos hoy a los sitios de incendio a ver si encontramos pistas, necesitamos explicaciones sobre lo sucedido"

Por primera vez en toda la conversación no mostro desdén por una de mis sugerencias. De hecho se ve complacida.

"Me parece bien, salimos después del desayuno"

"Listo, por ahora hay que tomar un baño...¿Quién va primero?"

Asentí a su propuesta. Esta vez ella se bañara primero, es un poco gracioso considerando la primera vez que se tomó un baño aquí en la casa. Recuerdo perfectamente el grito: "Kyaaaa" cuando accidentalmente giro la llave del agua fría, ese día Karla se bañó con ella para enseñarle a usar el baño, una experiencia extraña ante mi punto de vista. A veces pienso que la descubrirán por estar tan desactualizada.

Al poco rato salimos de la casa en dirección al bosque con ropas ligeras, unos vaqueros, camiseta y zapatos todo terreno, para ser exactos. Son alrededor de las 10:30, debido a la prisa salimos sin desayunar; así que compramos unas empanadas con jugo en el camino. Nuestra agenda estará muy apretada el día de hoy, comenzaremos con el lugar más conocido para nosotros, los restos del incendio cerca del cementerio.

Me he estado preguntado que paso con el cuerpo del Caído, me resulta increíblemente sospechoso que no lo hayan encontrado, pero si ese fuera el caso sería casi la notica del siglo. Así que esa posibilidad esta lógicamente descartada, los sucesos que rodean a este tipo de seres están llenos de misterios, incluso la más cercana que tengo sigue siendo una enorme incógnita.

"Reiss, ya llegamos al cementerio"

Comentó Liz poco antes de que se escuchara y sintiera el freno del taxi donde íbamos, parando justo a la entrada del cementerio.

"¿Tan, rápido?"

"Si... estabas tan perdido en tu cabeza que ni siquiera notaste ese pequeño detalle"

Valla me sumergí tan profundo en mis pensamientos que no me di cuenta. El primer objetivo del día es ir hacia el lugar donde nos conocimos y buscar alguna pista o restos del Caído para obtener algo de información extra a la muy limitada que tenemos.

Al cruzar el lúgubre cementerio iniciamos a caminar en el bosque, se pueden percibir una gran cantidad de sonidos, que en compañía a la tenue luz que se filtra entre los altos árboles ofrecen una vista digna de admiración.

Falta poco para llegar a nuestro destino. Estamos equipados con todo tipo de artilugios desde provisiones hasta equipo básico de supervivencia, con el fin de estar preparados para cualquier tipo de situación; aunque gracias a eso nuestras mochilas son muy pesadas.

Mi pareja ha estado inquieta desde hace un tiempo y tratando de decirme algo, aunque se detiene poco después de articular una palabra. Creo que ahora lo intentara de nuevo.

"Reiss, a pesar de que soy mitad ángel, tengo muy poco conocimiento sobre las otras razas... deja que te cuente la historia de mi vida y para que me entiendas un poco mejor·<<Aclara su garganta, y se dispone a decirme lo que supone un largo relato. Me tomo por sorpresa pero sin duda es interesante>>·Se muy poco sobre las circunstancias que envolvieron a mi concepción, pero en algún momento de 1943, mi padre el ángel Rafiel conoció a una humana que estaba a punto de morir por causa del hambre en las ciudades devastadas de Inglaterra. Eran tiempos de guerra, el mundo perdió el balance y por un momento estuvo la situación estuvo a punto de volverse incontrolable. Mi padre la salvo y la cuido por un par de semanas, aunque con el tiempo se dio una situación tan extraña que contadas veces se ha registrado en la historia, un ángel se enamoró de un humano. A medida que pasaba el tiempo su amor iba creciendo, mi padre tuvo muchos problemas para aceptar la idea de una relación a pesar de las cada vez más frecuentes insistencias de mi madre, incluso intento dejarla una vez trayendo consigo desastrosos resultados. Mi madre por poco muere esa vez, debido a que el conflicto había llegado a la región donde vivía. Mi padre la salvo nuevamente y muy arrepentido por abandonarla le prometió nunca más dejarla sola, la sensación de casi perderla lo hizo darse cuenta de la profundidad de sus sentimientos. Alrededor de cuatro años después, fui concebida y nací en la cuna de un matrimonio poco común, alejado de todo tipo de civilización en una región remota de gran Bretaña. Mi crianza fue acompañada por mis padres y la gran cantidad de libros me regalaban, esos libros eran el único conocimiento que tenia del mundo exterior para ese momento"

Una historia increíble, la realidad esta vez ha superado a la ficción. No tenía idea de que los ángeles pueden desarrollar sentimientos por los humanos. La segunda guerra mundial al parecer no fue simplemente un conflicto naciones e intereses. Si había seres mitológicos involucrados podría significar que la razón de la pelea no era la ambición de un hombre, si no que pudo tener un significado profundo y desconocido para nosotros, aunque también me lleva a pensar quien era la verdadera mano detrás de los hilos... Ahora no es momento para pensar en ello.

"Liz, ¿Qué paso con tus padres?, si mal no recuerdo cuando explicamos nuestro compromiso a mi familia mencionaste que están muertos"

"Si, o creo que lo están. Mi padre desapareció cuando solo tenía cinco años y mi madre si está muerta, falleció hace veinte años. Desde entonces he estado vagando por el mundo, hasta que llegue por estos alrededores y me comenzó a perseguir el Caído que mataste, lo que no entiendo es porque me ataco"

"Ya veo, una historia interesante. Gracias por contármela, agradezco que confíes en mí... tengo mis dudas de por qué te perseguía ese hombre, cuando me enfrenté con él, no parecía interesado en ti. Da más la impresión de que estaba custodiando algo"

Le comente un tanto feliz pero a la vez consternado por lo motivos de su perseguidor. Con esta explicación están aclaradas casi todas mis dudas con respecto a Elizabeth, la joven misteriosa que me salvó de morir. Sin embargo me genera preocupación saber que los seres mitológicos pueden procrear sin ningún problema con los humanos. A pesar de es un foco frecuente de las leyendas no había manera de probarlo, no hasta ahora. La posibilidad de que haya más híbridos aparte de Liz es extremadamente alta, también tengo muy claro el hecho de que puede haber chicos malos entre estos híbridos.

"Liz, ¿los Caídos y demonios tienen como práctica frecuente procrear con mujeres humanas?"

"Desafortunadamente si-<<Su voz era monótona y casi aburrida>>-Esos niños son unas bestias en todo en el sentido de la palabra. Por cierto los híbridos de ramas angélicas se les conoce por el nombre de Nephilim y los de ramas demoniacas Berserk, así les llamaron los humanos. En cuanto a los Caídos no conozco mucho acerca ellos"

Los Nephilim y Berserk ciertamente son figura naturales en mitos y leyendas. Poseedores de capacidades físicas absurdamente grandes, siendo estos últimos unos seres dominados enteramente por la locura y sed de sangre; no es buena idea encontrarse con ellos. Los Nephilim por otro lado son seres muy extraños, tienen pleno control de sí mismos además de ser altamente inteligentes, suelen ser denominados como la perfección del ser humano. En cuanto a los Caídos en una verdadera mala suerte no conocer sobre su prole.

La profunda charla en nuestra caminata por el bosque la hizo sentir significativamente más corta, ya hemos llegado al claro. Las cenizas están por todo el lugar ampliamente dispersas. Se ve muy diferente de día.

No parece haber rastro de aquel hombre... ¡Espera un momento hay unas cuantas pisadas!. A pesar de que ha pasado tanto tiempo se pueden ver si te fijas claramente, siguiendo las pisadas me encuentro con un agujero debajo de un gran tronco ennegrecido por las quemaduras. Le hago señas a Liz para que me ayude a moverlo un poco y poder mirar con más detalle que hay debajo.

La vista es algo extraña, parece ser una tumba, la tumba de aquel hombre. Sin embargo no hay el más mínimo rastro de su cuerpo, pero si están sus raras prendas y una espada cubierta de sangre, esa fue la espada que use para vencerlo.

"Reiss, algo no anda bien"

"Eso lo sé desde que me entere de la existencia de los seres mitológicos"

Le conteste en un tono monótono y casi grosero a su murmuro.

"No me refiero a eso"

Su cara refleja miedo, mucho miedo. Está moviendo rápidamente los dedos entrelazados de sus manos, comienza a asustarme y su silencio sólo sube la tensión en este ambiente. Aunque es realmente perturbador encontrar solo las ropas... parece que aquel hombre se desvaneció de alguna manera.

"Liz, dime de que se trata, ya me estas asustado"

"Ahh, disculpa por eso, me refiero a que no es usual una escena tan obvia. Es extremadamente raro que aun estén estas ropas. Usualmente no quedan nada de estas escenas, mi padre me lo conto. Ellos son muy cuidadosos con esos detalles"

Creo que no comprendí del todo su mensaje. Pero quizás no sea un detalle tan importante... eso espero, porque la suposición que he hecho no es la más agradable.

"Entiendo... sólo para estar seguro, quienes se lo llevaron son Caídos, ¿no?"

"Si, esto solo significan mala noticias. Uno hay más Caídos en los alrededores y dos que están demasiado ocupados como para limpiar este lugar apropiadamente"

Lo que me temía, hay más Caídos en esta área y al parecer están <Haciendo> algo, la pregunta es: ¿Qué?. En un principio pensé que la decisión de modificar mi cuerpo podría ser apresurada e imprudente, pero no es el caso, es una medida que me veo obligado tomar cuanto antes. Las excusas que deberé dar por ausentarme unos días pasan a un segundo plano, el problema principal será vigilar de alguna manera las actividades de los Caídos, en busca de cualquier signo que nos revele su plan.

"Reiss, entra en el agujero algo se acerca"

Después de esas palabras, Liz me empujó con fuerza y entramos en el agujero de forma inmediata. A decir verdad no escuche absolutamente nada, pero dada la situación debo confiar en ella; siendo un Nephilim, mínimo deberá tener un sexto sentido.

En efecto, minutos más tarde se escuchan el crujido de las hojas al romperse como si fueran pisadas. Mi incapacidad sensorial para detectar este peligro potencial me deja en claro la enorme diferencia entre nosotros, y comienzo a pensar que solo fue porque mi oponente me subestimo rescate a Liz. De lo contrario me hubiera sido algo imposible de lograr.

Las pisadas cada vez se hacen más fuertes, escuchándose con mayor frecuencia y claridad, en definitiva se está acercando a nosotros. A medida que se adentra en nuestro campo de visión se hace notar una silueta, es un hombre de mediana edad con barba y ocultando el resto de su rostro. Vestido con ropas idénticas a nuestro atacante del otro día, en definitiva es un Caído.

"Parece que no hay nada, ¿Estás seguro que es por aquí?"

"Ok, ok, listo. En ese caso continuare con la búsqueda del Kyros"

"Si, si, ya sé que lo necesitamos para eso"

El hombre parece estar hablando por algún tipo de comunicador. Dejando eso a un lado ¡¿Qué diablos es Kyros?!, podría ser eso lo que están buscando. No obstante, hay que investigar más a fondo la situación, a juzgar por lo que estoy observando se trata de una operación bastante organizada, se puede saber por el método de búsqueda que usan. A simple vista puedo decir que tienen una especie de base y desde ahí monitorean los alrededores, enviando exploradores cuando se detecta algo inusual, si la situación resultase ser así, será un verdadero problema descubrir sus planes y ni hablar de detenerlos.

"Bueno, entonces ya regreso"

Aquel individuo dejo el lugar con dirección hacia las montañas después de decir esas palabras, Liz ha estado inmersa en sus pensamientos desde hace unos minutos, a lo mejor esa conversación tiene algún significado para ella y me podrá decir que está pasando o por lo menos aclararme ciertas dudas.

Una vez estuvo lo suficientemente lejos, intentamos salir de ese estrecho lugar, pero la rubia a mi lado no se ve del todo bien... me detuvo justo antes de intentar sacar el cuerpo, sólo mi cabeza se halla afuera. No la había visto de esa manera anteriormente; sin lugar a dudas es preocupante.

"Liz, ¿oye estas bien?, ¿Qué sucede?"

"... Es peor de lo que creí. Aun así es bueno saber que los Caídos no tienen sentidos tan sensibles"

"¿Es peor de que lo creíste?, y como sabes que no tienen sentidos tan sensibles. A mi ojos si lo son, y mucho"

Me gustaría entender que me quiere decir, pero parece hablar en una longitud de onda diferente. Por esa razón me he limitado a hablarle en vez de intentar buscar significado a cada una de sus palabras.

"No, si tuvieran sentidos como los míos estaríamos muertos. Tuvimos suerte y tengo una buena idea del Kyros"

"Ya veo, tienes un buen punto... ¿Entonces que rayos es ese Kyros?"

"En términos simples es un metal especial, recuerdas cuanto te dije sobre fabricarte un arma, bueno ese es el metal. Es mucho más resistente que cualquier cosa que conozcas, lo único similar seria el diamante; desgraciadamente es una aleación que se fabrica con una materia prima muy escasa"

Por todo lo que dijo, puedo suponer que esta escasa materia prima se halla en los alrededores de pueblo, vamos piensa que metal poco común se encuentra por aquí...

"Lo tengo, están buscando platino, ¿No?"

"Me impresiona tu habilidad de deducción, lo descubriste demasiado rápido. El platino es su materia prima"

"La verdad, no es muy difícil de suponer, teniendo en cuenta que aquí hubo una mina de platino hace cien años y el yacimiento no se ha movido. Ahora salgamos de aquí quiero hacer la operación lo más pronto posible, será un fastidio inventarme una excusa para salir de la casa por unos días"

Intentando disipar un poco la ya asfixiante seriedad del ambiente, luzco la que creo mi mejor sonrisa, a lo que Liz reacciona con unas tiernas carcajadas. Con cuidado proseguimos a salir del agujero y pensando en dirigirnos hacia mí casa.

"Espera Reiss, algo viene"

Entramos nuevamente a ese pequeño escondite, los pasos se escuchan claramente; esta vez fuimos descuidados; afortunadamente nada más nos dio tiempo de sacar la cabeza, así que con suerte no se han percatado de nuestra presencia.

"Mira que hermoso este lugar, lo es a pesar de haberse quemado hace solo una semana"

"Si amor, además es muy romántico"

Uff, ese fue un buen susto. Se trata de una simple pareja de tortolos que ahora se está besando sin ninguna intención de contenerse, bueno... a parte de nosotros que estábamos aquí desde antes, nadie los está viendo en este momento. La idea de venir tan lejos en busca de privacidad es buena pero absurdamente imprudente.

Me pregunto si deberíamos salir. Explicarles que hacemos aquí podría ser extremadamente tedioso. Mientras ese pensamiento recorría mi cabeza, comienzo a escuchar la voz de alguien más; en un principio parecen solo susurros, pero en unos segundos se puede escuchar con claridad.

"¿Así que estos son los insectos que merodean por aquí?"

¡¿Insectos?!, esa forma de referirse a los humanos...¡ No puede ser!. ¡Caídos!, el hombre que vimos partir hace unos momentos ha vuelto y empeorando la situación la pareja está completamente indefensa, son humanos comunes... ¡Piensa!,¡Piensa! ...¿Qué puedo hacer en este momento? ...No se me viene nada a la mente, para empezar no soy diferente a ellos, si saliera de aquí solo me convertiría en un blanco fácil desperdiciando mi vida.

Debe haber una manera salvar a la pobre pareja que no hace más que mirar atónitos al extraño hombre a unos metros cerca de ellos...Lo tengo, ¡Por supuesto!, el arma que Liz tiene en su mochila.

"Reiss, no hagas nada si sales ahora sólo morirás, no hay nada que podamos hacer"

Me susurro la joven a mi lado en muy baja voz. ¿¡En serio esperas que me quede sin hacer nada?!, ¡debes estar bromeando!. ¡Tengo que hacer algo rápido!, ¡Lo que sea!. El Caído ya comenzó a atacarlos, ¡No duraran mucho tiempo!.

"Liz, debe haber algo que podamos hacer, ¿Qué me dices del arma en tu mochila?"

"Esa arma es inútil, necesito re forjarla de lo contrario no serás capaz de usarla eficazmente, ¿además crees poder ganarle en un combate cuerpo a cuerpo al Caído de allí?"

Me quede en silencio ante esa pregunta, la firme expresión que muestra su rostro me hace entender la terrible realidad de la situación, a pesar de haber salido victorioso la otra vez no hay nada a mi alcance ahora. Me duele en lo más profundo de mi alma mirar esto, mirar como aquel Caído mata a esa pareja como si de ganado se tratase.

Los mato rápido de un solo movimiento, cortando su cabeza con la mayor facilidad posible y prosiguió a limpiar su espada de inmediato; similar a la forma en que se limpia un matamoscas después de usarse. Lo hizo sin ninguna razón, ni siquiera se tomó la molestia de hablar con ellos o algo por el estilo, ese tipo me saca de quicio.

Estoy enojando, muy enojado, completamente lleno de ira en estos momentos, luchando contra mis impulsos de saltar y despedazar a ese malnacido con mis propias manos. Que muera sabiendo que lo mato un humano, un supuesto insecto para el...¡¿Quién te crees para subestimarnos?!.

"Reiss, cálmate, pronto se ira y puedes desahogarte"

Los segundos se hacen eternos mientras ese hombre se asegura de haber matado a la pareja, una vez lo comprobó se fue tan rápido como vino. Esperamos unos minutos como medida de precaución; una vez estuvimos seguros de que no volvería, por lo menos no ahora, finalmente salimos de aquel hoyo.

"¡Maldita seaaaaaaa!"

-Slap-

"¡Reiss por el amor de Dios cálmate. Por enojarte no los traerás a la vida nuevamente, piensa mejor en que puedes hacer!"

Me dijo Liz después de darme una bofetada, las lágrimas en su rostro y frialdad en sus palabras me sorprenden, al parecer no es una niña inocente como yo pensaba o si lo es tiene una sabiduría impresionante. Es cierto ahora que están muertos, no puedo hacer nada para devolverlos a la vida. Sin embargo lo que sí puedo hacer es poner todo mi esfuerzo para que cosas así no repitan mientras esté presente.

Pero algo si deberé tener, no puedo ser ingenuo y debo estar preparado para acabar con ellos de cualquier forma, aun si eso signifique tener que quitarles la vida... y para eso necesito estar a su nivel.

"Liz, le pediré la cabaña a mi viejo, mañana comenzamos con la operación eso es todo lo que puedo hacer"

"En ese caso me preparare para ello"

"Me parece bien. Por ahora vayamos a la casa"

El tiempo en nuestra expedición se fue volando, cuando llegamos a casa, sorpresivamente ya es de noche. Karla está en la cocina haciéndonos la cena, el viejo y Stephie esperan pacientemente con nosotros en la mesa. Bueno aquí estamos; estoy bastante nervioso, aun no me acostumbro a decir este tipo de cosas, para empezar ni siquiera lo estoy a mi bizarra situación. Pero aun mi enojo no se ha reducido en lo más mínimo, mis intentos por distraerme en las actividades cotidianas y disiparlos son inútiles. Esos condenados Caídos en definitiva los hare pagar.

"Familia, tengo algo que decirles...·<<Dije haciendo mi mejor esfuerzo por ocultar la ira>>·Liz y yo tenemos pensado ir a la cabaña por unos días, necesitamos algo de privacidad"

Comenté con voz clara y fuerte desde la sala para toda la casa, mi familia sin mucha demora se reunió a mi alrededor respondiendo a mis llamados. Me decepciona de cierta forma ver la emoción en los rostros de mi familia ocasionados por esa mentira tan grande, pero no tengo opción, no hay de decirles que me hare una operación para luchar contra Caídos. Sólo pensarlo me hace ver lo absurdo de mi posición.

"Hijo, no tienes por qué estar tan nervioso, las niñas y yo nos anticipamos a eso, de hecho estábamos esperando a que lo pidieras"

"Así si es hermano, te demoraste pensé que no tendrían luna de miel"

"Hermanito, tienes que avanzar más con Lizbeth"

¡¿Mi viejo, Karla e incluso Stephie?!, no puedo créelo... ya me lo imaginaba pero superaron con creces mis sospechas.

Mientras yo estoy muy preocupado por nuestra seguridad y en el peor de los casos la seguridad de todos en el pueblo. A mi familia le preocupa que tuviéramos nuestra ¿¡Luna de miel?!, esto es insólito. Es cierto que desconocen muchas cosas incluyendo la verdadera identidad de Liz, pero me sorprende que piensen con tanto entusiasmo en eso, considerando que se enteraron de <nosotros> hace poco más de una semana. Ellos inconscientemente me quieren dejar algo muy en claro, creían que moriría solo.

"Así que les preocupa nuestra relación...En ese caso saldremos mañana mismo"

Ese anuncio aumento los ya de por si altos ánimos, en especial de las niñas. No puedo evitar preguntarme porque. Pero esa duda fue respondida casi de forma inmediata.

"Si podremos ir de viaje nuevamente, Gracias hijo"

"Papi, ¿vamos de nuevo al parque de diversiones nuevamente?"

"Claro hijita, también se lo había dicho a Karla"

Comenzaron a balbucear aparentemente entre ellos...

"Oigan, ¿Es en serio?·<<Pregunté atónito>>·¡¡¿Ya contaban con todo esto?!!"

--"Si"--

Aunque no pueda ver mi cara en este momento debe estar reflejando las más pura incredulidad e indignación, justo cuando pensé que no podrían ser más raros. Ese <si> al unísono destruyó por completo mi suposición. Me parece el colmo que aun después de ver todas esas cosas tan extrañas el día de hoy, incluyendo la muerte de esa joven e inocente pareja, mi rutinaria comedia continúe como si nada.

"Todos gracias por apoyarnos, después de comer nos iremos a nuestro cuarto, venimos muy cansados"

Sugiere Liz leyendo completamente mi inconformidad por estos sucesos, al menos ella si me entiende. Sólo queda prepárame mentalmente para ese procedimiento que me hará un poco menos humano, usare toda la ira que poseo para volverme más fuerte.

Y así culmino unos de los días más extraños de toda mi vida, viendo lo sobrenatural de la mañana, un asesinato ante mis ojos en la tarde y en la noche acompañado por una absurda comedia, casi suena como un mal chiste.

"Reiss, despierta...Reiss...¡Reiss!"

Escucho levemente mientras recobro la conciencia, al abrir los ojos veo a Liz, su cara esta alumbrada por lo que parece una luz de lámpara, tiene una mirada de preocupación clavada en mí, ¿que habrá pasado?. Observando más detenidamente veo que tiene puesta una de mis camisas, entonces comprendí que estaba durmiendo, porque mis camisas son sus pijamas habituales.

"¿Tan mal... Me veía?"

Me las arregle para pronunciar esas palabras a pesar del sueño que siento... Poco a poco recupero más noción de las cosas, tomo el celular para saber la hora, son las 6:30 a. m., dormí poco más de ocho horas. Recuerdo que estaba muy cansado anoche y me acosté temprano, fue poco más tarde de pasar unas cuantas horas hablando con mi viejo, el me llamo poco después de entrar a la habitación; casi todo el tiempo aclarando ciertas cosas sobre el viaje, o debería decir luna de miel de hoy.

"Reiss, estabas hablando dormido, decías muy fuerte: <Maldición, fui un inútil no salve a nadie>. ¿Que estabas soñando?"

"No recuerdo nada, lo único que he visto desde anoche es tu bello rostro"

Le dije con una gran sonrisa intentando lograr que se calme, porque la verdad es esa. No recuerdo nada sobre haber soñado.

Me respondió un dulce beso en la frente y un leve pellizco en la mejilla, acompañados de una hermosa sonrisa. Está bastante cariñosa desde ayer, signo de que por fin comenzamos a comportarnos como una pareja... casi normal. Me entristece saber que la única mujer que me entiende y me tranquiliza su compañía es una Nephilim de cincuenta años, es decir que en circunstancias normales no hay manera de conocernos y estoy casi seguro de que ella comparte ese pensamiento.

Ignorando un poco la gran cantidad de cosas que me vienen a la mente, acabo de recordar algo por ahora más importante.

"Liz, tenemos que estar listos para el viaje, saldremos en una hora"

"Listo, pero primero despiértate por completo, ¿Sí?"

Reuniendo mí fuerza de voluntad logro levantarme de la cama para dirigirme al baño y asearme debidamente. Al poco rato ya estábamos completamente vestidos con unos atuendos iguales a los del viaje a la playa en el auto, esperando unas últimas indicaciones de m viejo para salir. Me intriga saber por qué el sueño nos hace perder tanto la noción de las cosas. Entre ellas el tiempo.

"Reiss, toma la llave de la cabaña. Llame anoche, así que ya debe estar equipada comida incluida·<<Me entregó un pequeño manojo de llaves>>·Los dejaran quedarse por alrededor de una semana, ¿Es suficiente?"

"Si, gracias, disculpa por molestarte tan repentinamente·<<Me disculpé>>·Pero es algo necesario"

"No te preocupes por eso. Hijo quiero que siempre recuerdes esto, la felicidad de mis hijos es mi felicidad"

"Listo, papá entonces nos vamos ya"

Así nos despedimos dando inicio oficial a mi supuesta luna de miel. Mi viejo es una buena persona, se ha encargado de nosotros el solo desde hace ya un buen tiempo, no digo que mama no haga falta, simplemente que mi viejo nos ha cuidado muy bien. Le estoy tremendamente agradecido, aun así me gustaría que tuviera un poco más de sentido común. Ese padre tan peculiar dio como resultado una familia como la mía, donde ninguno cabe en la definición de normal.

La ruta hacia la playa la conozco muy bien, se dónde están los puntos buenos y malos de la vía. Permitiéndome manejar más rápido de lo normal, haciendo el viaje más corto. Sin darnos cuenta ya estamos próximos a nuestro destino, como el auto lleva abajo las ventanas se puede sentir la sal en el aire y la fresca brisa del mar.

Después de seguir conduciendo un poco más de tiempo, con la vista del mar a nuestra izquierda; por fin llegamos a la pequeña pero confortable cabaña de madera a las orillas del océano. Aquí solemos pasar las vacaciones en familia cada vez que podemos. Aunque originalmente fue un regalo de bodas para mis padres, donde consumaron la relación. Mis hermanas se la pasaron murmurando ayer en la cena sobre la segunda luna de miel que vería esa cabaña, o eso es lo que ellas creen.

"Es hermosa, techo de madera pintada de rojo, la parte de enfrente es toda de vidrio ofreciendo la hermosa vista desde la comodidad de la sala, ¿En serio la podemos usar?"

"Si, es nuestra por una semana... ·<<Le dije un poco nervioso>>·Gracias a Dios sabes cocinar, porque sólo estaremos tú y yo. Nadie nos molestara y esa es la razón por la cual este es el lugar perfecto para ese cambio"

Mi pareja nuevamente actúa como una niña pequeña fascinada por la cabaña. Se ve bastante linda.

"En ese caso comenzaremos inmediatamente después de desempacar, necesitaras tiempo para acostumbrarte a tu nuevo cuerpo y de paso disfrutemos del lugar"

"Jejejeje, estaba pensando algo parecido. Espero que solamente nos tome el día de hoy"

Dicho todo esto nos preparamos para el procedimiento, tengo un par de dudas acerca de cómo cambiara mi interior, no poseo más información fuera de una modificación similar al proceso de forjar. Puedo suponer la gravedad del cambio venidero para mi cuerpo si deberé tener un par de días para acostumbrarme. Me preocupa también la gran carga psicológica de todo ese dolor, por algo me advirtió antes de tomar esta decisión; honestamente estoy muy nervioso.

Justo después de entrar y acomodar nuestras pertenecías Liz vino hacía con un propósito incierto.

"Reiss ya todo está listo. Quítatela camisa y acuéstate sobre la alfombra"

Siguiendo sus órdenes, me tiro sobre el piso esperando más información acerca de este misterioso procedimiento.

"Bueno, ¿Puedes ver esta aguja?"

Asentí con la cabeza en forma de respuesta a su pregunta, ciertamente la veo, ¿Y cómo no podría ver una aguja de ese tamaño?. A simple vista tiene más o menos diez centímetros de largo, tratando de negarme a mí mismo lo obvio me preparo mentalmente, insertará esa aguja en mi espalda. Si fuera una... seria más fácil de aceptar, pero deben venir más... Bueno de alguna manera lo soportare

"Bueno aquí vamos, son en total diez agujas sopórtalo"

Me con una voz dulce, intentando calmarme. Ojala fuera tan sencillo...

"¡¡Uhhhmmm!!"

Deje salir ese sonido, en un gesto por intentar soportar el dolor. Ella había insertado la aguja en medio de los pulmones, muy cerca del centro de mi espalda.

Sin esperar mi respuesta siguió con las otras agujas, las siguientes fueron en el pulmón derecho e izquierdo respectivamente, de alguna manera me las arregle para contenerme y no quejarme. El dolor es muy fuerte, lo peor es que recién está comenzando, aún faltan siete agujas más.

Las otras dos son clavadas en mis hombros seguidas de otro par en mi pelvis, sólo faltan tres más, sólo faltan tres más; me repetí muchas veces intentando alejar el fuerte dolor que ahora siento en todo mi cuerpo. A esto se refería cuando dijo no todo el mundo puede soportarlo.

"Reiss, sobra decir esto, pero las siguientes son en la base del cuello una cada lado y la aguja final es en la última sección de la columna...·<<Se escuchó cansada y preocupada>>·El dolor solo se multiplicara hasta que pierdas la conciencia, hay terminara"

Bien, es una buena noticia saber eso, poder descansar de todo este sufrimiento una vez ella termine.

Y así continúo con las dos agujas en la base de cuello. Las inserto al mismo tiempo, aumentando la agonía de manera exponencial. Si tuviera que describirlo sería como si cada parte de tu cuerpo fuera despedaza una y otra vez, pensar con claridad supone un gran esfuerzo ahora mismo, solo el simple el hecho de intentar ignorar este martirio es casi imposible.

"Vamos la última, sopórtalo por favor"

Está claramente preocupada por mí, su voz refleja mucha ansiedad. Hizo una pequeña pausa antes de insertar la última aguja, ¡Una más y todo esto acaba!.

"¡¡¡¡Ahhhhhhhh!!"

Grite fuertemente y muchas veces a pesar de mis intentos por controlarme, esta vez es mucho más de mi capacidad. Es casi como si todo mi cuerpo estuviera siendo quemado infinitamente por unas llamas abrasadoras... Es insoportable, por más que intente poner mi mente en calma... no puedo. En estos momentos la muerte parece tentadora y agradable...pero eso es algo que no me puedo permitir... no les permitiere a los Caídos hacer lo que se les venga en gana... los segundos parecen horas y los minutos días mientras lucho con el cada vez más fuerte deseo de morir, no sé cuánto tiempo ha pasado realmente, todo este calvario nubla mis sentidos y poco a poco me pierdo lentamente en la oscuridad.

De repente después de tanta oscuridad y sufrimiento comienzo a recobrar la conciencia. La luz del sol es muy fuerte incluso con los ojos cerrados la siento perfectamente, lentamente abro los ojos en un intento de saber dónde estoy, me siento demasiado desconcertado.

La vista me es segada completamente en un inicio, sin embargo, lentamente comienzo a distinguir las cosas. Aún sigo en la alfombra de la cabaña, cuando intente recoger fuerzas para levantarme accidentalmente di un salto hacia atrás. Ahora la luz rojiza del sol me da directo en el rostro, puede estar amaneciendo o anocheciendo. Intento caminar para buscar un espejo y ver los cambios que tengo, pero me cuesta controlar mis piernas, termino dando pequeños saltos en vez de pasos.

"Ohhh, ya despertaste, demoraste solo seis horas, eres un hombre interesante. Siempre superas mis expectativas"

Se trata de Liz asomándose desde el corredor, su cara luce una expresión de satisfacción y por alguna extraña razón no puedo enfocar muy bien mis pensamientos, es como estar mareado, ¿será efecto de la operación?... dejando a un lado eso.

"¿¡Seis horas!?, ¿estuve inconsciente todo ese tiempo?"

"Si, el tiempo depende de la persona, tu fuerza de voluntad es increíble·<<Se ve sorprendida, pero no le duro mucho>>·... Aunque no dejas de ser humano... estas hambriento"

-Rourghhh-

Mi estómago sonó con gran estrepito, Liz lo escucho claramente y soltó una tierna carcajada, tapándose la boca con más manos. Ella está usando un delantal sobre su ropa, imagino que debió haber estado cocinando. Espera... mi apariencia, no debo olvidarlo.

"Liz, ¿cómo luzco?·<<Pregunté urgido ignorando todo lo demás>>·¿Mi apariencia cambio de alguna forma?"

"No, por lo menos no a simple vista. Quizás lo único es que ganaste un poco de masa muscular"

"Llévame al espejo. Has tenido tiempo, por lo que debes conocer esta cabaña bastante bien, ¿no?"

"Sí. Ya te voy a llevar pero... después comemos. Por cierto tienes que usar muy poca fuerza para caminar"

Siguiendo esa recomendación, intento poner la menor fuerza posible y logro caminar un poco hasta el espejo, no sin dar pequeños brincos en vez de pasos, es extraño.

Al ver mi apariencia me entro un gran sentimiento de satisfacción y tranquilidad. A decir verdad no cambie mucho, mi cabello color rubio ceniza está en su lugar, mis ojos claros color miel debajo de las gruesas cejas cenizas están intactos, incluso mi cicatriz en forma de media luna en la mejilla... mi cuerpo no cambio para nada en el exterior... por otro mis capacidades físicas y creo que mis sentidos si lo hicieron. Quiero saber qué hizo exactamente para lograr este cambio.

"Liz, que es lo que hicis·... ¿Se fue?"

"¡Reiss, ven a comer tu cuerpo necesita nutrientes!"

Grito con gran voz, siento un delicioso olor proveniente de la cocina al igual que su voz. No me di cuenta cuando se fue.

Intentando acomodar mi fuerza al caminar, poco a poco me acostumbro. No puedo evitar preguntarme que otros problemas tendré con las actividades cotidianas, además debo saber con exactitud el aumento total de mis capacidades. Ella tenía razón, necesito tiempo para acostumbrarme a esto.

"Reiss, ven corre que se enfría"

Antes de llegar a la cocina Liz toma mi mano y me sienta en la mesa con gran expectación, está muy nerviosa, lo puedo saber por la costumbre de mover sus dedos entrelazados cuando se pone ansiosa. ¿Por qué estará así?... Ya sé... Por qué es la primera vez que probare su comida, bueno no me contendré aquí voy.

"¡¡Esta delicioso!!"

"Gracias me esforcé mucho"

Está muy feliz al escuchar mi respuesta, me alegra que cocine tan delicioso, me sorprendió con estos huevos revueltos con arroz y una ensalada de lechuga. Aprovechare al máximo el tiempo en la cabaña para conocernos mejor y profundizar nuestra relación, también para aprender a controlar mejor mi cuerpo.

Estos días han estado llenos de cambios, cambios hay en toda vida ya sean buenos o malos, todos los vivimos alguna vez. Como los afrontamos y que decidimos cambiar es lo que nos define como seres humanos, formando a su vez nuestro carácter.

Es imposible saber qué consecuencias traen nuestras acciones pero si es posible afrontar esas consecuencias para seguir adelante, es más debemos de hacerlo ya que sólo vamos en una dirección y esa es al frente, continuamente viajando hacia el futuro. Mi vida continuara dando giros, este fue el primero de muchos y por desgracia el más suave.

CAPITULO 3

--EN PELIGRO--

"Descubrir un secreto es difícil. Pero lo verdaderamente
complicado, es que hacer con el"

"¡Reiss, no te exijas tanto aun no te has acostumbrado!"

Me grito Liz tan fuerte como para escucharlo desde su lejana locación.

"¡Tranquila!, resulto ser más fácil de lo que pensé"

Le contesté con mucha confianza y casi alardeado, ya que estoy sorprendido por las capacidades de mi cuerpo. He estado realizando topo tipo de experimentos para medir mis límites, el de ahora fue levantar cosas pesadas, más específico, piedras.

Porque para ella y para cualquiera es imposible predecir todos los efectos del proceso. Según su explicación que las agujas están hechas con Kyros que refuerzan mis órganos y huesos, gradualmente fortaleciéndolos. Los resultados de mis pruebas apuntan a que mi estructura ósea es el doble de fuerte y mis órganos internos trabajan a toda potencia, como resultado todas mis demás capacidades han aumentado, entre ellas mi proceso de cicatrización que se ha acelerado aproximadamente cuatro veces. Sin embargo aún soy vulnerable como cualquier ser humano. Mi piel ciertamente es un poco más dura, pero puede ser cortada con facilidad por un arma blanca, de igual manera moriré si recibo un disparo en un órgano vital; al menos me alegra conocer mis límites. Supongo que los Caídos aún son superiores a mí, pero esa falta de físico lo compensare con buenos planes e inteligencia.

Mi pareja se la ha pasado estos días forjando en el patio trasero de la cabaña... forjando mi arma, que por cierto aún desconozco su forma. Al parecer el proceso es un poco delicado y requiere mucha de su concentración, mermando mucho sus ratos libres.

No puedo evitar tener dudas acerca del futuro y sobre que deberé hacer, más bien sobre que podré hacer si nuestras peores predicciones se hacen realidad. Por ahora todo lo que puedo hacer es entrenar, buscando prepararme para lo peor. Situaciones como esta no siempre tienen un final feliz, no estamos en una película esto es la vida real y no puedo arriesgar la vida de todos solo por mi propia negligencia, no quiero ver morir a nadie más.

"¿¡Liz, debí preguntarte esto antes pero qué tipo de arma me estas forjando!?"

Grite desde las cercanías de la cabaña esperando una respuesta mientras voy de regreso.

Han pasado dos días desde la operación, ese tiempo ha sido dividido entre nuestras actividades individuales, como resultado no hemos compartido mucho a parte de sentarnos a comer. Por otra parte mi entrenamiento ha rendido sus frutos, estoy casi acostumbrado a mi nueva fuerza. Puedo decir con un buen nivel de exactitud que el aumento total fue mi capacidad original multiplicada por cinco, en pocas palabras se cumplió el primer objetivo. Ahora bien vamos al segundo; acercarme a Liz, de alguna manera siento que esconde algo.

"Oh, Reiss ya puedes ver. Termine hace poco"

Dice mi pareja sentada en el pretil de atrás de la casa un poco cansada, su blusa azul y falda se encuentran envueltas en sudor, Bueno... me intriga saber el tipo de arma, de eso depende no solo mi estilo de lucha si no también mi capacidad para defenderme a mí mismo. Deberé practicar sea lo sea, pasar todo el tiempo que pueda me hará más fácil acostumbrarme a ella, dicho de otra forma la práctica hace al maestro.

Pensaba en todo eso al momento que mi pareja me entrega lo algo similar a una espada cubierta por un trozo de tela. Es hora de descubrila.

-Fuff-

Después de levantar su cobertura, quedo a la vista una espada larga de un solo filo, totalmente recta muy parecida a las katanas japonesas, su guardia tiene una forma similar a una cruz de color plateado al igual que la hoja y el mango es totalmente negro. Tomándola en mis manos noto es que bastante liviana y su mango es bastante cómodo.

"herrera, ¿Que tal es su filo?"

"Pruébala por ti mismo, use algo de tu sangre que tome cuanto estabas inconsciente. La sentirás bastante familiar"

Así que usaste algo de mi sangre, bueno vamos a probar esta espada. Mirando a mí alrededor pude ver mi objeto de prueba, un pequeño árbol de palmeras en las cercanías. No tengo experiencia en el manejo de la espada, sin embargo he visto una cantidad incontable de ese tipo de peleas en ficción, creo que imitare a cierto espadachín.

"Creo que era así"

-Slash-,-Plock-,-Plock-

Me quedo asombrado... completamente sin palabras viendo como el pequeño tronco de la palmera se corta por la mitad, cayendo a los lados en pedazos. Tiene un filo tremendo, incluso es bastante cómoda de blandir, siento como si lo hubiera hecho desde siempre ¿Con que a esto se refería?... Una parte de mí.

"Liz, quiero saber qué es exactamente esta espada·<<Me siento un poco perturbado por tan increíble arma>>·Es obvio que nunca había usado una y no sé nada de sobre esgrima, aun así me es muy familiar"

"Está hecha de Kyros, como también lo tienes en la sangre hace que lo sientas familiar. Puedo decirte que cortaras fácilmente el acero"

Eso parece sacado de una película de fantasía. He estado en contacto con una Nephilim que además es mí "prometida" por más de dos semanas, pero aun así no me logro integrar con este tipo de cosas. Mi constante afición con la fantasía y cosas sobrenaturales me ha ayudado, pero no del todo... bueno, mi vida era tan aburridamente normal que esa reacción es la más lógica.

"Liz, cuéntame más de ti, ¿Cómo sabes todo esto?"

Le pregunto sentándome a su lado en el proceso, me intriga saber sobre ella y quizás también sabré más sobre los seres sobrenaturales en general... información sobre Caídos seria en definitiva muy útil.

"Reiss, las técnicas de forja me las enseño mi padre cuando era una niña muy pequeña, aunque no me acompaño cuando las perfeccione. A pesar de eso. Me dejo un par de libros escritos por él, uno era muy similar a un diario donde me daba consejos y de paso sus pensamientos, el otro es sobre los sucesos sobrenaturales y finalmente el libro sobre técnicas de herrería"

Interesante, me muero de ganas por leer esos libros, sin duda alguna contienen información valiosa. Incluso cosas que ella no haya notado.

"¿Puedo ver esos libros?"

"Lamentablemente no. Se quemaron en un incendio hace más de veinte años"

Es una verdadera lástima, sobre todo porque debieron significar mucho para ella. Su padre sería una de las pocas personas que en verdad me gustaría conocer, así sea por medio de un diario. Por desgracia eso es imposible.

Dejando a un lado ese asunto, hay algo que me llevo preguntando desde hace mucho y en definitiva quiero saberlo.

"¿Cómo te sientes respecto a mi familia y todo el asunto de nuestro compromiso?"

Le dije con un tono serio, claro y conciso, carente de todo tipo de humor. Esperando una respuesta de igual forma.

"No puedo negarte que me fue muy raro en un principio, pero con el tiempo lentamente se volvió algo natural. En cuanto al compromiso fue acelerado pero no eres mala persona, incluso has respetado mi decisión de ir lento, podría darte una recompensa un día de estos"

Sus palabras se oyeron sinceras, luciendo una gran sonrisa al final. Lo realista de su respuesta me convenció por completo de sus puras intenciones. Fue un poco diferente de lo que esperaba, resultando un tanto más normal.

Ella se quedó mirándome fijamente a los ojos por un par de segundos, quizás quiera escuchar también mi opinión... Si ella fue tan honesta conmigo, debería hablarle de la misma forma.

"Jejejeje, Eso es bueno·<<Dejé escapar una risita>>·Sabes, también me siento muy feliz con tu compañía. Me entiendes y eso es algo que no tiene precio... sólo que casi morir para conocerte me parece algo un tanto exagerado"

Al terminar de hablar comencé a rascarme la cabeza buscando calmar los nervios, decírselo fue un tanto más difícil de lo que imagine.

Mi pareja al notar mis nervios reacciono con una pequeña carcajada. Debo estar luciendo la famosa cara chistosa de la cual Karla nunca se aburre.

La luz de la luna reflejándose en el inmenso mar negro pinta una línea recta de color blanco a lo largo de las aguas. Al mirar hacia arriba, el cielo repleto de estrellas brinda una hermosa vista nocturna.

Las pequeñas pero constantes olas del relativamente frio y tranquilo mar me hacen cosquillas cada vez que se estrellan con mi cuerpo. Parece que tomar un baño nocturno fue una buena idea.

El ambiente proporciona la suficiente paz para olvidarme de los problemas, me ayuda a enfocar mis pensamientos en verdad importantes, y por supuesto en la increíble situación en la que me encuentro. La semana para la operación, o debería decir supuesta luna de miel en la cabaña está a punto de terminar, mañana volveremos a la casa con mi familia.

Nuestra relación ha progresado muy poco en contraste a los pasos agigantados que da mi entrenamiento de combate, hemos estado practicando juntos en duelos uno a uno casi todo el rato. Siendo esta la actividad principal.

Me lleve una gran sorpresa cuando tuve conciencia de las habilidades de mi pareja. Aunque su apariencia y personalidad digan lo contrario, es una espadachín experta en esgrima. A tal grado que en un principio mi estilo con la espada poco fluido y torpe, era fácilmente contrarrestado por su rápido estoque, necesitando solo tres movimientos para dejarme desarmado.

Ahora soy capaz de mantener un combate de aproximadamente diez minutos, o quince dependiendo de mi prudencia. Quizás la lección más importante es la tranquilidad mental para atacar, pues todo puede terminar en un simple movimiento.

Su arma, a pesar de ser forjada con bastante rapidez, resiste sin problemas hasta el más fuerte de mis ataques.

El Kyros en verdad es un material fuera de serie digno de legendas, y junto a su habilidad la hacen un oponente feroz.

Los resultados de este viaje se medirán directamente cuando me toque cruzar espadas para defenderme de los Caídos, situación que si puedo evitar lo hare debido a mi falta de experiencia, dejando los combates largos definitivamente fuera de mis posibilidades. A parte de esto, me interesa saber con detenimiento las intenciones de estos invasores; si bien conozco vagamente su objetivo o uno de ellos, desconozco con certeza donde será si siguiente movimiento y sus intenciones con este. Esa grave falta de información representa un gran obstáculo a la hora de elaborar contramedidas.

He decidido dejar fuera de todo esto a mis preocupados amigos, quienes nos llamaron mucho en el transcurso de esta semana, por supuesto nuevamente asombrados por nuestro viaje solos. Teniendo en cuenta como han tomado el asunto de mi compromiso con Liz... sinceramente no quiero ni imaginar su reacción si se llegasen a enterar de ciertos secretos, en resumen, no les contare nada a menos que no tenga otra alternativa.

"¡Reiss. ¿Qué haces por allá?!"

Mi concentración fue bruscamente interrumpida por un fuerte grito de Liz que vino desde la playa. Su voz se ha vuelto muy familiar para mí, ya puedo reconocerla con tan solo escucharle una palabra.

"¡Nada interesante, solo tomo un baño nocturno!"

Le conteste a mi pareja, la cual súbitamente y para mi sorpresa comenzó quitarse su vestido blanco de una pieza.

"¡En ese caso déjame unirme quiero hablarte de algo!"

Escuche mal o fue mi imaginación; pensé mientras voltee rápidamente hacia el mar... juraría que mi cerebro dejo de funcionar por unos segundos...¿¡Dijo unirse!?. Compartir el baño con alguien a estas horas de la noche en el mar y con este ambiente, solo podría significar una cosa... la repentina sorpresa, me hizo olvidar por un segundo de quien estamos hablando, estoy un poco avergonzando por mis pensamientos. Quizás sólo sea una pequeña muestra de cuan estresado estoy, llegando a pensar locuras como esta.

Aun así me intriga sobre que quiere hablarme, usualmente nuestro espacio para hablar es la cena y rara vez hablamos de cosas importantes fuera de ella.

Mientras deliberadamente reflexionaba, sentí una pequeña pero delicada mano en mi espalda. Señal de que mi pareja ha llegado.

"Disculpa la tardanza no encontraba donde dejar mi ropa en esta oscuridad, sería un problema volver a usarla si se llenara de arena"

"... ¿En serio?"

"Si, por supuesto. ¿Por qué estás tan nervioso?"

Su tono despreocupado sólo vuelve más insólita la situación. Parece sacada de una comedia romántica. A juzgar por sus palabras debe estar desnuda y... justo detrás de mí. Me encuentro muy nervioso por voltearme, ya que nunca la he visto antes con esa apariencia; como vino al mundo.

El agua que en principio me tranquilizo la mente ahora sólo sirve para provocarme escalofríos. Vamos cálmate, se trata de ella, será algo completamente normal en un futuro, no hay razón para estar nervioso.

"¡¡¡Ehhhhhhhh!!!"

No pude evitar dejar salir esa expresión debido a la sorpresa y a decir verdad un poco por la decepción, está usando su traje baño blanco... bueno, debí haberlo imaginado. Al parecer mis pensamientos me han traicionado una vez más, mi inexperiencia en cuestiones amorosas me pesa mucho sobre todo en momentos como este.

Dejando eso a un lado, ella se ve muy confundida por mi exagerada reacción. Aunque sin duda no deja de lucir hermosa. La luz de la luna iluminando su cara, la hace ver como una estatua sin desperfectos.

Esto es malo... mis nervios aún no han abandonado por completo mi sistema, debo hablarle de algo sin pensarlo demasiado o de lo contrario podría perder la poca tranquilidad mental que aun poseo.

"Si... estoy bien, solo un poco sorprendido. ¿De qué quieres hablarme?"

Ante mi pregunta respondió al instante, a pesar de verse bastante intranquila.

"Lo he estado pensando estos días, ahora puedo decir que confió lo suficiente en ti como para decirte esto"

"Decirme que cosa...Vamos sabes que puedes contarme lo que sea"

Intente hacerla sentir más segura con esas palabras, lo cual no funciono mucho.

"Yo...˙<<Esta muy nerviosa, apenas le salen las palabras. Espero de todo corazón que no valla a confesar un asesinato>>˙Yo detesto mucho a los humanos, toda mi vida me trataron con un bicho raro e incluso como un monstruo, por eso deje de estar en contacto con ellos desde hace veinticinco años, hasta que te conocí"

¡¿Trataron como un monstruo a esta hermosa e inocente joven?! ¡No lo puedo creer!. Si bien es cierto que el ser humano le teme por instinto a lo que no conoce y no puede explicar, ¡esto es absurdo!. Tengo la certeza de que esta joven no sería capaz de herir ni a un pequeño animal.

De inmediato mi pareja noto mi enfado y tomo mi mano con gentileza.

"Sabes eres una persona muy extraña, me aceptas e incluso te hace feliz que esté a tu lado. Me has apoyado en todo lo que puedes, nunca había experimentado algo como eso..."

"Quizás si soy algo extraño·<<Añadí un poco más cómodo y con cierta ironía>>· Siempre he pensado que el pasado de una persona no es tan importante como lo es el ahora y el mañana...Ahora estas aquí conmigo, Liz mi hermosa prometida y me siento tan feliz a tu lado porque... Eres la única que me entiende"

Deje salir una frase cierta, pero pensándolo bien bastante cursi. Mentiría si dijera que no estoy un poco avergonzado.

"Jejeje, Si así eres tú... En ese caso te cuidare y te apoyare por siempre desde ahora, quería ver que tan cierto era lo del compromiso según mi madre·<<Se, limpia las lágrimas que dejo salir hace un momento y me muestra una gran sonrisa>>·Me sorprende que algo tan estúpido sea verdad"

"Liz, también me pareció estúpido en un principio·<<Se me salió un poco de sarcasmo y unas pequeñas carcajadas>>·De hecho llegue a pensar que no tenías sentido común por seguir un consejo como ese, jejeje"

"Oye, claro que sí, ¿qué pensabas?"

Upps, por un momento pensé en voz alta, por poco y pude arruinar el momento. Me asegurare de no repetir ese error.

"Jejeje, lo siento, lo siento·<<La tomó en mis brazos intentando hacerla sentir segura y enmendar ese imprudente comentario, A lo que reacciono muy sorprendida>>·Ya te lo dije una vez: te protegeré con mi vida, la vida que una vez salvaste"

Sin previo me aparto con sus brazos, ¿hice algo mal?. No se ve enojada, de hecho parece feliz... ¿Entonces que paso?.

"Te dije que vamos con calma, recuerda que soy tradicional, ¿Cierto?"

El momento romántico que parecía demasiado perfecto para ser verdad, termino con esas palabras. En verdad cosas así siempre se acaban muy pronto.

"Si, si como digas en ese caso, tu deberás dar el siguiente paso yo solo te seguiré"

"No seas tan engreído se supone que eso lo hace es el hombre, bueno te diré cuándo será el momento"

En definitiva no entiendo a las mujeres y dudo mucho que algún día llegue a hacerlo. Dejare a un mis preocupaciones, al menos hasta mañana. Quiero relajarme por lo que resta de hoy, tomado de la mano con Liz mirando el océano.

Cuando vuelva tendré mucho que hacer, y no tengo una idea exacta de cuánto tiempo poseo para ello. Por ahora hay una pregunta rondando por mi cabeza que no puedo olvidar... ¿Qué tan mal está la situación?.

·Ring·, ·Ring·

Un ruido fuerte se siente por los alrededores... parece que es mi celular, lo reconozco por la melodía, pero tengo demasiado sueño como para tomarlo... dejare que suene un poco más... si es importante llamara de nuevo...

"Reiss, oye despierta tienes una llamada"

Escuche vagamente mientras una irritante luz azul se posa en frente de mí. Liz debe tener el celular justo enfrente de mi cara. Un poco molesto por la situación, abro mezquinamente el ojo derecho con la intención de ver quien nos está perturbando...A las...¿¡ 6 a.m.!?.

"No puede ser quien llama tan temprano...auhhhh... volveré a dormir

Indignado por la hora, digo esas palabras entre bostezos, con un tono similar al de un berrinche.

"¡Reiss!, por favor se serio...Parece que es de Quatre"

"Dile que lo llamo lue·<<Un pellizco interrumpe mis palabras jalando mi mejilla izquierda. Negando mis grandes aunque inútiles esfuerzos por volver a dormir, detesto que me despierten así por las mañanas>>·... eso duele Liz, cálmate...veré que pasa"

Le digo a mi pareja que esta por poco encima de mí con sus pijamas habituales. La alejé un poco con mis brazos para que pueda sentarme... pensándolo bien todo esto es muy raro, Quatre rara vez nos llama y si lo hace es en horas de la tarde, nunca tan temprano en la mañana, su aversión hacia a despertarse temprano es incluso peor que la mía.

Tomo el celular buscando resolver estas incógnitas, Tengo dos llamadas perdidas y un mensaje... al revisar el mensaje noto su inusual contenido. <Reiss, lamento molestarte tan temprano, pero descubrí algo muy interesante sobre el favor que me pediste la semana pasada>.

¿Un favor que le pedí la semana pasada?, si no estoy mal fue...¡Sobre los incendios!, no perdiendo más tiempo lo llamo enseguida, llamada que el responde casi al acto.

"Por fin respondes, oye hice un descubrimiento impresionante"

"Te oyes emocionado de que se trata"

"Ya te cuento, ¿Ey, estabas dormido?"

"Si...Nos despertaste a los dos por una razón urgente que al parecer puede esperar"

"Lo imagine, lo siento deben estar cansados de tanto trabajo..."

El sarcasmo tan descarado de sus palabras me sorprende, este chico no conoce el significado de la palabra seriedad.

"En fin,¿ sobre qué tienes que hablarme?"

"Sí, claro es sobre los incendios. Descubrí un patrón muy interesante"

"¿patrón?..., ¿cuál es y como lo descubriste?"

"Fue casi que por accidente, estaba viendo el mapa para ver donde fueron los incidentes marcándolos en puntos...Al unirlos resultan en una forma bastante particular, ¿sabes?"

"Mándame un mensaje con los lugares intentare descubrir si hay algún tipo de orden o algo similar"

"Ahh listo, te lo mandare más tarde deberías volver a dormir. Cualquier cosa te aviso, siento que algo falta..."

Como si pudiera dormir después de esta intriga y emoción, el que descubriera un patrón en estos sucesos es algo bastante importante, a lo mejor me dará una buena pista para predecir donde será el siguiente incidente e incluso cuantos más faltan. Me daría la ventaja necesaria para elaborar un buen plan.

"Quatre, quiero preguntarte algo... ¿En tu opinión que causa esos misteriosos incendios?"

No hubo respuesta inmediata de su parte como antes en la conversación. Debe estar tomándose un poco de tiempo para pensar.

"Sabes he pensado ciertas cosas pero en el mejor de los casos podría ser solo una broma de algún culto extremista y en el peor serian aliens, aunque dudo mucho de su existencia"

Sus suposiciones son lógicas, asumo que si supiera de los Caídos habría tenido una hipótesis con ellos como culpables. No puedo esperar menos del mejor en el grupo para resolver acertijos.

"Investigare a fondo todo esto, estate preparado para el peor de los casos y debamos hacer algo, tengo un mal presentimiento sobre este asunto"

"Ey, ey, me estas asuntando... le avisare a Allen para que también se prepare, aunque no entiendo para que debemos hacerlo"

Con esas palabras termino nuestra conversación por teléfono, he recibido unas noticias bastante importantes. El mensaje con los lugares me llego después junto a una foto del mapa marcado, en definitiva hay un patrón aunque no tan evidente si no investigas con cuidado. Si unes los puntos, se parece a una especie de perímetro que circunda sobre los límites del pueblo, Aunque la forma sin lugar a dudas es demasiado irregular como para encajar con cualquier tipo de polígono.

"¿Qué piensas sobre esto?"

Le pregunte a mi pareja, quien también se encuentra viendo la sospechosa imagen.

"Vi algo similar a esto en un texto sobre mitologías, no estoy muy segura. Así que deberé investigarlo más tarde"

Ese no muy segura parece exagerando, mas pareciera como si se trata de un vago recuerdo. Aun así, cualquier pista es de valor incalculable.

"Hazlo cuanto antes, cualquier fuente de información será útil en este momento: Hacer planes sin información es una mala práctica... Solo deberíamos hacerlo si no tenemos más opción"

"Usemos el internet desde de tu Pc para investigar"

Siguiendo esa inesperada pero inteligente recomendación, enciendo mi computadora portátil que siempre cargo conmigo. Investigar por internet será mucho más rápido que hacerlo en una biblioteca, al menos si encuentra ese artículo.

Nuestra larga investigación culmino a las horas de la tarde dándonos bastantes resultados productivos, el primero de estos fue el patrón completo de los incidentes, en gran parte gracias a la información que nos dio Quatre. Los incidentes tienen un intervalo aproximado entre dos o tres días teniendo once incendios hasta la fecha.

En cuanto a la forma, resulto ser bastante complicada de descifrar. Visto desde el aire parece un perímetro incompleto con forma inconclusa, teniendo diferencias importantes en las distancias. Predecir el punto faltante de esa manera daría un espacio muy grande, con alrededor de un kilómetro en margen de error.

Intentamos varias formas para descifrarlo, desde invertirlo, usar ángulos distintos e incluso reflejarlo en un espejo, con resultados insatisfactorios en cada uno.

Quien descubrió el truco fue Quatre de una manera poco convencional, con el relieve del pueblo. El terreno donde ocurren los incendios es muy irregular teniendo diferencias de trecientos metros entre el más alto y el más bajo. Efectivamente si tomas en cuenta eso y lo sitúas sobre un terreno plano forman una estrella de seis puntas alrededor de la ciudad, faltando una para completarla. Según esto, el siguiente debería ser mañana cerca del lago.

Por otra parte los estudios de mi pareja no avanzan como deberían, el libro que menciono no aparece de ninguna forma en internet, lo más probable es que sea muy antiguo.

Debido a la hora nos encontramos en el auto viajando de regreso a mi casa, sería buena pasar por la casa de Quatre en cuanto regrese a la cuidad, quiero conocer más afondo sus descubrimientos, quizás no solo reconoció el patrón.

"Reiss, sé que esta información es muy importante pero...¿Qué piensas hacer cuanto sepas lo que necesitas?"

Me preguntó la joven a mi lado, un tanto preocupada por el giro de los acontecimientos... en el mejor de los escenarios se van una vez obtengan lo que buscan sin perturbar la paz, el peor escenario... me cuesta trabajo imaginarlo pero habrán pérdidas humanas, aunque para ellos nuestra existencia no es diferente a la de un insecto.

"Primero necesito saber su objetivo. De eso depende si los obligo a irse o les tiendo una trampa"

Le comenté mis pensamientos pero no luce satisfecha con mi respuesta. Como tengo el lugar del incidente final podría tenderles una emboscada o destruir el objeto que busquen allí, quitándoles los propósitos para estar aquí.

Obviamente actuando desde el anonimato, a duras penas puedo sostener una pelea con esta chica... Un Caído me haría pedazos.

"¿Eres consciente de que no podrás hacerlo solo?... y aun así es bastante peligroso"

"si, por eso cuento contigo, ¿No?"

"Por supuesto que lo haces. Pero no me refería exactamente a mi... tus amigos puede ayudar también"

Ella acaba de tocar un buen punto, contar con su ayuda representaría un gran apoyo. Sin embargo no puedo pedirles eso.

"Eso lo sé perfectamente, pero de ser posible no quiero involucrarlos en estas cosas"

Al escuchar esas palabras se quedó repentinamente en silencio, parece que lo entendió. No quisiera verlos envueltos en todo esto debido al peligro que representa, sacarlos de su vida normal sin su consentimiento sería algo demasiado cruel. Sin mencionar que los arrastraría directamente a una situación donde su vida claramente se pondría en riesgo.

"De todos modos preparemos todo para mañana, saldremos después el medio día. Tenemos que pasar algún tiempo en casa, mi familia no nos ha visto en una semana"

"Listo"

El resto del día se pasó en un instante, la ansiedad de mañana es abrumadora. Tener que planear todo... revisando una y otra vez buscando fallos, saber que tienes un gran peso sobre tus hombros es algo que te hace perder la noción de todo.

No preste casi nada de atención cuando llegue en casa simplemente lo fingí un poco, incluso ahora que estoy en la cama ese sentimiento de preocupación no ha desaparecido, quizás y sinceramente espero que este exagerando mientras experimento mi primer episodio de paranoia. En definitiva la incertidumbre es algo insoportable, podría volver loco a cualquier persona si no se tiene el debido cuidado.

"Reiss me tienes preocupada desde que llegamos, quizás tu familia no lo note pero puede hacerlo en unos momentos, ¿Estás bien?

Mi pareja a mi lado como puede leer mi estado de ánimo, se da cuenta de lo que pasa por mi cabeza

"Si, estoy así por el día de mañana y todo es por desconozco casi todos los detalles... sólo se dónde estarán, además de una buena suposición sobre que buscan, siento que aún no es suficiente algo importante está faltando"

"Sabes, mientras estabas sumergido en tu cabeza. Hice descubrimientos importantes hay dos usos principales para ese tipo de marca‑<<Aclara la voz para lo que parece una larga explicación>>‑El primero es un perímetro para impedir el paso a ciertas zonas. El segundo es algo similar a un sistema de monitoreo. Permite saber todo lo que pasa dentro del área delimitada, pero aun así es bastante fácil saber cuándo se usa por lo que no es muy conveniente"

Dos utilidades principales... el último es verdaderamente espeluznante. Ese uso representaría un verdadero problema para seres que ha disfrutado de beneficio de la duda por muchos siglos, y no parecen tener la intención de abandonarla. Si eso es cierto, deben estar desesperados como para recurrir a esta media.

En cuanto a cómo se inhabilita, debería ser destruyendo uno de los puntos principales... no, ¡Piensa con claridad!,

No tengo ni idea de si pueden ser destruidos una vez ya terminados... mi mejor opción es que apostar al que falta.

De cierta manera me siento mucho más tranquilo, saber eso me da la posibilidad de elaborar contramedidas y si puedo, detener sus planes.

"Pero..."

Ese pero fue como un balde de agua fría, me había dejado llevar por esos optimistas pensamientos... Si bien es cierto que hay una manera de lidiar con el inmediato peligro, la amenaza potencial permanece intacta. Su actitud por los humanos no cambiara de la noche a la mañana, esa es la única pista que poseo sobre su forma de pensar, que es un completo misterio para mí y por supuesto también lo son sus intenciones a futuro.

Mi pareja notó sin mucho esfuerzo la preocupación proveniente de mí y parece estar a punto de decirme algo.

"Sabes, Reiss me has sorprendido en el pasado y estoy segura que también en el futuro, en cierta manera eres una persona bastante confiable"

"Oye, oye explicarte por favor, ¿Cómo así que alguna manera?"

Le contesté casi por inercia, sin pensar nada antes de hablar. Ante eso comenzó una pequeña risa.

"Jejejeje, bueno. Pero más importante deberíamos ir a dormir. Ambos estamos cansados"

Ese fresco aunque acertado comentario disperso de forma inmediata la creciente tensión en el ambiente, haciéndome sentir paz la suficiente para descansar esa noche, Liz en verdad es una mujer misteriosa, el sólo hecho de hacerme sentir tranquilo es un gran logro, ni si quiera Erika a quien no he visto en un buen tiempo logra esa hazaña.

"Reiss, despierta...Reiss, despierta"

"uaaaaaaaaaaaaaaummm"

Deje salir un gran bostezo, el sueño es abrumador, Liz está tratando de despertarme. Me pregunto qué paso esta vez... ¿Qué extraño?, ahora lo que pienso no he estado soñando en los últimos día... los sueños en verdad son algo imposible de predecir y mucho menos de explicar.

A pesar de mis reclamos y protestas la joven siguió en su hasta ahora infructuoso intento de hacerme despertar, continuando cada vez con tácticas más agresivas... finalmente me rendí a levantarme cuando comenzó a pellizcarme.

"¿Que sucede?... no ves que intento dormir"

Le dije con un tono monótono, me gustaría que me dejara tranquilo.

"Mira las noticias"

"¿Noticias?, ¿Qué hay en las noticias?"

"No importa, ven y míralas"

Diciendo eso me toma de la mano para llevarme hacia la sala en gran apuro, a medida que me acercó al televisor, escucho bastante y ruido aparte de mucha conmoción; debe estar a máximo volumen. Eso significa que la noticia es muy importante. Aunque pensándolo bien, debió haber encendido el televisor el mi cuarto...

Al llegar a la sala, encuentro a mi viejo sentado en el sofá viendo con mucha atención. Situándonos a su lado, empezamos a observar.

"Como pueden ver el día de hoy fueron encontrados los cuerpos de cinco personas en las áreas circundantes al pueblo causando gran revuelo en los habitantes del lugar, la causa permanece desconocida, lo único claro son las causas de su muerte al parecer fueron rebanados por algún tipo de arma blanca"

¿Cinco?, los Caídos están yéndose demasiado lejos, pero de cierta forma han confirmado mis sospechas, parecen limitarse a matar si se acercan demasiado al lugar de los incendios. Al menos no lo hacen en todo el pueblo.

Por otra parte me sorprende la reacción de la joven reportera... se supone que su trabajo es informar pero da la impresión de no tener intenciones de involucrarse en este asunto.

Haciendo señas con sus manos llama a un señor de mediana edad, el cual simula estar un tanto alterado. Viste ropas elegantes pareciendo alguien muy distinguido.

"¿Yo?"

Contesta el hombre con una cara que expresa confusión.

"Si, usted... ¿Podría decirme su opinión acerca de este misterioso homicidio?"

"A mí en lo personal no me parece un homicidio, en su lugar pienso que es una masacre, viendo los cuerpos puedo decir que fueron asesinados a sangre fría"

La seriedad de su actitud y sus palabras dejaron helados a todos los presentes, he imagino que a muchos televidentes también... incluso yo estoy algo sorprendido, ese hombre parece conocer algo acerca de esos asesinatos, quizás sea un agente del gobierno enviado a investigar.

"No vale la pena ver más esto·<<Dice mi padre luego de apagar el televisor, estaba tan concentrado en la notica que no había percatado su estado de ánimo, se ve muy alarmado>>·Tengan mucho cuidado en especial Elizabeth y tu hijo"

"A lo mejor tienes razón y de acuerdo tendremos cuidado"

Viejo, lamento mentirte tan descaradamente y enfrente de ti, pero esta noche deberé exponerme exactamente a ese peligro. Los asesinatos de hoy me convencieron del todo, en efecto dejar a los Caídos hacer lo que quieran no es la mejor opción.

"Papá, tú también deberías andar con cuidado Liz y yo saldremos a cenar en la noche cualquier cosa te avisaremos"

Se sorprendió un poco al escuchar ese plan de la noche, aunque no manifestó ninguna intención de no aprobarlo.

"Oye, suena como si esperas que pase algo, jejejejeje"

"En realidad no, pero es mejor prevenir"

Mi viejo asiente a esa afirmación, me alegra que lo tome con tanto humor después de ver esa inquietante noticia. Pero en verdad espero que no pase nada y menos algo grave, tengo varios planes de emergencia aparte del principal. No sé qué esperar, por eso me he preparado al mayor número de situaciones posibles, arriesgando nuestras vidas al mínimo o máximo dependiendo de la gravedad que tomen los sucesos.

Luego de ver salir a mi viejo al trabajo con sus fachas habituales, Liz y yo subimos de nuevo a la alcoba aun en pijamas, debemos empacar lo necesario en nuestras mochilas manteniendo un bajo perfil hasta donde se pueda, llamar la atención solo nos daría problemas de los dos lados.

Las siguientes horas las pasamos en ajustes de último minuto, calmando nuestra mente para la complicada tarea que realizaremos en la noche, equipándonos con ropas para la ocasión: botas todo terreno, vaqueros, chaquetas negras sobre camisetas del mismo color y unos cinturones de herramientas portando lo necesario... sólo tengo una cosa girando sin parar en mi cabeza, pensándola una y otra vez en un círculo que parece no tener límites y eso es... ¿Estaré pasando algo por alto?... igual no tengo manera de saberlo, hace poco más de dos semanas era un adolecente caprichoso quejándose por su aburrimiento... no es que ahora no lo sea, simplemente todo esto me ha dado muchas preocupaciones, preocupaciones para nada normales en un chico de diecisiete años.

Mi pareja y la persona quien mejor me comprende, luce intranquila, parece que está a punto de preguntarme algo importante.

"Reiss, ¿Estás seguro de continuar?"

"¿A qué te refieres con continuar?"

"Me refiero, tu vida desde ahora cambiara sea cual sea el resultado, las cosas no serán como antes..."

Es lo sé perfectamente, tome en cuenta todos los posibles escenarios y por supuesto ese no es la excepción.

"¿Cómo estás tan segura de eso?... con tu llegada mi vida cambio lo suficiente o debería decir demasiado, soy consciente de los cambios que puede traer, solo..."

"No, ¡No eres consiente!, ¡Puede morir gente!, puedes incluso quedar separado de tu familia..."

Gritó bastante alterada sin dejarme terminar, ella entiende muy bien todas las consecuencias que puede traerme, sin embargo esto no se trata solo de mí.

"Morirá gente incluso si no hago nada, ¿Entonces crees que sería mejor dejar las cosas así?"

"¿No estuvieron así por mucho tiempo?, ¿tienes idea de que harás con las consecuencias?"

Su expresión me muestra claramente la preocupación que siente... llegó al punto de preguntarme eso. Seria... sencillo si tuviera una respuesta clara a esas preguntas tan bien hechas, es difícil saber qué hacer si estas en una situación tan irreal como la mía, no tengo manera de guiarme por alguien antes de mí... y la razón no es mi mejor aliada, la lluvia de preguntas de hace un momento lo prueba. Cada punto que intente salvar es contrarrestado con uno que se perderá de igual o mayor valor. Los libros, películas y creo que cualquier persona simplemente diría escucha a tu corazón o confía en él, incluso una cursilería como hacer lo correcto podría servir como una guía para justificar esa acción, en verdad puede que sólo esté siendo imprudente. Aun así hay una oportunidad para detener cualquiera que sea su plan y no la desaprovechare.

"Pueden estar así por mucho tiempo, pero mientras pueda hacer algo quiero evitar nuevas tragedias, muere gente todos los días pero si puedo impedirlo lo hare...·<<La miré con firmeza>>·No sé qué haría con las consecuencias después de todo no sé cuáles serán, pensare en eso cuando lleguemos a ese momento...vamos, ¿Me apoyas?"

Mi respuesta la dejo sin palabras, obligándola a pensar detenidamente sus siguientes palabras o por lo menos eso puedo ver... esa frase explica de manera simple los complicados sentimientos que poseo en este momento, en realidad fue mi mejor intento de expresarlos.

Luego de un largo suspiro, al parecer Liz esta lista para darme una respuesta.

"Sabes Reiss, eres una persona única. No hay manera de discutirte cuando ya decidiste. No me dejas más remedio que apoyarte, ¿Eres muy egoísta sabes?"

"Oye, si lo dices con ese tono o en verdad parece que lo soy"

"¿Lo estás negando?"

Reprochó con gran decisión, haciendo imposible negar su punto.

"Bueno·<<No puedo ver mi cara pero mi expresión debe ser complicada>>·Lo siento por ser un egoísta"

"No te preocupes por eso, prepárate para esta noche"

Liz en verdad es alguien en quien puedo confiar, ese tipo de personas me ayudara mucho en estos momentos. Sobre todo por qué contar con mis amigos no es una opción y aunque lo fuera no le se los pediría. Confío en mi plan, y espero que esta confianza sea bien recompensada.

"Todo listo Reiss, ¿estás seguro que esto funcionara?"

"¿Todavía lo estás dudando?"

Me dice mi pareja mientras preparamos el lugar a medida que anochece, saber la locación con anticipación es una gran ventaja. En cuanto a la fecha y hora, si los cálculos de Quatre son correctos los incidentes tiene un intervalo promedio de cincuenta y seis horas aproximadamente, indicando su inicio alrededor de las ocho, es decir en más o menos treinta minutos. Me resulta sospechoso que dejen un patrón tan evidente y aún más el hecho de estar sólo yo en el supuesto sitio siguiente, en donde hasta ahora no hay ningún tipo de actividad.

A medida que pasan los minutos más largos de mi vida desde la operación. El estrés y la tensión del ambiente sufren un aumento exponencial sin ánimos de detenerse, acompañados de una soledad bastante tranquila pero indescriptiblemente perturbadora, la calma antes de la tormenta.

El tiempo continua, y continua, comienzo a tomar en cuenta la lejana posibilidad de un error. Los cálculos estaban muy bien hechos, incluso tome la precaución de hacerlos yo mismo sin tener ningún error destacable.

-Crack-, -Crack-

"...Oye, esta es la última, ¿No?~"

"Si..."

Se escuchan crujidos y voces a lo lejos, cada vez haciéndose más fuerte. Creo que son los Caídos, falta confirmarlo... unos instantes después se confirmó mi suposición, en efecto lo son, vienen cuatro de manera bastante organizada vistiendo sus ropas características... se pasean por el lugar observándolo minuciosamente, pareciera como si buscan algo... perfecto, la primera fase de mi plan consiste en observar para obtener toda la información que pueda desde donde estamos, escondidos debajo de los arbustos, donde no podrán vernos ni encontrarnos a menos que nos busquen exhaustivamente.

"Oye, Harry, es un completo fastidio poner estas cosas una por una"

"Lo sé, Francesco, pero tienes que verlo por el lado bueno. Esta ya es la última"

"Si por fin, que molestia"

Dos de los Caídos inician una relajada conversación. El llamado Francesco es un hombre alto de pelo castaño y Harry uno más bajo de cabellos negros. Esto es interesante, los puntos de la estrella se deben poner una por una y al parecer debe haber un intervalo entre ellos, de lo contrario no estarían aquí... otro aspecto bastante interesante son sus nombre que resultan ser asombrosamente normales, al ser ángeles caídos asumí que tendría nombres como tales, pero ese no es el caso, ¿Serán nombres en clave?.

"Esta semana ha sido un completo fastidio, los humanos cada vez se acercan más a los pilares"

"Si, la otra vez tuve que matar a una pareja"

Aquí está el desgraciado que asesino la pareja, me ofende profundamente el poco respeto que tienen por la raza humana, al punto de hacerme estallar en ira... de todos modos por ahora no puedo hacer ningún movimiento, aún hay cosas que debo averiguar.

"Este es un pueblo extraño. No han tomado ningún tipo de medidas contra nosotros y ese bastardo sólo jugó un rato con esos insectos y se fue"

"La verdad a mí me parece bastante extraño eso, como en este lugar nada más tiene estúpidos humanos esa es solo la única explicación lógica..."

"Jajajaja, no me hagas reír. ¿Insinúas que se encargaron de él?, es imposible. Dejémoslo en que ese estúpido se fue sin decirnos nada"

Valla, valla, esto es inesperado. Resultaron ser mucho más arrogantes de lo que pensé, siendo esta su mayor debilidad, me alegra haber tomado como base del plan su soberbia. No tienen idea sobre la existencia de Liz y mucho menos de que yo acabe con su amigo. Esto resulta ser una ventaja bastante oportuna, un golpe de suerte a decir verdad. Además por supuesto una dosis de tranquilidad, ya que había tomado hasta la lejana posibilidad de que Liz fuera su objetivo.

"En verdad este lugar no vale nada deberíamos destruirlo ya"

"Jajaja, si, tienes razón. Estos insectos ni lo verán venir"

"Chicos... no actuemos tan precipitadamente. Hay algo extraño en todo esto"

Ya he oído suficiente, es el momento de actuar, hora de poner en marcha mi estrategia. La segunda parte consiste en armar una distracción... comienzo soltando un conejo en dirección hacia ellos como cebo, funcionando a la perfección debido a sus ruidosos pasos entre las crujientes hojas del suelo

"¿Oye que es ese sonido?"

"Es cierto parece que hay algo por aquí, búsquenlo"

Con esas órdenes uno se quedó haciendo el pilar mientras los otros tres se separan en forma de triángulo con el jefe en el medio, dándome la oportunidad de realizar las primeras acciones, en este caso las más importantes. Comienzo colocando una pequeña bomba de ácido muriático que distrae a los más lejanos de mí y al del centro dejando a uno separado.

"Oye tu a donde crees que vas"

Dice el separado cuando me avisto dentro del bosque, persiguiéndome al acto, o debería decir me deje ver solo para caiga directo en una trampa. El arrojarse directamente marco su derrota con una gran explosión.

-BOOOOOOOOOOM-

La tercera fase consistía en separarlos y llevar a uno de ellos hacia una trampa justo como acaba de pasar. La bomba eran dos árboles frente a frente, cada uno tiene una bomba de gasolina y algo de dinamita, como solo hice una hendidura y esa es por donde la introduje, toda la presión saldrá por ese mismo agujero concentrado la explosión en un espacio muy pequeño. Lo suficiente como para que el peor de los casos deje inconsciente a mi perseguidor.

Resultó en un completo éxito y como bono, el estallido cortó los árboles que terminaron cayendo encima del imprudente Caído. De inmediato comienza la segunda fase.

"Mira allá esta ese imbécil, ¿Esta solo?"

Dijo el bastardo que asesino a la pareja, mostrando una cara de total desprecio y repugnancia.

"Es estúpido, ¡Matémoslo!"

De ese modo se lanzaron contra mí... bueno, eso creen ellos, en realidad es solo una escoba con una capucha encima y por dentro una bomba estilo molotov que Liz dejo en ese lugar cuando le prestaron atención a su compañero herido, una bomba incendiaria muy potente.

-KAAAAAAABOOOOOOOM-

La bomba explotó con gran estrepito llenando de llamas el lugar, una vez entró en contacto con su atacante, este se prendió literalmente en fuego. Ahora está acostado inconsciente en el suelo, quemándose al igual que su cómplice, pero este último en menor medida, dado que aún conserva el sentido.

"¡¿Harry pero que mierda está pasando?!"

"Arggggggghhhhhhh"

Perfecto están asustados, ahora viene la fase final y esta es la más peligrosa. Hasta ahora el plan no ha involucrado ningún tipo de intervención por parte nuestra, sólo hemos usado cosas que cualquier persona tendría alcance, excepto quizás por la dinamita que ya estaba en mi casa desde un principio. Si no mal recuerdo, le sobro a mi viejo de un trabajo.

La fase final consiste en una rápida emboscada a los miembros heridos, acabando con ellos y dejando uno vivo para un interrogatorio. Había supuesto más enemigos para este momento, solo dos estuvo fuera de mis cálculos. Con eso en mente me lanzo a liquidar al herido, que se hace llamar Harry.

El hombre ve mi movimiento y lo bloquea con su espada, generando un fuerte sonido en el choque, pero ahogado por el ruido de las llamas. Aun herido es un gran contrincante pero no lo suficiente. Lo derrote al tercer movimiento, sus ataques no tenían patrón ni mucho menos sentido; por lo que me fue fácil acabar con el... demasiado fácil...

El sobreviviente se dirige hacia mí con una mirada de incredulidad pura, desconcertado por lo que acaba de pasar, su orgullo como Caído había sido destrozado, debe estar pensando. Su expresión cambio repentinamente a una de enojo y se lanzó directamente hacia mí.

Con un golpe seco chocaron nuestras armas, dejándonos frente a frente justo como en las películas. Su golpe fue veloz, si no hubiera modificado mi cuerpo habría muerto, son seres que no deben ser subestimados.

A medida que intercambiamos golpes me doy cuenta de la brecha entre él y sus compañeros, la probabilidad de que sea el líder es alta, de ser así exagere el número de Caídos en la zona. Me intriga su silencio, de su espada solo puedo sentir ira y soledad.

"¿Qué quieres en este pueblo?"

"..."

No hubo respuesta, en cambio aumento la rapidez de sus ataques llevados por la ira. Pero al hacerlo se volvieron predecibles, llenos de aperturas lo suficiente grandes como para dejarme la oportunidad desarmarlo e cualquier momento, la pelea sigue su curso extendiéndose por unos intensos minutos hasta que por fin... ·¡!·. Su espada se levanta en un intento de contrarrestar una de mis rápidas estocadas bajas, dejando su costado al descubierto.

"¡Perdiste!"

Su arma salió volando ante mi movimiento, quedando aparentemente indefenso. Eso fue demasiado sencillo, algo no anda bien... tengo ese presentimiento... en fin, no gano nada con preocuparme. Por lo menos no ahora mismo, aprovechare la rara oportunidad para interrogarlo.

"Caído te llamas Francesco, ¿cierto?·<<Le exigí, jadeando un poco por la falta de aliento>>·Dime, ¿Qué hacen aquí?"

"...

No me respondió, él está mirando hacia otro lado como si no le importara a pesar de que mi espada está en su cuello. Me sorprende lo calmado que se encuentra, incluso yo estaría nervioso si estuviera en su posición.

"¡¡Dime desgraciado que hacen aquí!!"

"Eres bastante ruidoso para ser un insecto"

"Y tu muy arrogante para tener tu vida en mis manos"

"Hmph-<<Bufó a regañadientes>>-Parece que no tengo opción insecto, ¿Qué deseas preguntar?"

Su cambio de actitud es bastante repentino, parece aburrido, completamente fastidiado por esta situación...¿Exactamente qué está pasando?. Cierto, las preguntas, comencemos con lo básico.

"Lo preguntare nuevamente, ¿Qué hacen aquí?"

"Te escuche la primera vez, pero esas cosas no te interesan"

"En verdad eres irritante, entonces te hare dos preguntas"

"Haz lo que quieras"

Su actitud y prepotencia son insoportables, ni siquiera se digna a mirar hacia acá, ¿En verdad de esto estaba tan preocupado?... mis preocupaciones ahora parecen infantiles, simples juegos de niños al igual que la actitud de este hombre.

"¿Hace cuánto tiempo están aquí?"

"... Si quieres saber, alrededor de tres meses"

¿Tanto tiempo?, estos tipos saben actuar encubierto. De no ser por el incidente donde conocí a Liz nunca me habría enterado de su existencia, mucho menos de sus planes hasta este punto. Eso me lleva a pensar... el patrón tan fácil de leer puede ser una acción a propósito.

"Última pregunta, ¿Cuándo se irán?"

"La verdad pensamos irnos mañana, o debería decir pensábamos antes de tu molesta interferencia...-<<Su tono refleja completo desprecio hacia mí>>-¿No quieres saber más?"

Eso fue inesperado. A juzgar por su actitud podría ser una trampa, lo mejor es proceder con mucha precaución.

"Me sorprende que digas eso, ¿Porque estas repentinamente tan colaborador?"

"Es simple, estoy de humor...Por cierto no soy un Caído, soy un Epolim, solo mi madre fue un Caído. No me compares con esos ancianos buenos para nada"

Este sujeto es verdaderamente extraño, dejando a un lado sus inusuales cambios de humor... me ha dado una información bastante útil. Epolim debe ser el término para los híbridos de esa rama y si él es uno, supongo que los demás también lo son. Eso explica de cierta manera sus nombres tan normales.

"¿Eres un Epolim?,¿Cuál es tu edad?"

Dice Liz saliendo de los arbustos, provocando una gran sorpresa en nuestro interrogado. Al igual que yo, debe haberse percatado por la ausencia de peligro, pues le dije que saliera en caso de emergencia o cuando todo haya terminado.

Francesco se voltio para verla, cambiando por primera vez la dirección de su mirada en es todo este tiempo. Tiene un claro interés por ella.

"... Miren lo que tenemos aquí, una hermosa joven"

"No te atrevas a jugar conmigo... responde desgraciado"

Le dijo Liz con una cara verdaderamente aterradora, poniendo su estoque en su garganta como signo de intimidación ante el inescrupuloso Epolim, quien ahora nuevamente dirige su mirada hacia la derecha tratando de ignorarnos. De todos modos Nephilim y Epolim... si no los viera con mis propios diría que son simples delirios de los mitos. Bueno, de hecho son delirios de los mitos, ese es el nombre que nosotros los humanos les hemos dado. No tenemos ni idea de que son en realidad y eso es algo que me gustaría averiguar. Desde luego, siempre y cuando pueda comprenderlo.

"Oigan, ¿Por qué les interesa tanto todo esto?. Igualmente explotara en poco tiempo"

¿Explotar?, ¿este muchacho dijo explotar?. Esas palabras fueron lo suficientemente fuertes como para hacerme perder la calma. Abrí los ojos de gran manera, muy preocupado por esa declaración; su expresión no había cambiado en lo absoluto, se puede ver su profundo desprecio por su situación.

"¿A qué te refieres con explotar?"

Liz preguntó con un tono muy cortante, obligándolo a responder... más bien negándole cualquier otra opción.

No conocía esa parte de ella, pero puede ser una mujer en verdad amenazante si se lo propone...El hombre por otra parte nos lanza una mirada bastante despreocupada, demasiado, considerando lo que dijo. Como si le pareciera una molestia responder, lanza un suspiro moviendo la cabeza de lado a lado lentamente.

"No me digan...·<<Una leve autosuficiencia resalta en sus palabras>>·¿Trataron de detener el sello sin saber qué hace?"

"Eso no importa, ¿Cómo detenemos la explosión?"

Ignoro por completo mi petición con gran satisfacción. Comenzado a disfrutar nuestra falta de conocimiento sobre sus planes, empezó a provocarme.

"¿Crees que te diría?... disfruten el tiempo que les queda. Bueno, son solo sesenta minutos"

"¡Maldición responde!"

Lo golpeé fuertemente con mis puños en su cara, tumbándolo en el suelo, aunque no permaneció allí por mucho tiempo. En este momento lo estoy tomando de su túnica para me mire y pueda ver de lo que soy capaz.

"No pongas esa cara que da tanto miedo-<<Reclamó esbozando una sonrisa torcida al mismo tiempo>>-No importa lo que hagamos tu o yo, la explosión es inevitable. Así que mejor ríndete..."

"¡¡Maldición!!,¡¡Maldición!!"

Salen de mi boca esas palabras mientras golpeó al hombre con todas mis fuerzas. Buscando de alguna manera que hablé, siendo esos esfuerzos completamente en vano, porque el Epolim perdió la conciencia a los pocos minutos.

-Slap-

Resonó por todo el lugar ese golpe seco en mi mejilla que me devolvió el autocontrol, Liz me acaba de abofetear. Es cierto aún hay tiempo, poco, pero es mejor que nada.

Justo cuando iba a agradecerle a mi pareja, no está. En su lugar se dirigió hacia unos arbustos por la derecha.

"Ustedes sé que están allí. Pueden salir"

Dice Liz en voz alta mirando hacia los alrededores, debe haber más personas aparte de nosotros, esto es malo... estamos en una situación donde cada segundo es valioso, pudiendo significar la diferencia entre la vida y la muerte. No solo la nuestra, sino todas las vidas en el pueblo descansan ahora sobre mis hombros.

Más importante, en cuanto a esos misteriosos observadores. Mi pareja no parece estar intranquila, no deben ser enemigos. Entonces... ¿Quién o quienes diablos son?.

El rápido crujir de las hojas vuelve a ser el sonido más importante del lugar, esperando a ver quiénes serán clavo la mirada en esa dirección. Pronto una silueta de tamaño mediano está saludando con su mano mientras se asoma de entre los matorrales, dos siluetas más comienzan a ser visibles poco a poco a medida que se acercan.

"Hola Reiss, como decirlo...·<<Comentó Allen con una sonrisa forzada>>· Vimos todo"

Al final resultaron ser mis amigos acompañados por Jeanne, los tres usan conjuntos similares a los nuestros, pero usan otros colores a parte del negro. La sorpresa generada por este hecho fue brutalmente reprimida por el alivio. No son unos completos desconocidos, por lo que explicarles la situación no se encuentra por fuera de las posibilidades. Además, si han visto toda la escena tendrán en conocimiento suficiente como para ayudarme en este momento, eso me ahorrara muchas explicaciones para ellos.

"Si observaron todo no habrá necesidad de gastar tiempo en habladurías, debemos hacer algo para detener la explosión"

"Entiendo Reiss, es obvio que tú conoces mejor la situación, ¿Qué debemos hacer?"

Contesto Allen casi al instante.

"En ese caso...·<<Pongo mi mano sobre mi boca en una postura que me ayuda a pensar más rápido. Por cierto, nunca creí escuchar esas palabras de parte de Allen>>·Lo primero es evacuar al mayor número de personas posibles, debemos tomar esa precaución antes que to-"

"¿Insinúas que no seremos capaces de hacer algo?, por favor..."

Comento mi otro amigo con un toque de sarcasmo inapropiado para este momento.

"Tu intento de hacerte ver genial no funciono-<<Le reproché>>-Eso es solo una medida de precaución, apenas hace dos semanas me entere de las cosas sobrenaturales y ustedes hoy. No hay certezas de nada, tenlo presente"

Quatre se quedó en silencio, entendiendo el significado de mis palabras... no sabemos que tanto podamos hacer. Aun así tenemos la vida del pueblo en nuestras manos, no es momento de dudar, si debo ser el líder lo hare.

"Jeanne, Quatre evacuen a todas las personas que puedan en cuarenta minutos, váyanse juntos del pueblo al final. No tenemos garantía de nada, ni siquiera que de verdad haya una explosión... pero vallan...los demás irán conmigo a detener ese desastre de alguna manera"

Mi amigo accedió sin mucho reparo y de hecho pareció agradarle ese plan.

"Bueno Reiss, veo que no tienes un plan. Aun así eres el más indicado, lo dejo en tus manos solo por esta vez-<<Eso es raro en él, la seriedad>>-Como prueba de eso te deshiciste de esos bastardos con cosas muy simples, vamos Jeanne"

"... ¡Espera... aún estoy muy sorprendida por todo esto!"

Jeanne salió corriendo detrás de Quatre cuando supero la sorpresa, él ya se había ido en cuanto término de hablar. Este chico odia perder, pero esta vez reconoció que tengo razón, no quiero defraudar sus expectativas. Dicho esto, pusimos en marcha nuestro improvisado plan para proteger la vida de todos.

"Liz, Allen, ¿Qué ideas tienen'?"

Les pregunté a mis acompañantes en el auto al momento que salimos del cementerio. Quedarse en este lugar parece la opción menos favorable.

Acordamos que coordinaríamos las cosas por vía mensajes de texto estando en los autos. Como desconocemos nuestro destino, estar en constante movimiento hacia el centro de la barrera es la contramedida más efectiva porque está a la misma distancia de todos los puntos, aun así es una espada de doble filo.

"Reiss, ¿Has pensado en cómo explotara?... es decir, ¿Dónde inicia?"

Nos comentó Allen una importante conclusión suya, de hecho, conocer ese detalle será lo más transcendental.

"Tienes un buen punto, el inicio de la explosión. Hallarlo y de paso detenerlo será la mejor opción a tomar. Liz ¿Tienes idea de cómo explotara?"

Le pregunté a la persona con mayor información sobrenatural de todos nosotros, la única que no es un humano común y corriente, quien por cierto se toma su tiempo para responder.

La complejidad del asunto está muy por encima de mi actual nivel de comprensión, no me cabe en la cabeza como unos puntos puedan causar la explosión de este lugar tan relativamente grande. Eso sin contar que nos enteramos por boca de un Epolim, la cual no es precisamente la fuente de información más confiable. La tensión y la ansiedad no han hecho más que aumentar conforme pasa el tiempo y nos acerca a la hora límite.

"Saben... Creo que la explosión empieza desde el centro. Saca un mapa"

Liz cogió el mapa para abrirlo a gran velocidad y señalar el punto central de la estrella completamente segura de su teoría, teoría con la que Allen no se encuentra muy convencido. En su rostro se puede ver claramente que tiene dudas... yo tampoco estoy seguro de esa afirmación.

"Lizbeth quiero que nos expliques a mí y a Reiss. Ambos no estamos totalmente confiados de esa hipótesis"

Le exigió Allen con un tono grave, hablando por los dos.

"Veo que no se han dado en cuenta...·<<Añadió pensativa sin dejar de señalar el mapa>>·Se trata de los límites, o por lo menos el área total. Piensen, ¿Para qué necesitan marcar esos puntos?"

Inquietado por esa afirmación, mi copiloto tomo el mapa y lo puso en el tablero del auto para que los dos podamos verlo sin inconveniente. Entonces ambos nos percatamos de un hecho que pasamos en alto. Los pilares o como se llamen, son necesarios para el funcionamiento del sello ya sea como barrera o sala de vigilancia, y por supuesto para explotar. En términos simples son los delimitadores del rango de funcionamiento, y como tales, debe haber un pilar que sirva como centro; es decir, un controlador que se encargue de coordinar su funcionamiento, sirviendo también como puente entre cada uno.

Siguiendo esa teoría es el único punto donde puede iniciar dicha explosión y también su única ubicación es el centro. Debido a la misma razón por la cual vamos hacia allá, la igualdad de distancias hacia toda la estrella, incluido esos pilares.

"¿Lo captas Allen?"

"...Si..."

El hombre está claramente sorprendido, su mirada perdida hacia el papel lo delata. Ese simple razonamiento había concluido en argumentos sólidos y fáciles de comprender, siendo una conclusión obvia incluso para personas normales como nosotros.

No obstante mi mal presentimiento no ha desaparecido. Todo esto es extrañamente fácil de seguir, me da la impresión que alguien nos está atrayendo directamente a una trampa mortal, pero por desgracia no tenemos otra opción, incluso si se trata de una trampa.

"Lizbeth, ¿Cómo te diste cuenta de esto tan rápido?"

Le pregunto Allen a mí ahora un tanto sonrojada pareja, al parecer no sobrelleva muy bien los halagos.

"Use...-<<Vaciló>>-Un razonamiento poco común"

"¿Allen aun tienes dudas?, por donde lo mires el razonamiento no parece estar equivocado"

Apoyé un poco la mejor opción en este momento, discutir ahora sólo sería una pérdida del muy poco tiempo restante. Allen por otra parte no ha apartado la vista del mapa por un segundo, debe estar verificando esa teoría una y otra vez para asegurar su veracidad, pues sabe tan bien como yo que un error a estas alturas es un movimiento fatal.

La rubia en el asiento de atrás se ve bastante feliz y parece estar a punto de decir una cosa.

"¿Recuerdas que leí sobre esto?... además ustedes lo hacen todo el tiempo cuando resuelven acertijos en sus juegos..."

Ante esa afirmación sólo puedo decir una cosa, <Completamente irónico>.

Allen al escuchar ese comentario estalla en carcajadas, dejando su serio comportamiento destrozado en su totalidad. Amigo te entiendo, nunca imagine que nos dirían <eso> a nosotros... mucho menos una chica.

Mi copiloto rápidamente detiene sus carcajadas para recuperar su actitud grave, en este momento respira lento, tomando aire en lo que parece prepararse para hablar.

"En verdad no encuentro errores en esta idea, es mas no hay otras. Tu deducción es perfecta...·<<Afirmó al fin>>·Más importante, vean hacia adelante ya hemos llegado"

En verdad Liz es increíble, tú también empiezas a comprenderlo. Moviendo mi centro de atención hacia el frente, puedo ver el punto marcado en el centro de mapa, la vieja refinería del pueblo, nuestro destino.

Mirando rápidamente hacia mis acompañantes, puedo notar sin dificultad sus nervios, por supuesto yo también estoy muy nervioso... como líder temporal creo que es momento para un discurso cursi y motivador.

Siguiendo esa intención llamé a los dos evacuadores para que todos puedan escuchar lo que diré.

"Hola Reiss hablas con Jeanne, ¿algún progreso?"

"Si, vamos al lugar donde iniciara la explosión... La vieja refinería, ¿Cuántos han evacuado?"

"No muchos, la gente se rehúsa a creernos porque según ellos somos solo adolecentes borrachos"

Una reacción común, la cual si bien muchas veces es la respuesta correcta, ahora no puede estar más equivocada.

"Deberíamos haberlo esperado. Aun así... en verdad es una lástima. Llama a Quatre quiero que todos escuchen lo que voy a decir"

Dicho eso me preparo para las palabras. Una vez Quatre confirma su atención, inicio.

"Saben que no somos precisamente los más preparados, podrías decir que sólo estuvimos en el lugar equivocado y momento erróneo. Bien, eso es cierto pero no del todo. Esta tarea llego a nuestras manos de la manera más inusual, cambiando drásticamente las cosas en unas pocas horas más que en el resto de nuestra vida. No importa lo que pase esta noche, explote o no la bomba. Quiero que sepan algo, hicimos lo correcto, salvamos vidas de una u otra forma"

La primera reacción por parte de mis compañeros fue de silencio y sorpresa ante ese monologo, Liz está riéndose silenciosamente en los asientos traseros del auto y Allen me mira como si fuera algo anormal, pensamiento que por desgracia no puedo contradecir.

"Reiss, no esperaba esas palabras de tu parte. Nos esforzaremos hasta donde podamos acá y llegaremos a donde están, cuídense. Adiós"

Quatre termina llamada en ese momento, nos vendrán a apoyar cuando terminen su labor, me alegra saber que contamos con ellos aún en momentos como este.

"Bueno. Todos entremos que ya hemos llegado"

Siguiendo esa sugerencia de Liz salimos velozmente del auto para correr con gran apuro hacia la refinería. Con cada paso que doy solo puedo imaginarme los posibles resultados, que van desde una falsa alarma hasta una devastación total. Si eso ultimo pasa... ¿Seremos capaces de enfrentarlo?, ¿Lo superaremos?, ¿qué haremos después?, esas preguntas rondan por mi cabeza. No quiero ser pesimista pero me preparare para lo peor, dado las escasas posibilidades a nuestro favor.

Las siguientes horas representaran el final y el comienzo de una nueva etapa en mi vida, una como nunca antes. Totalmente inesperada al punto de cambiar por completo mi camino y objetivos, teniendo este incidente gran peso en los futuros acontecimientos. Pero para mí yo de ese entonces, era imposible de saber.

CAPITULO 4

--PERDIDA Y PARTIDA--

"Hay momentos donde debes tragarte tus sentimientos
para no desfallecer"

"Liz, ¿Que buscamos exactamente?"

"Si lo supiera no estaríamos en esta situación, busca algo como un cristal... cualquier cosa sospechosa podría ser"

Nuevamente la información es poco específica, buscar <algo sospechoso> en un lugar tan grande como esta refinería no es tarea fácil, menos si es de noche como ahora y mucho peor si solo hay un único viejo bombillo de luz amarrilla para iluminar.

Hemos pasado varios minutos buscando lo que podría ser el centro de la estrella o el pilar de control. Quatre y Jeanne llegaron al rato después de llamarlos y también están ayudándonos con la búsqueda, desafortunadamente el número de personas que evacuaron no fue muy alto, la mayoría tomo esto como un juego de niños. Honestamente yo también espero que sea solo eso.

"Chicos si lo que dijo ese tal Francesco es cierto, solo tenemos veinte minutos más"

"Lo sabemos Quatre, Lo sabemos. No metas más presión de la que ya esta"

Allen silenció al inquieto joven con esas palabras, ¿Con que solo veinte minutos?. Todo sería más sencillo si supiera que buscamos, la falta de información ha sido una gran desventaja desde el inicio, Aunque si de alguna manera hemos llegado hasta aquí, creo que podemos llegar al final.

-¡!-,-¡CRACK!-

Un fuerte sonido sacude el silencio reinante del ambiente, al parecer un gran objeto cayó al piso rompiendo otras cosas. El ruido proviene de adelante, pero la oscuridad dificulta ver que sucedió con exactitud.

"¡Oigan!, una caldera se cayó por acá... ¡Hay unas escaleras vengan todos!"

Todos nos reunimos donde esta Jeanne quien nos dio ese aviso. Justo como ella dijo, hay unas escaleras hacia un piso inferior al lado de la vieja caldera que se acaban de caer, las uniones no soportaron su peso y colapso. El piso de abajo inmediatamente pasa a ser el lugar más sospechoso además del más probable donde encontremos el pilar central.

Bajamos con la mayor velocidad posible sobre lo restante de las escalas, estando Allen de primero alumbrando con una pequeña linterna, siendo el único que tiene una. El ambiente es insoportablemente pesado y la tensión es dominante, conforme más nos acercamos a destino la atmosfera empeora.

"Creo que hay alguien más adelante"

Dice Liz con una expresión bastante seria en su rostro. No es difícil imaginar quien podría ser, de hecho se me hacía raro no ver a ningún centinela vigilar esta posición supuestamente tan importante, incluso llegue a pesar que cometimos un error. La presencia de este extraño acaba de confirmar que estamos el sitio correcto.

Unos segundos más tarde llegamos al final de las escaleras, un gran salón esta justo frente a nosotros, iluminado por lo que parecen ser velas; con una luz tenue dejando partes en las sombras.

"Se demoraron demasiado, ¿Por casualidad se perdieron?"

Una voz grave y profunda hizo eco por toda esa gran habitación rompiendo el silencio, en efecto no estamos solos, el tan esperado centinela acaba de confirmar nuestras suposiciones dándonos un acierto, llegamos al pilar central.

"No, no lo hicimos. ¿Tú quién eres?"

Grite con voz alta y tono calmado, esperando respuesta de aquel misterioso individuo mientras el grupo continua avanzando para encontrar nuestro objetivo. No hubo necesidad de una respuesta, porque sin darnos cuenta ya habíamos llegado hacia donde se encuentra ese hombre... en realidad debería decir joven, debe tener más o menos la misma edad que yo, cuando mucho es solo cinco o máximo siete años mayor. Su cara no se distingue de todo por la capucha negra que usa, cubriendo casi todo su cuerpo dándole un aspecto fantasmal.

"¿Qué les pasa?·<<Se oyó bastante arrogante y altanero>>· ¿Se quedaron sin palabras?"

Sin dudas es un intento de provocarnos para que nos desviemos del objetivo principal. Eso no te va a funcionar.

"¿Eres el guardia del pilar central?"

"Si, imagino que vienes a destruirlo. ¿Me equivoco?"

Respondió ante mi pregunta con un tono muy sarcástico, casi como si se burlara de nosotros en nuestras caras, esta persona nos está subestimando de una manera descarada. Sin usar palabras fuertes se las ha apañado para dejar en claro su opinión sobre nosotros, ¿Quién rayos será este hombre?.

"Son muy fáciles de leer, quieren saber quién soy... bueno, se los diré"

El misterioso sujeto se quitó la capucha revelando su cara, de inmediato mis ojos van hacia su rasgo determinante, un tatuaje en forma de cruz que tiene su cerrado ojo derecho como centro, su largo cabello negro y facciones de su rostro lo hacen ver bastante extraño, si tuviera que compararlo con algo diría que es un vampiro debido a su palidez, ¿será que también estos seres son reales?.

"Soy kurohane Kaine un Epolim. Es un placer conocerlos"

Su reacción fue inesperadamente educada, pero sirvió para despejar mis dudas. Este hombre como todos los de su raza tiene un gran orgullo y no mentiría sobre algo tan serio como su identidad, así que de cierta forma podemos confiar en sus palabras.

"¿Qué quieres con nosotros kurohane?·<<Pregunté exigentemente>>· ¿Estás aquí para defender este lugar?"

"No, la verdad les he tomado un pequeño interés... así que quería verlos personalmente"

Si dijo eso debe conocer nuestra existencia y acciones desde antes. ¿Sera una trampa?. Aun así, avanzar es la única opción.

"No me importa ese interés tuyo... pero si no vas a defender a este lugar, te agradezco que nos permitas pasar, debemos detener la explosión"

En este momento soy el único de nosotros que habla con esta sospechosa persona, quien pone una expresión de sorpresa ante mis palabras, para después soltar una pequeña pero perturbadora carcajada.

"Una excelente determinación, en verdad eres interesante. Dime tu nombre"

No parece tener interés en mis demandas, en realidad está jugando con nosotros. Dado su orgullo lo mejor sería provocarlo y acabar esto de una vez, no hay tiempo.

"Reiss, recuérdalo... no, en definitiva lo recordaras. Es el nombre de aquel que no te dejara cumplir tus insanos cometidos"

A pesar de usar un fuerte tono, ni siquiera se inmuto. Por el contrario parece haber aumentado su interés en nosotros.

"Así que Reiss, lo recordare... Desafortunadamente es muy tarde. La explosión en definitiva ocurrirá, es algo que ni yo puedo evitar"

"¡Es mentira lo que dices!, ¿¡Por qué tendría que creerte!?"

Contesté casi al instante dejándome llevar por las emociones. No viéndose muy complacido con ello, el misterioso individuo luce aburrido.

"Eres libre de hacerlo o no, sería una lástima que murieran aquí considerando el interés que he tomado en ustedes, se supone que debo matarlos....·<<Habla como si lo controlara todo, así de grande es su arrogancia>>·Aunque sería un desperdicio considerando su poco poder, creo que debería dejarlos crecer un poco más... De todas maneras ya me voy, no me decepcionen muriendo aquí. Quiero pelear contra ustedes en un futuro"

Dicho eso el hombre desaparece como si nunca hubiera estado ahí, no entendí muy bien el significado de sus palabras, pero no es algo importante ahora. Pues su partida ha dejado ver lo que vinimos a buscar, el pilar central. En cuanto a su apariencia... Mentiría si dijera que no estoy decepcionando, es muy diferente a la imagen previa que tenia de este... Resulto ser un pequeño cristal transparente flotando por encima de un pequeño cojín rojo.

"¿Bueno entonces que debemos hacer con esto?"

"La verdad no sé, deberíamos dejárselo a la pareja"

Dicen Quatre y Allen, el <Dúo de imprudentes> señalándonos a nosotros descaradamente, el ambiente extraño formado por aquel hombre sacado de una película de mal gusto no ha desaparecido. Nadie del grupo se atreve a tocar el misterioso artefacto, por lo que nos han delegado la tarea a nosotros.

Sin embargo aquí es donde flaquean todos y cada uno de mis conocimientos, no tengo ni idea de cómo proceder.

"¿Liz, crees poder hacer algo?

"Lo cierto es que lo voy a intentar"

No parece muy segura de sí misma, puedo verlo en su rostro. Si tenemos la más mínima oportunidad debemos tomarla, aún hay tiempo... Alrededor de quince minutos.

Mi principal preocupación era llegar con menos de cinco minutos para actuar, porque sólo habría tiempo para intentar una cosa... pensándolo bien me sorprende que hayamos llegado tan rápido y con tan poca información, más aun las palabras de aquel hombre "¿Se perdieron o algo?".

Es claro que sabía de nosotros... No solo eso, espero pacientemente por nuestra venida. ¿Ese hombre en qué diablos está pensando?. Debe tener un plan, eso me parece obvio, aunque su propósito es un poco difícil de entender.

"Lizbeth, ¿cómo vas con eso?"

"Nada bien Jeanne·<<Le respondió bastante preocupada>>·Míralo por ti misma"

"...No hay forma de detener la explosión"

La segunda mujer en el lugar deja a la vista una cara de desesperación, luego de decir una frase para nada alentadora. ¿Más importante aún, como puede estar tan segura, para lanzar esa afirmación tan peligrosa?.

"¿A qué te refieres con eso?"

Pregunto Allen con un tono desesperado, interrumpiendo la breve conversación de las chicas. A lo mejor solo sea un error de Jeanne quien no debe comprender este tipo de cosas, cosas que incluso yo no entiendo en lo más mínimo. Allen había puesto su mano encima del artefacto con una actitud de incredulidad: Sin embargo al tocar el objeto pone una cara de desespero total.

"No hay error·<<Dijo con los ojos en blanco>>·Esto no se puede detener"

"Por favor chicos tomen las cosas con serie...dad"

Incluso Quatre quien en un principio se veía relajado cae víctima de ese fenómeno, el cual sucedió justo cuando tocó el artilugio, cortando su palabra en el proceso. Cambiando su actitud normalmente jocosa a una de seriedad muy poco frecuente en él.

Sorprendido por estos hechos me acerco cautelosamente al misterioso objeto, cuando... de la nada aparecen unas pequeñas letras en la base del cristal, están escritas en español y dicen: Si estás leyendo esto la energía ha alcanzado un pico irreversible, haciendo imposible detener la explosión que iniciara en sesenta segundos...

No puede ser posible, debe ser algún tipo de broma para desanimarnos.

"¿Oye Liz esto es en serio?"

"Eso parece, no hay manera de detenerlo"

"..."

Mi cerebro dejo de funcionar por un momento, por lo que apenas ahora comprendo la gravedad de la situación, de igual manera el resto esta estupefacto, completamente congelados como estatuas ante esta verdad innegable.

Estoy a punto de perder la compostura y entrar en pánico, pero... ¡Cálmate!,¡Tienes que mantener la calma!. Me repetí a mí mismo muchas veces intentando no caer presa de la desesperación. Es cierto, si me desplomo en este momento no hay manera de hacer algo, los demás también perderán la frialdad y cometerán alguna locura en el peor de los casos... sólo me queda tomar la situación con la mayor sensatez posible... ¡Arghhh!,¡Aunque diga eso estoy completamente destrozado, ¡Pensar que el pueblo entero seria destruido por algo tan simple!, ¡Me niego a aceptarlo!. Ese kurohane, ¡Ese bastardo!... desvió nuestra atención para que el acelerara la cuenta regresiva... ¡Espera un momento! ¡Desviar!, ¡Sí! ¡Eso podría funcionar!

"Liz, ¿existe alguna forma para desviar la explosión?. O por lo menos para concentrarla en un solo punto y dirigirla hacia arriba"

Ella se sorprendió mucho ante mi sugerencia, no había pensado en eso. La sorpresa no fue solo para ella, los demás se quedaron mirándome asombrados, me están mirando de una manera para nada común, es como si fuera algún tipo de genio o algo así. Me ofenden que se sorprendan de esa manera por un comentario inteligente de mi parte. ¡¿Pensaran que soy estúpido?!, de todas formas no es momento para estas escenitas... Mis pensamientos se han transformado en un rio turbulento debido a la presión, dándome impresiones equivocadas justo como acaba de pasar.

"Es una buena idea. ¡No hay tiempo que perder ven aquí inmediatamente!·<<Liz me tomo del brazo con urgencia>>·Necesito tu ayuda"

"¿Mia?, ¿Mi ayuda?. No sé qué tanto pueda hacer pero lo intentare"

Puse mis manos encima del artefacto sin pensarlo, justo encima de las de mi pareja, quien ahora se ve considerablemente más optimista.

"Reiss, Por lo que pudo ver este artefacto es un catalizador que almacena y utiliza toda la esencia recolectada por los pilares, si de alguna manera logramos controlar eso, sería posible desviar la explosión"

Así que los pilares son recolectores de esencia, de alguna manera parece tener sentido.

Liz me había explicado antes varios términos que debía conocer si en verdad me involucraría en sucesos sobrenaturales, uno de ellos fue esencia. La esencia es básicamente la energía propia del ambiente, la luz solar, el agua, las plantas e incluso la tierra misma desprenden ese tipo de esencia. Los monjes budistas habían notado eso, así que constantemente meditan para hacerse uno con la naturaleza y obtener algo de esta esencia para ellos. No imagino, ni me hago a la idea de cómo funciona, pero lo cierto es que tiene un potencial enorme, esta situación es prueba de ello.

Dejando a un lado todo eso, el pequeño rayo de esperanza arrojado por mi sugerencia ha mejorado mucho el ambiente. Los demás no saben muy bien que hacer y por eso se han limitado a apoyarnos. De cualquier manera a pesar de los sentimientos mezclados de duda, miedo e incertidumbre que ellos deben tener, han participado activamente en todo a su alcance. No puedo pedir más.

"Está comenzando"

"Entonces dispersémosla"

Le respondí a mi pareja mientras fuertemente sujetamos el cristal para intentar disminuir al máximo los riesgos de la explosión. ¡!, Entonces hay sucedió, la onda de energía fue bastante fuerte y nos arrojó a los dos hacia atrás, los demás también fueron derribados en el proceso.

La luz emitida por el cristal es cegadora, ya casi no puedo ver nada. Mis amigos al parecer han perdido la conciencia. Pero... ¡No puedo dejar simplemente que explote!,¡Algo debo hacer!,

Aun consiente de que podría costarme de mi propia vida, debo estar dispuesto a darlo todo por salvar el pueblo.

Con esa fuerte determinación me lancé sin titubeos al cristal, seguido muy de cerca por Liz.

Me siento frustrado por no poder hacer nada más para salvar el pueblo, ese sentimiento prácticamente es una llama ardiente en mi interior. Pero... extrañamente no siento ningún tipo de arrepentimiento, desde que estábamos en el auto he comenzado a pensar mucho sobre este incidente y me he dado cuenta de algo. Estaba destinando a suceder, la cadena de sucesos da la impresión de haber sido fríamente calculada, haciendo imposible llegar a un resultado diferente de este, de eso puedo estar seguro. Ya sean obras de kurohane o de quien sea que gobierne el destino... la explosión inevitablemente pasaría.

Como sea no me arrepiento, si salvamos vidas, así sean pocas valdrá la pena... incluso yo debí morir hace casi tres semanas y sin embargo aún sigo con vida.

Ahora todo parece más lento, la situación desesperante y el avance acelerado del tiempo había terminado, en lugar de eso los segundos se han detenido. Haciéndome ver todo en carama lenta, incluyendo el rostro de mi pareja, su hermosa cara con una lagrima naciente. Quizás no sobrevivamos a esto así que me asegurare de prepararme... pero antes hay algo que quiero decirle a esta persona,

"Quisiera pasar mucho más contigo, encontrémonos en el otro lado"

"Yo también·<<Me respondió con clara tristeza>>·Nos vemos en un momento"

Dicho eso cerré los ojos preparándome para mis momentos finales... mi vida no paso ante mis ojos como se suele rumorear de este instante antes de la muerte, bueno, la mayoría de los rumores son mentiras, jejejeje... ese fue mi último pensamiento antes de quedar envuelto en la Luz, una luz tan clara que puedo ver aun con mis ojos cerrados. Después de eso perdí la conciencia.

¡KATABOOOOOOOM!

"..."

No veo nada, no toco nada, no oigo nada... nada... mi conciencia se siente muy extraña no puedo enfocar correctamente mis pensamientos... ¡Espera!, ¿Qué estaba haciendo?... ¡Cierto la explosión!, ¿Estaré muerto?, ese podría ser el caso. Después de todo siento una gran luz y en lugar de oscuridad, todo está inesperadamente blanco... me siento tranquilo como si estuviera soñando...

Los minutos pasan en este mundo blanco, puedo saberlo debido a que cuento los segundos, sino, sentir el paso del tiempo podría ser imposible dada la extraña atmosfera del lugar.

La extraña paz me ha ayudado a resolver un poco los problemas de mi cabeza, facilitándome enfocar mis ideas. Recuerdo la explosión, mis pensamientos antes de eso, todo. En verdad me cuesta creer como termino; todos murieron, puedo decirlo porque si estoy aquí... no puedo pensar algo diferente.

Me pregunto... ¿Cuántos sobrevivieron?, Nuestras acciones... ¿Sirvieron de algo?. No tengo manera de saberlo pero hay algo extraño en todo esto, este lugar, este mundo blanco. No encaja con ninguna descripción del otro mundo de ninguna cultura si mal no recuerdo, intentare algo...

La luz deslumbrante de la mañana hace muy difícil mantener los ojos abiertos, como lo pensé. Estaba dormido... ¡No es momento para eso!, Debo levantarme y ver cómo están los demás.

"¡¿Esta alguien con vida?!"

Dije con mi voz a todo volumen una vez estuve de pie. Ante mis ojos se posa una escena digna de una profecía maya. La refinería está completamente destruida; junto a ella, la destrucción se reparte de manera muy desigual a mí alrededor, habiendo zonas sin un solo daño y otras donde las ruinas son el único remanente de las casas.

Justo detrás de mí se encuentra un gran cráter, debe ser el sótano o lo que queda de él después de la explosión... hay una buena posibilidad de encontrar a mis amigos allí, así que bajare.

Aun me siento bastante desconcertado por la escena, no tengo claro si es un sueño o no. La buena noticia es que no estoy muerto, al menos eso creo.

¡!, Casi caigo bruscamente en el suelo, pensar demasiado no es buena idea cuando bajas por un camino tan infestado de escombros como este. El solo hecho de haber llegado casi al fondo me parece una gran hazaña, considerando la cantidad de piedras sueltas, una de ellas fue responsable por el tropiezo de hace un momento.

Pocos minutos más tarde he llegado hasta el fondo, pero no veo señales de ninguno... ¡Un momento!, debajo de un madero puedo ver un cabello inconfundible, ¡Es Liz!, Debe ser ella.

Llegue a su lado con gran afán y de la misma forma saque el pesado madero que tenía encima para ponerla en mis brazos. Ella no se ve mal... no tiene heridas graves, nada más unas cuantas superficiales y aun respira, son muy buenas noticias.

"Reiss..."

"¿Estas despierta?"

Le pregunté con mucha intriga a la hermosa joven en mis brazos, quien acaba de pronunciar mi nombre con sus ojos aun cerrados. Debe estar cansada, no hay signos de que este inconsciente, eso solo sería normal después de aquel esfuerzo. Desafortunadamente aun no puedo dejarla descansar, debo encontrar a mis amigos, al menos quiero saber que pasó con ellos.

"Liz, ¿Sabes que paso con mis amigos?"

"..."

No obtuve respuesta, así que amablemente intento despertarla, el tiempo es importante dado que mis amigos son seres humanos normales y más aún si están heridos, haciendo cada segundo muy importante, capaz de marca la diferencia entre la vida y la muerte.

Unos pocos minutos después, mis repetidos intentos por despertarla dan resultado.

"...Reiss, me alegra que estés vivo..."

Dice en una voz muy baja, casi susurrante con su mano en mi mejilla.

"Es un alivio que sigas con vida Liz·<<La abracé>>·A propósito... ¿Sabes dónde están mis amigos?"

"Ellos deben estar arriba, fueron lanzados al aire al igual que tu... yo me quede en este lugar porque me sujete fuertemente al cristal en mi intento de detener la explosión... lastimosamente...·<<Hizo una pausa mostrando una expresión triste en su rostro>>·Mis esfuerzos solo lograron hacer esto"

Las lágrimas salen de sus ojos, en verdad esta triste por lo sucedido. No puedo decir que no esté afectado pero no tengo tiempo para eso, si yo me desplomo entonces no habrá manera de seguir adelante, llorare y me desahogare en un futuro, ahora simplemente no puedo hacerlo... es más, no debo hacerlo.

"No te preocupes mucho por eso, aún estamos vivos. Ya veremos que pasara más adelante... Por ahora salgamos de este agujero y busquemos a los demás"

Le dije eso luciendo una gran sonrisa y tomándola en mis brazos la cargo al estilo princesa en un intento de tranquilizarla un poco, cosa que funciono parcialmente. Inesperadamente resulto más fácil salir del hueco que llegar hasta el fondo, el peso de Liz no me represento ningún desafío, dado que unos instantes después ya estamos por la mitad del trayecto.

"Reiss, me sorprende que puedas moverte con las heridas que tienes"

"¿Cuales heridas?"

Exclamé muy extrañado por esa afirmación, debido a que no siento ningún tipo de dolor y mucho menos molestias para moverme, ¿Por qué me estará diciendo eso?. Como si respondiera a mi pregunta señala mi camiseta. ¡Está cubierta casi por completo de sangre!, ¡No solo ella!, tambіén lo está el resto de mi ropa. ¡No puedo creer que no lo haya notado!. Debo revisarlas... mejor se lo pido a Liz, no puedo hacerlo por mí mismo con ella en mis brazos.

"Liz, Revísame las heridas... estuve a punto de soltarte, por la impaciencia"

Un poco molesta procede a husmear entre mis ropajes,

"Más te vale no soltarme mientras lo hago..."

Su frase queda ahí con sus últimas palabras alargadas, parece sorprendida. Sus ojos están bastante abiertos y parpadea constantemente en signo de incredulidad, parece que llego una conclusión igual a la mía, no tengo heridas. Liz quien se encuentra un poco perturbada intenta abrir la boca para articular unas palabras.

"¿Cómo es posible?... ¿Sabes que paso?"

Negué rotundamente con la cabeza. Esa es una pregunta a la cual desconozco por completo la respuesta, ignoro la razón del porque estoy cubierto de sangre. Me gustaría saber los sucesos seguidos a mi pérdida de conciencia, ese gran espacio en blanco puede ser la explicación de la devastación tan dispareja sufrida por el pueblo.

"Liz, ¿qué paso después de quedarme inconsciente?"

"Pues... intente mitigar al máximo los efecto de la explosión reduciendo la uniformidad de esta, dando como resultado una destrucción parcial. Lo siento fue lo máximo que pude lograr"

Con esa explicación no es difícil hacerse una idea, es similar a cuando hay varios agujeros en recipiente con agua en vez de uno solo. Se dispersa sin control, pero únicamente por esos agujeros.

No estoy del todo satisfecho con el resultado, aun así...

"Me alegra que hayamos salvado gente aunque sea poca"

Mi pareja no presto mucha atención ante ese optimista pensamiento, en su lugar parece ausente. Unos instantes más tarde me jala de los restos de la camisa.

"Reiss, ¡Espera!.·<<Señalo hacia la derecha>>·Escucha hay alguien gritando..."

¿En serio?, porque yo no escucho nada. De nuevo los agudos sentidos de los Nephilim solo me recuerdan mi inutilidad. Creo que si escucho algo... debo prestar más atención.

·¡Maldición!, ¿¡Por qué!?·

Se escuchan leves ecos más adelante diciendo esas palabras, si mal no recuerdo esa es la voz de... ¡Allen!, ¡Mierda!, se despertaron sin nosotros allí. Se por lo que deben estar pasando, debo llegar rápido antes de que comentan alguna locura.

Apresurando el paso hacia donde viene el sonido, encuentro una vista perturbadora. Allen esta arrodillado con la cabeza en el suelo, golpeándolo fuertemente con el puño. Sale sangre de su cuerpo, no está en buen estado, pero su mente me preocupa mucho más.

"¡Allen cálmate por el amor de Dios!"

Le grite fuertemente, intentando que recobre la compostura. Este chico está completamente fuera de sí, ni siquiera respondió ante mis llamados, se encuentra dominado por la ira y la frustración.

Deje a Liz cuidadosamente sobre una roca y fui directo
hacia mi amigo. Amigo al que ahora tengo en mis manos ya
que estoy tomando su camisa fuertemente.

"¡Cálmate!, ¡El mundo no se ha acabado!. ¡Aun estas vivo!"

"Pero... ¡No pudimos hacer nada!"

Su desespero ha alcanzado niveles críticos, si no hago algo
rápido podría volverse loco.

"No todos, ¡Aun estamos con vida!, y estoy seguro que los
demás también-<<Lo agité fuertemente mirándolo directo
a los ojos>>-Así que primero búscalos. Después puedes
llorar y maldecir todo lo que quieras"

Si bien no hubo respuesta por su parte, su mirada por otro
lado cambio significativamente. Creo que estará bien, al
menos por ahora.

"¿Allen dónde están los demás?"

"Un poco más adelante, están inconscientes y con heridas
leves pero están vivos"

"Buenas noticias. Ven levántate"

Le tendí mi mano después de esa breve e intensa
conversación. El tomo mi mano y se apoyó en mi hombro
para poder caminar, debido a que está herido en una de sus
piernas.

Liz quien ya tenía las energías suficientes para moverse
sin dificultad, está ahora caminando con nosotros, lo que
ocasiona una gran sorpresa en mi amigo. Asumo que él no
se esperaba la supervivencia de Liz y mucho menos la mía.

El pensar en la escena de antes me recuerda un hecho
importante, mi paciencia y autocontrol está llegando

a su límite, no sé cuánto tiempo más pueda seguir sin desmoronarme, pero... debo esforzarme hasta que este solo. Ahora debo ser fuerte e inspirar a los demás, depende de mí directamente la severidad que este trauma pese en su futuro, ya sea como una experiencia dolorosa o como u impulso para seguir adelante por que sobreviviste. Intentare hacerlo lo mejor que pueda en este momento.

No tomo mucho tiempo hallar a los demás, están acostados en el piso y por lo que veo Quatre esta consiente, ojala se encuentre bien.

"Quatre, ¿Cómo estás?"

Al escuchar mi voz abrió los ojos, se quedó mirándonos fijamente por unos segundos para luego poner una sonrisa en su rostro.

"Aparte de que no me puedo mover, no estoy del todo mal"

Eso fue inesperado, pensé que estaría destrozado como Allen, pero me equivoque por completo. Él está sobrellevando la situación mucho mejor que todos.

"Quatre...¿Seguro?, ¿Cómo te sientes al respecto?"

"Si, no te preocupes. Ya lo había pensado...·<<En ese momento su voz normal se resquebrajo>>·Cuando estábamos evacuando personas lo hicimos, llegamos a un acuerdo. Si en verdad la bomba explotaría... ninguno de nosotros debería sobrevivir, en pocas palabras todos debimos morir. Así que cada vida que salváramos por muy pocas que fueran valdrían la pena"

Este hombre resulto increíblemente mucho más maduro de lo que parecía, Allen y yo nos quedamos sorprendidos ante esta declaración. Se preparó mucho mejor para la peor situación que el resto de nosotros, sin embargo... ha comenzado a derramar lágrimas, ¿Qué paso?.

"...Aunque diga eso no puedo evitar estar triste. No pudimos salvarlos, muchas personas murieron por nuestra incompetencia"

"Tienes razón, Quatre-<<Le dije>>-Tienes razón"

Quatre quedo envuelto en su lagrimas con sus ojos totalmente aguados, y su puño fuertemente apretado. Allen estaba en una posición similar sin embargo había dejado de llorar y por ahora solo rechina sus dientes con gran frustración.

De repente volvimos a la cruda realidad de la situación, el ambiente se ha puesto muy tenso. Todos nosotros estamos heridos de alguna manera, mucho más mental que físicamente. ¡Maldición!, sólo puedo decir eso. Aquí y ahora aprendí que no sirve de nada intentar jugar a los héroes, pero eso no cambia un hecho transcendental. Esos bastardos de Kurohane y compañía la pagaran, pagaran muy caro.

"Chicos siento interrumpir el momento pero... ¿Qué haremos de ahora en adelante?"

Comenta Liz interrumpiendo mis pensamientos. Me sorprende que pregunte algo tan sencillo como eso.

"Liz, eso debería de ser obvio"

Rugí con gran determinación. No puedo deja-, ¡No!, No podemos dejar que esto nos frene. Pienso mientras me preparo para hacer un gran monologo.

"Escuchen todos. No permitiré que esta tragedia vuelva a suceder, si quieren llorar háganlo, si quieren gritar háganlo, si quieren descargar su frustración e ira está bien, háganlo... pero piensen, ¿en verdad eso cambiara algo?. ¿Creen que tipos como Kurohane que sacrifican cientos de vidas y quien sabe más cosas por simples caprichos se detendrían hasta no conseguir sus objetivos?. No podemos cambiar el pasado...·<<Me detuve por unos segundos>>·Pero el futuro es otra historia, lo que decidamos hacer con este incidente depende de nosotros, no debemos derrumbarnos aquí, ¡aún estamos vivos!, ¡vivos para hacer algo frente a estas injusticias!"

Los primeros en reaccionar ante esas palabras de motivación fueron mis amigos, su cara ahora muestra una irónica sonrisa.

"Hehehe. Dame tiempo para pensarlo, debo saber si mi familia está a salvo. Después tomare mi decisión"

"Allen tiene razón aunque detesto admitirlo...·<<Bufó Quatre>>·Me llevare a Jeanne en brazos y confirmaremos eso... ¿Sus móviles siguen con vida?"

Después de revisar mi celular y comprobar si aún se mantenía en una pieza, respondí "Si". Respuesta que fue compartida por mis amigos, siendo una gran sorpresa para todos que nuestros teléfonos estén intactos.

Caminamos hasta nuestros destrozados autos en busca de una pequeña posibilidad, <Aun funcionan>. Quatre no perdió tiempo e intento comprobar el estado de los vehículos, para nuestra ahora buena suerte aún son de utilidad a pesar de todo el daño en su carrocería. En verdad fue buena idea comprar una Tucson.

Una vez ayudamos a los chicos a embarcar están listos para irse.

"Lizbeth, Reiss, nos vamos. Cuídense"

"No se preocupen también cuidaremos de Jeanne... vamos Quatre sube"

"Si, ya voy"

Un breve momento de silencio sucedió seguido a esa despedida, el dúo de imprudentes dejo el lugar llevándose a una inconsciente joven.

Al fin podré desahogar todas estas mezcladas emociones, me aguante hasta que se fueran porque no quiero mostrarles esto a los demás. Nunca he sido bueno para demostrar mis tristezas a los demás y eso es una verdad innegable... aunque en este momento no me siento triste, ese persistente sentimiento que había sentido desde mi despertar ha sido engullido por una emoción mucho más fuerte y esa emoción es... ¡ira!.

Mi pareja se percató de mi estado de ánimo y puso su mano en mi hombro como un lindo gesto de apoyo, sin darme cuenta había apretado los puños y los dientes, temblando junto a ellos todo mi cuerpo. Es cierto, a ella sí le puedo contar... en ese caso diré todo en voz alta.

"Liz, ¿sabes cómo me siento en este momento?"

"No es muy difícil de imaginar... sólo para estar segura, ¿Que harás ahora?, no me refiero a ese discurso o cosas por el estilo. Eso solo lo dijiste para motivarlos, ¿verdad?"

Esta mujer vio completamente a través de mis intenciones, estoy empezando a pensar que puede leer mis pensamientos sin hacer ningún esfuerzo. No me gustaría tenerla como enemiga... pero no esperaba menos, al fin y al cabo ella me entiende mejor que nadie y yo la entiendo mejor que nadie.

"Si... tienes toda la razón, te diré la verdad... estoy lleno de ira, no perseguiré a Kurohane por querer evitar tragedias solamente. Sé que habrán algunas inevitables sin importar cuanto me esfuerce, la de ayer es solo una clara prueba y estaré preparando para enfrentar esa situación así como hoy, pero...·<<Deje salir todo el enfado y mis verdaderas intenciones>>·Lo que en verdad deseo es venganza.

Ese bastardo desalmado lo sabía todo, sabia nuestra interferencia desde el primer día cuando nos conocimos, desde entonces planeo que el pueblo explotara"

"¿Cómo sabes eso?"

Preguntó bastante confundida.

"Es simple, por su reacción"

"¿A qué te refieres?"

"Eres muy perspicaz en ciertas cosas pero también ignoras muchas otras. Él estaba muy tranquilo con nuestra presencia, todo lo tenía preparado de antemano, incluso los Epolim que derrotamos en el último punto. Me saca de quicio ese hombre porque todo lo hizo por su entretenimiento, dudo que estuvieran buscando algo aquí de lo contrario no lo habrían volado de esta manera"

Ella se quedó muda con esa afirmación, bueno yo también lo estaría, es una verdad ciertamente difícil de aceptar. Llevo muy poco tiempo involucrado con cosas sobrenaturales, pero viendo esto, no me sorprende que el mundo aun existan guerras y conflictos, no sería extraño si Kurohane está detrás de varios.

"... Hehehe, en verdad eres una persona fuera de serie. A ver si entiendo, ¿En verdad quieres vengarte de este hombre?"

Me dijo mientras se reía levemente, aunque un poco a regañadientes. Debe pensar que nuevamente no le dejo otra opción a apoyarme.

Entones inicio una conversación tan fluida que no hubo necesidad de pensar, justo como había pasado en la anterior.

"Si, lo hare aunque me toque hacerlo solo. De alguna manera pagara por todo lo que hizo aquí y cualquier tipo de su clase también lo hará"

"Ya veo, vas en serio. Te ayudare, no hay manera de que puedas hacerlo solo...·<<Aparto su mirada de mis ojos luciendo ausente>>· A propósito, ¿Y tu familia?"

"Eso ya lo pensé, si continúan con vida cosa que espero. No puedo estar cerca de ellos, ya fui marcado por Kurohane, acercarme a ellos los pondría en peligro. Es irónico, ese desgraciado no solo me arrebato el pueblo si no también mi familia"

"Te diré una cosa. No te obsesiones con la venganza, es un arma de doble filo, vamos a ver a tu familia antes de que partamos, de lo contrario no serás capaz de seguir adelante"

"¿Lo dices en serio?, de ahora en adelante no podré verlos, quien sabe a dónde me llevara esta búsqueda. Sería mejor para ellos pensar que morí en la explosión"

Aunque diga eso... no sé si están con vida o no, me gustaría pensar positivamente, pero no puedo crearme falsas expectativ·. Liz interrumpiendo mi pensamiento me toma de los hombros con sus manos dejando nuestras caras frente a frente, me mira con unos ojos muy fuertes y firmes, además parece que está a punto de decirme algo.

"Ellos en definitiva no lo estarán. Si en verdad vas a perseguir a Kurohane debes verlos aunque sea solo una vez para despedirte, estoy segura"

Nunca la había visto tan seria, su fuerte mirada continúa después de terminar sus palabras. En verdad me tiene, no hay manera de contradecirla... miento, si la hay, pero si lo dice con tanta determinación debo tomarlo en serio, es treinta y tres años mayor después de todo... Así que con escuchar este consejo no pierdo nada.

Con ese pensamiento en mano, le di un suave golpe en la frente y me dispuse a hablarle, ya en una actitud mucho más relajada.

"Lo hare no te preocupes. Por cierto... te hare asumir la responsabilidad"

Le comenté unas palabras similares a cuando nos conocimos, provocando gran duda y confusión en ella, quizás ahora pueda entender como me sentí en esos momentos.

"¿Cuál responsabilidad?"

"Hehehe·<<Deje salir una pequeña risita>>.·es más que obvio. Dijiste que me ayudarías, ¿no es así?"

Al sabes cuál era el significado de mis palabras dejo a un lado su confusión y procedió a mostrarse segura.

"Por supuesto, he viajado mucho por el mundo y estoy segura que te seré de ayuda, incluso agradecerás tenerme a tu lado"

"...Eres chistosa, eso lo he hecho desde cuando nos conocimos·<<Dije con ironía y sinceridad>>·estoy a tu cuidado de ahora en adelante"

"...Me alegra sabes, ya estas sonriendo de nuevo"

Lo hice sin darme cuenta, en verdad sonreí. Esta chica es especial, puedo confiar en ella. Ahora bien, debo planear la salida y también si solos seremos los dos o si mis amigos vendrán con nosotros... sin embargo eso no es solo mi decisión, en verdad debo tomarme un tiempo para pensar todo esto. Aprovechare ese tiempo para visitar a mi familia y... les contare todo, si no me verán más por lo menos les diré la verdad. Por ahora...

"Liz, vámonos. No tenemos nada por hacer en este lugar"

"¿Buscaremos a tu familia?"

"...Si, lo hare..."

Con esas palabras dejamos el desolado lugar en mi auto para partir en busca de familia, se de antemano que no será tarea fácil encontrarlos, más aun considerando la situación tan delicada. Sin embargo tengo una buena idea de donde están, así que no debería ser muy difícil hallarlos o al menos eso espero.

Así terminaron los hechos que marcaron mi vida y sellaron mi destino para siempre, la destrucción de un pueblo y los deseos de venganza generados por esta. El camino a seguir será largo difícil y por supuesto doloroso, pero no tengo la más mínima intención de rendirme, de lo contrario no sería capaz de ver a la cara las víctimas de este incidente... por eso seguiré, para que sus muertes no sean en vano. En verdad no sé si mi decisión es correcta o si es solo un acto imprudente guiado por la furia del momento. En todo caso, sólo el tiempo lo hará saber todo.

CAPITULO 5

--KNIGTH--

"Por esos momentos de ingenuidad que se pagan tan caro"

"¿Hijo en verdad estas seguro de esa decisión?"

"Si papa, lo estoy más que nunca"

Le respondí a mi viejo quien me pregunta con una notoria cara de preocupación. Sé que no es tan fácil de aceptar algo como eso...

"Estarías en peligro todo el tiempo·<<Subió el tono de voz>>·¿Has pensado en tu familia y como nos sentiríamos?"

"Precisamente por eso tomo esta decisión. Quedarme aquí los pondría en peligro, no quiero eso"

"Mmm"

Mi padre dio un gran suspiro después de escuchar mis argumentos por casi media hora. Le he contado toda la verdad, la identidad de Liz, los verdaderos motivos detrás del incidente de ayer, la aparición de aquel misterioso hombre Kurohane y más importante la decisión que he tomado con respecto a eso.

En un principio mi viejo estuvo muy sorprendido por cómo es la situación en realidad, sin embargo se adaptó rápidamente, siendo capaz de hablar conmigo de manera lógica además de objetiva, al parecer ya encontré de donde proviene mi adaptabilidad a lo extraño.

Dejando eso a un lado, no está muy feliz con mi decisión y se la pasado lanzado argumentos similares a los anteriores con el fin de disuadirme, siendo en vano sus intentos.

Mi familia logro sobrevivir la explosión debido a la evacuación realizada por Quatre y Jeanne, gracias a eso, muchas otras familias aún se encuentran con vida. Pero sigue sin conocerse el número exacto de víctimas. Mis estimaciones varían desde quinientos hasta máximo dos mil personas.

En cuanto a mis hermanas... fueron enviadas con nuestra tía Jennifer quien vive a veinte minutos de aquí en una pequeña ciudad cercana., aun no las he visto pero sé que están bien. Yo me encontré con mi viejo luego de llamarlo y el vino hasta las ruinas de nuestro pueblo, ahora mismo hablamos sentados en el capó de los autos.

En ese momento justo cuando estaba ocupado organizando lo sucedido. Mi viejo de repente me toca el hombro con su mano derecha, al parecer ya resolvió sus pensamientos.

"Hijo, se me olvidaba algo pero..."

La expresión que hace mientras alarga sus palabras es extraña, sólo lo he visto muy pocas veces de esa manera, su cara de duda. Cuando la hace arquea sus cejas, entrecierra los ojos y su boca tuerce levemente, se remanga la camisa y se limpia las manos sudadas en el pantalón vaquero, esa rara actitud lo hace un poco incómodo de observar... por sobre todo, la aparición de esta extraña expresión siempre significa un muy mal presagio.

"Tu... si... estas..."

"Yo, ¿si estoy?"

Le pregunte bastante confundido al mis tiempo que intento descifrar su misterioso mensaje. A parte de su notable preocupación hay otro aspecto intrigante, no suele alargar tanto una frase, por lo general siempre va directo al grano.

"¿Comprometido... Con... Liz?"

Su extraña e innecesaria pregunta me pilla desprevenido. Imagine muchas cosas desde, ¿Si eres tú?, hasta, ¿Estas siendo manipulado?, entre las cosas que podría decirme. Pero... naturalmente no pensé en eso. Considerando la situación, eso debería ser lo último en que mi viejo debería pensar, aunque lastimosamente ese no es el caso.

Prescindiendo de la extraña pregunta surge el verdadero problema. No tengo ni idea de cómo podría contestarle, había omitido ese detalle en la conversación debido a su aparente poca importancia, en consecuencia no me prepare mentalmente para decírselo.

En este caso sería mejor que Liz lo explicara, a decir verdad aun desconozco totalmente los términos y condiciones de nuestro contrato, digo <compromiso>.

Ejecutando esa idea le pongo una mano a hasta ahora silenciosa mi pareja en el hombro pidiéndole ayuda. Al comprender ese llamado, ella tomo mi mano preparándose para hablar.

"Señor   Karlz-<<Inicio   Liz   con   un   tono comprensivo>>-Nosotros si estamos juntos. De hecho lo acompañare en su viaje y lo cuidare, esa es mi labor después de todo. Esto es algo que no cambiara sin importar cuanto tiempo pase"

"Así es papa, no me separare de su lado"

Al parecer esa es la decisión final, me pregunto... ¿Por qué algo como eso le parece tan importante?.

La reacción de mi padre fue en verdad inesperada, totalmente imposible de predecir. Primero tomo una expresión muy seria y nos miró a fondo casi de una forma perturbadora. Sin embargo mantuvimos la calma, nuestra única reacción fue apretar nuestras manos con más fuerza. Al ver esto rápidamente mostro una sonrisa, acto seguido se ríe... simplemente partiéndose a carcajadas... mi padre es una persona especialmente única.

Al menos dije mis verdaderos sentimientos con respecto a Liz, en realidad si la amo o no es algo desconocido para mí, lo cierto es que quiero tenerla a mi lado.

"Ahora puedo estar tranquilo, ¿Bien serán solo los dos?"

Los dos asentimos con la cabeza, afirmando nuestra decisión. ¡¿Esta era su preocupación?!. Si es verdad, mi respecto hacia mi viejo acaba de disminuir dramáticamente.

"Fue una buena broma...·<<Por un momento creí que ibas en serio. Pensé entre líneas>>·Hijo, en verdad estoy muy preocupado por esto y no tengo idea de cómo reaccionaran tus hermanas, a lo mejor les diremos que estás trabajando por ahora, no es buena idea decirles ahora la verdad. Pero sabes una cosa, ante todo no hay manera de sacarte una idea cuando ya la has decidido, no me dejas más remedio que apoyarte... ¿Eres muy egoísta sabias?"

Comento mi viejo en un tono bastante más relajado. Reiterando un pensamiento frecuente de todos, mi egoísmo. De cierta forma me siento avergonzado.

"Si... Creo que lo soy, lo siento..."

Al ver mi actitud, el viejo casi estalla en carcajadas, quizás es porque no suele verme de ese modo.

"Jajaja, no te disculpes yo también lo fui en mi juventud. Sin embargo, ángeles, dioses seres mitológicos... todo eso excede mis expectativas más exageradas, tú en verdad eres fuera de serie"

Mi padre hizo esas declaraciones muy orgulloso. No creo ser tan sorprendente, pero es bueno ser alagado de vez en cuando.

Mi habilidad de adaptarme a lo extraño, si así se puede llamar... creo que proviene de la cantidad de tiempo invertida en juegos y series, haciéndome ver una cantidad de situaciones anormales infinitud de veces. Lo que terminó en acostumbrarme a ellas.

"Papa, ahora aparte de mis amigos eres el único que conoces esta historia... Asegúrate de ser muy precavido"

Le comenté en un intento de hacerle conocer todas las consecuencias de formar parte en este gran secreto, una de ellas podría ser el peligro.

Mi pareja al contrario de en toda la plática anterior, al fin tiene intenciones de participar.

"Reiss, no te preocupes. Por eso le forjare un arma para su protección por si acaso"

Así que le forjaras un arma, eso me hace estar mucho más tranquilo aunque también levemente preocupado, ella no lo haría si no viera la necesidad de hacerla.

"Un arma, interesante... quiero una espada como la de mi hijo pero mucho más discreta, lo más sencilla posible... por cierto, ¿Cuándo se marcharan?"

Mi viejo pareció no alertarse mucho por el significado oculto en la obtención de un arma, por el contrario se ve emocionado gracias a eso.

"Eso no lo sabemos, aún debemos esperar la respuesta de Allen y los demás. Estaremos un rato más por aquí"

"Me alegra que no te vayas tan rápido, avísame con tiempo. Quiero darte algo para el viaje"

Mi viejo intenta mostrarme nuevamente su apoyo y amabilidad, los dos son quizás su rasgos más característicos aparte de su excentricidad.

"En verdad te lo agradezco pero no es tan necesario..."

"Hijo no te preocupes por eso·<<Reiteró con su mano en mi hombro>>·quiero hacerlo. Deberíamos irnos ya para donde tu tía Jennifer"

"Si"

"Si"

De esa manera termino la larga conversación mantenida con él, al principio siendo difícil pero arreglándose las cosas al final, me alegra que al menos esto nos saliera bien. No he recibido ninguna noticia acerca de mis amigos, no puedo evitar preguntarme si están bien. Me parece que estoy exagerando, si ellos tuvieron resultados similares a los míos y les contaron todo... aun deberían estar hablando con sus padres mientras ellos continuamente exigen una cantidad insana e insaciable de explicaciones... estoy contento de tener un padre tan <único>.

Estos dos días han sido completamente fuera de serie, a un nivel completamente distinto incluso de cuando conocí a Liz. Me entere acerca de los Epolim, medio pueblo fue destruido, decidí abandonar este lugar para evitar que esto pase de nuevo. Hace un mes antes de conocer a Liz... mi vida era completamente normal, no muy diferente a la de cualquier joven de mi edad, pero... desde ese día cambiaron las cosas. Tome decisiones que nunca me creí capaz de hacer, mi vida cotidiana cambio drásticamente, me entere de la verdad acerca de los seres mitológicos... no sé si eso fue bueno o malo, quizás solo sea muy pronto para decidirlo y el tiempo me responderá cuando esté preparado para ello.

Dios, el ser supremo todo poderoso y omnipotente. Se dé buena fuente tu existencia pero... ¿Qué propósito hay en esto?, no puedo entender sin importar cuantas veces lo piense, ¿Algún día seré capaz de hacerlo?, ¿Por qué me paso a mí?, ¿Tienes un plan en todo esto?. Las respuestas a estas preguntas no serán para nada fáciles de hallar y en verdad me pregunto si estará en mis capacidades responderlas... aunque algo si hay algo claro para mí en todo esto es:

"Sin importar lo que pase la vida continuara de todas maneras, y yo seguiré en mi camino siempre hacia adelante"

"...Reiss, no sabía que eras filosofo"

Contestó mi pareja en un sarcasmo por poco descarado.

"Eso es algo normal en el Lizbeth-<<Esta vez fue mi viejo>>-Es así desde que mi esposa falleció"

"Ahh, ya veo"

Sin darme cuenta pronuncie esos profundos pensamientos en voz alta, cambiando un poco el ambiente silencioso mantenido hasta ahora, y eso se debe a que cada uno se encuentra sumergido en su propio mundo tratando de acomodar los hechos recientes en él. Lo sigo diciendo es sorprende la poca sorpresa que siente mi viejo ante todo esto, quizás estaba esperando algo similar.

"Miren ya llegamos a la casa de mi hermana, Reiss lo siento... pero tú serás quien le presente a Lizbeth"

Ya lo sabía sin necesidad de comentarlo, siempre evitas hablar con ella de este tipo de cosas.

"No te preocupes, ya estoy acostumbrado a esas situaciones tan incomodas"

"Si pero... sabes cómo es tu tía, quizás... No lo tome muy bien"

Ciertamente mi viejo tiene un buen punto, ella tienen un pensamiento particularmente difícil de comprender o bastante cerrado dependiendo de él punto de vista. Además un matrimonió, la consecuencia inmediata del compromiso, figura un puesto muy alto en la su lista de no debes hacer a esta edad. En situaciones normales su respuesta y reacción serian relativamente fáciles de predecir, ahora podría ser un resultado anormal.

"Sabes papa, desde que vi tu reacción y la de mis hermanas eso es algo que no me preocupa"

"Espero que tengas razón... No me gustaría ser regañado por ella, se pasa un poco con sus reprensiones"

Nuevamente su afirmación es correcta. Mi tía tiende a pasarse en sus comentarios hacia él, si no mal recuerdo la última le dijo: "Deja de ser tan despreocupado, estos chicos necesitan una figura más firme". Mi viejo se quedó mudo ante ese comentario, el cual en parte es muy cierto. En mi opinión, si a lo que firmeza se refiere, es suficiente y por mucho con una tía como ella. Ellos dos son los responsables de llenar casi por completo el vacío llenado por mi fallecida madre. Si bien no nos falta nada, es un espacio simplemente imposible de rellenar, <madre solo hay una>. Aun así su esfuerzo da grandes resultados, de alguna manera me alegro de las cosas como están, al menos en ese aspecto.

"Tortolos vallan y saluden a su tía"

Dice mi viejo con una sonrisa y tono picarro, su sentido del humor no se apaga en ningún momento. Hemos llegado a la blanca y moderna casa de mi tía, el tiempo del viaje pasó rápido en el aun intacto coche de mi viejo. El otro dejo de funcionar...

"Eso ya lo sé por lo demos déjame salir del au-"

Fui bruscamente jalado afuera del automóvil inmediatamente al abrir la puerta, cayendo en el suelo al acto sin siquiera dejarme terminar la palabras. Cerré los ojos como medida de precaución... sin embargo tengo una buena idea de quien se trata debido al peso que siento encima. Abriendo los ojos para confirmar mi suposición pude darme cuenta de lo obvio, se trata de Jennifer, mi tía quien está llorando a cantaros mientras se encuentra sobre mi pecho.

Levantado un poco mi cara puedo verla más de cerca. La bella mujer de veintiocho años tiene su rostro empapado en lágrimas y su rubio cabello muy alborotado, sus finas facciones comunes en toda la familia resaltan un poco más en ella, sobre todo en sus pequeños ojos marrones que ahora se ven aún más pequeños debido a hinchazón generada por su llanto.

Con la intención de consolarla comencé a darle caricias en la cabeza, su actitud malhumorada y estricta solo es una pantalla superficial por así decirlo, en realidad esa se preocupa mucho por nosotros y nos quiere como si fuéramos sus propios hijos.

"Tía Jen, estamos sanos y salvos puedes estar tranquila tú también"

Lentamente levanto su cara de mi pecho y me miro directamente a los ojos, su siguiente acción fue en verdad inesperada para mí, esperaba unas palabras como "bienvenido" o "Que bueno verte". En vez de eso me pellizco las dos mejillas con sus manos y cambio su expresión a una de enfado.

"Eres muy problemático, tenías que preocuparme"

"Lo siento, lo siento. Estoy bien"

Lo que acaba pasar es bastante normal viniendo de ella, pero no importa cuanto lo sepa o cuanto este acostumbrado no logra hacerme sentir cómodo. Mi tía es una persona compleja y por sobre todo eso, no es buena siendo honesta con respecto a sus sentimientos, terminando en cosas como esta cuando intenta demostrarlos.

Se levantó unos instantes más tarde, dejándome por fin la libertad para estar de pie y prepararme para lo siguiente, presentarle a Liz. Cosa que sin duda y sin importar por donde lo mires no será fácil.

Ahora después de la escena mi viejo al fin parece tener intenciones de saludarla.

"Hola Jen, parece que lo extrañaste mucho"

"...Ahh, hola Karlz"

"Tan fría como siempre·<<Se tocó la cabeza con una sonrisa>>·Bueno... no se puede evitar"

"Eso debería decirlo yo"

Los dos se enfocaron en una de sus típicas conversaciones y como siempre mi viejo se ve un poco incómodo ante la actitud fría de su hermana para con él. Luego de pasar por eso, comienzan una charla normal e insoportablemente larga. La última vez llegaron a hablar hasta dos horas solo para ponerse al corriente, sin contar el resto de tiempo invertido en otras cosas.

Toqué a Liz en los hombros para infórmale lo aburrido que serán los siguientes minutos e incluso horas. Ella no mostros ningún signo de desprecio por este hecho, yo por mi parte que conozco esa sensación única de fastidio, no estoy para nada conforme.

Su conversación hasta ahora relativamente larga... cuarenta minutos. Termina bruscamente cuando mi padre lanza las palabras: "Hijo preséntale a Lizbeth". Dejando muda a su hermana con una gran cara de sorpresa. La repentina declaración de mi viejo solo sirvió para plantar ansias en ella, como consecuencia empezó a insistir sin cesar por mi respuesta con gran ánimo, tornándose bastante incómodo.

Habría elegido otro momento para esto, preferiblemente adentro de la casa y sentados en el sofá, ya relajados en mucho mejores términos. Sin embargo mi viejo no espero ni siquiera entrar a la casa... obligándome a presentársela aquí, el peor escenario en mi opinión.

Aquí vamos de nuevo...

"Tía lamento no habértelo dicho antes·<<Dios ayúdame, ahora si lo necesito. Pensé entre líneas>>·Ella es Elizabeth mi prometida"

...Y como si se repitiera la misma rutina cuando esto pasa, comienza por ponerse pálida pasando al azul, luego a una mezcla de verde y morado hasta finalmente rojo. ¿¡En verdad solo pueden reaccionar de esta manera!?, al menos debería tomarlo con un poco más de normalidad, ella conoce perfectamente mi carácter impredecible, que de entre otras cosas es predilecto de nuestra familia.

La mujer intentando adaptarse a la situación cruza sus brazos y cierra los ojos, sin embargo luce un poco molesta... quizás sólo busca alguien a quien culpar, a lo mejor eso la ayudara a sobrellevarlo.

"Hermano, porque no me dijiste de esto antes"

"Jen·<<El respondió un poco intimidado>>·Relájate quería que te lo dijera el mismo"

Afirmando mis suposiciones ella desahoga sus enredados sentimientos en mi viejo, siendo el conejillo de indias donde su hermana descargo su frustración, diciéndole cosas un poco duras... en esto momentos siento pena por ti, ¿sabes?.

A pesar de ese constante reproche, él logro quitarse en gran parte su responsabilidad en el asunto, delegándome a mí este dolor en el trasero con las palabras: "Él ya está lo suficientemente grande como para decidir algo como esto". Cosa que le funciono a la perfección pues mi tía me mira con ojos muy demandantes en este momento.

"Reiss quiero saber, ¿Estás seguro?"

Sus palabras son incluso peores, ese tono de exigencia es aterrador, da la impresión de que si no le doy una respuesta podría golpearme en cualquier momento.

"Tía por supuesto que sí·<<Le dije, estando levemente nervioso>>·No le habría dicho a papá en primer lugar si no lo estuviera, pregúntale a Liz si no me crees"

Ahora sus ojos pasaron a una muy nerviosa Liz.

"¿Es cierto eso Elizabeth?"

"Si Jennifer, así como lo oyes estamos comprometidos. Reiss incluso ha salvado mi vida un par de veces así que puedo confiar plenamente en el"

Esas palabras sirvieron para tranquilizar un poco esta mujer dominante. La cual al dar un suspiro, cierra los ojos. Parece percatarse de su impotencia en la decisión, dejándole únicamente la opción de aceptar. Con lo que por cierto no se ve muy contenta.

Unos instantes después relaja su mirada y abre sus hasta ahora cerrados ojos. No se ha calmado del todo, pues aún conserva una mueca de frustración... En estos momentos parece como si ella fuera una madre entregando a su hijo, debo decir que es un poco vergonzoso.

Luego de estar callada por otros instantes, finalmente parece tener intenciones de romper ese silencio.

"Dejemos cosas como esas para otro momento, entren y saluden a las niñas... por cierto también esperamos otra invitada, debe llegar en unos momentos"

Declaración que finalizo otra de las <introducciones> de Liz a mis allegados, con suerte esta será la última vez que deba hacerlo y ver esa exagerada reacción. El asunto del otro visitante me parece bastante curioso... sin embargo ahora es tiempo de reencontrarme con mis hermanas.

El pensamiento de verlas me invade, ¿Cómo están?, ¿El golpe fue fuerte?, ¿Cómo sobrellevan todo esto?. Esas preguntas revolotean en mi cabeza, ahora hecha un mar de sentimientos mezclados. Ellas están cruzando la puerta de enfrente, sin embargo eso no cambia un simple hecho, estoy muy nervioso...

Usando la adrenalina mezclada con las ansias de verlas abrí la puerta.

"Hermanito"

"Reiss estas bien"

Stephie y Karla se lanzan hacia diciendo esas palabras una vez percataron de mi presencia, con sus ojos llenos de lágrimas sin el más mínimo deseo de contenerse, se abrazan fuertemente en mi pecho.

"Estoy de vuelta"

"Bienvenido"

"Bienvenido, Hermanito"

Sus voces se escuchan temblorosas. Oigan no moriré por algo como esto, aún tengo cosas que debo hacer y no me iré hasta haberlas cumplido.

Pase las siguientes horas consolando a mis hermanas quienes no soportarían ver la perdida de ninguno de los miembros en nuestra recién extendida familia. Estaban bastante preocupadas, no habían parado de llorar desde el aviso de evacuación. Le preguntaron a Quatre muchas veces sobre cómo nos encontrábamos, lograron mantener las esperanzas con solo unas cuantas palabras de su parte: "Él es increíble, de seguro volverá y salvara mucha gente". Ellas ciegamente creyeron en esa afirmación y dejaron en lugar donde habían crecido. Mientras iban en el camino, les sorprendió la poca cantidad de coches que estaban evacuando e incluso mi viejo llego a pesar que no habría explosión alguna, pensamiento que fue desmentido rápidamente por un fuerte estallido.

No estuvieron cerca del rango de la explosión, siendo solo afectados por la onda de choque. Llegaron prácticamente ilesos a esta casa... aunque muchos no corrieron con la misma suerte y murieron por los escombros.

Todo eso me lo contaron entre tristes sollozos y lágrimas de alegría debido a nuestro regreso.

Cuando ya al fin estuvieron lo suficientemente tranquilas como para mantener una conversación normal conmigo. Se sentaron en los muebles en la sala, dejando el sofá donde hasta ahora nos hallábamos sentados.

"Her-hermanito estaba muy preocupada, estoy feliz de verte aquí"

"Te demoraste incluso pensamos que pudiste haber muerto...¡Idiota!"

Mis Hermanas Stephie y Karla finalmente me expresan sus sentimientos claramente desde que llegue, me siento alegre y al mismo tiempo extraño. La menor es bastante sincera expresando sus emociones sin segundas intenciones. Por otro lado Karla tiene muchas emociones mezcladas, por lo que resulta diciendo cosas como la de ahora.

"Hermanas no se preocupen por mí, en definitiva... ¡No moriré!"

Esa frase genial muchas veces pronunciada por los protagonistas de cualquier tipo de historia logro calmar a las dos pequeñas. Pequeñas que por fin notaron la presencia de mi pareja a pesar de haber estado todo el tiempo junto a nosotros, y además consolándolas a mi lado.

"Liz, gracias por cuidar a nuestro hermano"

"Si gracias por cuidar a este tonto"

Nuevamente la diferencia en sus formas para expresarse es abrumadora, en la particular Karla. La cual me ha dicho tonto.

"No, se preocupen Stephie, Karla. Pueden dejarlo a mi cuidado"

Les contesta Liz a las dos niñas con una gran sonrisa de autosuficiencia. Dejándolas mucho más tranquilas... ¿En serio todos piensan que necesito niñera?... no necesito saber su respuesta, la cual muy probablemente sea un fuerte y unísono "si".

-Toc-,Toc-

"Adelante-<<Respondió papá de inmediato>>-Está abierto"

Sonó de repente la puerta, respondiendo mi viejo al acto. La puerta se abrió dejando ver a Erika, me alegro que este... ¿Bien?. No, no luce para nada <Bien>, ¿qué le ha pasado?. Parece estar en shock ya que su cara no mientras emoción alguna, no... es más, su cuerpo muestra muy pocos signos de vida, no se mueve y está mirando fríamente al suelo casi desconectada de la realidad.

Impulsado por la preocupación llego rápidamente a su lado y tomo sus hombros con mis manos, pero... no hubo reacción alguna por su parte. Debo preguntarle o de lo contrario no sabré nada, ni mucho menos de que forma puedo apoyarla.

"¡Erika, ¿Qué te pasa?!"

"..."

No hubo respuesta, ni si quiera pareció escucharme, está peor de lo que había pensado en un principio. Intentando obtener alguna reacción de su parte la agito fuertemente, si consigo al menos una queja sabré si está presente al menos, pero... nada.

"¡Erika por favor responde!"

"..."

Tampoco hubo una respuesta para estos intentos, sin embargo aún no he terminado. Debo presionarla hasta que responda.

Continúe agitando sus hombros por unos cuantos minutos sin reacción alguna. Todos en la sala están bastante preocupados por la ahora ausente Erika, incluso mis hermanas han comenzado a alarmarse por este hecho.

"¡Reacciona!, ¡Soy yo Reiss!, ¡Estoy aquí para protegerte!"

En ese esfuerzo desesperado por fin la hace reaccionar, levantó la cabeza para mirarme directo a los ojos. Su mirada ha recobrado algo de brillo, soltando lágrimas a cataratas.

"Erika por f-"

Interrumpiendo esa frase, la hasta ahora perdida joven se pega a mi pecho, abrazándome con mucha fuerza como si tuviera la intención de no dejarme ir nunca más. Continuó llorando abrazada conmigo mientras gentilmente le acariciaba el cabello y le repetía muchas veces "todo está bien", "ya estoy aquí", "estas segura".

Al cabo de un buen rato vuelve a levantar la cabeza para mirarme nuevamente con sus ojos hinchados y enrojecidos por el llanto. Aunque su rostro diga lo contrario se ve mucho mejor en comparación a como estaba hace unos momentos, el brillo en sus ojos ha regresado casi por completo.

Erika tímidamente y de manera muy sutil intenta abrir la boca para hablar, no teniendo mucho éxito en pronunciar las palabras debido a la falta de aliento, fallando irremediablemente en los primeros intentos.

"Reiss... Me alegra que... estés... vivo"

Las primeras palabras de ella en todo este tiempo fueron esas, su débil voz me hizo difícil escucharla. En respuesta la abrace más fuerte y le acaricie los cabellos. Nuevamente ella comenzó a mover sus labios en otro intento de hablar.

"Mis... padres..."

Se quedó trabada en esa frase sin posibilidad de continuarla, siendo innecesario porque ya entiendo ese doloroso mensaje que parecía haber sido sacado de mis peores resultados. Sus padres murieron en el incidente...

"Está bien, si quieres llorar hazlo pero... Intenta calmarte aun estas viva"

"Pero... no tengo lugar a donde... ir"

Sus ojos se llenaron con lágrimas, esta chica lo perdió todo. Su familia, lugar a donde regresar, no le quedo mucho... y todo eso fue por... ¡¡culpa de ese desgraciado!!. ¡No te lo perdonare jamás!!, aun si tengo que recorrer el camino de la matanza le hare pagar con su vida.

En ese momento cuando estaba por caer presa de la ira, Liz tomo fuertemente mi hombro y volteando mi rostro lo puso frente a frente con el suyo.

"Cálmate" dijo levemente al punto de solo poder escucharla Erika y yo. Nuevamente me encuentro en una situación donde no puedo perder la calma y caer presa de mis sentimientos. Es tan irónico que el deseo de salvar el pueblo, esa pesada carga autoimpuesta sólo sirviera para destruirlo... he intentado engañarme diciéndome que salvamos vidas ya destinadas a desaparecer... nuestros actos de alguna manera fueron responsables de todo esto dejándonos... ¡No!, dejándome una gran responsabilidad.

Aunque diga eso el implacable mar de emociones había reanudado su fuerte tempestad en mi mente, ahora no puedo pensar las con claridad... ¡Que estoy pensando!, no es tiempo para eso, en este momento es más importante Erika... la joven destrozada que llora en mi pecho.

Debo decirle algo de lo contrario no será capaz de seguir adelante...¡Vamos piensa!. No soy bueno para situaciones como esta, lo mejor será ser sincero y decir lo que siento. Bien, vamos...

Justo cuando estaba a punto de hablar mi pareja se me adelanta.

"Erika, ¿Qué estás diciendo?. Tus padres no están, pero aun tienes a este tonto sentimental y a mí por supuesto, si estás bien con eso puedo decir que no te dejaremos sola"

¿¡Liz que estás diciendo tú!?, ¡¡Casi lo hiciste sonar como si fuera algo más que su amigo!!... olvidándonos de eso, nuevamente su gran experiencia me ha brindado la oportunidad que estaba esperando, no tengo algo mejor en mente. Apostare todo a esta manera, ojala salga todo bien.

"Si Erika, cálmate aún estoy aquí y mi familia es tu familia. En lo que sea te apoyaremos"

"Gracias..."

Levanto levemente su mirada para decirme esas palabras y nuevamente se hunde en mi pecho para retomar su llanto. Todos los presentes mi padre, hermanas e incluso Liz se unieron a la escena y nos abrazaron fuertemente a los dos diciendo. "Pase lo que pase, no estarás sola"

"Gracias a todos..."

Dijo con voz débil y temblorosa pero muy agradecida. Así es, Erika no te dejaremos sola... ahora somos tu familia

Así termino la tarde consolando a Erika. El día de hoy ha sido mucho más complicado que ayer en cierto sentido, es muy egoísta de mi parte pero me alegro de que todo haya terminado.

Ahora estoy solo en la ducha mientras el sonido de las gotas enmudece cualquier otra cosa, mis pensamientos incluidos... ahora no quiero oírlos.

-Frush-,Frush-

Me la he pasado un buen rato aquí en el baño, simplemente escuchando el agua caer. La fuerza y la determinación que presumía tener cuando decidí salvar al pueblo... si a eso se le puede llamar <salvar>, ha desaparecido casi por completo y junto a él cualquier deseo, meta o aspiración en mí. Simplemente es como si hubiera dejado de vivir.

No tengo ganas ni mucho menos ánimos para seguir adelante, pensé que sabía en donde me metía y era consciente del peligro constante para las personas cercanas a mí, e incluso sabiendas de que podrían morir en cualquier momento, debía estar preparado para ello. No pensé que fuera tan difícil porque ya había experimentado la pérdida de un ser querido. Fui... un tonto, no tenía la más remota idea de cómo es en realidad.

"Reiss, voy a entrar. No te veo con intenciones de salir por ahora"

Comentó Liz con fuerte voz, acto seguido abrió la puerta situándose justo al otro lado de la cortina, lo suficientemente cerca como para ver su silueta. Se quedó en ese punto y tomo asiento sin moverse o acercarse.

"¿Pensaste que esto era un juego?"

Me preguntó con un tono indiferente que jamás había escuchado en ella, tomándolo como una absurda provocación me deje llevar por mis sentimientos y le conteste con un tono fuerte. Aunque eso no me importo...

"¡¡Por supuesto que no!!"

"Eres ingenuo, ¿sabías?"

No contesté a esa pregunta, este día no tengo ánimos de tonterías, mucho menos ahora. No entiendo su objetivo al decirme eso, ni mucho menos el propósito de esta visita. Si está aquí sólo para fastidiarme... debería irse.

"Debiste pensar: Todo saldrá bien nadie morirá, no lo permitiré. Crees tener el poder para lograrlo, ¿O... más bien creíste tenerlo?"

Lo sé, lo sé ¡Lo sé!. No lo tengo y no lo tuve en ese entonces, comprendo la gravedad de mi fracaso mejor que nadie.

El solo ver a Erika llorando desconsolada por haberlo perdido todo, me ha hecho ver la verdad. No sabía nada y para hacerme entender eso sus padres quienes fueron como unos tíos para mí debieron morir. ¡Maldición!, ¿Por qué personas tan amables como ellos deben morir?, ¡No había necesidad de ello!.

"Debes estar pensado: el mundo es un lugar cruel, no tiene ninguna justicia. ¿Me equivoco?"

¿¡Ella puede leer la mente!?, no, más bien parece ver el futuro. He llegado al punto donde he comenzado a pensarlo, en verdad aun desconozco mucho de esta mujer.

"Sé perfectamente que me escuchas pero tienes miedo a contestar, solo déjame preguntarte algo... ¿Dejaras las cosas así y me decepcionaras?"

"...No..."

Deje salir esa palabra sin pensarlo, pero en contraste a lo anterior, fueron muy leves.

"¡Habla más fuerte, con más determinación. Ese no es el Reiss que yo conozco, él no se hubiera rendido con algo como esto!"

Ella tiene razón, es suficiente. Esta actitud tan autocompasiva y patética no va conmigo, no es mía, me niego a aceptarla. Gracias por recordármelo, ahora no estaba siendo yo mismo.

Reuní los restos de determinación esparcidos por mí ser para dejar en claro de una vez por todas como actuare de ahora en adelante.

"¡No permitiré que se quede así, las muertes de aquellas personas no serán en vano!"

"Ya veo... es un alivio"

Su tono de provocación ha desaparecido, dando paso a su usual tono de cariño. En verdad necesitaba esas palabras.

"Si, gracias"

En ese momento logre tranquilizarme lo suficiente para poder pensar nuevamente con claridad. Sin embargo... ¡Liz abrió bruscamente la cortina del baño!, está usando su bañador y una toalla encima de él, lo sé por las tiras que sobresalen hasta sus hombros. ¿Estará pensando con claridad?, no... ¡Soy yo quien no piensa con claridad!, ¡¿Cuáles son sus intenciones?!... creo que la pregunta sobra pero... ¿¡En serio!?.

Mis pensamientos tiran fuertemente de mi razón y sentido común, las dos hipótesis más probables son. Debe ser una de sus inocencias o si es <eso>...

Liz al ver mi exasperada reacción, comienza una pequeña carcajada la cual rápidamente se torna en una risa a todo pulmón.

"¿Por qué te pones así?. Simplemente quería hablar contigo en privado y este es el mejor momento"

Al parecer si fue una de sus inocencias. Do me alegra decirlo, pero de cierta forma me tranquiliza. Sigue siendo inocente jejeje, aunque... tiene un lado inesperadamente maduro, eso si no me lo esperaba.

"...Por fin sonríes otra vez"

Si, ella tiene razón, sin notarlo en mi cara se había dibujado una pequeña sonrisa arqueando levemente mis labios. En verdad está esta mujer es quien mejor me entiende.

Al mirarla fijamente se pone un poco nerviosa y empieza a cubrirse con otra toalla, debo decirle algo o de lo contrario se generan unos malentendidos un poco incomodos... Para mí, más que todo.

"Liz, creo que la pregunta sobra pero solo para estar seguros... ¿Viniste solo a decirme eso?"

"No. La verdad venía a entregarte esto"

Mostrando su brazo izquierdo hasta ahora escondido, me entrega un libro un poco grueso y con cubierta de color negro. Al mirar la portada dice "Biblia" en letras color dorado, ¿en serio?... ¿Entraste al baño en esas <fachas> para entregarme esto?, en verdad careces de sentido común Liz.

"Aprecio mucho la intención, pero... ¿Con que propósito?. ¿Además por qué tienes solo esa ropa?"

Ante mi pregunta, pone esa biblia justo frente a mis ojos y parece por estar a punto de darme una especia de sermón.

"Quiero que leas este libro, no sé si creas o no. Sin embargo tiene consejos muy útiles, créeme. Y... me gustaría lavar tu espalda"

Así que consejos muy útiles esto es un poco interesan⁻. ¡No es momento para pensar en eso!, ¿¡lavarme la espalda!?, me sorprende que diga cosas como esa con mucha naturalidad. ¡No!, es más sorprende el hecho de hablar con naturalidad considerando la situación, sobre todo porque estoy desnudo. Si es por estar extrañamente comprometidos me parece exagerado, si tienes en cuenta que no nos hemos besado...

"Bueno, gracias... ¿No te sientes incomoda?"

"¿Por qué habría de estarlo?"

Me dijo en forma de respuesta aunque con una expresión de desconcierto. No tiene caso con esta mujer, en verdad su modo de pensamiento excede cualquier definición del sentido común, incluida la mía.

Mi pareja sin perder los ánimos comienza a lavarme la espalda suevamente, provocándome muchas cosquillas en el proceso. Sus manos pequeñas y suaves en verdad son relajantes, junto al hecho de ser especialmente buena para esto. Siento como si me estuvieran dando un masaje.

"Reiss, ¿Estás listo para continuar?"

"Por supuesto, el hecho de no estar solo me ayuda a levantarme más fácil. Además no esperare a que alguien más lo haga porque eso no pasara, debo hacerlo yo"

Le respondí sin pensarlo mucho, ya tengo clara mi decisión. Ella no se ve del todo contenta con esas palabras.

"Nosotros, recuérdalo... No estás solo aun me tienes a mí y a tus amigos... tal vez Erika se nos una"

"¿¡Eh!?"

Grite un tanto alarmado, no entiendo que quiere decir con Erika, dudo hallar una respuesta de su parte si le pregunto... mejor dejare las cosas como están.

Ella se sorprendió un poco por mi reacción, pero al yo quitarle importancia no insistió en saber más de allí y prosiguió lavando mi espalda.

Me alegra que sea tarde en la noche. Seria tremendamente malo que alguien nos viera en este momento, la sorpresa simplemente seria demasiada. Para mi buena suerte esa petición fue escuchada y nadie vino hacia el baño o notaron nuestra ausencia

"El conteo parcial de muertos son alrededor de ciento cincuenta, según las estimaciones de los forenses aún faltan más de la mitad de los cuerpos. Es una vista en verdad lamentable..."

El número de muertos es con creces más bajo de lo que había supuesto. Aun así, no son precisamente buenas noticias. Ese anuncio informativo por parte de los reporteros en las noticias matutinas me sirvió para confirmar varias cosas y una de ellas era el número de muertos, al menos parcial.

Ha habido pocos reportajes de este incidente, limitándose solo a tres; incluso algunos fueron bruscamente interrumpidos a la mitad. Puedo suponer un acto de censura por parte de Kurohane y los suyos... la CIA también podría estar involucrada, ciertamente la gente entraría en pánico al enterarse. De cualquier manera esconderlo no tiene mucho sentido, sólo estarían posponiendo lo inevitable, simplemente es algo imposible de ocultar.

El ambiente se tensiona más conforme las noticias avanzan, únicamente mi viejo, Liz y yo, las estamos viendo. Las niñas siguen dormidas dada la hora, es muy temprano. Los dos tenemos pensado en volver a los restos de la explosión para encontrar el objetivo de los Epolim, al menos debo saber que justifico la toda esa destrucción.

Llevamos patrullado el pueblo alrededor de una hora en busca de algún sitio inusual, se hace muy difícil con tanta destrucción y sobre todo por el cambio drástico que ha sufrido el paisaje, orientarse se ha vuelto un poco complicado.

Según las suposiciones de mi pareja ese <objetivo> podría ser desde una reliquia histórica hasta un artefacto sobrenatural, el significado de tesoro difiere mucho dependiendo de la persona y teniendo a un personaje tan excéntrico como Kurohane, determinarlo se hace mucho más difícil, volviendo el asunto en básicamente una búsqueda a ciegas.

Al menos contamos con tres cabezas para este importante asunto, somos tres debido a que cuando intentábamos salir fuimos bruscamente detenidos por Erika, quien nos dijo muy claramente con una expresión seria: "Llévenme con ustedes, hay cosas que quiero... no, que debo saber". Obligándonos a traerla, más bien quitándonos cualquier otra opción. En parte entiendo sus sentimientos, sin embargo no estoy muy a gusto con la idea de seguir involucrando humanos normales y ante todo gente ignorante de estos secretos. Si bien Liz aprobó la idea de traerla, sigo sin estar muy convencido, sería mejor para ella quedarse en casa y no hacer mucho esfuerzo.

Por otra parte seguimos sin saber nada del resto, no hemos tenido contacto desde ayer, lo cual es un poco extraño. Usualmente recibo mensajes de ellos todo el tiempo, que terminan siendo cosas a mi parecer sin mucha importancia, ahora cuando estamos en una situación sumamente importante deciden desaparecer.

"Reiss, relájate un poco... nos estas poniendo nerviosas a Erika y a mi"

Inquirió Liz un tanto alterada. De una rápida mirada pude comprobar que tiene razón, mi amiga de toda la vida se ve algo inquieta.

"¿Qué quieres decir?"

"Mírate"

Su tono seco, casi demandante me hizo darme una rápida inspección por todo el cuerpo. Me lleve una gran sorpresa por el resultado, sin notarlo todo mi cuerpo se encuentra tensionado. La profundidad de mis pensamientos me había hecho olvidar casi por completo lo demás.

"Lo siento, estaba pensando en cosas muy importantes"

Dije un poco apenado tocándome los cabellos con mi mano derecha. Mi pareja de inmediato suelta un gran suspiro y me toca el hombro mientras me susurra unas palabras muy lentamente.

"Tran-qui-li-za-te"

"Oye ni que estuviera furioso o algo por el estilo"

Mi reacción al parecer cómica les produjo un ataque de risa a las dos chicas, ¿En verdad fue tan gracioso?, no, me parece que sólo fue Liz molestándome un poco para hacer reír a Erika y mantenerla animada. Ya que según todos, mi reacción después de una buceada en mis pensamientos siempre es un bastante chistosa.

"Reiss, en verdad nunca, jajajaja. Dejaras de ser aburrido"

Mi amiga lo dice con gran ánimo e interrumpida parcialmente por sus carcajadas, me alegra mucho que este feliz. La cara triste y casi sin vida de ayer no quiero volver a verla en nadie, mucho menos en alguien tan cercano e importante para mí.

En cuanto a la afirmación de mi pareja esta mañana... tengo una pequeña duda.

"Erika, sólo para confirmarlo... ¿si estarás con nosotros de ahora en adelante?"

No espero mucho tiempo para contestar, casi parecía estar esperándolo.

"Después de decirme algo como lo de ayer no dejare que te retractes, ¿Esta claro?"

Sonó bastante decida y firme, siendo sincero estoy un poco perturbado. Es como si hubiera hecho una especie de contrato irrevocable. Obviamente esas palabras no fueron mentiras, pero ella se las tomo muy enserio... ¿Me pregunto si a esto se refería Liz cuando dijo que ella nos acompañaría?.

-Uff-

Deje un salir casi por reflejo un gran suspiro, ante lo que podría significar el comienzo de días muy problemáticos.

"Reiss te escuche, ¿Qué significa ese suspiro?"

Sentí un fuerte escalofrió que recorrió toda mi espalda pasando a todo mi cuerpo al oír esas palabras. ¡Por Dios!, ¿¡En que lio me metí!?. Esta mujer en verdad es aterradora, no puedo ni si quiera suspirar.

Al menos su actitud un tanto egoísta y temperamental tan característica de ella ha regresado, prueba de que ya está bien, no importa por donde lo vea son buenas noticias.

"Erika no pongas tanto esfuerzo, al final solo conseguirás asustarlo"

Como esperaba de Liz, ella puede entenderme mejor que nadie, siendo un consuelo en situaciones tan complicadas igual que esta. Su apoyo se ha vuelto indispensable para mí y lo será aún más en un futuro cercano si las cosas siguen este curso.

"Lo sé, Liz pero conozco a Reiss desde hace tiempo. Él es malo para tomar la iniciativa y también es débil cuando otros la toman, así que no tengo más opción. De lo contrario se olvidara de sus palabras"

Ante la declaración de mi amiga, Liz se muestra un poco confundida, de hecho me miro en ese momento y yo le correspondí la mirada; creo saber cómo se siente y en que está pensando... ¡No le digas eso!, ¡Si mi suposición es correcta sus siguientes palabras causaran un gran alboroto!.

En todo caso debo prepárame por si debo dar rápidas explicaciones, si algo conozco de ella es su carácter totalmente impredecible.

"... Erika, Reiss si es bueno para tomar la iniciativa de hecho una vez nos fuimos a la ca-"

-Ring-, -Ring-

Mi celular sonó en el momento justo interrumpiéndola sin dejarla terminar, de lo contrario el tranquilo ambiente en el auto se convertiría en un aluvión de preguntas muy incomodas dirigidas a mí, salvado por la campana... pensándolo bien, siguiendo el sentido de la palabra incompleta, esta da la impresión de ser cama en vez de cabaña... afortunadamente Erika no le prestó atención a ese detalle.

Al tomar mi celular veo quien me llama ¡Es Allen!. ¡Al fin aparece!, estaba bastante preocupado por ellos.

Sin dudarlo por un segundo contestó el celular y antes de poder hablarle, el me habló con fuerte voz apenas inicio la llamada.

"Reiss, ven rápido hacia el lago. Los necesitamos a ti y a Lizbeth"

"Listo Allen vamos enseguida, ¿Qué sucede allá?"

"Es un poco complicado de explicar. Ven, acá hay un hombre con una capucha negra muy parecida a la de Kurohane sentando en el muelle"

"No digas más. Estaré allí en un santiamén"

"Listo"

Corte la llamada y deje el celular encima del tablero, colocándome el cinturón me preparo para aumentar la velocidad.

"Chicas colóquense también el cinturón y prepárense, estaremos allá en menos de cinco minutos"

Al escuchar esas palabras rápidamente intentan ponerse el cinturón, sobre todo Erika quien se ve muy alarmada por el comentario.

"¡¿Estás loco?, no vayas tan rápidoooo!"

Una vez vi sus cinturones abrochados pise al fondo el acelerador, si lo que dice Allen es cierto, la situación es delicada. Estos tipos no nos dan ni un breve respiro...

"Chicos ya llegue, díganme todo"

Les dije con gran apurro apenas salí del auto, el dúo de imprudentes y Jeanne nos estaba esperando en la vía al lado del lago, sus ropas son inconfundibles, ellos siempre usan una camiseta y pantalones, incluso la chica comparte ese atuendo.

Fui seguido muy de cerca por mi pareja quien para mi sorpresa no está para nada intranquila, a diferencia de Erika... ella aún no ha salido, sigue conmocionada por la forma en que conduje hace rato, el indicador de velocidad marco casi ciento cuarenta kilómetros por hora... no la culpo.

Tanto Liz y yo tenemos nuestras respectivas armas como protección en caso de cualquier situación peligrosa. También usamos unas ropas similares a las destruidas en la explosión, Mi amiga por su parte usa unos vaqueros y una camisa roja de mangas largas.

"Ahh Reiss, míralo por ti mismo"

Me dijo Quatre con su casi permanente actitud relajada, ¿No puede estar serio por lo menos esta vez?.

Antes de hacer cualquier otra cosa, estoy muy preocupado por el estado de sus familias, espero buenas noticias.

"Necesito saber algo de antemano, ¿cómo están sus familias?"

Los demás al ver la urgencia en mi actitud, comienzan a decirme de inmediato. Por fortuna ninguno tiene una actitud triste, lo cual es una señal inconfundible... No hubo tragedias.

"La mía se encuentra bien, nadie murió pero... mi hermano está herido y en el hospital. Su herida fue grave pero no corre peligro"

"Mis familiares contaron con la suerte de estar en un viaje ese día, por lo que no les paso nada. Me llamaron apenas se enteraron del desastre, pero están tranquilos y bien"

Los dos chicos confirman mis sospechas, sus seres queridos se encuentran sanos y salvos. Sólo falta saber acerca de la joven a su lado.

"Me alegra saberlo...·<<Suspire más tranquilo>>·Es un alivio, nadie más murió. Los míos tampoco tuvieron mayores problemas. ¿Y tú Jeanne?"

"Mi familia vive lejos... yo soy prima de Allen, de hecho sus padres están en mi casa"

Son buenas noticias, gracias a Dios están a salvo... ¡Un momento!, ¡¿Prima de Allen?!. Nunca lo habían mencionado, aunque eso explica muchos detalles. Me entristece y alegra al mismo saber que la desgracia de Erika, esa tragedia no se repitió en ellos...

Me trague la sorpresa y el resto de sentimientos innecesarios, me concentrare en una sola cosa...¡Acabar con ese desgraciado de la capucha!.

"Ahora si vamos"

Dijo Erika muy agitada después de salir del auto, al fin había recuperado su color en la piel y el brillo de sus ojos.

Al verla. Uno de mis amigos inmediatamente mostro una leve sonrisa, alegrándose a su propia manera por su llegada.

"Erika llegas tarde, pensé que no vendrías"

Comentó Allen con su habitual tono de provocación, el cual no causo ningún efecto en mi amiga. Sin embargo si lo tuvo en otra persona.

"Allen no es momento para eso, síganme"

Quatre nos guió hacia el lago en dirección al muelle. Ignorando la un tanto descarda declaración de nuestro compañero.

Al cabo de uno o dos minutos, llegamos a uno arbustos y mi amigo prosiguió a agacharse, los demás seguimos su ejemplo e hicimos los mismo. Cuando estuvimos todos en el arbusto bien escondidos, señalo con su dedo índice a través de las hojas.

"Allí esta·<<Es un hombre de pie enfrente de las aguas justo a la orilla, como nos da la espalda no puedo ver su rostro: Pero sin duda esas son las ropas de los Caídos>>·Lleva parado un buen rato"

"Reiss, ¿Qué hacemos?"

Quien se dirigió hacia mi casi que por reflejo fue Jeanne. Al parecer para ella, tengo la suficiente experiencia como para tratar con estos seres, lo cual es un poco incorrecto.

"Eso es un poco difícil de decidir. ¿Liz tu qué opinas?"

A diferencia de veces anteriores, esta vez mi pareja no parece tener intenciones de ayudarme. En su lugar está a punto de darme un reproche.

"No me preguntes a mí, tu estas a cargo del grupo. ¿No es cierto?"

"""""Si"""""

Todos respondieron en voz muy baja y al unísono. ¿Así que estoy a cargo?... no tengo tiempo ni ánimos para discutir eso, empezare de inmediato a pensar el plan.

Bueno no parece haber mucho tiempo y recursos por lo que una estrategia elaborada sería imposible de hacer, lo mejor es generar una distracción para desviar su atención con el propósito de atacarlo sin mayores peligros. Dado que solo mi pareja y yo podemos pelear el señuelo debe ser uno de los dos... ¡Bien eso haremos!.

"Chicos regresen a la auto y traigan algo de la gasolina de emergencia, justo cuando ese hombre este cerca de esto arbustos mójenlo con eso. Tengan cuidado, no sé qué pueda hacer para defenderse"

Los chicos escucharon atentamente mis palabras y parecen estar listos para llevarlas a cabo.

"Listo, cuidado con no quedar salpicado. Vamos Quatre"

Así salen los dos chicos en busca del encargo, Ahora vienen las instrucciones a las chicas.

"Jeanne explícale a Erika brevemente la situación, debe estar bastante confundida y podría ser un problema. Liz prepárate para emboscarlo"

Mi pareja rápidamente acato las ordenes e inicio sus preparaciones, en cuanto a la otra joven... no se ve muy feliz con eso.

"Uff, está bien. Erika lo que pasa es..."

De esa forma inicio la larga explicación para mi amiga de toda la vida. Sin embargo no tengo tiempo para escucharla.

Siguiendo el plan, salí muy discretamente de los arbustos y me dirijo hacia el camino principal. Sería demasiado peligroso si hubiera salido de donde estaba, aquel hombre notaría algo extraño y se percatara de los demás fácilmente.

Como medida de precaución, les deje a Liz ya que aún no pueden defenderse por sí mismos. Ahora debo obtener su atención de alguna manera... creo que bastara con un simple saludo.

"Hola"

"..."

No hubo respuestas, más sin embargo notó mi presencia tomando una postura agresiva. Instintivamente hice lo mismo, darle alguna oportunidad a estos tipos es como invitar a la muerte a tu sala.

El encapuchado continua sin moverse ni un centímetro, el ambiente se torna teso y asfixiante... esto podría definirse en el primer golpe.

¡!

Sin advertencia o alguna palabra arremete hacia mí con una lanza moviéndose a una gran velocidad. Cambiando un poco mi postura deje pasar su embestida, Un poco sorprendido por mi elusión, mi enemigo inicia una serie de ataques con la punta. Son muy difíciles de bloquear debido a su técnica y por la forma de la punta similar a una partisana, aunque de alguna manera me las arregle para desviar cada golpe, saliendo sin ningún rasguño.

"Tienes buena técnica, debes ser el rumoreado Reiss"

Me dijo con un tono relajado mientras rápidamente intercambiamos ataques.

Esto es malo, un rumor se ha iniciado sobre mí. La descripción debe ser bastante específica debido a lo rápido que me reconoció este encapuchado. El peor escenario posible ha ocurrido convirtiendo la decisión de dejar a mi familia en una pura obligación.

"¿Quién te hablo sobre mí?"

Le pregunté como un intento de confirmar la corazonada que tengo, se trata de Kurohane. Aquel encapuchado prosiguió a responderme con una leve y torcida sonrisa.

"Tú debes saber quién es. Incluso me dijo sobre tus compañeros"

Es mucho peor, saben incluso de los demás. Necesito derrotarlo rápido o podría volver a empeorar la situación.

Abalanzándome hacia él; realizo un corte horizontal que bloquea fácilmente. De inmediato levanta el extremo inferior de su arma para golpear mi pecho, en respuesta giro mi espada y levantó su lanza de un movimiento, dejándolo indefenso. Aquel hombre bajando su agarre hacia lo más bajo de lanza utiliza el peso del arma para dejarla caer en un ataque muy rápido.

"Clink"

El metal choca generando un sonido muy fuerte. Su golpe es pesado, mis brazos se han entumecido debido al impacto. Esta persona posee un nivel completamente diferente a los enemigos anteriores, ¡Tiene la pelea inclinada a su favor y ni siquiera está sudando!.

"¿Estas sorprendido?. Debes estarlo, ahora si te enfrentas a un verdadero Caído y no ha impostores"

Impostores, ¿Qué quiere decir?.

"¿Quieres eran aquellos entonces?"

Ante mi pregunta puso una cara de disgusto, no más bien de repugnancia.

"Solo eran peones sacrificables que tienen una asquerosa parte de sangre humana"

¿Peones sacrificables?, Ahora entiendo la reacción tan desanimada de Francesco y los otros. No les importaba morir, podrían hacerlo en cualquier momento debido a su posición tan desafortunada, es más, parecía como si prefirieran la muerte a seguir siendo utilizados. Entiendo esa decisión, preferiría estar en el otro mundo a tener que aguantarme ese orgullo infinito.

"¿Así que tu si eres caído de verdad?"

"En ese caso te lo probare-<<Su tono es desafiante>>-Sal de esta posición, de lo contrario podrías morir"

Levantando su mano derecha debilita el agarre en su arma dándome la oportunidad de alejarme, una vez lejos, un brillo peligroso de color naranja comienza a iluminar todo su brazo, debo tener cuidado...

-ZUM-

Eso estuvo muy cerca... ¿Es una broma?, aquel hombre acaba de disparar... ¡¿Fuego?! ¡Fuego de su mano!. No debería estar sorprendido por esto debido a mi experiencia con este tipo de seres no humanos, pero aun así no puedo evitarlo, nunca había visto algo similar.

El encapuchado sonríe con gran malicia al ver mi reacción y continúa lanzándome bolas de fuego en una rápida sucesión, diez esferas del tamaño de un balón de futbol volando hacia en mi diferentes direcciones.

-ZUM-,-ZUM-,-ZUM-

Con gran dificultad las logré esquivar y evitar al menos un golpe directo, mis ropas están algo dañadas junto también la piel debajo de ellas. No son graves pero son un poco molestas a la hora de moverse.

El fuego producido por sus manos es muy caliente, fácilmente me reduciría a cenizas si no tengo cuidado; además, incluso indirectamente me provocan un gran daño... no seré capaz de mantener la pelea por mucho tiempo, sólo me queda terminarla lo más rápido posible.

"Oh, en verdad eres bueno, un humano normal sería golpeado fácilmente por ellas. ¡Ya se!; veremos cómo le va a tus amigos"

Después de propinarme el halago más sarcástico de mi vida, crea una bola de fuego mucho más grande que las anteriores y la apunta hacia los arbustos, ¡debo detenerlo!...

Su ataque fue muy rápido no me dio tiempo de hacer nada, a duras penas pude verlo. Liz... lo dejo en tus manos, por favor protégelos.

-ZAS-

Aquella bola de fuego fue cortada fácilmente por mi pareja, protegiendo sin problemas al resto, fue una buena decisión dejarla allí.

No se cómo lo hizo, de hecho no tenía idea de que ella tuviera capacidades como esa. Bueno, nunca se lo había preguntado antes, sin embargo... preguntarle... ¿Puedes partir una bola de fuego a la mitad? Es algo un poco irrazonable, ella deberá aprender a decirme cosas como esta sin otros requerimientos, de lo contrario no tendré manera de conocer por completo sus facultades.

"Valla, Valla esto es interesante... sin embargo"

El encapuchado acorto muy fácil la distancia con Liz, preparándose para a atacarla con su lanza y fuego al mismo tiempo... pero cometió un error fatal, dejarme una apertura...

"¡No te olvides de mí!"

En una maniobra imprudente me metí en su camino, mi espada había atravesado su brazo derecho impidiendo el disparo, sin embargo estaba desprotegido ante el ataque de su lanza...

"¡Eres mío!"

¡!

En un recurso desesperado interpuse mi mano y tome la punta deteniendo bruscamente su movimiento, atravesó mi palma casi por completo en el proceso. Causándome profundas cortadas en cada dedo debido su forma. Un poco más de fuerza por su parte y pude haber perdido la mano entera, en verdad no fue una jugada muy inteligente.

"¡Ahora Liz acabalo!"

Grite con gran apuro, no podemos perder esta oportunidad.

"¡Hasta aquí llegaste!"

Con un movimiento impecable y sobre todo veloz, mi pareja corto el brazo que sostenía su arma además de gran parte del cuello salpicando sangre por todos lados, hemos ganado.

De inmediato aquel hombre con su mano restante cubre la herida en su cuello y abre la boca.

"Hmmph, Ganaron... estoy impresionado·<<Gruñó a regañadientes a pesar de esbozar una sonrisa>>· Han probado ser un digno entretenimiento para nuestro líder, le enviare un mensaje...Uguwa"

Vomito bastante sangre tiñendo su capucha negra completamente de rojo antes de desplomarse en el suelo, cayéndose hacia atrás.

"Urgh"

Nuevamente sale sangre de su boca, forzándolo a voltear su cabeza y escupirla para no ahogarse con ella, este hombre no podrá moverse más... en un último esfuerzo levanto con mucha dificultad su cabeza mirando hacia el cielo y dijo.

"¡Vete!"

Un cuervo salió de los arboles circundantes en un vuelo anormalmente veloz, ese debe ser el mensajero. ¡Mierda!, no lo atraparemos aunque intentemos perseguirlo, mas malas noticias. Ahora no solo hemos sido etiquetados como testigos sino también como amenazas para ellos.

De cualquier manera quiero preguntarle algo a este bastardo antes de que muera. La sangre fluye como rio debido a la gravedad de sus heridas, formando un gran charco en el suelo. A este ritmo no le quedara mucho tiempo para responder, debo darme prisa.

"¿Qué buscaban aquí?"

Se mostró un tanto satisfecho con la pregunta y aparentemente tiene intenciones de contestarla.

"Morirás en un futuro así que saberlo no te hará daño. Nada en particular... pregúntale al jefe si quieres conocer los detalles a fondo, él es el responsable de todo esto, incluso a nosotros nos dio poca información"

El... no sabe nada y no parece tener motivos de mentirnos. ¿Qué tipo de organización será esa?, ¿Dónde ni siquiera confían en sus propios aliados?. A un hombre que incluso cuando ha comenzado a fallarle el aliento y a respirar con dificultad, no tiene ánimos de cooperar con nosotros.

Más importante me gustaría conocer su objetivo general, todos los actos ocurridos en este lugar no parecen tener una explicación lógica o por lo menos no una sencilla.

Siento como si estuviera armando un rompecabezas donde me falta una pieza.

Intentare sacarle algo más de información mientras continúe con vida, debe saber alguna pista por pequeña que sea.

"¿Cuál es tu posición en esa organización?"

"No es particularmente alta podrías decir que soy... sólo un simple investigador... Hasta la próxima... Reiss, no tienes ninguna oportunidad de sobrevivir si te involucras más de este punto... recuérdalo"

Fueron las últimas palabras que salieron de su boca ensangrentada, una amenaza directa hacia a mí. Su cuerpo rápidamente comenzó a consumirse por un fuego que se encendía directo desde la sangre derramada, borrando casi todo rastro de su existencia. Solo sobrevivió su lanza, ni siquiera pude ver su rostro...

Al intentar acercarme a comprobar el arma que había sido abandonada, una repentina pero fuerte sensación de mareo invade mi cuerpo haciéndome perder el equilibrio. Intente caminar siendo en vano. Terminaba por inclinarme a un lado en cada intento llegando al punto de casi caerme; afortunadamente mi pareja me tomo del brazo impidiendo esto.

"Reiss debes tener más cuidado. Con esto pasas tu entrenamiento básico, pero la imprudencia al parecer nunca la perderás"

Sonó preocupada pero al mismo tiempo como un regaño.

"Quizás, jejeje..."

Le dije mientras me froto los cabellos un poco avergonzado por su comentario, el precio por esta victoria fue relativamente bajo si tenemos en cuenta las capacidades de ese Caído. Al fin y al cabo solo estoy exhausto, pues aun no me familiarizo por completo con la batalla.

Luego de sentarme e intentar recuperar un poco el aliento, Liz tomó mi mano herida y procede a realizar un tratamiento en ella, será la primera vez que la vea haciéndolo. En definitiva podré observar algo muy interesante.

Comenzó por juntar mi mano con las suyas en una pose muy similar a un rezo. No parece nada extraordinario, estoy un poco decepcionado.

"¡Reiss, Liz, eso fue increíble. Pensar que sería capaces de pelear a ese nivel y encima ganarle, me siento mucho más tranquilo!"

Escuche una voz nueva en la escena fue Quatre, el cual se le nota muy emocionado por lo sucedido, pero no solo él, los demás también comparten esa emoción diciendo cosas como: "Felicidades" y "En verdad eres hábil". No están del todo equivocados pero ignoran un hecho muy importante, hecho que les explicare ahora dado el momento.

"Chicos la verdad es que pase por momentos difíciles en ese enfrentamiento, si se hubiera prolongado más habría perdido sin ninguna duda"

Ante mis palabras sus expresiones de asombro cambiaron súbitamente a unas de duda.

"¿A qué te refieres con eso?"

"¿En serio?, a mí me pareció verlos muy bien, sobre todo Lizbeth ella es muy hábil"

Me pregunto Quatre con unos ojos muy graves y Jeanne un poco confundida.

"No hace falta alarmarse tanto, es muy simple. Los duelos con espada o cualquier otro tipo de arma son en realidad muy diferentes a como los muestran en las películas o en la tv. Estos se definen casi siempre en el primer movimiento, por eso debemos atacar con precisión y habilidad en ese primer ataque, dado que no hay certeza de poder lanzar un segundo"

Todos se sorprenden y parecen un poco intrigados por mi declaración, excepto Liz quien ya está familiarizada con estas cosas, de hecho ella fue quien me las enseño.

Sin embargo ignore sus reacciones y proseguí.

"Las batallas rara vez son largas, eso solo pasa cuando los oponentes tienen habilidades bastante niveladas entre ellos y no comenten ningún error en sus movimientos, dado que cualquier descuido por pequeño que sea, puede terminar muy fácilmente en tu derrota, todo se decide en un movimiento. La razón por la cual ganamos es porque nuestros oponentes tienden a subestimarnos en gran medida, brindándonos muchas aperturas por las cuales podemos atacar, pues piensan que los humanos son extremadamente débiles, incluso llegando a compararlos con insectos"

"..."

Hubo un absoluto silencio, donde mis amigos no hicieron nada más aparte de sumergirse en sus pensamientos mostrando expresiones ausentes.

Al rato, Liz había terminado de curar mi mano en un proceso que no fue para nada especial, cuando me di cuenta ya mi palma estaba completamente recuperada. Los chicos aun no asimilan todos estos sucesos, me parece que debo darles un empujón.

"Chicos, no los esperare más. En dos días tengo planeado dejar el pueblo si alguno de ustedes quiere acompañarme es libre de hacerlo"

"¿En serio te vas Reiss?"

"¿Por qué has decidido eso?"

Las dos chicas Erika y Jeanne me preguntan escuchándose muy sorprendidas por mis palabras, el dúo de imprudentes por su lado ha comenzado una conversación solo entre ellos, también tienen decisiones por considerar... Me gustaría tener esas mismas opciones.

"Solo tengo dos razones para hacerlo, debo proteger a mi familia y detener a esos sujetos. Sería muy peligroso para mí quedarme en este lugar ya que Kurohane me conoce y podría enviar asesinos, mi familia resultara herida en enfrentamientos o será usada como carnada. Por otra parte no puedo permitirme estar sin hacer nada mientras la misma tragedia o incluso peor puede repe-"

"¡¡Aun así no tienes que irte, ¿Por qué tú?. Alguien más puede hacerlo!!"

Gritó mi consternada amiga de toda la vida con su rostro cubierto casi por completo en lágrimas. Aparte de ser inimaginablemente duro perder a sus padres, enterarse de todo esto en menos de dos días es duro para cualquiera, ella me ha demostrado ser una persona muy fuerte, mucho más de lo que había pensado. Pero está olvidado un asunto importante.

"Erika, ¿Y entonces como le plantaría la cara a tus padres cuando muera?"

"¿A mis padres?"

Pregunto muy confundida, no lo entendió.

"Si a ellos. Esto no solamente es por mi o por mis imprudencias, no puedo dejar que sus muertes sean en vano así como ninguna de las víctimas de la explosión, ¿Qué harías tú en mi lugar?"

Ella quedo un poco conmocionada por mi respuesta y procedió a cerrar los ojos por unos cuantos segundos. Al abrirlos, me mira fijamente con la determinación habitual que la caracteriza. Siendo la señal de una cosa, ha tomado una decisión.

"Te acompañare para vigilar que no hagas más imprudencias, Liz sola no será capaz de detenerte"

Oye no me hagas ver como un problema caminante que necesita de un cuidador. De cualquier forma me sigue sorprendiendo, si estuviera en sus zapatos no tomaría esa decisión, debido a que a diferencia de mí, tiene otras opciones. Aun así vendrá conmigo y Liz... No la subestimare nunca más.

Nuestra otra persona en el viaje no se ve muy contenta con esa decisión, parece estar a punto de manifestar su informidad.

"Erika lamento ser yo quien te diga esto, pero acompañar a Reiss dudo que sea una buena decisión para ti"

"Quizás tengas razón Liz, sólo el tiempo dirá quien se equivocó. Ahora, algo me dice que debo ir con ustedes... escuchare ese deseo"

Erika respondió sin ningún titubeo dejando a Liz alterada.

"Espera, espera. ¿Estas segura de esto?...·<<Pregunté bastante incrédulo>>·Tienes otras opciones, además estaremos expuestos a un constante peligro"

"No, intentes cambiar mi decisión. Al igual que tu soy muy testaruda"

Nuestros esfuerzos por hacerla desistir resultaron ser completamente en vano... es más incluso parecen haber causado el efecto contrario, aumentando su motivación a venir con nosotros. Quitando los puntos buenos que ofrecerá su compañía, será un verdadero dolor en el trasero.

Al escuchar la respuesta de Erika, Jeanne también parece haber tomado una decisión.

"Chicos también los acompañare... quisiera decir eso. Pero no puedo dejar a mi familia tan fácilmente, menos aun con lo sucedido. ¿Ustedes que dicen Allen, Quatre?

Esa es su respuesta, de hecho es bastante realista. No he tomado en cuenta la opinión de su familia... pero será un factor determinante tanto en ella como en los chicos que aún no responden a la pregunta, intente mirar a los sujetos en cuestión con la finalidad de presionarlos un poco...

Espera un momento, ¿¡Donde están!? . Estaban con nosotros hace unos momentos, ¿habrán huido?, no, no, ellos no harían algo como eso entonces... ¿A dónde se fueron?. Le preguntare a mi pareja, encontrarlos no debería suponer ningún problema para ella.

"Liz por casualidad... ¿Sabes dónde están esos dos?"

Le pregunte un poco avergonzado por perderles la pista a ese par.

"Ahh, ellos comenzaron a mirar unas cosas hace un tiempo. Mira, allá los puedes ver"

Señaló justo a la orilla del lago, en efecto ambos se encuentran allí y parecen estar sacando algo.

No demorándonos mucho, llegamos a donde estaban. En ese momento el más relajado de todos se percata de nuestra presencia...

"Oigan se habían demorado en venir"

Nos informó Quatre mientras sacaba una misteriosa caja del agua, es bastante grande, vieja pero por sobre todo desgastada, aunque no tengo ni idea que contenido alberga.

Jeanne se molestó un poco por la escena. No, ella en verdad está molesta por eso, su cara en este momento da miedo... se acercó lentamente al dúo de imprudentes y los tomo por el cuello a ambos, diciéndole unas palabras con un tono fuerte en el proceso.

"Chicos, no son ni un poco serios incluso en momentos así. ¿Entonces, irán con ellos?

Los dos a pesar de encontrarse plenamente arrinconados aún no han abandonado su actitud relajada. Es más, aparentemente están a punto de hablar

"¿Ir con ellos?,¿Aun lo dudan?. Por supuesto que iré, supongo que Allen también"

"Si, por supuesto. De hecho estábamos investigando la caja, si mis sospechas son correctas esconde un tesoro"

"En verdad son muy imprudentes-<<Bufó la mujer>>-Dudo mucho que sus familias acepten esa inmadura opinión"

Dejando a un lado sus respuestas increíblemente relajadas ante las aterradoras demandas y terriblemente buenos argumentos de Jeanne. La caja es un factor muy interesante.

Una vez ella culmino con sus sermones, Allen prosiguió a abrir el baúl...

El contenido es simplemente segador, ¡Oro!, está repleta de oro, oro en forma de monedas con diseños... extraños y muy vistosos. Con imágenes de coronas, animales mitológicos, cruces, etc... todos se ven muy sorprendidos, ninguno de nosotros se imaginaba algo así

Ese debe ser el tesoro que buscaban en este lugar, pero de ser así no habría la necesidad de destruir el pueblo y mucho menos de abandonar su objetivo de esta forma...

La procedencia de esta caja al igual del porque la encontramos precisamente aquí es un hecho demasiado extraño como para ignorarlo, incluso podría ser una trampa o algo por el estilo.

Desgraciadamente por ahora no tengo ninguna explicación o base sobre la cual basar mis sospechas aparte de mi intuición, dejándome sin más opción que posponer la indagación sobre el artículo y tomar su contenido. Por supuesto con todas las precauciones requeridas.

"Al menos no tendremos problemas de financiamiento para el viaje, esto facilitara mucho convencer a nuestra familia, ¿No lo crees prima?"

Allen se recuperó rápidamente de la sorpresa para lanzar argumentos muy convincentes y alentadores para todos. Con eso la participación de los demás en el viaje es bastante posible. Me tranquilizaría mucho tenerlos a mi lado, todos los presentes han dejado algo en claro el día de hoy... <estamos juntos en esto>.

No obstante, no puedo dejar de preocuparme por el giro de los acontecimientos, las cosas están perfectamente alineadas llevando una a la otra... ¿Sera esto obra de alguna macabra maquinación, o por el contrario será obra del destino... incluso quizás de Dios?... no tengo ninguna forma de saberlo, el tiempo será quien me dará la respuesta.

Los dos días previos al viaje estuvieron acompañados permanentemente por un sentimiento molesto, ansiedad.

Para nadie es un secreto el cambio drástico que representa dejar el pueblo, siendo un objeto frecuente de preocupación por parte de nuestros familiares. Quienes tomaron peor la noticia fue la familia de Allen, anulando de inmediato toda posibilidad de partir con nosotros a pesar de sus deseos por acompañarnos.

En cuanto a Quatre, cuya familia se había destacado por ser liberal, también reacciono con un rotundo no. La preocupación por el incidente no ha pasado del todo, debieron verlo como algún tipo de deseo adolecente, y como tal, lleno de egoísmo e imprudencia.

Como resultado terminaron por convencerlos a declinar, debido a muchas razones y la principal era: "Son momentos difíciles, ahora es cuando más debemos estar junto a nuestra familia", de cierto modo me alegra este resultado.

No mentiré, estar sin su ayuda en verdad hará falta. Pero a diferencia de mí, tienen la opción de quedarse ya que no han sido reconocidos por esos tipos, sus padres en verdad los hicieron entrar en razón. Así que al final viajaremos Erika, Liz y yo.

Afortunadamente esa conversación ya la había tenido con mi viejo quien a diferencia de otras ocasiones se opuso con mucha más fuerza, debido al peligro tan grande que representa. Después de mucha discusión finalmente nos dio el consentimiento de viajar (esa vez), sin embargo optamos por no decirles aun la verdad a mis hermanas, lo haremos cuando sean un poco mayores... ellas solo creerán que iremos en un largo viaje laboral.

Por otro parte. El oro encontrado en el lago nos proporcionó el soporte financiero requerido para cubrir cualquiera de nuestras futuras necesidades o gastos imprevistos e inesperados, de la misma manera mi viejo tomo un papel importante hablando con los familiares de todos, cosa que sirvió para tranquilizarlos, pero desgraciadamente no consiguió nada más que eso. Bueno, es solo una reacción esperada.

Como dato curioso, Liz ha tomado un rol importante en todo esto, participando activamente en la planificación del viaje aparte de nuestras vidas futuras. Dejando a un lado la ayuda moral prestada por mi viejo, su otra contribución a la causa proporciono un recurso casi tan importante como el dinero, un pequeño yate.

La razón de este, fue entregarnos un lugar donde vivir. Al ser un barco nos brinda la posibilidad de viajar por todo el mundo, sin casi alguna posibilidad de encontrarnos y sin complicados tramites de viaje como si los tendríamos en un avión. Aun no le he visto, pero conociendo mi viejo tan bien como lo hago, el navío debe ser una maravilla... afortunadamente hay con que devolverle el favor.

"Reiss sé que estas emocionado, pero contén tus ansias"

"Tú también lo estás Liz"

Le dije a mi pareja, en respuesta a su muy cierta acusación. Estamos a punto de llegar al puerto más cercano donde el seguramente ostentoso aunque necesario presente nos espera.

Una vez en nuestro destino pude confirmarlo con mis propios ojos, mis expectativas del bote, si es que se le puede llamar bote, han sido superadas en gran medida. Mi viejo no escatimo en gastos, en verdad es una verdadera belleza. Por fuera es blanco casi en su totalidad con un diseño moderno y estilizado, muy similar al usado frecuentemente por celebridades.

"Quizás no deba preguntar pero... ¿Cuánto te salió el yate?"

Al escuchar mi un tanto imprudente pregunta, mi viejo no hizo algo diferente a mostrarme una gran sonrisa pícara.

"En realidad por nada. Fue un pago de parte de uno de mis clientes agradecidos, es de segunda pero está casi nuevo"

Me tranquiliza saber que no gasto una extensa suma de dinero en una cosa como esta. Mi viejo trabaja como agente de bienes raíces siendo uno de los mejores en su negocio, los regalos son comunes muestra de agradecimiento por su asesoría... aunque no puedo evitar preguntarme el tipo de cliente que le regalo esto... más importante, que tipo de favor le hizo.

"Te lo debes estar preguntando ahora mismo, el bote no es muy lujoso pero cuenta con dos camarotes, dos baños y una cocina, aparte del almacén·<<Presumió con bastante entusiasmo>>· Son tres así que podrían estar en altamar alrededor de quince días, por supuesto, hay redes de pesca en casos de emergencia"

Mi pareja fue más sorprendida de todo esto, su cara destella con gran emoción.

"Karlz en verdad has pensado en todo, no puedo esperar a ver la cara de los otros"

"Lizbeth deberías empezar a decirme papá, en respuesta te diré Liz"

"Me parece bien, papa"

Liz y mi viejo cambiaron rotundamente el giro de la conversa, metiéndose de lleno en sus típicas y cada vez más frecuentes conversaciones, como decirlo... deben tener intereses en común al ser casi de la misma época...

Ignorando un poco esa palabrería, me concentro en mis dos hermanas. El hecho de no conocer la verdadera razón del viaje no les hace más fácil aceptarlo, aunque si de entenderlo. Cuando les dije, lloraron bastante y de forma similar mi viejo nos tomó mucho tiempo convencerlas, finalmente aceptaron con la condición de mandarles recuerdos de los lugares que visitemos.

Unos minutos más tarde llega el resto del grupo vestidos como acostumbran e igual nosotros, de forma sencilla con unos vaqueros y camisetas, blusas en el caso de las mujeres. Y justo como mi pareja esperaba, se encuentran muy sorprendidos por nuestro nuevo hogar.

El día entero se pasó rápidamente en inspeccionar a fondo bote, aparte de por supuesto acomodarnos. Se decidió un reparto muy simple de camarotes. Uno será para Liz y yo, el cual se encuentra ubicado en la derecha del corredor, el de enfrente será de Erika. Lo otro en ese corredor del nivel medio es la cocina, ubicada al fondo.

Abajo se encuentran el almacén de las provisiones, conectados con el pasillo por unas pequeñas escaleras de madera. Finalmente la cubierta se encuentra en el nivel más alto, teniendo además una pequeña sala en centro justo debajo de la habitación donde se halla el timón. Ese pequeño cuarto de arriba también cuenta con cualquiera de los equipos necesarios para navegar en altamar.

Como sea, ahora presenciamos ante nuestros ojos una escena bastante emotiva mientras nos despedimos de todos un poco antes de zarpar.

En cuanto a cómo nos repartiremos los roles... de una forma sin dudas sorprende Erika será nuestro timonel, ya que ella es la única de nosotros en tener la capacidad para conducir la nave. De la cocina se encargara Liz. Como tengo experiencia en orientaciones, ocupare el puesto de navegante y para la limpieza nos turnaremos. Mi otra ocupación es un poco más complicada, fui forzado por ellas a tener la enorme responsabilidad de nuestras vidas al ser el capitán...

"¿Es increíbles estar aquí no les parece?"

Comenté dejando relucir mi falta de credulidad por la insólita situación. Erika, Liz y yo nos encontramos encima de cubierta hablando con el resto de jóvenes, ellos están abajo en el muelle.

"Por supuesto capitán. Aún estoy desilusionado por no poder acompañarlos, fue inútil tratar convencer a mi familia para que Jeanne y yo pudiéramos venir... a decir verdad casi se desmayaron al enterarse de la verdad. Tengan algo presente, aunque no vayamos cuentan con todo nuestro apoyo"

Esas palabras fueron de Allen, él es el más decepcionado por este resultado, tenía... creo que aún tiene muchas ganas por partir con nosotros.

Al escuchar eso Jeanne asiente con la cabeza manteniendo los brazos cruzados.

"Cierto, fue un verdadero problema. Dijeron cosas como: "Es una locura" y "¿Qué pasara con su futuro?", es normal... no habría manera en que consiguiéramos su consentimiento"

Los primos están en lo correcto, lo anormal de las circunstancias fue el detonante de nuestro viaje y nuestros padres por esa misma razón tomaron tantas cartas en el asunto. Dejando a un lado a Erika, Quatre ya me conto a groso modo que no ira, me gustaría conocer bien los detalles.

"¿Quatre y tú qué me dices?"

Ante mi pregunta sonrió un poco, su cara muestra una clara ironía.

"La verdad fue un poco chistoso. Al principio cuando vieron las sumas de dinero aceptaron de inmediato, incluso estaban bastante entusiasmados; aun así... apenas les conté la verdad no demoraron mucho en negarse, debido a que tipo de futuro tendría"

El futuro, entonces fue el causante de su ausencia. Ciertamente es algo muy típico de su madre, la Sra. Jacovich. Se la pasaba todo el día peleando con él acerca de su futuro debido al poco interés de su hijo en las cosas.

"Me alegra irme de viaje, pero todos estemos en contacto. No quiero perder esta amistad con todos"

"No lo dudes amiga, no importa si estamos lejos"

"Sería interesante... lastima no ir con ustedes"

"Un verdadero reto nos está llamado... será en otra ocasión. Mierda,¡¿Por qué debo quedarme?!"

"¿Están conscientes del peligro?"

"Déjalos al fin y al cabo eso no nos detendrá"

Erika, Jeanne, Allen, Quatre, Liz y yo. Todos expresamos nuestros sentimientos de una forma bastante fluida respecto a este gran cambio, totalmente improbable e imposible de imaginar hace tan solo un mes... ¡Un momento casi lo olvido!.

"Chicos tengo una frase para la situación. Lo tome de la Biblia, aunque no lo crean en verdad es un libro muy curioso: "Aunque un ejército acampe contra mí no temerá mi corazón" Piensen mucho en la frase-<<Es bastante curiosa considerando que fue escrita hace tanto tiempo,

pensé entre líneas>>·... Dado que de una u otra forma estamos en una situación similar. Lo otro es el nombre del grupo he pensado en <Knight>"

"Reiss la frase es interesante no lo niego pero...¿Por qué el nombre?,¿No es un poco exagerado?. Son solo tres"

Quien me pregunto fue Quatre, el cual a pesar de ser conocido por su falta de seriedad y sentido del humor, no se ve muy entusiasmado con la idea.

"Pensé que sería bueno ser conocidos del alguna manera por todos como grupo, los rumores circularían a nuestro favor supliéndonos de apoyo. Además es más fácil actuar encubiertos bajo ese nombre código, lo puse en ingles debido a que es el idioma más conocido en el planeta, así todos sabrán de los <Knight>. Además ustedes también serán del grupo a pesar de la distancia"

Al escuchar esas palabras. Los primos, Jeanne y Allen añaden con una gran sonrisa.

"Caballeros, ciertamente es un concepto antiguo pero servirá"

"Casi parece como uno de nuestros juegos"

En verdad es un concepto antiguo y un poco chistoso a decir verdad considerando la época actual, sin embargo es adecuado.

Dicho esto invito a todos para juntar las manos con el propósito de celebrar en nacimiento del grupo, en un principio no parecen convencidos, sobre todo por la relativamente larga distancia entre nosotros... aunque eso no duro para siempre, todo cambio por el apoyo de las chicas quienes los invitaron a subirse a cubierta, forzando también la participación del dúo de imprudentes. Bueno, sin más preámbulos...

"¡Chicos-<<Dije al momento en que nuestras manos se juntaron>>-Hoy nace <Knight>!"

"¡¡Bien!!"

Ese bien al unísono, lleno de esperanzas, deseos, determinación y anhelos. Significa la culminación de una etapa.

Zarpamos poco después, la escena es simplemente de película al mirar los sollozos y llantos de nuestras familias, amigos y seres queridos.

Esa fue la última vez donde estuvimos todos juntos en un buen tiempo. Sin saberlo la creación del grupo Knight mas adelante representaría un gran cambio en la estructura del mundo, tan grande que nadie estaría exalto a ese cambio.

Ese brusco giro de acontecimientos fue el detonante y motivo de nuestra partida, dándonos no solo un motivo para pelear por nuestros ideales, si no también muchas más cosas para proteger, cosas cuyo valor hasta ahora ignorábamos.

CAPITULO 6

--EL MUNDO--

"Conforme pasa el tiempo, comienzas a entender el valor de las cosas y a mantener a la gente importante junto a ti"

"Jefe, ¿Cuáles son los horarios de los envíos a Singapur?"

"Recuérdalos, son los contenedores más grandes y salen a las 23:00 en punto-<<Respondí monótonamente, casi de forma automática>>-Debería llegar en alrededor de diez días"

"Ya se cuales son no hacía falta decírmelo--<<El hombre se marchó al decirlo y luego grito desde la lejanía>>- Aun así gracias"

"Reiss ya pareces todo un jefe. ¿No crees?"

Una voz conocida entro a la escena mientras le daba instrucciones a uno de mis empleados, es Liz con un vestido de cuerpo entero de color rojo. Tiene razón, poco a poco se me hace natural esa idea... en verdad el tiempo vuela.

Ha pasado un año desde que abandonamos el pueblo. En uno de nuestros viajes decidimos comprar una pequeña empresa de transporte marítimo, empresa que luego bajo nuestra administración creció hasta ser una muy importante y reconocida por todo el mundo.

En contraste a la opinión popular, el cambio de milenio no fue para nada especial, excepto por su celebración tan exagerada por todas partes. En realidad, 1999 quizás sea el año que cambio mi vida. Desde el conocer a Liz hasta salir hacia el mundo.

"Aun no me acostumbro a esto. ¿Dónde están los demás?"

Le pregunte un tanto incomodo por sus halagos, su respuesta vino casi de inmediato.

"Erika y Jeanne salieron a comprar provisiones. Los chicos deben estar divirtiéndose en algún lugar cercano, aprovecha tú también-<<Comento justo antes de regresar

adentro de la nave>>- Estaremos en alta mar muy pronto y por un buen tiempo"

"Estoy bien así"

Le conteste muy confiado a mi pareja, la cual físicamente no ha cambiado en lo más mínimo, en verdad ella envejece a un ritmo bastante lento... aunque yo también estoy en las mismas condiciones, debido a la operación prácticamente no envejecí ese último año. Los chicos son otros quienes comparten esta relativa eterna juventud, al menos desde hace más o menos seis meses...

Aún recuerdo con claridad el día que decidieron unirse a nuestro viaje, fue en el mes de julio del año pasado. Liz, Erika y yo llevábamos poco tiempo de haber hecho la inversión de la empresa. Nos encontrábamos en la península de Yucatán México, haciendo una breve investigación sobre las famosas ruinas mayas. Buscando satisfacer una de las necesidades más importantes de todo el viaje, información.

La antigua ciudad de Chichen Itza, fue una de las principales ciudades mayas en su época y también uno de nuestros primeros destinos en nuestras visitas <arqueológicas>. En ese momento teníamos como objetivo recorrer las civilizaciones antiguas de América, empezando por las mexicanas: mayas, aztecas y toltecas por su popularidad e impacto en todo el mundo, eso sin contar sus avanzados métodos tecnológicos. Todo con el fin de encontrar así sea la más pequeña pista sobre esos seres quienes llamamos dioses, demonios, ángeles... seres no humanos.

Incluso Liz a pesar de que se llama a si misma mitad ángel o Nephilim, no tiene una idea muy clara sobre su especie. La única referencia son los mitos, sin embargo es difícil separar la realidad de la ficción.

Diversos libros y documentales han resaltado los grandes monumentos antiguos, tan grandes, tan perfectos, elaboradas de un modo demasiado avanzado para los humanos de esa época. Junto a los mitos de dioses descendientes de los cielos, alimentan un sin número de teorías que buscan explicarlo. A raíz de esto han realizado muchos descubrimientos tanto curiosos como aterradores, desde misteriosas alineaciones con los astros hasta materiales impropios de la zona.

Hoy en día predomina una teoría sobre las demás. Antiguos astronautas, en otras palabras extraterrestres con tecnologías futuristas qué ayudaron en el desarrollo de la humanidad. A decir verdad sería muy convincente esta hipótesis si no conociera la realidad del asunto. Siguiendo esa línea de pensamiento (Investigar), decidimos recorrer estos lugares históricos con la compañía del ser más parecido a esos dioses, Liz. Con la esperanza de encontrar o bien descubrir cualquier tipo de cosas pasadas por alto.

Ese día en Chichen Itza, en vez de hacer un hallazgo con el potencial de cambiar la historia. Nos topamos con una sorpresa quizás mayor, nuestros amigos. Las personas que debido a su familia habían decidido no acompañarnos, estaban esperándonos en la pirámide de Kukulcán con una gran sonrisa sincera en comparación a la nuestra un poco forzada.

Luego de hacer los respectivos saludos y preguntas, supimos el motivo de su visita; decidieron unirse a nosotros en nuestro viaje. La razón es preocupante y peligrosa, pero también muy predecible. Fueron atacados nuevamente en el pueblo, al parecen el mensajero de la otra vez identifico a todo el grupo de ese día.

Según sus palabras alrededor de tres meses de nuestras partida. Un par de esos Caídos llego en busca de ellos, fueron encontrados en una visita al cementerio para dar sus respetos a los fallecidos en la explosión.

Su encuentro dio rienda suelta a un enfrentamiento muy desventajoso para los chicos pues ellos solo tenían en su poder un arma cada uno, Allen una lanza doble punta, Jeanne dos dagas y Quatre una espada mandoble. A pesar de ser capaces de derrotar a los oponentes, Quatre sufrió una herida grave en su hombro, acompañado por Jeanne quien sufrió una herida profunda en su brazo izquierdo.

Las consecuencias y peligros que ese ataque dejo en claro, forzó a sus familias a replantear la ya olvidada decisión para venir con nosotros, lo cual termino en un casi unánime sí. Después de averiguar nuestro paradero mediante las cartas enviadas a mi familia de nuestra parte, decidieron encontrarnos ese día en Chichen Itza.

Discutimos muchas cosas, entre ellas un hecho desconocido para mí: Como nos encontraron el día previo a la explosión. La explicación es dolorosamente simple, curiosidad por su parte incitada por Quatre. Otro tema relevante fue si estaban o no dispuestos a la modificación de sus cuerpos, al principio sintieron muchas dudas y preguntaron todos los detalles posibles al respecto con el fin de sentirse seguros. En ese momento la aun indecisa Erika mostro su determinación diciendo las palabras: "Quiero ser capaz de defenderme por mi misma", sirvió como soporte en esta decisión convenciéndolos a todos.

El viaje continúo por México con la ya faltante compañía de nuestros viejos amigos, curiosamente las situaciones cómicas baratas se incrementaron de manera alarmante debido a su presencia. La más extraña fue en la pirámide del sol cerca de ciudad de México; Quatre como si nada hubiera cambiado, seguía con sus bromas en la base de la estructura. En una de esas termino por literalmente caerse en un extraño pasadizo. Situación bastante aprovechada por todos para burlarnos. Cuando estas risas terminaron, Liz siguió hasta llegar al fondo del estrecho corredor encontrando una gema bastante extraña, acompañada por unos glifos inentendibles para nosotros.

Un par de horas más tarde habíamos notificado de esto a los arqueólogos encargados de la zona en busca de una posible traducción, la cual no tenía nada relevante, simplemente era más mitos sobre los dioses montados en serpientes voladoras.

La última parada en el recorrido por México nos guio a la pirámide más extraña del mundo, se dice que no fue construida por las civilizaciones comunes de aquí, tanto su método de construcción como su constructor son un gran misterio.

A finales de octubre en ese mismo año llegamos a Perú, en Ollantaytambo para ser precisos. El templo que a la vez servía como fortaleza era una gran vista, a pesar de ser solo una parada hacia nuestro siguiente destino que como Chichen Itza es una de las siete maravillas del mundo moderno, Machu Picchu. A medida que investigamos las ruinas del lugar, notamos en las rocas que lo conforman fueron erigidas de manera increíblemente parecida con las técnicas de construcción usadas en México, la similitud más grande quizás sea su exactitud en la unión y la forma de esta, es muy precisa pero firme; si añadimos su peso se hace demasiado difícil de hacer, incluso tendríamos problemas con los métodos y herramientas modernas, en verdad no me cabe en la cabeza que en esa época pudieran hace esto.

En Machu Picchu la historia fue similar. La edificación es simplemente una proeza de arquitectura muy bien elaborada, demasiado diría yo. Dejando a un lado la ciudad, la vista panorámica es simplemente impresionante, todo lo relacionado con estas ruinas tiene un aire similar de misterio, intriga y por sobre todo genialidad.

Un mes después, salimos de Perú con unas conclusiones no muy diferentes de cuando abandonamos México; en definitiva no es posible que sean edificaciones humanas y si lo fueron hay algo claro, recibieron gran ayuda externa. Habíamos hecho los cálculos necesarios para la construcción de estas, resultando ser simplemente absurdos, como ejemplo de esto: Para la construcción de la gran pirámide de Giza los esclavos debieron colocar un bloque de dos toneladas cada dos segundos durante veinte años, suena ilógico. La misma situación se repite con casi todos los grandes monumentos repartidos en el mundo. De igual manera hay explicaciones en común cuanto a su método de construcción, la más relevante e interesante es la de los gigantes, según varias mitologías ellos fueron responsables de cargar las rocas, a primera vista no tiene sentido pero no es del todo imposible.

Paralelo al estudio de Knight sobre arqueología y mitos, habíamos investigado cuidadosamente los pasajes de la biblia desde que leí la historia de David y Goliat, hay un intrigante parecido de este a los gigantes de los antiguos relatos, pueden incluso llegar a ser de la misma estirpe.

Esa rama nos llevó al controversial libro de Enoc el cual habla con detalle de estos. Incluso el nombre Nephilim proviene de allí, también los gigantes son representados como ángeles caídos o como sus hijos. Es una pieza importante de información, siguiendo estas suposiciones los responsables de eso fueron ellos; pero... ¿Por qué?, ¿Qué ganaron con eso?. Son las preguntas que me vienen a la mente, no importa cuántas veces lo piense no hay ningún sentido y mucho menos explicación lógica.

Con la cabeza llena de dudas decidí preguntarle a Liz, con la esperanza de obtener más información. Para mi consuelo o desesperación su respuesta no fue muy clara: "Cosas como esas sólo serían teorías infundadas en mitos, no hay manera de conocer la verdad ya que no estuvimos allí. Sin embargo tiene sentido tu hipótesis". Al fin y al cado por ahora sigue siendo solo un pensamiento.

El resto del grupo dijo cosas similares a las de mi pareja, el único en romper esa regla fue Allen, el opinó:

"No hay mucho que podamos afirmar hasta no ver un verdadero gigante", estando claramente en lo cierto. Desafortunadamente no tenemos manera de encontrarlo.

"Reiss, Reiss, ¿Hay alguien en casa?"

Escuché otra voz conocida que me dijo esas palabras... no solo eso, sino que también esa persona está pasando las manos por el frente de mi rostro en signo de burla, en verdad nunca crecerá.

"Quatre, te lo he dicho muchas veces. No me interrumpas cuando estoy pensando"

Le reclamé muy molesto por sus insolencias, pero ante ello no cambio su actitud.

"De ser así prácticamente no hablaríamos, tú piensas casi todo el tiempo. Ven trae a Liz y relájate con nosotros"

Esa propuesta sería interesante para cualquier persona menos para mí, al menos no ahora.

"Hay mucha gente en las calles, todos saben que a mí no me gusta"

"Por favor relájate así sea una vez, es el carnaval más grande del mundo"

Mi amigo sigue insistiendo, incluso tiene sus ropas de fiesta... camisa de cuadros verdes y blancos, con un pantalón negro y zapatos blancos elegantes. Habíamos decidido que rio de janeiro seria nuestra última parada antes de partir hacia Europa. Lo que desconocía, era que la fecha de su carnaval coincidió con nuestra visita, provocando un ánimo insaciable por asistir entre mis compañeros. Quatre había sido el detonante de ese humor. Al ser un hombre que ama las fiestas, estar en la más grande del mundo debe ser como un sueño para él. Hablando de eso... acabo de recordar algo interesante.

"¿Por qué no invitas a Jeanne?. No debe tardar en llegar"

"Así que tú también"

Me repuso leyendo mi intención de molestarlo. Según comentarios de Liz, él había desarrollado una "extraña" relación con Jeanne, llegando al punto de pasar mucho tiempo juntos en situaciones... bastante raras. Su gusto compartido por la emoción los ha convertido en cómplices para alegrar a un grupo tan serio como Knight. Todo eso le ha causado un gran dolor de cabeza a su primo, además rival del de su cómplice. Ocasionando un sinnúmero adicional de peleas a sus ya frecuentes conflictos, resultando en Allen celoso debido a la mala influencia que Quatre representa para su prima.

No me parece algo tan raro desarrollar lazos fuertes entre nosotros considerando las muchas circunstancias que nos envuelven, he aprendido a confiarles mi vida a cada una de estas personas, siendo una confianza recíproca entre los miembros del grupo.

Mi una vez insistente amigo se ha quedado en silencio, aunque esta calma no duro por mucho tiempo. Hizo un pequeño signo con su mano, bajándola con cuidado diciéndome: "Hablemos en privado". Nunca lo había visto así de serio, es más, no creí que pudiera estar serio... sea cual sea nuestro tema de conversación parece muy delicado.

Luego de llegar a un lugar libre de los agobiantes sonidos festivos, Quatre se detuvo bruscamente encogiéndose de hombros, se ve bastante nervioso... espero que haya hecho algo grave... si resulta ser así, puede ir haciendo sus oraciones.

"Reiss, amigo, compadre, hermano... quiero pedirte un favor..."

Dijo con una voz muy débil, apenas y pude escucharlo. Afortunadamente no es una mala noticia, falta ver qué tipo de favor me pide, conociéndolo será un verdadero dolor de muelas. Un poco más tranquilo y con una sonrisa algo forzada le dije:

"¿De qué se trata esta vez?"

"Bueno, primero prométeme que no te reirás"

Asentí con las manos un poco confundido por esa declaración, si tengo motivos para reírme por lo que dirá, puede ser bastante interesante. Mi amigo soltó un gran suspiro y nuevamente abrió su boca para decirme el misterioso mensaje.

"Estoy pensando en confesármele a Jeanne"

Esas palabras nunca espere escucharlas de él... espera no debe ser eso. No saques conclusiones tan rápido, tratándose de él, debería ser cualquier cosa menos eso... si, conserva la calma y pregúntale.

"¿Le confesaras que tienes gustos raros?"

Ante mi respuesta dio un gran suspiro y en su cara se pintó una expresión de enojo... me equivoque, eso significa... mi amigo al ver mi conclusión asiente y me reclama enfadado.

"Sí. Me gusta, y quiero decírselo. ¿Cómo lo hago?"

Como si yo supiera... nunca me le he confesado a una persona en toda mi vida, por supuesto me han gustado chicas, pero siempre había descartado la idea de decirlo. El simple concepto de noviazgo me causa dolor de cabeza debido a los problemas que acarea. Obvio no se lo diré, si lo hiciera desencadenaría una cantidad incomoda e innecesaria de preguntas acerca del único tema en secreto para el grupo, mi compromiso con Liz.

"Creo saber el motivo, pero quiero estar seguro..."<<Vacilé un poco, esperando equivocarme>>-¿Por qué me lo preguntas?"

"Es simple, eres el único de nosotros con una relación amorosa"

Lo sabía, pero no quería aceptarlo. Me he metido en una situación complicada, prácticamente obligado a dar consejos sobre cuestiones amorosas a pesar de poseer pocos conocimientos sobre ello. ¡Un momento!, tengo una idea.

"¿No sería mejor si le pides consejos a Liz o Erika sobre esto?"

Le comente intentando delegarle el dolor de cabeza a alguien que pudiera orientarlo mucho mejor.

"La verdad no, son mujeres y como tales saben lo que puedo o no decirle. Pero solo un hombre me entendería en este momento y me daría el mejor consejo-<<Sonrió sinceramente>>-Así que cuento contigo"

Me alegra saber lo mucho que confías en mí, pero... también estoy triste, es de lo único que no te puedo ayudar con un éxito seguro. Deberé pedirle ayuda a Liz más tarde, la situación le resultara de lo más chistosa y nuevamente me dirá: "Chico, eres muy joven".

Últimamente conforme más me acerco a Liz he comenzado a conocer muchas facetas secretas de ella. A pesar de no tener sentido común es increíblemente sabia, conociendo casi de cualquier cosa de cualquier tema, resulto ser una vasta enciclopedia de conocimientos prácticos... o no tan prácticos.

Otro aspecto interesante que comenzó a mostrarme hace poco fue que le encanta hacerme bromas ligeras y reírse de ellas. Al parecer ya hemos empezado soltarnos con naturalidad uno delante del otro, a diferencia de los primeros meses donde había vergüenza y apenas la confianza necesaria. Ahora se me hace no solo reconfortante su presencia si no también divertida, estar junto a ella en todo momento se ha convertido en parte esencial de mi vida cotidiana y no me imagino estar sin ella ni un solo día... ¡Espera!, ¿Será posible?... ¿Qué este enamorado de ella?. Cálmate analiza las cosas con la cabeza fría. Mi corazón se acelera cuando estoy junto a ella... en pocas palabras casi todo el tiempo, no puedo dejar de sonreír con su compañía... ¡Por Dios si lo estoy!.

Me siento desconcertado por este sentimiento nuevo, me han gustado chicas antes pero no de esta manera... me pregunto si así se sentirá cuando el matrimonio es arreglado y no escogido, dos personas totalmente extrañas una a la otra que deben conocerse casi por obligación en un requisito para su futura vida compartida... a medida que más tiempo pasan juntos pueden ir enamorándose resultando en una boda. Por supuesto ese caso es la excepción y no la regla. Por general la negación de la libertad en algo tan importante termina en tragedia. En verdad los seres humanos somos complicados...

"¡Ey!, aún no he escuchado tu respuesta. Inmediatamente te sumergiste en tus pensamientos, entonces... ¿Me ayudaras?"

Por un momento me había olvidado de Quatre, su tono molesto es completamente justificado. Uff, estoy en la misma situación o al menos parecida así que creo poder darle un buen consejo. Sería buena idea decirle también a Liz mis sentimientos... ¡Bien!, será una confesión doble... sonó en verdad estúpido, obviamente la mía será lo más privada posible, solo la implicada se enterara de esto.

Con la resolución que esa decisión generó en mí, tengo toda la confianza para ayudar a mi amigo en problemas.

"Por supuesto, entiendo cómo te sientes·<<Le dije con la frente en alto>>Y claro que te ayudare"

"¡¡Chicos vengan al carnaval!!"

Antes de poder escuchar su respuesta fui interrumpido por quizás las personas más inoportunas. Jeanne con un vestido azul de tirantes y acompañada por Erika, ella está usando un vestido blanco. Ambas solicitan nuestra presencial al carnaval. Puse mi mano en el hombro de mi amigo y le dije en voz baja.

"Vamos al carnaval, allá te aconsejo"

"¡No debí haber venido!"

Me queje de tal manera que parecía un niño malcriado. Lo cual a Liz no le pareció para nada divertido.

"Si lo sabias para que viniste"

"Es necesario Liz·<<Le explicare>>·Quatre está por confesársele a Jeanne"

Mi pareja se había quedado helada al escuchar mi última frase, cualquiera pasaría por lo mismo considerando la poca seriedad de Quatre en todo. Más importante, me siento asfixiado en este lugar. Mi vestimenta elegante de una camisa de rallas rojas con negro y pantalón blanco no me ayudan mucho con eso.

Después de darle el único consejo de armarse de valor y ser honesto a mi amigo, vine al carnaval con la intención de seguirlo para darle ánimos. Mi decisión causo sorpresa en todos, sobretodo a Liz. Ella me conoce perfectamente y sabe que no vendría sin tener una muy buena razón para ello.

Ahora nos encontramos siguiendo a los futuros tortolos, le había encomendado a Allen la tarea de cuidar a Erika con la excusa de querer pasar tiempo a solas con mi pareja, a lo cual accedió amargamente.

A todo esto, la bella mujer de ojos plateado-azulados no se ve muy contenta con nuestra labor de espionaje.

"Te dije que es necesario para darle apoyo moral·<<Insistí algo apenando>>·Además como ellos no son humanos normales será un buen ejercicio para futuras operaciones encubiertas"

"Esa justificación de tercera no cambia el hecho de que está mal"

Me dijo con un tono firme pero con el rostro bastante enrojecido, no hay duda, ella también quiere saber. Bastara un pequeño empujoncito para hacerla venir conmigo.

"¿Segura no quieres saber qué pasara?"

Un escalofrió le paso por la espalda moviendo todo su cuerpo. Lo logre, está interesada. Solo un poco más.

"En ese caso iré sin ti"

Añadí poco antes de iniciar a caminar, pero fui bruscamente detenido por Liz.

"Iré contigo para asegurarme de que no hagas nada extraño"

Dijo mientras sostenía mi camisa con sus manos, no pudo resistir la curiosidad. Esta situación no tiene precedentes, si los demás estuvieran aquí, seguirían a Quatre sin dudarlo. Por eso decidí mantener ocupado al mayor obstáculo posible, de lo contrario su fracaso seria casi seguro.

Los seguimos por las atestadas calles de Rio manteniendo cierta distancia con el fin de pasar desapercibidos, la futura pareja paso por muchos puestos de comida, pagando el hombre en cada uno de ellos, me das un poco de lastima. Ahora que lo pienso no había tomado en cuenta los sentimientos de Jeanne, los dos parecen entenderse y disfrutar de su compañía pero desconozco si es más de eso.

"Liz, por casualidad... ¿Conoces los sentimientos de Jeanne al respecto?"

"Da la impresión de que son correspondidos, pero no estamos en una situación normal. Para empezar, es demasiado el enamoramiento de ese chico y aun si los dos se gustaran mutuamente no hay garantías de iniciar una relación"

Como siempre, ella tiene un buen punto... un muy buen punto, cada palabra es correcta. Posiblemente hubiera sido mejor opción pedirle su consejo para esto, sin embargo ella está ignorando un hecho importante.

"Tienes razón pero se te olvida algo. Sentimientos tan fuertes como el amor podrían resultar en una preocupación adicional y posiblemente letal en una labor tan peligrosa como la nuestra"

"También es cierto"

Mientras estábamos compartiendo nuestras opiniones, el objetivo se movió a un lugar con mucha menos gente en busca de algo ya necesario, privacidad. Al parecer él está listo para arriesgarse y lanzarse al vacío en la apuesta que el amor significa.

Continuamos siguiéndolos hasta que llegaron a la playa, se detuvieron casi en la arena, sentándose en una acera con un patrón de ondas en ella. La luna a pesar de estar en cuarto creciente se ve muy hermosa, iluminando la blanca arena como también reflejándose en el inmenso mar del fondo. Alejados del bullicio de Rio, crean una atmosfera bastante romántica. ¡Vamos amigo llénate de valor el momento es ahora!.

Quatre un poco nervioso mira a Jeanne fijamente a sus ojos y parece que está a punto de decirlo. No hay mejor ambiente que este... ¡Dios!, quisiera saber qué pasa.

"Puedo decirte sobre que están hablando pero solo diré la respuesta de la chica, no quiero quitarles más privacidad"

Esto es perfecto, ese hecho hace más interesante nuestra labor de espiona⁻... digo de apoyo moral.

"Bien, con eso basta"

La escena parece sacada de una película, mi amigo se armó de valor y le tomo las manos moviendo los labios, puedo saber que dijo unas palabras. A mi lado Liz se torna un poco roja, debió ser una buena declaración... de repente, Jeanne aleja sus manos de las suyas y sale corriendo hacia el mar. Mi amigo parece devastado pero... ¡No es momento para rendirse!.

"¡¡Ve tras ella, apresúrate!!"

Le grite a un ahora estupefacto Quatre.

"¿¡Reiss que haces aquí!?"

"¡Eso no importa, sólo ve tras ella tómalo como apoyo moral!"

Su en un principio cara de sorpresa por mi presencia cambia por una de determinación pura, luego de asentir con su cabeza sale corriendo a toda velocidad en busca de su amada. Intente seguirlos pero mi pareja me tomo el brazo diciéndome: "Detente". Sé que tiene razón, pero será una verdadera pena no conocer el desenlace de esta historia.

Dejando eso a un lado. Ella no suelta mí brazo, esta encogida de hombros y luce muy tímida. ¿Estará enferma o algo?; no parece ser el caso, lo acabo de comprobar tocándole la frente con mi mano, su temperatura no esta elevada.

"¿Liz que tienes?"

"Una... duda..."

No la había visto así de apenada antes, me pregunto que tendrá esta vez. Ahora que lo pienso ha estado un poco rara una vez entramos a Rio, me pregunto si tendrá algún recuerdo anterior a este lugar o algo por el estilo.

"¿Ya habías venido antes a rio?. Has estado rara desde que llegamos"

"Lo notaste pero... no es eso"

Nuevamente habla pausando con una voz muy baja, casi no puedo escuchar sus palabras. En verdad no la entiendo.

Con eso en mente le tome la mano y gentilmente le di un abrazo.

"No sé qué te pasa, así que te abrazare hasta verte más tranquila. Liz quería decírtelo desde hace tiempo, pero no había tenido la oportunidad.·<<La tome con muchas más fuerza y seguridad, pero por sobre todo con cariño>>·Sabes mejor que nadie mi problema para notar las cosas a mí alrededor. Toda mi vida la había visto de una forma monótona y aburrida, sin ganas de hacer nada o de enfocarme en algo, tú cambiaste eso, cambiaste mi vida por completo. Desde que estoy contigo los días han dejado de ser pasajeros y sin importancia, cada segundo a tu lado se ha convertido en algo supremamente invaluable, llegando al punto de que no puedo imaginar cómo sería mi vida si tú no estás en ella. Te amo y el compromiso contigo ha sido de lejos la mejor cosa de mi vida"

"Gracias ya estoy... más tranquila"

Ahora luce un poco menos preocupada, entonces coloco sus manos en mis mejillas para tener mi cara justo en frente de la suya, será algo importante. Ella siempre hace esto cuando necesita mi total atención.

"Yo también te amo"

¡!

Nuestros labios se juntaron poco después de esas palabras, ¡Por fin! ¡Nuestro primer beso!. Habíamos tenido muchas oportunidades para hacerlo a lo largo del año pasado, sin embargo ella me detenía en cada una con la misma justificación: "Aun no es tiempo". Ahora entiendo a qué se refería, había que dejar los sentimientos nuestros uno por el otro bien en claro... más importante la sensación del beso es maravillosa, sus labios suaves acompañados por la dulce brisa de su respiración... es lo mejor del mundo.

"Ese también fue mi primer beso, eres el primer hombre al que abro mi corazón. Más vale que asumas toda la responsabilidad. No. Tendrás que asumirla, me asegurare de ello"

¡Oye, no digas algo como eso con una cara tan aterradora!, lo haces ver como si fuera un contrato irrevocable... bueno, a decir verdad no es algo tan malo... en ese momento sus labios nuevamente se juntaron a los míos en nuestro segundo beso...

El tiempo pasa lentamente, parece que solo estamos ella y yo en el mundo... ¡Espera!, Quatre y Jeanne. Me había metido tanto los besos que los olvide por completo. ¿Me pregunto cómo le ira a mi amigo en esa difícil tarea?. Un poco alertado separe nuestros rostros, ante esto, ella se mostró un tanto confundida.

"Vamos a buscar a los otros tortolos·<<Le recordé>>·Por un momento lo olvidamos por completo"

"Ah,si... es cierto"

Su voz se escuchó muy monótona como si le hubieran recordado una mala experiencia, se ve un poco decepcionada. Entiendo su sentimiento mejor que nadie... ¡Pero!, Quatre y Jeanne. Mierda estoy envuelto en una gran encrucijada donde tienen conflicto mis grandes sentimientos de amor por Liz y las ganas de apoyar a mi amigo en su difícil tarea.

Mire tanto la playa como a mi pareja en mis brazos, evaluando los pros y los contras de cada opción. Mi emoción anterior solo había nublado mi juicio, ya recuperado no era muy difícil tomar la decisión correcta.

"Mejor olvidémoslos por ahora, no salimos a menudo así que demos un paseo por la playa"

Sus ojos se iluminaron al oír mi sugerencia pintándose una gran sonrisa en su hermosa cara. Si, ahora primero está mi responsabilidad con ella, no es que no quiera apoyar a mi amigo, pero... aun si fuera no haría nada diferente de espiar, lo cual en vez de ayudar podría ser un estorbo innecesario.

De esa manera tome su mano y seguimos por la playa, el ambiente es sencillamente perfecto. Por un lado el bullicio y brillo de rio, en contraste a la quietud e inmensidad del iluminado océano. Lo mejor de todo es que sólo estamos nosotros dos.

"Chico, debes ir a Stonehenge"

Una voz con gran eco resuena en mis sueños hablando muy claramente, se siente tan real, tan viva. Me cuesta trabajo creer si en verdad estoy soñando, nuevamente la misteriosa voz repite las mismas palabras en igual intensidad.

"¿Quién eres?"

Le pregunto justo antes de que repitiera por tercera vez ese mensaje.

"Tú ya lo sabes"

"Espera en serio necesito saberl-"

-Wiuuu-, -Wiuuu-

El sonido de las gaviotas es muy fuerte, lo suficiente como para escucharlo sin ninguna dificultad. Mis ojos se abrieron de golpe clavándose en el techo blanco del camarote, como lo pensé estaba profundamente dormido. Mi pareja se encuentra a mi lado luciendo sus piyamas habituales, en este punto el dormir juntos se ha vuelto una costumbre necesaria, al punto de costarme trabajo hacerlo sin ella.

La noche anterior regresamos muy tarde al barco, llegando a tiempo para observar el amanecer desde la cubierta. No hicimos nada particularmente especial a parte de las primeras sesiones besos debido a todo el cansancio acumulado y a la falta de sueño.

Aun no tengo noticias de Quatre y Jeanne, quienes no estaban en el barco cuando volvimos. Erika y Allen ya estaban dormidos en sus respectivas habitaciones por lo que parecía bastante tiempo, deben estar completamente ajenos a estos acontecimientos, en verdad me intriga mucho saber en qué quedo ese asunto.

Ahora volviendo a lo importante, esa fue la primera vez desde hace mucho tiempo en tener un sueño de ese tipo. Por experiencia he aprendido que esos sueños tienen un importante significado, aun si parece ser algo trivial. Todos los incidentes que de alguna manera cambiaron mi vida ya los había visto previamente en ellos. Quizás solo sea coincidencia, pero es demasiada como para simplemente ignorarla... lo mejor sería consultarlo con todos, Ayer en Rio fue nuestro último día en américa antes de partir hacia Europa, el primer destino a visitar iba a ser decidido ya en altamar...

Mientras estaba sumergido en mi mente organizando mis pensamientos una voz muy familiar me dice entre bostezos.

"Reiss, buenos... días"

"Buenos días, ¿dormiste bien?"

Le pregunte a una somnolienta Liz al mismo tiempo que se limpia los ojos.

"Si más o menos... ¿Tuviste una pesadilla o una cosa similar?, solo te despiertas temprano cuando te pasa algo como eso"

No esperaba menos de ella, sólo necesito una breve mirada para entender la situación. A lo mejor debería preguntarle, si bien ya tenía dudas sobre Stonehenge desde la visita a Chichen Izta, no se lo mencione... en realidad tenía muchas dudas sobre todos estos monolitos alrededor del mundo, desde la antigua Mesopotamia hasta los Móai en la isla de pascua.

"En verdad me conoces muy bien. ¿Sabes algo sobre Stonehenge?"

"No mucho aparte de su uso como templo para diversos rituales. Cuando estaba completo, habían rumores de que sus tambores te introducían en trance por la acústica"

Me respondió ya un tanto más despierta, brindándome muchos datos interesantes.

"Ya veo... ¿Tienes una idea de quien lo construyo?"

Ante mi pregunta soltó una pequeña risa cubierta por su mano, la cual no duro mucho tiempo. Una vez vio la seriedad en mi rostro cambio su expresión.

"Gigantes, ¿No?. Tú lo estabas diciendo hace unos días"

"La verdad no estoy muy seguro de eso. En el sueño de hoy, una voz me dijo que fuera a ese lugar"

Su rostro se puso muy grave al oír mis palabras. Ella se toma muy enserio esas cosas, no sé si debería llamarlo exactamente superstición o si estoy siendo innecesariamente escéptico... si bien soy plenamente consciente de lo sobrenatural y esos seres no humanos, aun me cuesta creer en conceptos como magia, dioses y premoniciones. No tengo otra manera de llamarlos, pero deben tener alguna explicación. Quizás no haya una sobre porque poseen esas capacidades; aunque sí debería de haber una manera para saber cómo funcionan.

·Tock·, ·Tock·

"¡Reiss, Lizbeth salgan. Quiero hablar con ustedes!"

Esa voz... Quatre, mi desaparecido amigo por cuestiones amorosas acaba de tocar fuertemente la puerta del camarote, ¡Al fin ha vuelto!.

Afanado por la emoción abrí la puerta... La vista es sencillamente tranquilizante, él y Jeanne estaban tomados de las manos un poco apenados.

"Bueno todo resulto bien, gracias por tu apoyo"

Me agradeció de una manera sincera, me siento muy feliz por él.

"De nada·<<Le devolví la sonrisa>>·Un gusto"

"Felicidades a los dos, ¿Jeanne estas feliz?"

Mi pareja los elogio con gran emoción, ella ya conocía de antes los sentimientos de Jeanne... tengo ese presentimiento. Por otro lado la elogiada se encuentra avergonzada en gran medida, incluso sus mejillas resaltan con un vivaz rojo.

"Si, gracias Lizbeth. Iremos lento tomándonos el tiempo para las cosas"

La recién formada pareja apenas y puede controlar sus nervios, no me imagino que pase cuando Allen se entere... dejando eso a un lado me gustaría saber cómo tranquilizo a su ahora novia cuando salió corriendo en lágrimas. Sin embargo hay un anuncio importante que debo hacerles.

"Chicos quizás no sea el mejor momento, pero nuestro siguiente destino será Inglaterra"

La pareja se sorprendió un poco por la declaración, Liz solo asintió entendiendo la razón detrás de ello y nuestro paradero allá. Le diré un poco más tarde a los miembros restantes, no quiero dañarles el momento llamando a cierta persona...

Con eso en mente le avise por la noche a mi otro amigo, que de inmediato gestiona los preparativos del viaje,

su función en el barco es un poco ambigua en contraste
a su gran contribución. Básicamente él se encarga de
conseguir cosas, siendo el mejor en su trabajo. Ajeno a los
hechos de ayer, él no tiene idea de la relación de su prima,
aunque cuando lo haga se formara una pelea bastante
perturbadora entre ellos... si bien respeto la decisión de los
involucrados en mantenerlo desinformado por ahora, a la
larga me parece una muy mala idea.

A la mañana siguiente partimos hacia Inglaterra, con
un buen clima. Cielos despejados y el mar tranquilo son
buenas señales hacia el largo viaje venidero, uno como
ningún otro. Las cosas que descubriríamos en él brindaran
excepcionales respuestas a nuestras muchas preguntas...
por supuesto, dejando a su vez muchas más sin contestar

CAPITULO 7

--CHAOS RIDERS--

"Un enemigo es un oponente con el objetivo de matarte y al mismo tiempo el entrenador que te hace más fuerte"

La vista es sencillamente impresionante, la ciudad de Londres en verdad se ve hermosa desde el rio Támesis. Las luces de la ciudad que se reflejan en el rio, el continuo movimiento de los autos y las maravillas de arquitectura hacen en conjunto un hermoso paisaje nocturno. En verdad el largo viaje hasta acá ha comenzado a dar frutos.

A pesar de que nuestro destino se encuentra a ciento cuarenta y cinco kilómetros, decidimos embarcar a aquí por los recursos que la ciudad podría ofrecer, además de ser una buena manera para introducirnos en las empresas de transporte locales.

Seguimos navegando por el Támesis un par de horas más mientras buscábamos un lugar donde desembarcar, nuestro nuevo y más grande barco ha limitado en gran medida nuestros lugares de atraco. En comparación al Yate, esta embarcación cuenta oficialmente con tres habitaciones, dos baños, una bodega, un puente, una cocina y gran espacio en cubierta, siendo de un tamaño similar a grandes barcos pesqueros. Además de eso, también hay un espacio secreto donde están todos los equipos y armas, aparte de unos cuantos armamentos modernos. Si bien la armas convencionales no servirían para ocasionarles una herida letal a ese tipo de seres, aún son excelentes aturdidoras y distractores, los cuales proporcionan una importante ventaja en un enfrentamiento.

Por otra parte, el tiempo total que podemos pasar en mar abierto sin tocar puerto también aumento considerablemente, a pesar de ser siete, un mes no significa ningún inconveniente. El navío mantiene el contacto con el mundo gracias a la gran cobertura proporcionada por los satélites, dando la posibilidad de manejar cualquier asunto sin necesidad de abandonar el navío, de esa manera dirigimos la empresa.

"Así que aquí estabas. Ven hay una celebración por nuestra llegada"

Me hablo una voz bastante familiar, se trata de mi buen amigo.

"Lo se Allen. ¿A dónde vamos?"

"La verdad nadie tiene ánimos de salir, pero han llamado por pizza·<<Su tono irónico relució por su aburrida actitud>>·Comeremos en la cubierta de proa, no te demores"

Valla esto sí que es extraño, usualmente él y Quatre ya estarían afuera divirtiéndose como locos. A lo mejor ya aprendieron a ser responsables... eso no se lo creería nadie, sólo deben estar cansados por el viaje o alguna razón de esa índole... ¡Cierto!, no había tenido la oportunidad de hablarle.

Cuando voltee, él ya se había ido, quitándome la ocasión para comentarle; nuevamente dejándome solo en la cubierta de popa. Ya llevo un buen tiempo aquí, he tomado por costumbre salir para ordenar mis ideas con la gran ayuda del tranquilo ambiente afuera, que me relaja lo suficiente como para reflexionar las cosas con claridad. La atmosfera adentro siempre es interesante pero no ayuda en nada cuando se trata de planear las cosas, y como capitán eso me dificulta mucho el trabajo, a raíz de eso salgo a tomar aire cada vez que la situación lo requiere.

Luego de prever los siguientes movimientos del grupo, me dirigí hacia la pequeña tertulia, todos estaban sentados mirando hacia proa en unas sillas de madera.

Como consecuencia de la modificación en nuestros cuerpos, rara vez tenemos problemas con la temperatura local ya sea fría o caliente. Resultando en momentos extraños como este. Donde a pesar de ser muy tarde en la noche, tenemos ropas ligeras y casuales... no más bien ropas dignas de uso playero. Al parecer también su humor es de un día playero, se ven muy animados.

"Liz, ven aquí. ¿También te gusta hawaiana no es así?"

"Si Erika muchas gracias"

"Quatre ven tú también, aquí tenemos con salami. Tu preferida"

"Allen no me digas eso cuando solo me dejas una porción"

"Jajaja eso te pasa por llegar tarde"

"No te preocupes por eso, aquí tengo otra que le quite a mi primo"

"Parece que te dejaste ganar por ella, jajajaja"

Todos se encuentran hablando con gran fluidez y me hacen un poco difícil integrarme en la conversa. De todas formas me alegra que disfruten de nuestra celebración en conjunto, la primera en mucho tiempo. A pesar de haber estado en el enorme carnaval de Rio hace mes y medio, no cuenta como fiesta dado que estábamos bastante separados, cada uno metido profundamente en sus intereses. La última vez que estuvimos reunidos como hoy, fue hace seis meses cuando los demás nos alcanzaron en México.

Lo he estado pensando hace ya bastante tiempo y me parece un buen momento para decirlo. No tengo ni idea de si están felices con cómo se dieron las cosas... ahora lo sabré, sólo espero que no estén decepcionados, cualquier otra cosa como enojo o tristeza sería normal.

"Chicos, ¿Cómo se sienten respecto a esto?"

"¿Respecto a qué?"

Quien me preguntó fue Erika, los demás súbitamente se quedaron en silencio muy confundidos por mi ambigua pregunta. No, parece más como si estuvieran viendo algo insólito, ¿Habré pisado una mina hablando de algo indebido?.

"A viajar e investigar estas cosas, no es una vida exactamente normal. Nunca les he preguntado, pero... ¿Están bien con eso?"

Les expliqué más detalladamente mi pregunta en un tono bajo, de cierta manera me siento muy culpable por el giro tan grande que han tomado nuestras vidas y no solo eso, sino que además les arrebate cualquier otra posibilidad, otro tipo de vida... en verdad me siento apenado.

Ante esto los chicos comenzaron a reírse a carcajadas bastante ruidosas, seguidos por las chicas. ¿En verdad fueron graciosas mis palabras?, ¿Puse una cara extraña?... de inmediato Liz noto mi confusión y me tocó el hombro.

"No es eso, chicos díganle"

"¿Decirme que cosa?"

Ella en verdad puede leerme tan fácil como a un libro, sabe exactamente como me siento en momentos como este. Por otra parte no tengo ni idea de sobre que hablan.

A continuación cesaron la risas y todos me miran con ojos graves, ¿Qué está pasando?. Me están comenzando a poner nervioso, aunque eso en parte es debido a lo desconcertante que significa para mí no estar al tanto de las cosas.

"Sabes, Reiss no me arrepiento de venir. Después de perder a mis padres y todo ante mis ojos. No sólo me diste un lugar al cual regresar sino que además me has dado una nueva familia con la tuya, e incluso te has encargado de mí, en verdad estoy agradecida contigo"

"Amigo estaremos en las buenas y en las malas, ¿Para eso son los amigos no?. Por otro lado es muy interesante todo esto, este viaje sin lugar a dudas es lo más emociónate que me ha pasado. No hay manera de que lamente eso"

"Cierto, recuerdo cuando nos la pasábamos jugando en tu casa... nunca habríamos imaginado algo como esto en ese entonces, pero ha sido bastante extraordinaria nuestra partida y más aún el rumbo que hemos tomado. Además no es como si hubiéramos abandonado a nuestras familias, aun mantenemos contacto con ellos"

"La verdad, es muy divertido estar con todos ustedes aquí. Tenemos solo dieciocho años y ya manejamos una importante empresa de transporte marítimo, ¿Suena loco verdad?"

Chicos, Erika, Allen, Quatre, Jeanne... así que esto pensaban. No puedo evitar sentirme conmovido... hagas lo que hagas no puedes dejar salir lágrimas, soy el líder así que debo permanecer fuerte por todos, me repetí a mí mismo intentando contener el cálido líquido que buscaba brotar de mis ojos.

Mi pareja quien está a mi lado me toma de la mano con una expresión de felicidad en su rostro, ella también ha ganado un lugar a donde pertenecer. Ya sabía acerca de esto y por eso estaba tan tranquila, de haberlo mencionado antes me habría quitado esta carga.

"Chicos, Gracias por su apoyo. Como líder de Knight me esforzare para cumplir nuestros objetivos, es lo menos que puedo hacer por todo lo que hemos perdido y sacrificado"

"Contamos contigo"

Respondieron al unísono muy entusiastas, en verdad tengo una gran responsabilidad por delante y un gran peso sobre mis hombros. Nuestras metas como grupo no son pequeñas por lo que serán difíciles de alcanzar, el solo enfrentarnos, no... vencer a ese tipo de seres parece una locura, pero afortunadamente no es imposible de lograr. Si algo he aprendido desde el día cuando conocí a Liz; es que nada, absolutamente nada es imposible.

Al día siguiente partimos temprano en un recorrido turístico, decidimos venir de esta manera para no generar sospechas innecesarias. Sonara paranoico pero no tenemos medios para saber si estamos siendo vigilados o no por Kurohane y los suyos, así que debemos movilizarnos con la mayor discreción posible. La idea fue de Jeanne, la cual no sólo será una buena experiencia recreativa sino que también es la cubierta perfecta, en verdad me sorprende. Sus buenas ideas únicamente están a la par con su gran habilidad en la cocina, al punto de ser la chef favorita de todos.

El viaje desde Londres es relativamente corto por lo que podemos regresar antes de que anochezca, aunque en estos momentos carecemos de un plan de acción. Simplemente nos dedicaremos a recolectar información sobre el sitio o de alguna actividad anormal reciente para tener un punto de partida, el cual nos indicara el camino para enfocarnos. No cometeré nuevamente el error de no saber a qué me enfrento, ni mucho menos el desconocer las condiciones de nuestra pelea.

"Reiss, has actuado extraño desde que salimos de Portugal. ¿Dime que pasa?"

Me pregunto repentinamente Erika, la persona que está junto a mi pareja y yo en tono de voz muy bajo, asegurándose de que solo nosotros pudiéramos escucharla. Aparte de Liz, ella es la única persona que puede notar mis leves cambios de ánimo, aunque no tan bien como para leer mis pensamientos.

"Así que lo notaste, bueno no es tan reciente. En último día en Brasil tuve un sueño donde algo me decía ves a Stonehenge, por eso estamos aquí. Además debíamos visitarlo en algún momento debido al enigma que lo envuelve"

"¿Por qué no me habías dicho?. Sabes que puedes contarme cualquier cosa"

Me recrimino un tanto molesta, casi haciendo un pequeño berrinche.

"Lo sé, disculpa por no contártelo"

"Sabes... te has distanciado un poco de mi este último mes"

No me lo digas con esos ojos tan exigentes, es algo perfectamente normal guardar mis espacios, ahora voy en serio con Liz...

Nuevamente previendo la situación, mi pareja hace unos días me aconsejo dejar las cosas como estaban, sin mostrar ningún cambio en mi actitud hacia ella diciéndome: "Últimamente has sido indiferente con ella, podría traerte problemas en un futuro, lo mejor es que la trates como siempre", su habilidad para leer las situaciones en verdad es aterradora. Por otro lado entender a las mujeres es demasiado complicado para cualquiera, no son como las estrategias de combate que se pueden adaptar a cada tipo de situación dependiendo el escenario y las reglas previamente ya establecidas. Ellas en comparación... pueden cambiar todas las condiciones de un momento a otro muy fácilmente. Haciendo casi imposible adaptarse a cada uno de esos cambios.

"No lo había notado con todos estos asuntos, lo siento"

Le di una excusa que sonaría perfectamente normal viniendo de mí, sin embargo ella no se ve del todo convencida. La hermosa rubia a mi lado derecho tomo interés en la conversación y parece querer unírsenos, acto seguido le dice a Erika con un tono sarcástico.

"Deberías saber que Reiss es una persona bastante despistada. Una vez se enfoca en pensar no le presta atención a todo lo demás"

¿Es buena idea decirle eso?, ella parece estar bastante ofendida por tu comentario... el cual es tremendamente correcto, aunque apenas la mitad.

"He pasado más tiempo con él, he visto sus muchas facetas y también... conozco sus secretos vergonzosos..."

Su respuesta también fue bastante acertada, mi amiga de toda la vida se ha mantenido casi todo el tiempo conmigo desde hace años por lo que conoce perfectamente mis... ¿¡Secretos vergonzosos!?, ¡Esto es malo!, hagas lo que hagas no debes revelar cosas como esas... ya es tarde. Los ojos de Liz muestran un claro interés por esa información.

"Me cuentas más tarde, también te diré otras cosas interesantes de el"

"En ese caso... podría pensarlo..."

Lo que me faltaba, ahora se han aliado, ¿Por qué siempre terminan sus discusiones de esa manera?... a pesar de la vida tan extraordinaria del grupo Knight, la constante comedia barata no parece habernos abandonado. Quien esté a cargo del destino al parecer tiene un pésimo sentido del humor.

Luego de casi hora y media de aguantar la insólitamente torturadora conversación de las chicas sobre mis tropiezos, al fin hemos llegado a Stonehenge. Es un poco más sencillo de lo que había imaginado, quizás después de

ver las maravillas en américa, inconscientemente me he
acostumbrado a ver cosas más impresionantes.

Aun así el complejo no deja de ser misterioso e interesante,
un monumento megalítico ubicado en una planicie, donde
no hay ninguna cantera de donde extraer las grandes
rocas que lo conforman en verdad parece absurdo. Para las
fechas cuando fue construido no debía haber maneras de
cómo mover rocas de ese tamaño y peso, algo anda mal si lo
piensas de esa manera.

Movido por la duda y asediado por mi sentido de la lógica,
me acerco a una de las guías locales con el propósito de
obtener unas cuantas explicaciones.

"Hola. Disculpe me podría decir... ¿Cómo y con qué
propósito fue construido este momento?"

La joven y uniformada guía de cabellos negros se ve
muy feliz por mi pregunta, asumo que su respuesta será
bastante buena.

"Buenos días-<<Saludo con gentileza>>-Hay muchas
teorías sobre sus constructores además de los métodos
utilizados para conseguir los materiales, sobre sus
creadores en su mayoría se refieren a los antiguos celtas
habitantes de estas zonas en particular, también hay
evidencias de intervención druida. Según se dice usaron
troncos rodadores para traer las piedras, aunque nadie
sabe a ciencia cierta cómo se construyó. Otra leyenda
popular es que fueron traídas por la magia del mago
Merlín"

Básicamente, hay muchas teorías pero ninguna es lo
suficiente creíble o consistente como para ser declarada
verdadera, no solamente ella, sino que nadie conoce con
certeza la respuesta a ese gran misterio.

"Gracias, ¿Y qué sabes en referencia a su uso?"

"Su uso era tanto ceremonial como astronómico"

"Astronómico?"

Pregunte bastante confundido por sus mecánicas respuestas.

"Si astronómico, ¿Ves la roca del altar esa del centro?"

Me dijo la señalando hacia adentro del monumento, ciertamente hay una piedra en medio.

"El día del solsticio de verano, el sol sale justo por su eje y se oculta atravesando el eje de Wodhenge. Ese era un día muy importante para los antiguos residentes, el cual marcaba el inicio del verano, la temporada luminosa. Además las otras piedras coinciden con los ángulos del sol en los equinoccios, ayudándolos a predecir las estaciones. Por cierto lo había olvidado, también hay una teoría de que unos gigantes fueron sus constructores, si no mal recuerdo el mito se refiere a ellos como los hiperbóreos"

En verdad es asombroso este monumento, no, todas las civilizaciones antiguas son bastante asombrosas; no me habría imaginado que un conjunto extraño de piedras ahora derrumbadas tenía tal propósito. En todo el mundo se observan estos extraños patrones los cuales sugieren un conocimiento astronómico bastante amplio por parte de las antiguas civilizaciones, descubrimientos muy adelantados a su época. Incluso algunos predecían eficazmente los ciclos lunares, curvatura de la tierra e importantes observaciones sobre el sistema solar y su funcionamiento. ¿Por qué todas los tienen?, esa simple coincidencia alimenta la controversia a parte de uno de los impulsos más insaciables que posee el ser humano, curiosidad.

De todas maneras a pesar de que poseo teorías a lo mejor bien cimentadas o ciertas, carezco de un elemento determinante que pruebe su veracidad. Mi única de información, los mitos; son muy fáciles de alterar haciendo difícil distinguir la verdad de la ficción.

"Disculpe señor. ¿Está bien?"

Me preguntó la guía que hasta el momento ha respondido amablemente cada una de mis preguntas, ahora se preocupa un tanto por la expresión ausente que luzco cuando reflexiono a fondo.

"Ahh, lo siento. Sólo estaba pensando... gracias por su tiempo"

Le dije mientras me movía del lugar un poco apenado con la confusa mujer. Les hice señas a mis compañeros para reunirnos en la llamada piedra del altar. Atendiendo al llamado, mis amigos vinieron hacia la rara roca.

Viendo desde aquí se siente un poco de misticismo en el aire...¿Sera por las leyendas?. Más importante, ahora debemos decidir cómo proseguir, ese es el propósito principal de este tour.

"Pienso que debemos poner dispositivos de vigilancia en el lugar"

Quien menciono con una voz muy contundente fue Quatre, al parecer tenemos la misma idea. Por mucho que necesitemos investigar el lugar hay un límite muy grande en el horario a recorrerlo y tiempo a permanecer allí, por eso utilizaríamos ese método para mantenernos al tanto de todo.

"Me quitaste las palabras de la boca·<<Afirmé con un poco de ironía>>·Usemos eso dado que no podemos estar aquí todo el tiempo"

"Entonces deberemos traerlas mañana, en total vendremos solo dos veces a este lugar"

Ciertamente es una buena sugerencia Jeanne, ante esto su pareja asiente amistosamente. Sin embargo su primo no comparte la misma reacción y se encuentra levemente apartado del grupo. Ha estado así desde la corta parada de negocios a Portugal, pero no se había mantenido tanto al margen en las actividades del grupo como ahora. La razón podría ser obvia ya que en ese viaje le lanzaron una bomba directamente a la cara, se enteró de la relación que mantienen su prima y su rival... su reacción fue levemente menor a lo esperado por todos, lo tomo de manera más relajada, como si no fuera tan importante para él.

Ya le había preguntado a Erika sobre ello dado que él es su chaperón por excelencia. Por desgracia solamente obtuve una respuesta ambigua y no muy preocupante: "Sólo debe estar algo distraído, no parece tan importante. No te preocupes mucho por eso". Por esa afirmación decidí hacer la vista gorda... fue hace un mes y aún sigue igual, incluso empeorando. Si le pregunto asumo que no me dirá nada... ojala este bien.

Las dos semanas siguientes a la implementación de la vigilancia alimentada en conjunto a los pequeños dispositivos y por imágenes satelitales, hemos estado buscando sin cesar algún cambio repentino. Sin embargo no ha ocurrido algún tipo de actividad inusual. Por lo que la mayor parte del tiempo libre la ocupamos en turistear, negocios y en disfrutar un poco más esta etapa de la vida como jóvenes normales. Obviamente manteniéndonos constantemente al tanto de la situación en Stonehenge.

La oportunidad de vivir un tiempo sin preocupaciones fue ampliamente aprovechada por todos, las chicas en particular compraron mucha ropa. El dúo de imprudentes pasó sus días investigando las delicias locales de restaurante en restaurante, lo que ayudo a restaurar su deteriorada amistad. Finalmente Liz y yo nos la pasamos estudiando. Buscando cualquier información útil, lo cual no fue necesariamente aburrido.

Últimamente nuestros contactos físicos como pareja han tenido un efecto mucho mayor en nosotros debido a que conocemos perfectamente los sentimientos del otro, haciendo un poco intenso el dormir juntos por los ahora mayores nervios, y por supuesto incluyendo algo relativamente nuevo pero bastante necesario, los besos. Eso ha provocado que Liz actué de manera diferente a la usual tónica de sabiduría y experiencia que la caracteriza cuando esta con todos, volviéndose como una niña de mi edad en nuestro tiempo a solas. Su lindura en ese momento provoca en mí un fuerte impacto. Otro punto importante es que a pesar de su permanente inocencia en cosas de pareja, ha sido firme en mantener una relación conservadora. Recordándomelo varias veces... de hecho lo hace cada vez que tiene la oportunidad, lo cual me parece innecesario. No tengo intenciones de dar el siguiente paso, no hasta tener una situación más segura y estable.

"Otra vez estas metido por completo en tus pensamientos"

"Lo siento Erika. ¿Alguna noticia?"

Mi amiga de toda la vida negó levemente con su cabeza. La normalidad en todos estos días ha llegado al punto de empezar a preocuparme, como si fuera la inevitable calma que le precede a una inmensa tormenta.

"¿Exactamente tipo de cosas quieres que pasen?. Todos los días me llevas preguntado lo mismo"

Me preguntó un poco molesta a causa de mi innecesaria constancia en ese tema. Si algo pasara ella me lo diría, de eso no tengo duda. Sin embargo eso no me sirve de consuelo y mucho menos logra disipar mi mal presentimiento. Pero... ojala no tenga razón.

"No deseo que pase nada. Sería perfecto si todo pudiera quedarse como esta... aunque no sobra el ser precavidos"

Ante mi afirmación ella simplemente deja salir un suspiro con una cara de insatisfacción, debo ser molesto en este momento. Mientras pensaba eso, la computadora de Erika mostro una pequeña señal de alerta. Acto seguido fui a verla lo más rápido posible, el cuadro de dialogo abierto señalaba un importante incremento en la temperatura del lugar, acompañados por interferencias radiales antinaturales actualmente en transmisión... Llego la tormenta.

Salimos de inmediato para Stonehenge usando unos coches alquilados que habíamos estado usando para movilizarnos en Londres, siendo unos autos Renault Logan de color negro y relativamente pequeños, aunque muy útiles.

Yo voy manejando nuestro auto junto a Erika y Liz, que además transporta nuestras armas. En el otro van el resto con los equipos electrónicos necesarios.

Pisando el acelerador a fondo y ayudados por el buen estado de las vías, en solo treinta minutos llegamos a destino. En todo el trayecto nos topamos con muy pocos coches debido a la hora, al fin y al cabo no hay mucha gente a las 1:30 A.m.

Para nuestra sorpresa no parece haber nada fuera de lugar, la negrura de la noche se encuentra empañada por una gruesa capa de nubes, las cuales a duras penas dejan ver la enorme luna llena. A pesar de haber muy poca iluminación en este lugar se ve bastante claro y para nada diferente a como lo vimos en nuestra visita anterior... ¿Se habrá averiado el equipo?.

"¿Erika estas segura que si pasa algo extraño?"

"Aunque no me lo digas, sé que estás pensando. Para asegurarme le pregunte a Allen quien de inmediato reviso en su computadora portátil, no hay error. Si hay actividades antinaturales aquí"

Me respondió muy segura anticipando tanto mi pregunta como mi reacción, puedo suponer el bajo perfil mantenido por el responsable de esta actividad anormal. Si no podemos ver bien desde esta distancia, debemos acercarnos... eso podría ser una decisión imprudente. Habrá que tomar muchas precauciones.

"Erika, dile a los chicos que vengan a este auto. Iremos personalmente, pero antes nos equiparemos por completo. El simple hecho de acercarse puede ser un riesgo, no quiero correr más peligro innecesario"

Se quedó perpleja al oír esa declaración, a continuación se pasa la mano por el cabello y con una expresión monótona me dice.

"Eres muy paranoico, demasiado diría yo. Pero eres el líder, haremos las cosas a tu modo"

En efecto, paranoico es una palabra que define a la perfección mi sentido de la <prudencia>. No obstante, resulta ser necesario para prever todos los desenlaces posibles de una situación.

"Quizás lo sea, pero no es para más·<<Dije con cierto desdén>>·Desconocemos tan poco de estas cosas que es mejor ser un vivo paranoico a un muerto relajado"

"Jajajaja"

Liz soltó una gran carcajada e incluso la actitud seria de Erika se había desvanecido un poco por el comentario.

Una vez llamó a los demás comenzamos a equiparnos con todas las precauciones posibles. Aparte de nuestras armas características. Liz nos había confeccionado prendas de una tela muy resistente, las cuales pueden recibir muy bien el impacto de los golpes y en menor medida el de las balas, todas de color negro. Estas parecen ser elaboradas en cuero, son unas chaquetas, botas y protecciones a nuestros usuales pantalones vaqueros.

Por otro lado cada uno contamos con un dúo de pistolas como medida de distracción o de autodefensa en caso de ser necesario, aunque poseamos una buena calidad en equipo y cuerpo extremadamente resistente. Estamos verdaderamente lejos de ser invulnerables, por lo que un simple disparo bastaría para poner fin a nuestra vida. Para evitar eso, hemos entrando en largas sesiones de entrenamiento durante todos los días, sobre todo en pasar desapercibidos y en operaciones sorpresa. Las batallas largas no son una opción considerando nuestros adversarios, por lo que nuestro estilo de pelea se basa en encontrar un punto débil en el oponente para explotarlo al máximo.

Sin embargo estas son medidas temporales con el tipo de cosas a nuestro alcance, dudo mucho que podamos mantenernos demasiado tiempo usándolas. El propósito principal de los viajes no es únicamente la investigación, sino también encontrar maneras más efectivas de protegernos tanto individual como colectivamente. Buscando los orígenes de los mitos quizás tengamos la suerte de encontrar artefactos útiles para ese propósito, de lo contrario no duraríamos ni una semana cuando aparezcan los enemigos más fuertes.

En verdad suena estúpido si me pongo a pensarlo claramente. Por supuesto, ningún adolecente normal pensaría cosas como esta por fuera de los videojuegos, desgraciadamente no comparto esa buena fortuna. No sólo yo, todos nos hemos vistos involucrados en un entorno donde siendo realistas, nuestras posibilidades de sobrevivir son alarmantemente bajas... de todas maneras, primero lo primero.

"¿Están todos listos?-<<Pregunté>>-¿Qué tal sus armas?"

"Por supuesto, traje bombas por si acaso. Esta espada doble filo es genial, por cierto gracias Lizbeth"

Alardea Quatre sosteniendo una espada negra doble filo con guardia sencilla, similar a una gruesa mandoble medieval.

"Estamos exagerando demasiado, pero por estar desarmados paso lo de la otra vez. No dejare que se repita la misma historia. Mi lanza es un poco sencilla... ¿De verdad está bien?"

Allen se ve un poco inseguro, ciertamente su lanza es sencilla en los dos extremos. La primera tiene dos filos muy parecidos a un hacha en la base de la punta y por debajo a una punta de partisana.

"Estoy un poco nerviosa por usar estas botas"

Jeanne se ve ansiosa moviendo sus botas constantemente buscando comodidad. Su arma es una cobertura para sus pies llegando hasta la rodilla, ella es bastante hábil en ese estilo usando patadas. Asestando fuertes golpes con las puntas de los dedos, empeine y talones, dado que estos poseen unas púas pueden llegar a ser extremadamente letales.

"El arco en verdad me sienta bien, lo malo es no defenderme cuerpo a cuerpo"

Puedes pensar eso Erika, pero resulto muy conveniente para ti no tener que acercarte. Es más, debes evitar acercarte a un combate cercano dado que alguien como tú en contraste a su asombrosa puntería, carece habilidades para defenderse cuerpo a cuerpo.

"Gracias Quatre. No se preocupen por sus armas, no tendrá problemas con ellas"

La ultima en hablar fue Liz, la cual mira a todas sus creaciones con gran orgullo. Ciertamente están muy bien elaboradas.

Todos continúan haciendo comentarios sobre las preparaciones finales y la espero que no... posible riña venidera. Me alegra que tengan una manera de protegerse a sí mismos, pero... es un poco ridícula esta feria de armas. Cuando le pregunte a mi pareja la razón de esto solamente me dio una vaga respuesta: "Cada persona tiene su propio tipo personal de armas predilectas, he de ahí que hallan tantos tipos y formas de estas". Ciertamente cada uno es muy hábil empleándola, pero me gustaría que fuera cosas... menos llamativas. Ya hoy en día nadie porta una espada enfundada en su espalda.

La otra razón para usar este tipo de armas es la gran durabilidad que posee la piel de los Caídos y sus descendientes, aunque de estos últimos no he comprobado ese hecho, dejando en duda si pude o no derrotar a los híbridos en el último pilar con armas convencionales. Desafortunadamente no hay manera de diferenciar a ninguno de ellos por grande o pequeña que sea su porción de sangre no humana. Todos lucen como personas normales.

Luego de terminar los ajustes finales procedemos al lugar. En verdad parecemos un grupo sacado de un RPG al movernos. Afortunadamente no hay gente por los alrededores, de lo contrario sería extremadamente vergonzoso.

Conforme nos acercamos a los megalitos nuestras sospechas disminuyen progresivamente. Para asegurarnos de que todo se encuentra en orden, decidimos hacer una pequeña revisión en nuestros equipos de monitoreo, buscando algún tipo de malfuncionamiento. Nos separamos en el proceso. A los pocos minutos se oyó una fuerte voz masculina.

"¡¡Chicos tienen que ver esto!!"

Rápidamente nos reunimos al origen de esa exclamación, es Quatre. Él sostiene muy preocupado un dispositivo para la medición de calor. Si mal no recuerdo este se encarga de medir los cambios en la temperatura circundante con un radio de doscientos metros, registrando cada variación por pequeña que sea.

"¿De qué... se trata?"

Quien pregunto fue Allen un poco agitado, el resto no demoro mucho en llegar. Cuando ya estuvimos completos Quatre se levantó y comenzó a explicar.

"Este artefacto ha registrado altos incrementos temperatura por aquí, pero eso no es tan extraño dado que una roca todo el día bajo el sol puede llegar a alcanzar una gran temperatura. El problema radica en el tiempo y la hora. Según el aparato esta se calienta en diez minutos, sucede alrededor de tres veces por noche, usando estos reportes... la siguiente debería ser en cinco minutos a las 2:00 A. m."

Ese dato en verdad es anormal, confirmando mis sospechas. Es una suerte contar con una repetición del fenómeno en tan poco tiempo, será una buena oportunidad para presenciarlo.

"Debemos espera-"

-BOOOOM-

Mis palabras fueron bruscamente interrumpidas por una gran explosión. La onda de choque fue bastante fuerte y levanto mucho polvo, haciendo visible nada más el resplandor del fuego.

Rápidamente todos los del grupo nos limitamos a ocultarnos en las rocas circundantes. Una vez nos aseguramos de estar completamente cubiertos de la luz generada por las llamas, empezamos a analizar con cuidado el lugar para tener plena conciencia de la situación.

En dirección al sur se puede observar una gran hoguera no muy lejos de la estructura en piedra, la intensidad del fuego es tan abrumadora que todo el frio de la noche ha desaparecido. Estoy profundamente agradecido de que las llamas estén lejos de los autos, hay valioso equipo en ellos. A mi lado izquierdo, detrás de una roca se encuentra Liz, Erika y Allen haciéndome señales para acercarme a ellos. Tienen razón lo mejor es estar todos en un solo lugar, así podremos planear el siguiente movimiento en conjunto.

Con eso en mente le aviso a la mujer que había quedado a mi lado.

"Jeanne vamos por lo oscuro, no sabemos que fue eso"

Le susurré con muy baja voz casi al oído, a lo que también accedió con un débil susurro. Me tomo de la espalda para de esa manera reunirnos con los demás.

Nos movimos con mayor silencio y sigilo posibles, nos separan diez metros. Pero dado es estrés y el nerviosismo de no saber que sucede, cada centímetro se siente más largo.

A casi la mitad del trayecto, resbale estando muy cerca de caer. Jeanne me detuvo tomándome de los hombros... el susto fue tremendo, considerando las cosas que cargo pude haber generado un gran ruido. Estuvo cerca...

Quatre llego junto a nosotros unos cuantos minutos más tarde, también avanzado con cuidado entre las rocas. Ahora todos nos encontramos juntos detrás de las piedras centrales. Debido al poco espacio estamos muy cerca unos de otros... la verdad es incómodo, sobre todo por las armas tan extravagantes... no creo que sea un buen momento para pensar en cosas como esa, lo mejor sería preguntarle a mi pareja si hay peligros potenciales.

"¿Liz estamos solos o tememos compañía?"

"Tenemos compañía. Hay un número alarmante de adversarios. Hasta ahora percibo a diez, pero es muy probable que sean más"

Ante el preocupante comentario de Liz nos quedamos perplejos, es peor de lo que hubiera imaginando... me alegra haber tomado tantas precauciones. Mire rápidamente y de reojo para examinar el estado de ánimo del grupo, ese será un factor importante en el éxito del plan. Por fortuna sólo Erika a mi lado está particularmente nerviosa, creo que debo animarla...

"Liz, ¿sabes que eres casi omnisciente?"

Ese comentario fue tremendamente acertado, Erika al parecer esta abrumada por los extraordinarios sentidos de mi pareja; la cual se encuentra bastante apenada por ese comentario.... esta conversación podría desencadenar en una plática bastante divertida en circunstancias normales, pero ahora no tenemos tiempo para eso.

"Chicos estamos en desventaja por número, aunque afortunadamente aun contamos con el factor sorpresa. Tenemos dos opciones: la primera es permanecer escondidos esperando a que se vayan, de lo cual no tenemos la más mínima certeza. La segunda es emboscarlos volviendo inútil su número. ¿Qué quieren hacer?"

Esa sugerencia por mi parte causo una leve carcajada en uno de los presentes.

"Jajajajaja, ya lo sabemos de antemano no hay necesidad de que lo preguntes, hablo por todos... ¿No es así?"

Repuso Allen muy decidido.-

"Por primera vez estoy de acuerdo contigo Allen"

El dúo de imprudentes se ve bastante confiado. No están para nada nerviosos, a diferencia de ciertas personas...

"Jeanne, ¿Qué hago?. estoy muy nerviosa"

"Eso no me lo preguntes a mí, Erika. Yo también me siento bastante intranquila, ¿Liz que debemos hacer?"

"A parte de tranquilizarse un poco, deberían prepararse mentalmente"

El trio femenino también había iniciado una bizarra conversación, previa a la confrontación. Habría preferido evitarla... pero se hizo inminente con la llegada de quien sea que causo el estallido. Ahora viene el momento para elaborar una estrategia, no debería tomarme mucho tiempo.

Al cabo de varios minutos ya he pensado un plan basado en nuestras reglas y condiciones. Los demás usaron ese lapso de tiempo para tranquilizar sus nervios.

"Chicos presten atención esto es lo que haremos..."

"Es un buen plan"

Esas fueron las palabras con las que todos de forma resumida definieron la estrategia que usaríamos en unos momentos.

Debido a que de cierta manera estamos siendo sitiados y salir de las rocas circundantes sólo nos pondría en una posición más desventajosa, tome la decisión de usarlas junto a otros medios para limitar su número a uno más manejable.

"Comiencen"

Les di la señal a todos para iniciar la fase uno. Acto seguido, Allen, uno de mis camaradas en este plan. Lanza una granada incendiaria en dirección al suroeste, seguidas de otras dos a unos cuantos metros de la primera, dejando más o menos un metro de distancia entre cada una de las tres hogueras.

Los extraños visitantes mordieron el anzuelo, mostrando sus siluetas entre la luz de las llamas. Este movimiento no solo es una distracción, también es una medida para ver a quienes y a cuantos nos enfrentamos... Quince, dieciséis, diecisiete y dieciocho. En total puedo contar dieciocho, un número bastante elevando y lo peor de todo, no hay duda en que son el grupo de Kurohane. Nunca olvidaría esas inconfundibles ropas blancas por debajo de una túnica negra, la cual en la espalda tiene el símbolo de Uroboros de color azul plateado. En verdad la tendremos difícil.

Con eso en mente le doy una señal a Erika con mis manos; es momento de iniciar la fase dos.

Al instante una flecha se clava en la yugular a un hombre de los más lejanos en su retaguardia, cayó muerto al instante, seguido rápidamente de otro. Sus compañeros sin perder tiempo se dividieron en dos grupos, uno pequeño de cinco personas se dirige hacia atrás para verificar el estado de sus heridos e identificar la ubicación de nuestra francotiradora. Esa jugada no les servirá, ella esta vestida casi por completo de negro y se mueve entre las rocas cada vez que lanza un disparo, siendo una medida para desconcertar al enemigo. Por otro lado... reaccionaron de una forma bastante predecible.

En cuanto a los restantes... se trata de un grupo de once que avanza directamente hacia nosotros. Es momento de actuar.

Dándole la señal al dúo de imprudentes, salimos corriendo a toda velocidad en dirección a los más cercanos con mucho cuidado de no ser descubiertos. Son cinco en total los que han pasado la pared de llamas, pero ellos duraran mucho...

En un veloz tajo le corte la cabeza al que tenía más cerca, Quatre también repitió la hazaña con una gran destreza, la única excepción a esto fue Allen. Su arma choco abruptamente con el escudo del adversario quien ya había visto de antemano nuestras intenciones, dándole la oportunidad de contra atacar.

Dos en un primer movimiento sorpresa... no es una buena señal. La batalla podría extenderse demasiado dada la cantidad de enemigos, sin embargo tenemos dos puntos importantes a nuestro favor. El primero es la tiradora que diezma constantemente su número y el segundo es la pared de llamas que les impide ver lo que sucede a los ubicados en la retaguardia. Si el plan funciona correctamente y no tenemos la mala suerte de toparnos con imprevistos, no tendríamos problemas en salir vivos de aquí.

Sin titubear, seguimos atacando a los misteriosos individuos los cuales no muestran intenciones de perder fácilmente a más de sus camaradas.

-Clink-, -Clink-

El ruido del metal chocando predomina en el ambiente, cada tajo que intentamos asestar es bloqueado sin mucha dificultad, repitiendo una y otra vez ese sonido.

-Clink-, -Clink-

Al contrario de nuestros ataques, los suyos comienzan a ser extremadamente difíciles de bloquear. Han empezado a acostumbrarse a nuestro estilo de pelea.

Para empeorar las cosas no tenemos únicamente esa desventaja, somos superados en número. Los que estaban en la retaguardia no demoraron mucho en salir al oír el constante chasquido del metal. Como resultado, los tres nos encontramos casi arrinconados por más de diez personas. Cada uno de ellos fuertemente armado, con lanzas escudos e incluso espadas, me recuerdan a los antiguos soldados espartanos pero un poco modernos.

Sin embargo todavía no podemos replegarnos, la última fase del plan aún no está completa. No hemos recibido la señal que lo confirma. Desde un principio lo sabía, no debemos subestimar a esta extraña organización por pocos que sean, todo lo anterior simplemente es un arriesgado farol para ganar algo de tiempo... se me ocurrió otra idea para intentar ganar unos minutos cuantos minutos de manera diferente.

"¿Quiénes son y qué quieren aquí?"

"..."

No hubo respuesta, en su lugar uno de los adversarios se lanzó en una rápida estocada con toda la intención de clavar su espada en mi pecho. Fue muy veloz pero logre bloquearla a tiempo, creando una pequeña apertura cuando aparte de su arma... ¡Te tengo!.

"Urghh...Uguwaaaaaa"

Ese descuidado e impulsivo ataque de su parte lo hizo terminar con un gran corte en su pecho. Aquel hombre se cayó al suelo poco después de vomitar una gran cantidad de sangre. Sus compañeros quedaron atónitos al ver como cae a uno de sus camaradas.

Guiados por el enojo, rápidamente dos de ellos van por mí en buscando venganza. Mis amigos también vinieron en mi auxilio, no tuvieron ningún inconveniente en bloquear sus descuidados ataques dadas las aperturas grandes aperturas generadas por su imprudencia.

-Clink-

El sonido fue casi ensordecedor, la lanza de Allen choco muy fuerte en el escudo de su enemigo, asimismo la espada de Quatre con el arma de su adversario. Ahora estamos en una posición muy ventajosa considerando que estoy libre para liquidarlos, pero... debo saber algo antes.

Los pateé a ambos con mucha fuerza, dejándolos en el suelo de un golpe limpio a sus talones. Luego agarre a mis camaradas para alejarlos, los cuales no se ven muy a gustos con mi acción.

En respuesta, los adversarios restantes tomaron una buena distancia de nosotros. Nuestro grupo y el contrario ahora están concentrados en dos puntos separados por aproximadamente diez metros. Nosotros somos tres estando cerca de los megalitos y ellos aún son nueve cerca de las hogueras. Ahora es el momento perfecto y quizás el único posible para hablar.

"Díganme quienes son y los dejaremos ir"

Ante mis palabras enfurecieron en gran manera, mis amigos tampoco están muy conformes. Erika también paró de disparar flechas, la última quedo muy cerca de nosotros y esta tiene un pañuelo rojo amarado en el final del astil, lo cual tiene un significado... las preparaciones están listas. Pero honestamente no quiero usar ese último recurso si puedo hacerlo, no me gustaría causar daños innecesarios a Stonehenge, entre otras razones... Intentare hablarles de nuevo en busca de algunas respuestas.

"Haber respondan...·<<Continúe provocándolos>>·¿O es que no saben cómo hablar?"

"...¡Somos los Chaos Riders recuérdalo por qué será lo último que escucharas!"

¿Chaos Riders?, ¿Jinetes del caos?... ¿Qué pasa con ese nombre?. Si bien tiene un significado bastante profundo, los que montan y dirigen en caos... en verdad suena vergonzoso, espero que Knight no cause esa misma impresión... ¡No es momento para eso!. Su tranquilidad y frialdad mostrada en una situación tan mala como la suya únicamente me da más razones para preocuparme.

"Estas muy confiando, ¿Qué te hace pensar que moriremos aquí?"

Le dije con un tono de prepotencia intentando enfadar a los Riders, funcionando a la perfección. Como lo pensaba su mayor debilidad recae en su arrogancia. También debería preguntar si Kurohane se encuentra por aquí, dado el mal temperamento e impulsividad de estos, no debería ser muy complicado.

"Nuestro jefe no demorara"

"¿Quién es su jefe?"

Pregunto Allen al instante por reflejo, se ve demasiado nervioso. A decir verdad refuerzos para ellos por simples o débiles que sean sólo pueden ser malas noticias, empeoraría la ya mala posición que ostentamos.

El hombre quien había hablado hasta ahora por los Riders notó la insegura reacción de mi amigo, e inicio una gran carcajada de mal gusto.

"Juajajajajajajajaja"

En verdad no me deja de sorprender el tamaño del ego que estos hombres portan. Ahora bien dejando a un lado si eso es verdad o no, lo cierto es una cosa, si ellos deciden arremeter directamente contra nosotros no tendremos manera de parrarlos, nos veríamos obligados a retirarnos. Por supuesto tenemos la trampa, pero... si los matamos cada vez, no tendremos nada de nueva información y estaríamos siempre luchando desde una posición bastante desfavorable. Para cambiar eso, necesito hacerlos hablar.

"Aun si su jefe viniera. Eso no cambiaría la realidad del asunto, ustedes ya están vencidos"

"¡No me jodas!, ¡Una alteración bastaría para acabarlos a ustedes!"

Con gran voz dijo esas palabras uno de esos individuos ubicado en la retaguardia, su ira es claramente palpable. Sin embargo lo importante es... ¿Alteraciones?, ¿Qué querrá decir con eso?. Por alguna razón me viene a la mente aquella bola de fuego lanzada por ese Caído, si ese es el caso... ¿Por qué no nos han atacado de esa manera?. Posiblemente ya se la respuesta, no pueden hacerlo. Quizás este especulando demasiado, pero si estoy en lo correcto, lo que tenemos enfrente son soldados de bajo rango; peones sacrificables.

"Riders, déjenme preguntarles algo... ¿Ustedes son de bajo rango no es así?"

Esa pregunta fue como pisar una mina, ocasionando una gran ira en los Riders. Los cuales no tuvieron intenciones de reprimirla

"¡Bastardo infeliz!"

"¡Malnacido!"

"¡Te matare con mis propias manos!"

Dejando a un lado su reacción exagerada y sus amplios deseos de aniquilarme, parece que acerté. Estamos luchando contra los más débiles, los de mayor rango deben ser como aquel Caído que derrotamos en el lago. Son a la vez buena y malas noticias.

¡!, Sentí un leve golpe en la espalda, debido a mi concentración fue suficiente como para propinarme un pequeño susto. Mire al instante hacia atrás, es Quatre quien tiene una expresión muy seria.

"Ahora si los hiciste enfadar--<<Hizo una mueca señalando a los hombres de enfrente>>·Vendrán a por nosotros en cualquier momento. ¿Qué hacemos?"

"No te preocupes, solamente están molestos. No nos atacaran tan descuidadamente, al menos no después de haber perdido a uno de sus camaradas de esa forma"

Le respondí bastante tranquilo, la situación hasta ahora se encuentra controlada. Si algo sale mal siempre podemos replegarnos para hacerlos caer en la trampa.

"Entendido entonces dime que intentas conseg·"

"Valla, valla. Veo que te has divertido mucho con nuestra infantería"

Una nueva voz acaba de entrar a escena interrumpiendo las palabras de mi amigo, se escucha es grave, profunda y resuena por todo el lugar haciendo imposible conocer su paradero. Los tres nos encontramos mirando en todas las direcciones con el fin de hallarlo.

Sin éxito, mire nuevamente a los Riders, se ven bastante nerviosos. Se han quedado completamente inmóviles desde que escucharon la voz, podría ser...

"¡¡Jefe lo siento mucho!!"

Dijo uno ubicado en lo último de la retaguardia confirmando mis sospechas, mientras se inclina en dirección a la pared de llamas, de la cual poco a poco comienza a distinguirse una silueta humana, vino su líder. Recién salido del fuego con gran dramatismo se puede ver a un hombre usando las vestiduras características de los Riders, aunque a diferencia de ellos el posee un pequeño cinturón dorado. A continuación se quitó la capucha dejando ver una larga cabellera rubia, amarrada en una cola de caballo. Inmediatamente, mi mirada se clava en una gran cicatriz en forma de corte recto que atraviesa su rostro desde la ceja hasta la mejilla pasando por su ojo derecho; ignorando eso se ve demasiado joven y su piel blanca bastante reluciente, como si fuera alguien en sus tempranos veinte. Sus ojos de color castaño, gruesas cejas y ninguna arruga visible son prueba de ello.

El misterioso hombre dio una breve observación al lugar y dando un profundo suspiro se dispuso a hablar.

"Me sorprende que unos simples humanos pudieran aguantar tan bien contra ustedes e incluso llevarlos hasta este punto, podría ser…"

Se escuchó bastante tranquilo con un tono deliberadamente educado. Luego de terminar su frase comenzó a examinarnos a los tres y a nuestros alrededores como si buscara algo. El parece ser mucho más tratable que los otros Riders, intentare hablarle.

"¿Tu eres su líder?"

"…Mmm, podría decirse que sí. Son miembros de mi escuadrón… ¿Y tú eres el rumoreado Reiss?¿Ese es tu grupo?"

Me respondió sin siquiera mirarme directamente, tiene sus ojos puestos a mi derecha desde hace unos momentos.

Me parece perturbador que él me reconociera con tanta facilidad, en contraste a sus subordinados... al parecer no todos en su grupo están al tanto de mi existencia. Pero me preocupa otro asunto diferente, cuando dijo rumorado sólo se ocurre una persona capaz de hablar sobre mí. El cuervo mensajero de hace un año cumplió bien su trabajo, incluso identifica con facilidad a mi grupo... ¡Mi grupo! ¡Debe estar buscando a los demás!. Aun puedo intentar despistarlo, no debería saber cuántos estamos aquí con exactitud.

"Si, mi nombre es Reiss. Este es mi grupo...·<<Intentare seguir la conversación>>·Ahora dime una cosa, ¿Qué quieres aquí?"

"Nada en especial quizás lo mismo que tú. Pero eso tendrá que esperar, después de todo no estamos solos"

Respondió sin darle mucha importancia a mi pregunta. De hecho parece no importarle mucho la situación. Dejando eso a un lado...

"¿A qué te refieres?"

"Lo entenderás muy pronto, ¡Nos retiramos no acepto excusas!·<<Su orden fue cortante pero no hubo reclamos por parte sus subordinados>>· Y Reiss... nuestro líder tiene muchas expectativas de ti, por cierto me llamo Lucas Van Hellsing"

Dicho eso desaparecieron sin más, como si nunca hubieran estado en primer lugar. Junto a ellos la constante tensión y sensación de alerta también se fue, me siento aliviado.

Aquel hombre llamado Lucas es muy extraño, basado en su forma de actuar, fácilmente podría decir que vino exclusivamente a observar... olvidándonos un poco del asunto sobre la próxima compañía, no entiendo a qué se refiere con lo de las expectativas. Me pregunto, ¿Qué podría esperar de mí el líder de una organización como esa?.

Bueno, por ahora debemos encargarnos de este desorden, sería una verdadera molestia que lo investigaran. Con los métodos de búsqueda actuales podrían causar un gran revuelo con esto, llegando eventualmente hasta nosotros en el peor de los casos.

"¿Que ha sido todo eso?"

Me pregunto mi amigo que hace poco fue interrumpido, su cara refleja el más puro desconcierto.

"No luzcas tan sorprendido Quatre... de los Riders podríamos esperar cualquier cosa·<<Alegue bastante despreocupado>>·Por ahora... chicas salgan, arreglaremos el lugar y nos vamos"

"¿Qué pasa con la compañía?"

Ahora se trata de Allen, quien estaba cómodamente acostado en el suelo. Es increíble lo rápido que este hombre se relaja después de una situación tan complicada... a decir verdad tiene un buen punto, aunque está pasando un pequeño detalle por alto.

"Si fueran enemigos ellos no se habrían ido, a lo mejor son miembros de otro grupo. Es la oportunidad perfecta para obtener más información"

Le comente abiertamente mi suposición, la cual sería lo más probable dada la reacción de Lucas. Además si lo fueran Liz, nos avisaría en cualquier momento. Pero, por supuesto, tendré todas las precauciones necesarias para ese encuentro.

Allen ignoro un poco mis palabras y se ve algo aburrido.

"Hmph, no ayudare a limpiar"

Dijo limitándose a abrir los labios, no tiene ninguna intención de moverse... él siempre ha sido bastante flojo, sin embargo últimamente ha comenzado a pasarse y no solo en eso, también su actitud ha cambiado un poco... debe tener mucho en mente, si ese es caso no lo culpo.

"...Así que ustedes eran los que luchaban contra los Riders"

Otra nueva voz se escucha por todo el lugar, causando revuelo entre nosotros. Debe ser la mencionada compañía... ahora que lo pienso con claridad se escucha con tono sorpresivamente femenino y no suena como si buscara pelea, a lo mejor hay la oportunidad de establecer una conversación.

"Si somos nosotros. Nuestro grupo se llama Knight, ¿Ustedes?"

"Soy solo yo, fui enviada por el sabio a ver que estaba sucediendo. Me sorprende que unos humanos normales los ahuyentaran... quizás sean merecedores de su tiempo"

La dueña de la voz acaba de salir a la luz mientras está hablando, es una mujer joven con aproximadamente nuestra edad, con una piel de color similar al marfil, de cabellera pelirroja y medianos ojos verdes; cara en forma de corazón, mejillas de buen tamaño y finas cejas del mismo color a su cabello. Ella viste una capucha de color negro y partes de una armadura plateada debajo de esta. Por donde la veas da la impresión de ser una asesina bien entrenada. Debemos ser cautelosos.

"¿Quién es ese tal sabio?"

Preguntó Allen con un tono bastante monótono, la mujer se sintió un poco ofendida por el comentario y simplemente se limitó a hacerme señas con su mano, me está llamando a hablar en privado. Quisiera saber... ¿De qué quiere hablar?.

Una vez estuve cerca de la pelirroja, llame a Liz en busca de apoyo; no obstante ella no se ve muy satisfecha con la escena. La mujer comenzó a caminar indicándonos que le sigamos, tanto mi pareja como yo estamos empezando a sentirnos nerviosos.

Los tres nos alejamos lo suficiente como para que ninguno de los demás pudiera escuchar. Sea lo que sea, el tema parece ser demasiado importante. A continuación la chica de rojos cabellos se pone la mano en el pecho.

"Me llamo Elena Hawk uno de los caballeros en la aldea de Albión"

Así que su nombre es Elena, un caballero femenino con un tono muy anticuado para hablar. Su lugar de procedencia nunca lo había escuchado. Hasta donde yo entiendo, Albión es el antiguo nombre de gran Bretaña. ¿Qué significa todo esto?...

Liz al verme tan distraído, toca mi hombro y me recuerda que ahora es mi turno para presentarme. Debo hacerlo con toda la cortesía posible.

"Mucho gusto soy Reiss Schneider, el líder de Knight"

"Yo me llamo Elizabeth Schneider·<<Añadió Liz con gran cortesía>>·Soy su esposa, por favor llámame Lizbeth"

La mujer no se inmuto ante la atrevida declaración de mi ahora <esposa>, no había tenido la oportunidad de presenciarlo. Pero según Erika, ella se ha estado presentando como mi conyugue desde esa noche en Rio, incluso utilizando mi apellido. No estoy precisamente en contra... aunque sí me parece algo apresurado.

Por otro lado. Elena se dedicó a observarnos detenidamente como si quisiera determinar quiénes somos desde que terminamos las presentaciones, la verdad es un poco incómodo... al cabo de uno minutos cambia de expresión, parece estar satisfecha.

"Se les olvidaron dos detalles importantes en su presentación primero Lizbeth eres una mujer con sangre de ángel en tus venas, aunque nunca había sentido una presencia como la tuya...·<<Ella se metió por un instante en sus pensamientos>>·Y tu Reiss debes ser el noveno Rey"

Elena... ¿Quién rayos eres?, pudo deducir la identidad de Liz con solo mirarla. Si bien se equivocó en mi totalmente... no lo hace menos aterrador, en el mejor de casos fueron los ojos plateado azules de mi pareja su delatador, ya que es un rasgo único en ella, no he visto ningún otro humano con ellos. Me gustaría pensar eso a que pueden reconocernos fácilmente.

"Ciertamente siento una presencia diferente en Reiss a los demás humanos, ¿Pero estas segura de que es uno de los Reyes?"

Comento Liz con cierta incredulidad. No entiendo a qué se refiere, nunca lo había oído antes.

Ante esto, la mujer caballero no parece estar segura de cómo responder.

"No estoy del todo segura, los llevare conmigo a la aldea para comprobarlo"

"¿¡Esperen de que hablan!?"

Pregunté muy confundido. Dejando a un lado el hecho de mi extraña presencia, no comprendo eso de <Rey>, ¿En verdad soy uno?... el termino Rey deberá tener otro significado para ellos. Si es así... será un dolor de cabeza.

"Lo sabrás cuando lleguemos a mi aldea, llama a tus amigos. Saldremos al instante"

Elena la mujer caballero comenzó a caminar inmediatamente después de decirnos esas palabras, no perdí el tiempo y también llame a mis amigos. Vinieron con los autos hacia nuestra localización para seguirla.

Nuestra visitante reaciamente se subió al auto, negándose varias veces al principio. Cuando al fin accedió, se ubicó en el asiento justo a mi lado, constantemente indicándome el camino a seguir. Con destino, la misteriosa y nunca antes mencionada aldea de Albión.

Sin embargo ignorábamos las grandes revelaciones que allí se presentarían, revelaciones sobre el mundo, los países y más importante sobre nosotros mismos como seres humanos. En verdad no conocemos nada sobre los humanos mirando en retrospectiva. Acompañado con el hecho de ver usando mis propios ojos, un estilo de vida completamente diferente al actual en la humanidad como todos la conocemos.

CAPITULO 8

--LA ALDEA DE ALBIÓN--

"Hay lugares que nos asombran, pero es la historia detrás
de estos la cual nos hace reflexionar"

"¿Falta mucho para llegar?"

Preguntó Erika por décima vez, en momentos como este su impaciencia puede llegar a ser bastante frustrante. Pero no puedo culparla, ya que comparto su sentimiento de una forma un tanto más disimulada. Después de todo hemos pasado las últimas horas dentro del coche, viajando hacia esa lejana locación.

Elena sin darnos ningún tipo de consuelo, se ha limitado a decirnos durante todo el viaje apenas una frase: "No falta mucho sigue por este lado", mientras continua indicándonos la dirección, al norte.

Un par de horas más tarde, poco antes del amanecer y después de haber conducido casi toda la noche restante. Llegamos a un lugar muy lejano de Londres, cercano a la frontera de gales con Inglaterra. A pesar de estar dentro del coche se puede apreciar una atmosfera bastante tenebrosa. La niebla espesa cubre casi todo nuestro campo visual, negando la posibilidad de ver más allá de unos tres metros. A duras penas se puede distinguir el camino a seguir, me pregunto cuanto tiempo deberemos conducir en estas terribles condiciones.

"Quizás estén preocupados, pero ya llegamos. Detente cuando puedas, debo avisar sobre nuestra venida"

Comentó Elena a mi lado, señalando con su dedo una gran piedra en el suelo con runas grabadas en ella. Al fin hemos llegado. Un gran suspiro fue compartido entre todos, en especial por mi amiga de la infancia la cual no deja de sonreír con gran descaro, y sin perder mucho tiempo baja del coche a gran velocidad.

"¡¡Al fin hemos llegado, ya no sentía de la cintura para abajo!!"

Grító mi amiga de toda la vida con gran entusiasmo, saltando de un lado a otro por la felicidad. Felicidad compartida aunque en menor medida por todos los miembros de Knight. Ahora bien, sólo espero una cosa, que tanta espera valga la pena.

Elena fue la siguiente en salir del coche, inclinándose sobre la singular roca. A continuación toco sus runas y al parecer recito unas palabras o una especie de oración. Cuando termino, se acercó a la ventana por mi lado.

"Ya puedes avanzar, más adelante les diré que haremos"

Siguiendo sus instrucciones nuevamente pusimos los autos en marcha, avanzando muy lentamente por la gruesa niebla, tan gruesa que podría cortarla sin inconvenientes con un cuchillo. La única razón para seguir es la promesa no del todo segura de obtener las respuestas a muchas preguntas, sobre todo me gustaría saber acerca los Riders y acerca del completamente desconocido termino <Rey>, al menos en su contexto.

-Pap-

"¡Liz eso duele!"

Le dije un poco molesto a mi pareja, quien me había propinado una ligera palmada en la espalda. Al darme rápidamente la vuelta y mirarla directamente en los ojos... notó que no ella no parece hacerme caso, es más ni siquiera está mirando hacia mí.

"¿Qué sucede?"

"..."

No hubo respuesta, en su lugar simplemente levanto su mano señalando hacia adelante. Luce bastante sorprendida, es extremadamente raro verla así... me da curiosidad, ella por lo general no se altera de esa manera. Movido por esa inquietud voltee hacia adelante, entonces se posa ante mí una vista inolvidable...

"¿¡Es en serio!?"

Exclame a todo volumen sin ningún ánimo de contenerme. Me había limitado a mí mismo en impresionarme con cualquier cosa de ahora en adelante, considerado el sumamente anormal entorno que nos rodea... pero esto no puede ser descrito con otra palabra...¡Es impresionante, increíble!. Sin notarlo hemos entrado a un lugar rodeado por un exuberante bosque, repleto con... ¿¡Casas en los arboles!?, no, no solo en la cima. También hay a lo largo del tronco y en la base... cerré y abrí los ojos muchas veces con la intención de comprobar la veracidad de mi vista. No, no me mienten, las grandes y hermosas edificaciones se alzan en los ya exageradamente altos árboles, los cuales fácilmente deben sobrepasar los setenta metros de altura.

"Reiss, esto es absolutamente idílico"

Dijo Liz aun con su cara de asombro, su comentario no puede estar más en lo cierto.

"Tienes razón, no lo había creído nunca si no lo estuviera viendo. Al parecer-"

-Tick-,Tick-,-Tick-

Nuestra breve conversación fue interrumpida por Erika tocando bruscamente la ventana, se ve un poco apurada. Debe ser importante.

Al bajar nuevamente el vidrio, ella comenzó a hablarnos.

"Chicos salgan. La mujer caballero los está llamando a ustedes dos"

Comento un poco urgida, anunciando que la oportunidad para hallar respuestas ha llegado.

"En ese caso dile que no demoramos, vamos Liz-<<Comenté mientras salía del auto>>-El día de hoy me da la impresión de ser exageradamente largo, y eso que nada mas está comenzando"

"…Si terminan las cosas sin problemas estaré agradecida"

Exclamó Liz casi quejándose al seguirme. Comparto su opinión, no me gustaría tener preocupaciones innecesarias…

Dicho eso tanto mi pareja como yo llegamos hacia donde la pelirroja se posaba. Se encuentra hablando con otras personas, las cuales portan una armadura similar a la suya aunque con pequeñas diferencias en las decoraciones. La discusión se ve bastante seria. Me pregunto si es buena idea interrumpir. Como sea, ella nos llamó, no debería de haber inconvenientes.

"¿Me necesitas para algo?"

Le pregunte un tanto nervioso por detener bruscamente su conversación. Afortunadamente no parece enojada, en su lugar se ve satisfecha.

"Ahh ya viniste. Se los presento, él es Reiss de quien les hable-<<Me señalo ante las otras personas>>-¿Creen que deba comprobarlo con el sabio?"

Comento Elena preguntándoles a sus acompañantes. Son dos hombres de mediana edad, con cabello relativamente largo y barba. El de su derecha, posee el cabello castaño y el otro es rubio pálido, no dan la impresión de ser humanos normales debido a sus grandes cicatrices de todo tipo de formas. Debieron participar en muchas batallas.

El hombre rubio que había mantenido una postura para pensar desde la incógnita lanzada por la joven. Se la ha pasado mirándome directamente, observando cada detalle de mi actitud en el proceso. ¿En verdad soy merecedor de toda esta atención?. Me gustaría saberlo, por mucho que me examine repetidas veces, me considero una persona perfectamente... <normal>.

"Deberías hacerlo, su presencia de por sí es inusual. Si estas en lo correcto le atinaste al premio gordo. ¿Verdad Vladimir?"

Comento el de rubia cabellera con un tono que refleja mucha duda. El otro tampoco se ve muy convencido.

"Podría ser Marcus, pero piensa detenidamente. Si es correcta esa suposición no tenemos ni idea de que decisión puede tomar el sabio"

"Es verdad..."

Los dos hombres llamados Marcus y Vladimir se enfocaron en una conversación completamente inentendible para mí... aunque no me interesan sus pláticas, hay algo que me ha causado mucha curiosidad desde mi primera charla con Elena....

"¿Quién es ese tal sabio?"

"..."

Los tres se vieron bastante sorprendidos ante mi repentina pregunta, como si hubiera mencionando un tema tabú o algo por estilo... ¿En verdad será tan extraño?. Podría serlo si este sabio fuera alguna persona muy reconocida.

Mire a Liz en busca de algún tipo de consuelo, al parecer ella tampoco tiene idea sobre la identidad de este misterioso personaje. Ya me lo había mencionado antes, desconoce cualquier otra cosa fuera de las charlas con su padre y la biblia. Compartiendo mi misma falta de conocimiento en situaciones como esta.

Unos segundos después de mí aparentemente... pregunta fuera de lugar. Elena volvió a su expresión habitual de seriedad, mirándome directamente a los ojos bastante confundida. Ahora estamos bastante cerca y puedo verla con detalle, en verdad es muy linda. Su piel parece como si hubiera sido tallada minuciosamente en mármol por el mejor de los maestros escultores.

"¿En serio no saben nada sobre el sabio?"

Me pregunto directamente, esta vez con una expresión de seriedad. Quizás lo de antes lo tomaron como una broma, eso explicaría sus reacciones.

"¿Por algo preguntamos no te parece?"

Respondí con algo de sarcasmo.

"Es muy extraño, si conoces la existencia de los Riders deberías conocer la existencia del sabio. Si mi intuición no me miente, ustedes dos podrían ser muy parecidos"

Comento muy pensativa, completamente extrañada por nuestra falta de conocimiento acerca de ese tal sabio.

"Quizás te suene extraño, pero en verdad no sé nada de eso"

Al escuchar mi respuesta sonrió un poco forzada y dio media vuelta, podría estar un poco ofendida. Para ella el sabio debe ser una persona muy importante, se le puede notar a leguas. Ese interesante personaje debe ser muy viejo considerando su apodo.

"En ese caso arreglare una audiencia con él. Como es importante vengan conmigo.... Marcus, Vladimir avísenle antes al sabio"

Dijo la pellirroja con gran decisión. Si debe arreglar una audiencia con él, debe ser mucho más importante de lo que puedo suponer, ¿Quién será este tipo?.

"Con gusto"

Respondieron los dos hombres al unísono acatando sin ninguna objeción las órdenes de Elena. Ella da la impresión de ser una persona con buen nivel de autoridad aquí. Toda esa extraña conversación me ha hecho sentir incomodo, mi pareja por otro lado se encuentra bastante nerviosa tomando mi mano. También es una experiencia completamente nueva para ella.

"Chicos síganme, disculpen por lo repentino. Más tarde podrán descansar"

Nos llama con voz firme, me alegra avanzar tan rápido con los asuntos pendientes, pero hay algo que me preocupa

"Gracias... ¿"Pero y mis amigos?"

"Ya he hablado con ellos, están descansando en una buena posada. Te desean buena suerte"

Con esas palabras por parte de Elena comenzamos a caminar. ¡Esos flojos!... me han dejado todo el dolor de cabeza a mí mientras estos duermen cómodamente en camas, se las verán conmigo una vez termine mi audiencia con el famoso sabio.

Mirando las cosas por el lado amable, no podría dormir por la curiosidad aunque lo intentara. El simple hecho de estar en este lugar despierta ese deseo tan primitivo en cualquier ser humano, el deseo de saber.

A medida que avanzamos por la aldea, el exuberante bosque comienza a abrirse dejando ver un árbol mucho más grande en comparación a los demás. Su tamaño es sencillamente una locura, puede tener los ciento cincuenta metros de altura con facilidad. También tiene una casa en su copa, bastante rustica, anticuada y por sobre todo lujosa. Ese debe ser nuestro destino.

"¿El sabio vive...·<<Preguntó Liz asombrada>>· En ese gran árbol?"

"En efecto. Ya llegamos"

Afirmó sin dudarlo por un segundo con gran certeza y felicidad. Al fin obtendré algunas respuestas.

Con gran apuro tomamos el precario elevador que usa contrapesos para ascender lentamente. Al hacerlo se puede ver toda la aldea, es simplemente hermosa. Con el horizonte lleno de árboles sublimemente bañados en neblina, sin embargo conserva al sol en lo alto de sus azules cielos. ¿Me pregunto cómo será posible nunca haber escuchado de este lugar?. Supongo que lo descubriré más adelante.

Luego de varios minutos, ya nos encontramos por entrar a la casa. Tanto mi pareja como yo nos sentimos bastante nerviosos.

El elevador se detuvo abruptamente dejando ver una puerta rustica de madera. Elena se bajó primero con mucha tranquilidad. Por el contrario los dos aun no avanzamos, la tensión es bastante grande, dado el tamaño del árbol y la forma en que hablan del sabio, ese hombre debe ser una persona extremadamente importante. Para esto no se me ocurre otra explicación, él es el líder de este lugar.

"Vengan rápido. No tenemos todo el día"

Comentó Elena apurándonos. Ante eso, Liz toma mi mano fuertemente, en busca de ánimos para ambos, es verdad, estamos juntos en esto. Vamos.

Así superamos los nervios para entrar a la habitación. Adentro, una gran luz llega directo a mis ojos imposibilitándome usar la vista. Segundos más tarde logro acostúmbrame al resplandor sólo para ver a un hombre con largo y lacio cabello café chocolate. Sentado de espaldas en un sofá de cuero negro muy moderno.

"Por fin llegaron, se habían demorado bastante. Ya estaba comenzando a aburrirme"

El hombre volteo su cabeza y nos dijo esas palabras con el tono más relajado que he escuchado en toda mi vida. Se ve bastante joven como si tuviera mi edad y de una tez blanca que parece ser compartida por todos aquí, sus gruesas cejas y grandes ojos del mismo color a su cabello resaltan como faros, no tiene ninguna arruga en su cara. De hecho no tendría ninguna imperfección en ella de no ser la por cicatriz en forma de estrella ubicada en su mejilla izquierda. Este hombre luce como un actor de cine, si en verdad es el sabio me sorprende en gran medida su juventud.

Aquel extraño hombre notó mi curiosidad y comenzó a observarme con gran interés.

"Tú debes ser Reiss, estoy acostumbrado a esa mirada por mi apariencia...·<<Se miró a si mismo disimuladamente>>·Pero ven acá hoy tu eres el centro de atención"

"Jejejeje, en verdad eres bastante relajado·<<Le sonreí con sinceridad>>·Mucho gusto. Me llamo Reiss Schneider, el líder Knight"

Le respondí un poco apenado y feliz desde mí lugar, su actitud tan sencilla pero muy agradable es una gran dosis de tranquilidad entre tantas cosas por fuera de común. A continuación Liz toma la palabra.

"Yo soy su esposa Elizabeth, un placer"

Ella se presentó de una forma muy educada, casi como cuando se saluda a un miembro de la realeza o algo por el estilo. Cortesía que fue respondida de igual forma.

"Igual es un placer, Mi nombre es Percival, soy el gobernador de la aldea. Mi título es sabio y soy uno de los Reyes igual que tu Reiss. Eso puedo notarlo con solo mirarte"

"¡¿Es en serio?!"

Pregunté totalmente sorprendido, ante ello el hombre llamado Percival asiente con una gran sonrisa en su rostro. Su revelación es impresionante. A primera vista nunca te lo imaginarias, por lo que estoy bastante impresionado. A mi lado Elena suelta una pequeña carcajada, mi pareja también se está riendo para sus adentros.

"Vengan tomen asiento y siéntanse como es su casa"

Nos dijo Percival haciéndonos señas con las manos, me siento bastante cómodo por su amistosa actitud. De haberlo sabido no habría tenido esa absurda cantidad de nervios, los cuales ahora parecen completamente estúpidos e innecesarios.

Al acercarme a los sillones, me senté al lado de mi pareja justo en frente del hombre, al mirar más detalladamente al sabio relajado noto algo interesante... no lo pude ver con claridad desde mi lugar anterior. Pero tiene su brazo derecho hecho completamente de madera, el cual copia a la perfección el de un ser humano, incluso el movimiento...

Increíble. Debe tener una gran historia ese brazo. Por otro lado su vestimenta es bastante informal, usando pantalones vaqueros y una blanca camisa de cuadros.

"Ahh esto... es un reemplazo. Mi brazo original lo perdí hace mucho tiempo. Vamos, tienes preguntas más importantes que hacerme. Las contestare siempre y cuando conozca las respuestas"

Me respondió al notar mi interés por su miembro amputado. Su expresión relajada no ha cambiado en ningún momento, es casi como si disfrutara cada segundo esta situación. Puede leer el ambiente perfectamente, brindando respuestas de acuerdo a ello. A lo mejor si es un sabio.

Bueno, creo que tomare su oferta y empezare con mis preguntas.

"Por ahora quiero saber una cosa. ¿Qué es un Rey?"

Soltó una pequeña carcajada por la pregunta, debió parecerle chistoso.

"Jejejeje, en verdad sabes preguntar. Responder a eso será básicamente una larga historia. Pero creo que responderá a todas tus preguntas... ¿Te parece bien?"

"Por supuesto. A eso venimos"

Conteste con gran seguridad. Acto seguido Percival cambia su expresión a una de seriedad y comienza una larga discusión conmigo.

"Entonces ponte cómodo, empezare desde el principio·<<Aclaro un poco la garganta>>·La humanidad desde sus inicios siempre se ha visto acompañada por mitos y legendas de Dioses, animales extraños, demonios... cosas por el estilo; Todas ellas tiene cierta base real, de hecho lo son. Estoy seguro de que al llegar a esta aldea has visto con tus propios que el mundo no es como nos lo presentan, todo eso se debe a una sola cosa. La tierra era un punto de convergencia entre estos seres"

"¿Un lugar de convergencia?·<<Creo que lo entiendo>>·Además... ¿Por qué dices estaba?"

"Exacto, piensa en eso como el tronco de un árbol con muchas ramas. Cada una de ellas estaba fuertemente unida a nuestro mundo, permitiendo viajes entre estas. Al menos así fue hasta el final edad media. En esa época tan oscura para el hombre, donde los mitos eran más reales que nunca, hubo una gran guerra. Una guerra a tan gran escala que las cosas sobrenaturales se hicieron bastante visibles a los ojos de los humanos corrientes. Provocando las muertes de humanos normales e inocentes como si fueran hormigas azotadas por las llamas... La iglesia de este tiempo no tenía manera de identificar a los humanos de seres sobrenaturales disfrazados... y en una medida bastante desesperada por el miedo, recurrieron a la inquisición; que entre otras cosas sólo sirvió para aumentar las víctimas"

El sabio hace una pausa para tomar un gran bocado de aire. Es un relato bastante impresionante, confirmando de manera indirecta mis sospechas acerca de los mundos conectados entre sí. No me habría imaginado esas cosas sobre la tan controversial edad media, aunque ciertamente concuerdan. Desde entonces son decepcionantemente raros los avistamientos de seres antinaturales... sin embargo me siento mal por todas esas víctimas que directa o indirectamente, perdieron su vida por el conflicto. Ya paso, pero no por eso es fácil de aceptar.

"En ese gran enfrentamiento no solo participaron seres de mitos o leyendas, también lo hacían seres humanos. Los seres humanos de cierta forma pueden ser mucho peores a cualquier otro mal, cuyas altas ambiciones y deseos por el poder. Los arrastran de una u otra manera a obtenerlos sin importar el precio... la guerra termino con la separación de los otros mundos con la tierra, haciendo casi imposible el contacto entre ellos, yo fui uno de los pocos que se quedó aquí"

Estoy un poco confundido por su declaración, supongo que más adelante lo aclarará. También menciono otra cosa muy interesante.

"¿Cómo un humano consigue poder?"

Le pregunte con un tono exigente a lo que el reacciona con una gran sonrisa, seguida de una amigable carcajada. En definitiva es muy fácil hablar con él, tengo el ligero presentimiento de que seremos grandes amigos.

"Estaba por contártelo, no te adelantes...·<<Me hizo unas cuantas señas con las manos, todas significan vamos despacio>>·Los humanos poseen tres formas para obtener poderes, todas ellas comparten una cosa en común, las alteraciones. Estas son una forma de cambiar el patrón de funcionamiento en la naturaleza, generando todo tipo de efectos. Piensa en los procesos naturales como una serie de algoritmos ya definidos para cada suceso, por medio de ese método las reescriben a voluntad, brindándole una capacidad limitada pero poderosa de control sobre ciertos fenómenos. Usualmente es llamado magia, pero de mágico no tienen nada, ya que en casi todos los casos el usuario debe pagar un precio por cambiar o rescribir dicho el algoritmo, el cual es una porción de su energía vital, años de vida en otras palabras. Al menos ese es el pago cuando son elaboradas por un humano convencional

El sabio haciendo honor a su título está respondiendo a todas y cada una de mis preguntas, siendo respuestas muy claras y fáciles de entender. Ahora veo por qué dijo que en la larga historia hallaría la solución a mis dudas.

Notando mi interés el sabio prosigue con su explicación.

"Bueno, la primera forma es la más usada de todas. Yo la llamo por contrato, ya que para obtener poder debes hacer un trato o pacto con un ser sobrenatural, acordando un precio por esa facultad, ese pago siempre es exageradamente alto. De esta forma es más fácil obtenerlos, pero también es de lejos la que más problemas trae consigo. Si bien tiene sus muchas desventajas aún se utiliza esta forma, los poderes usados por lo general son adivinación o videncia"

Nunca lo habría imaginado, sólo dijo una forma y ya ha resuelto la mayoría de misterios recurrentes en mi mente acerca de cosas inexplicables... incluso de hoy. No puedo esperar por las demás.

"La otra es por medio de armas. Estas fueron forjadas de formas especiales e imbuidas con una gran cantidad de poder, las cuales en manos apropiadas pueden ser usadas para realizar grandes proezas. Hoy en día no sería diferente al concepto conocido como tecnología muy avanzada. Este es el segundo más común, aunque también es bastante difícil de conseguir dado que el número de estas armas es limitado y sobre todo las de grandes poderes"

"Siéndote honesto. Es un poco difícil de creer, por ahora...·<<Esta vez fue más complicado de digerir>>·¿Cuál es el último?"

"No te culpo cuando me entere de ello pensé que eran cuentos de hadas, pronto te darás cuenta de lo reales que son, los Reyes atraen el poder de forma natural...·<<En su boca destello una sonrisa pícara>>·Como sea, el último es por medio de artefactos misteriosos, en lo personal yo los llamo Trickster por la palabra inglesa de tramposo. En verdad no deberían existir, estos últimos combinan un poco las dos primeras brindándole grandes poderes al usuario, los cuales varían libremente dependiendo de este, alguna veces se dan unos muy raros... Respondiendo ahora a tu pregunta; los Reyes son los usuarios más poderosos que un Trickster puede tener, desarrollando habilidades fuera de lo común incluso entre los mismos portadores de artefactos. Su poder es sencillamente anormal en todo sentido, yo soy el sexto Rey en nacer y tu Reiss serás el noveno. Los reyes podemos identificarnos con facilidad entre nosotros y los allegados a estos pueden percibir las diferencias propias de un Rey. A propósito, este método es única y exclusivamente utilizado por humanos"

"Ahora las cosa parecen haberse ido totalmente por la borda. Dame algo de tiempo·<<Cerré los ojos un poco mareado>>·No hay manera de creerte una locura como esa de una vez"

En verdad ha desafiado y hecho pedazos todo mi razonamiento lógico hasta este momento. No miente. Eso puedo saberlo pero... sencillamente no puedo aceptarlo. Carece completamente de sentido alguno... si lo tiene, lo cual dudo mucho. Soy incapaz de verlo. Para empeorarlo todo, tengo la ligera impresión de que el sabio no me ha contado toda la historia, parece haberse limitado en muchos detalles para que pudiera comprenderlo... ¡Eso es!.

"Sabio, si soy un Rey... ¿Por qué me ayudas?. No lo entiendo por completo, pero tanto poder podría significar un peligro potencial para ti y la aldea. Como líder deberías entenderlo"

"Lo sé"

Dijo sin dudarlo por un segundo con una expresión bastante grave... ¡Espera un momento!. ¡¿Está consciente del peligro?!, ahora entiendo menos su objetivo.

"Entonces dime, ¿Qué pretendes con todo esto?"

Le pregunte intentando buscar una respuesta para la confusión que ahora todos tenemos por sus palabras e intenciones. No obstante, él no parece tener dudas en su decisión.

"Es una apuesta bastante arriesgada, pero no quiero tenerte como enemigo, para eso te traje aquí. Incluso tengo pensado entrenarte personalmente para que obtengas tu Trickster y controles tu poder"

"¡¡Sabio!!"

Grito Elena, cuya voz se oye sumamente alterada. Esa afirmación simplemente fue insólita para ella. También lo es para mí, Sin embargo, de cierta manera lo entiendo. Quizás pueda cometer un error de juicio... pero esta persona toma esta elección pensando únicamente el bienestar de su aldea.

Percival luego de levantarse y tranquilizar a Elena me mira directo a los ojos. Con una mirada tajante esperando con gran ansias una respuesta.

"¿Qué me dices?"

"... Entiendo tu punto y ciertamente no me gustaría tenerte como enemigo. ¿También me ayudaras a darles poder a mis aliados?"

Accedí a su propuesta sin pensarlo mucho, no parece tener segundas intenciones, por lo que podría ser una persona digna de confianza...

"Gracias por entenderlo partiremos mañana mismo a entrenar. Y por supuesto ya he ordenado que les proporcionen entrenamiento, luego unos Trickster"

Contestó muy feliz. Ya ha pensado en todo, incluso me ayudara a entrenar a mis amigos. Es una buena persona, quizás me ayuda porque debe entender muy bien mi situación. Por otro lado, la pellirroja solo se enfadó más.

"¡¡Sabio no puedes estar hablando enserio, sabes lo que significa!!"

"¡Elena lo sé y te entiendo, pero si lo dejamos aquí sin conocimientos puede convertirse en alguien como el cuarto, Eso sería mucho peor!"

Le dijo con gran firmeza en su voz a la mujer caballero, de inmediato se quedó callada e hizo un gesto de disculpas. Al contrario de su actitud relajada es un gran líder, ahora no tengo dudas de ello. Asumo que con cuarto se refiere al Rey número cuatro, le preguntare en otro momento sobre él. Ahora debo descansar, el haber seguido despierto sin dormir me proporciona un gran cansancio.

"Percival, Agradezco que nos brindes tanta ayuda... gracias y nos vemos mañana temprano"

Comente con un tono que refleja casi con descaro toda la fatiga acumulada en mí. El sabio pareció entenderlo y manifestó su aprobación por la idea.

"Pasare por su casa a las nueve, estate listo"

Con esas palabras finalizo nuestra larga conversación, teniendo resultados impresionantes. El sabio resulto ser una persona demasiado agradable... me entere de muchas cosas tan difíciles de creer el día hoy, pero por sobre todo nos dará poder y entrenamiento. Su intención es clara, brindarnos el apoyo tan necesitado por nosotros, también en el proceso nos probara su dignidad para con nuestra confianza. El hecho de él entrenarme personalmente es una medida extra para compartir conmigo sus ideales y de alguna manera construir una amistad para contar con un mutuo apoyo... o en el peor de los casos matarme en ese momento. Muy bien planeado, usare ese entrenamiento para conocerlo mejor y por supuesto su historia.

Por ahora necesitare tiempo. Aceptar toda esa cantidad de información de una vez, es simplemente complicado, debo ordenar mis pensamientos. Además la fatiga no me ayuda mucho para estas labores tan minuciosas.

"Liz, vamos a descansar-<<En ese momento pues una mano en mi cabeza>>-Esa conversación me provoco mucho dolor de cabeza"

"Jajaja, Típico de ti. También estoy confundida-<<Me reclamó con una sonrisa descarada>>-Deberías ponerle más atención a tu linda pareja, me sentí completamente ignorada allá adentro, ¿Sabías?"

Dice mientras me muestra una gran sonrisa, riéndose cómodamente agarrada de mi brazo derecho. Ella tiene la capacidad de mejorar mi humor incluso en momentos tan complicados como este, esa es solo una de sus muchas habilidades y quizás la más inofensiva.

"Gracias y disculpa. Prometo que estaré mucho más al pendiente de ti"

"Tranquilo somos dos con ese propósito, para apoyarnos uno al otro"

Su presencia es de lo más reconfortante en todo momento, como decirlo... me siento realmente afortunado de tener una persona así. Sin embargo casi morir para poder conocerla me sigue pareciendo un precio algo exagerado.

"Gracias Liz, por estar siempre a mi lado"

"De nada Reiss..."

Nuestras caras se comienzan a acercar lentamente, nuevamente compartiremos un beso. Siempre lo hacemos para calmarnos un poco...

"Chicos, los guiare a su posada..."

"¡¡Aaaaaahh!!"

Después de esa nueva y por un momento alegre voz, mi pareja dio un gran grito acompañado por un salto. Ubicándose finalmente atrás de mí muy apenada con su rostro totalmente enrojecido.

Quien hablo de repente fue Elena provocándonos un gran susto a los dos, en consecuencia nos separamos casi por completo... Una muy mala sincronización a decir verdad. Bueno, eso pasa por intentarlo en un lugar como este. Dejando eso a un lado, si bien nos interrumpido tajantemente al menos nos guiara a nuestra posada, cuya locación desconocemos por completo.

"Elena... Como decirlo...·<<Le sugerí un poco tímido>>·¿Nos avisas la próxima vez?"

"Ahh... esto... si, con mucho gusto. Ejem, volviendo a lo importante déjenme escoltarlos"

Eso fue inesperado, la dura mujer caballero se ve bastante avergonzada. Al notarlo, mi pareja parece estar a punto de hablar.

"Si, Elena te agradecemos no sorprendernos más. Tenemos poco momentos de esos así que..."

Liz... ¡No deberías decirle cosas como esa...!. Como sea por fin podremos descansar, no hemos dormido nada desde ayer. Ya son las once de la mañana, cuando me acueste no tengo ni idea de cuando me despertare.

"Antes de eso..."

Nos dice la mujer caballero quien nos toma a ambos de nuestros hombros justo antes de bajar por elevador. Luce seria... ¿Me pregunto de que quiere hablar?.

"Sí. Dime"

"Vayamos caminando mientras. Deben estar cansados y la historia es larga"

Con ese ánimo bajamos del gran árbol del sabio. Ahora nos encontramos caminando por la aldea. Elena debería estar por comenzar a hablar en cualquier momento. Al mirarla noto que se ve bastante ausente, comienzo a preocuparme por ella.

"¿Elena?"

"Ahh si, lo siento estaba un poco perdida en mis pensamientos...·<<Respondió algo distraída mi pregunta>>·La historia comienza hace poco más de cien años. Yo era una huérfana por las repetidas revoluciones italianas de independencia. No tenía a nadie en absoluto, donde ir ni mucho menos una meta o razón de vivir. Me haba rendido a morir sin hacer nada y que un día me hallarían acostada inmóvil en una verde planicie cerca de Florencia, tenía tan solo siete años en esos momentos pero puedo recordarlo con claridad"

Sus ojos comienzan a llenarse de lágrimas al contar los inicios de su vida, ella está caminando un poco irregular en medio de nosotros. Al notar lo aguado de sus ojos, se limpió las lágrimas levemente con sus manos y continúo hablando.

"Cierto día ya no tenía las fuerzas para seguir caminando, mis zapatos y mis pies estaban completamente destrozados haciéndome caer a cada paso que daba. En una de esas caídas no pude levantarme de nuevo... ahí fue cuando conocí al sabio Percival. Parece como si hubiera sido ayer. Se veía bastante radiante a pesar de estar completamente solo, incluso llegue a pensar que me había muerto y estaba viendo un ángel. Jejejeje"

Hizo una breve pausa, dejando salir muy avergonzada unas tiernas risitas. Siendolo tanto, que nunca pensarías escucharlas de una mujer caballero con apariencia tan ruda como ella.

Una historia similar a la mía con Liz si lo pienso bien... ¿¡No me digas que el final es de la misma manera?!. Podría serlo, ella parece tener una relación bastante cercana con Percival. Incluso tiene un gran nivel de autoridad en la aldea.

"El me levanto de suelo y me llevo al pueblo más cercano donde me proveyeron de primeros auxilios, cuando ya estuve sana, insistí mucho en marcharme con él. Al principio no quiso, negándose de todas las formas posibles, pero... finalmente accedió cuando le dije que no tenía a nadie más. Desde ese día me convertí en su hija, viajamos juntos por todo el mundo mientras él me criaba y enseñaba los valores de la vida, él es como un padre para mí, incluso me dio mi nombre. Para mí, él es completamente irremplazable"

Relación padre e hija, es un poco diferente a lo que habría imaginado en primer lugar... ¿¡Espera más de cien años?!. Aceptar los cincuenta de Liz es mucho para mí, ahora esto... ¿Cómo le harán para verse tan jóvenes?. Supongo que deberé preguntarle a Percival en el entrenamiento.

La joven al ver mi cara sonríe nuevamente de forma tierna, Mi pareja también comenzó a reírse para sus adentros, sin darme cuenta debí haber demostrado mis pensamientos en mi rostro, estoy un poco avergonzado.

"Elena, disculpa por eso. Continua tu historia"

"Gracias. Al terminar nuestro viaje llegamos a esta aldea, en ese tiempo tenía ya dieciocho años. Los residentes se sorprendieron en gran medida al verme y más aun con el hecho de ser su hija. Pase unos meses aquí sin hacer nada, me dedicaba a vivir tranquilamente como cualquier mujer de mi edad lo haría. Era muy aburrido y no me sentía yo misma, así que decidí hacerme un caballero para colaborar en lo que pudiera. Cuando le conté a Percival me sorprendió su reacción, ni siquiera manifestó enojo, de hecho él lo estaba esperando..."

Elena alargo sus últimas palabras, con una gran sonrisa recordando los buenos momentos de su vida. Las palabras de Percival no serían nada raro viniendo de una persona tan particular como el, su experiencia parece no tener límites. Ahora me siento interesado en mayor forma por este personaje.

"Entonces me volví un caballero y continuo ejerciendo esa labor desde ese día, incluso conseguí un Trickster. El entrenamiento para usarlos es bastante difícil y aún más cuando eres un Rey, debes prepararte a morir"

No me alientes de esa manera justo cuando mañana inicia mi entrenamiento... parece que me ha terminado de contar su historia, pero sólo tengo una pregunta.

"¿Por qué me lo cuentas a mí?"

Se vio un poco asombrada por mi pregunta, pero ese asombro termino en una pequeña risa.

"Jejejeje... cuando salieron de la habitación le pregunte al sabio el porqué de sus acciones, su respuesta fue muy estúpida siéndote sincera. Le recuerdas mucho a él cuando era joven. También me dijo que podía contarte mi historia sin problemas"

"... ¡Eso no es algo que le cuentes a un desconocido como yo sólo porque él te lo diga, tu historia es tu historia!"

Le dije bastante enojado, Cosas como esas no deberían decirse a cualquier persona, y menos a un extraño como yo. Él debe saberlo, pero le pide que me lo cuente... en verdad se ha pasado esta vez. ¡Yo no haría algo como es sin importar cuantos años pasen y menos con mi hija!.

Elena al ver mi reacción se queda sin palabras por unos momentos justo antes de romperse a carcajadas. ¿En verdad es algo para reírse?.

"Jajajajajajajajaja"

Cuando la pelirroja noto mi confusión, aclaró la garganta y me pone sus manos en mis hombros. Mirándola directamente al rostro se ve muy feliz... no sé qué pasa. En definitiva no entiendo al género femenino.

"No es lo que estás pensando, me estoy riendo de tu reacción. En verdad eres una persona amable tal y como lo dijo Percival"

"..."

...¡¡¿Eh?!!, ¿Ese hombre lo hizo con la intención de probar algo?. El dolor de cabeza que por poco se me había quitado volvió con mucha más fuerza junto con otro asunto crucial, la empresa quedara completamente sola. No hay quien la valla a revisar por un buen tiempo... al menos me alegro de haber nombrado presidente a un amigo cercano como medida temporal. ¿Por qué la vida tiene que ser tan complicada?, la verdad no lo sé.

"Reiss, vamos no pongas esa cara. Además ya llegamos"

Me dijo Elena, la cual parece notar el repentino mar de preocupaciones en mi cabeza.

"No es eso, simplemente tengo una buena jaqueca. Se me debería quitar después de dormir un poco"

"Ahh, entonces no los molesto más. Aquí está la llave, estate listo cuando el sabio venga. Conociéndolo el vendría... como a las diez de la mañana"

Me dijo con una actitud compresiva, luego me entrego una pequeña llave plateada bastante sencilla. Me iré directo a la cama, no podré resistir más incoherencias en este día.

"Reiss, Reiss levántate"

Una voz muy familiar me llama, es Liz. Está intentando despertarme cariñosamente, lo mejor es acatarla o comenzaría a pellizcarme con mucha fuerza en las mejillas y en definitiva no quiero eso, al menos no después del día tan complicado que fue ayer.

Luego de despedirnos de Elena, iniciamos una conversación sobre lo escuchado intentando buscarles sentido alguno, concluyendo en algo. Debemos ver cada una de esas formas de poder para buscarles lógica. Solo con la información del día anterior que entre otras cosas simplemente es una explicación bastante básica, no es suficiente para llenar ciertos vacíos importantes, ahora me doy cuenta de eso.

A parte de mi entrenamiento y el de los otros miembros de Knight, mi pareja usara ese tiempo para aprender sobre sí misma. Hasta ahora solo puede hacer dos cosas, la forja y las habilidades de regeneración. Si bien no es poco, hay una gran posibilidad de estar ignorando gran parte de su potencial... o eso espero.

¡Un momento! ¡Aún sigo acostando!. Me quede pensando con los ojos cerrados sin darme cuenta. Con gran rapidez me levante de la cama sólo para ver una cruel expresión lanzada por Liz, claramente me decía: "Apúrate". Debido a eso proseguí a asearme con gran rapidez.

No me tomo mucho bañarme, por lo que ahora me estoy colocando la ropa especial de combate mientras realizo las preparaciones finales antes del entrenamiento, dado que son las 9:30... Percival podría llegar en cualquier momento. Al ver a Liz detalladamente se puede notar que ya está preparada, usando ella también las ropas de batalla y su cabello cuidadosamente peinado pero suelto. Ella es bastante demorada para arreglarse, así que al menos se despertó hora y media antes.

En ese momento sonó la puerta ante fuertes los golpes de un visitante

-Tock-, -tock-

Mi pareja salió de inmediato a confirmar su identidad. Luego de saberlo se dirige hacia mí.

"Es Elena, Reiss nos vemos"

Como había imaginado, de inmediato una pellirroja mujer caballero saluda sonriente con sus manos. Acto seguido, Liz sale rápidamente con Elena. Ella le servirá de guía mientras investiga en las bibliotecas, documentos o cualquier otra fuente de información en el lugar. También se encargara de echarles un ojo a mis amigos en su entrenamiento por todo el tiempo que me mantenga ausente con el afamado sabio. Ese fue el acuerdo.

Honestamente con las palabras sobre el entrenamiento, no me encuentro muy entusiasmado. Además no hay manera de que me prepare para morir ahora. Lo encuentro inconcebible morir solo por intentar ganar poder... pensándolo bien no lo entiendo, ¿Por qué debería prepararme para morir?. Si el objetivo es hacerme más fuerte, si muero todo será en vano... aquí hay gato encerrado.

Al menos la vista desde este balcón es tranquilizante, me sorprende el ambiente tan pacifico de Albión, la he visto apenas por dos días. Pero cosas como conflictos robos o maltratos no parecen existir, sería lo más cercano a la definición de utopía que he visto en todos mis años... por un momento me sentí viejo

"¡¡Reiss, baja ya salimos!!"

Comentó quien será mi instructor durante un buen tiempo, se encuentra justo abajo del balcón, el cual es uno de los más bajos del el árbol. Me encuentro separado del suelo por aproximadamente diez metros.

"Si, ya bajo"

Le dije a Percival un poco antes de saltar desde mi posición, como su altura no era mucha no represento ningún problema. El sabio se vio un poco sorprendido por mi acción, tomándose la mandíbula con su mano derecha emulado el gesto del <Pensador>. Mirándolo bien me intrigan sus ropas las cuales, no son para nada diferentes a una sudadera ordinaria de color marrón y unos zapatos tenis, ¿En verdad nuestro viaje será para entrenar?.

"No te veas tan extrañado, esta ropa será suficiente. Dudo mucho que puedas asestarme un golpe limpio"

Ya veo, así que es por eso. En este punto no puedo determinar si lo que dice es la cruda realidad o un mero acto de menosprecio hacia mí. De todas manera no importa, ahora hay algo que necesito comprobar antes de salir.

"¿Puedo ver a mis compañeros antes de salir?"

"Por supuesto, me preocuparía si no lo hicieras. Ellos no están muy lejos... hagamos algo interesante, alcánzame si puedes"

Al decir eso con gran confianza y actitud juvenil arranca a correr, seguido muy cerca de mí. Percival al notar mi proximidad decide llevar lo que parece una pequeña competencia entre nosotros al siguiente nivel. Como si fuera un ninja comienza a saltar de árbol en árbol... en verdad ha exagerado, yo no puedo hacer eso. Aun así puedo moverme por este lugar con un estilo urbano llamado Parkour dada la proximidad de las construcciones entre sí.

Lo seguí alrededor de cinco minutos por la aldea hasta que a fin llegamos a una especie de claro donde se encuentran mis compañeros, todos menos Liz.

Me encuentro bastante exhausto, no todos los días hago ese tipo de recorrido, menos a esa velocidad. El sabio por el contrario no muestra ningún signo de cansancio.

"Ahh, ese fue un buen calentamiento"

Dijo al mismo tiempo que se estiraba en el suelo con mucho entusiasmo, actúa bastante enérgico para su edad de al menos ciento veinte años.

Dejando a un lado a este singular hombre, mis amigos se ven bastante sorprendidos de verme y se acercan rápidamente hacia mí, con excepción de Jeanne quien no se ha movido de su lugar.

Todos están usando una sudadera muy parecida a la de Percival aunque de colores diferentes. Los primeros en iniciar una charla conmigo fueron el dúo de imprudentes.

"¿Reiss cuando te vas al entrenamiento?"

Preguntó Quatre.

"Supongo que más tarde, ¿Cierto?"

Me dirijo hacia el sabio, dado que desconozco con detalle la hora de nuestra partida.

"Por supuesto y vamos puedes llamarme Percival. Ambos somos Reyes no hay problema en ello·<<Comento sin perder su actitud despreocupada>>·Vinimos aquí para Reiss se despidiera de ustedes, está muy preocupado"

"Ya veo, no te preocupes demasiado. Quatre volvamos al entrenamiento"

Comento Allen un tanto desinteresado por nosotros, debe estar completamente concentrado en las prácticas.

"Si, Allen tiene razón por una vez. Vete tranquilo"

Comento mi otro amigo en su actitud usual de relajo. Luego de despedirse dan media vuelta para alejarse de nosotros. Ahora que lo menciona, estaba tan enfocado en tratar de hacer encajar las piezas de información recibidas ayer en mis teorías e hipótesis que olvide por completo ese detalle.

"Erika, ¿Qué tipo de entrenamiento harán?"

Le pregunté a mi amiga de toda la vida, a quien hasta ahora habíamos ignorado.

"La verdad es un poco diferente para cada uno"

Dijo sin darme una clara respuesta.

"¿Cómo así?"

Ante la nueva pregunta ella puso una expresión... complicada, frotándose los cabellos al mismo tiempo. Ya sé de qué se trata. Después de todo, esa es su costumbre cuando le toca decir cosas complejas.

"Sabio, ¿Me ayudas en esto?"

Le dijo al hombre a mi lado, intentando librase de tan complicada o debería decir aburrida tarea. En respuesta, él asintió ligeramente viéndose tranquilo. Luego de tomar una gran bocanada de aire inicia la charla.

"Hay un punto básico en todos los entrenamientos el tuyo incluido, y ese es mejorar condición mental. De ella depende no sólo su progreso si no también el resultado final. Digamos que es el punto de partida"

Tiene un buen punto, ese es un factor decisivo en el aprendizaje de cualquier disciplina. Por eso lo entrenamos muy arduamente en nuestras prácticas... sin embargo hacerlo de nuevo me parece algo innecesario. Si todos tenemos que hacerlo, debe haber una importante diferencia entre esta preparación a todas las anteriores. No tengo ánimos de preguntar, me enterare más tarde de ello en la práctica.

"Lo entiendo. ¿Y cuáles son los entrenamientos diferentes?"

Pregunté refiriéndome a las anteriores palabras de mi amiga.

"Eso es sencillo, uno es el manejo del arma y el otro es mejorar sus puntos fuertes. Por ejemplo: Quatre es un espadachín al igual que tú, pero tienen importantes diferencias. La primera es su estilo de lucha y la segunda es el tipo de arma. De ahí se parte para mejorar"

"Eso también aplica para Allen, Jeanne e incluso con Erika. ¿Es todo?"

Le mencioné un tanto decepcionado ya que no es nada nuevo para nosotros, quizás únicamente se trate de una preparación más profunda y especifica en contraste a la realizado anteriormente.

"No, no es todo. Sólo es la primera parte y de hecho la más sencilla·<<Negó por completo>>·El verdadero entrenamiento comienza cuando despierten su Trickster. Ahora simplemente es una mera preparación para ello"

"… Creo que lo comprendo"

Comenté un tanto aliviado y a la vez preocupado, a todo esto no le he preguntado en sí que es un Trickster, a decir verdad desconozco mucho de ellos y sus capacidades, por supuesto también ignoro quizás el hecho más importante. Como se obtienen.

"Si no es más nada ya vámonos, necesitamos aprovechar el tiempo lo mejor posible"

Inquirió Percival un tanto afanado. Como él ya sabe qué haremos debe estar organizando los horarios, de igual forma, una vez me entere de eso recibiré una buena dosis de tranquilidad.

Desde hace un tiempo he estado pensando en que no me pondré a cuestionar la existencia de todas estas cosas, ni muchos menos por qué están aquí en la tierra. Si decidiera hacerlo… tengo casi la certeza de terminar con un tornillo zafado. Por otra parte si empeñare todo mi esfuerzo en aprender su funcionamiento y buscar sus puntos débiles.

Salimos caminando de la aldea sin otro reparo en dirección al oeste. Dada nuestra posición geográfica deberíamos estar cerca de la costa, el mar del norte seria lo único en esperarnos allá. Pero conociendo al sabio, ese debería ser nuestro destino o al menos una pequeña isla cercana.

Unos minutos más tarde salimos de la densa niebla circundante a la aldea, permitiendo una mejor vista del paisaje. Estamos en la costa por encima de un gran acantilado, el resonante estruendo de las olas y el olor a la sal en el aire son un buen remedio para todo el estrés acumulado en mí. En verdad este será un buen lugar.

"¿Entrenaremos aquí?"

Pregunte con gran entusiasmo esperando una respuesta positiva de su parte, cosa que fue negada de inmediato con la cabeza. Poco después sentarse en el borde de un acantilado cercano... ya he tenido suficiente sobre esta falta de información.

"Percival de que se trata el entrenamiento. Además, ¿Qué es un Trickster exactamente"

Le dije mientras me sentaba también en el borde justo a su lado. Sin embargo el no aparta la mirada hacia el océano, se ve un poco triste, como si hubiera recordado una mala experiencia.

"Tu entrenamiento será muy diferente al de tus amigos pero mucho más simple. Duelos uno a uno contra mi"

Comentó de repente, brindándome una noticia bastante perturbadora.

"¡¿Tienes que estar bromeando?!"

Ante mi alarmada reacción comienza a reírse a carcajadas. Las cuales siguieron por unos pocos minutos antes de detenerse. En efecto y afortunadamente el asunto de los uno a uno... solo fue una broma de pésimo gusto.

"En verdad eres muy divertido. Respondiendo a tu pregunta... nadie sabe con claridad que es un Trickster, ni quien los hizo y mucho menos con qué propósito, sin embargo si se cómo funcionan, además de cómo obtenerlos. Mira con cuidad este medallón de cristal"

Me dijo al mismo tiempo que sacaba una loncha circular de un cristal completamente transparente, se ve como un pedazo de vidrio cualquiera. Por otro lado su falta de certeza sobre el mismo artefacto que lo hace Rey me parece algo extraña... por no decir absurda. Al menos el trozo de cristal en sus manos no parece peligroso... hasta ahora.

"¿Qué debo hacer con eso?"

Pregunte completamente confundido, no veo como eso me pueda ayudar para conseguir uno de esos artefactos tan <tramposos>.

El sabio notando mi curiosidad me muestra más de cerca el objeto en sus manos.

"Básicamente darle forma. Este cristal parece demasiado común, no te lo negare. Pero es la base del poder que usamos, en pocas palabras la forma inicial de todo Trickster. Sólo han encontrado alrededor de cien en toda la historia del hombre, los llamo Zero"

¿¡Sólo cien?!. Ahora el número tan reducido de reyes concuerda a la perfección dada la baja cantidad de cristales. Eso sin asumir el número que fracasan. Pero, no entiendo a qué se refería con darle forma.

"¿Cómo hago eso?"

"Primero tómalo"

Me entregó el misterioso objeto. Es demasiado liviano pero no parece frágil en absoluto, al mirarlo con más detenimiento noto que a pesar de ser transparente puedo ver sin dificultad alguna mi... ¿Reflejo?. De una bizarra forma el cristal donde puedo verme comienza a albergar llamaradas de gran intensidad en el fondo. Luego mi cara comienza a cambiar poco ganando rasgos impropios de un humano. ¿Qué significa todo esto?.

Ante la escena Percival también comienza a mirar con detenimiento la imagen del cristal dejando salir una gran sonrisa.

"Así que fuego. Al parecer eres el primer Rey de fuego"

No entiendo que quiere decir con eso.

"¿Cómo así fuego?"

"Si, fuego·<<Asintió con mucho entusiasmo>>·Cada Trickster desarrolla un poder representado en un atributo, en tu caso fuego. El atributo depende directamente de cuál es tu definición de poder, en este caso crees que la mayor representación de poder es fuego"

Ya veo... de eso se trata. Suena totalmente descabellado, pero no puedo negar una verdad obvia, acertó completamente con mi concepción del poder. Para mí el fuego es la fuerza más implacable que no sólo lo destruye todo. También se encarga de limpiar para darle a paso a lo nuevo, el fuego es vida, voluntad, determinación y por sobre todo perseverancia... pensando con claridad, acabo de notar un asunto interesante.

"¿Cuáles son los atributos de los Reyes?"

"Desgraciadamente solo conozco cinco·<<Su tono refleja cierta decepción>>·Al primero el cual es oro, al segundo el cual es agua, el tercero que es viento, hielo el octavo y el mío es..."

Interrumpió la frase antes de llegar al suyo. Prosiguió a tomar bastante distancia de mí y adoptó una postura de brazos cruzados donde agarra sus bíceps con los dedos.

En ese momento la tierra comienza a temblar intensamente, su atributo es... ¿Tierra?.

"¡¡Es bosque!!"

Cuando lo dijo cinco grandes raíces salieron del suelo moviéndose como si tuvieran vida propia. No lo creería nunca de no haberlo visto primero. A continuación el sabio me señala con su dedo índice derecho, lanzándome al mismo tiempo una mirada desafiante.

"Pelea contra mí, si lo haces manteniendo el cristal cerca de ti. Eventualmente despertaras tu poder"

Esta vez no está bromeando en verdad debo ir a por el... no tengo más opción. Aceptando la cruda realidad comienzo a prepárame mentalmente para lo que sin dudas será un entrenamiento infernal. Una vez lo estuve, grite con gran estrepito preparado para cualquier cosa con mi espada recién desenvainada.

"¡¡¡Aquí Voy!!!"

Esta situación es algo que sin importar cuanta imaginación ponga en ello no la hubiera previsto, el simple hecho de encontrar una aldea de esa clase y con ese líder me tiene boquiabierto.

Sin embargo y sin yo tener idea alguna, ese marcaría el principio de verdades aún más grandes por venir, siendo estas simplemente un leve tranquilizante con el fin de prepárame para ellas. También desconocía el peso que todas estas decisiones traerían a mi futuro, pero sobre todo al de mis amigos. Donde uno de ellos elegiría un camino y unas respuestas completamente distintas, de haberlo sabido en este momento hubiera hecho todo lo posible para evitarlo.

CAPITULO 9

--FLAMAS DE LA GUERRA--

"La fuerza solo se gana cuando eres llevado al límite y te superas"

El propósito de viajar por el globo era conocer más sobre el mundo en el que arbitrariamente habíamos entrado y conseguir la fuerza necesaria para vivir en él. Bien, aquí estoy entrenando para conseguir ese poder, teniendo enfrentamientos con un verdadero monstruo en la piel de un ser humano.

-Crack-

El piso por debajo de mis pies se rompió violentamente dejando ver unas grandes raíces que brotaban de este, su movimiento es demasiado fluido casi tanto como unos tentáculos. El poder de Percival es sencillamente una locura, consiste en controlar las plantas y sus componentes (hojas, ramas y raíces) como si fueran sus títeres personales.

"¡¡Ahhhh!!"

Deje salir un grito al momento de evitar una de las molestas marionetas... Eso estuvo bastante cerca, casi me atrapa con una. Por si fuera poco, su control sobre ellas es absoluto y preciso. Me da la ligera impresión de que puede ver usándolas como sus ojos.

Recuerdo con claridad cuando observe su poder por primera vez, no podía creerlo. Al menos no hasta sentir un fuerte portazo por parte de sus raíces.

Ha pasado una semana desde entonces, cada día me las he pasado huyendo desesperadamente de sus omnipresentes trucos. Mis repetidos intentos por cortarlas son completamente en vano, incluso con la espada, quitándome la opción de combatir cara a cara; siendo estas tan resistentes que atraviesan las rocas de la misma forma que un cuchillo cortaría mantequilla. Un simple descuido podría significar una muerte inmediata e indolora.

De hecho, pensándolo bien. Ha sido un logro continuar vivo después de tanto tiempo... como dificultad adicional nos vemos obligados a buscar nuestra propia comida cada uno por su cuenta, teniendo breves excursiones al bosque cercano para ello. Me las he apañado pescando en pequeño el rio y matando animales con mi arma. Sin mencionar que no tengo alternativa a dormir a la intemperie, exactamente igual a una situación de supervivencia aunque con una sencilla diferencia, el sabio no me ayuda en nada. Él ha creado para sí mismo un gran refugio con cama incluida en la punta del peñasco usando sus poderes, e incluso caza con ellos sin dificultad alguna, pasándola mucho mejor en comparación a mí.

"Aquí estas"

Escuche una voz bastante familiar aunque para nada reconfortante, oír esas palabras en este lugar solo significa una cosa, estoy en graves problemas...

"¡¡Mierda!!"

Dije mientras esquivo frenéticamente sus vivaces secuaces, no me enorgullece decirlo, pero huir es la única opción que tengo. Entre otras cosas... gracias a eso sigo entero.

Me siento bastante estresado y fatigado tanto física como emocionalmente a pesar de mi cuerpo modificado. Con excepción de los cortos recesos cuando se duerme o se come, está detrás de mí el resto de las horas en el día, creándome un incómodo habito para despertarme a las seis de la mañana, ya que en diez minutos comienza otro maratónico día corriendo por mi vida.

Para empeorar las cosas... incluso aún más. Percival simplemente se está conteniendo; ya he visto alrededor de cinco capacidades de sus poderes, no obstante se limita a cazarme únicamente con sus raíces. El tercer día de este infierno le pregunte el porqué de ello, dándome una

respuesta en verdad perturbadora: "Ahh eso, morirías sin
lugar a dudas de no hacerlo... aunque es sólo a hasta que
despiertes como Rey".

"No te quedes pensando tanto, terminaras como el queso
gruyer"

¡No digas cosas como esa con una sonrisa en el rostro!. Acto
seguido un aluvión de punzadas viene directo hacia mí. De
algún modo me las arregle para salir nuevamente en una
pieza. Aprovechando la gran cantidad de polvo levantada,
corrí para esconderme justo por detrás de una roca. Tengo
el leve presentimiento de que este hombre se ha divertido
a lo grande todo este tiempo, es como un niño en busca de
aves para matarlas.

Al menos hay un lado positivo, mi cuerpo ha ganado
mucha más fortaleza de la que tenía siendo modificado.
También he desarrollado una piel significativamente
dura en relación a la anterior, acompañadas por una
mayor velocidad por tanto correr... he comenzado pensar
que aquella operación simplemente es una puerta para
comenzar un crecimiento y desarrollo mucho mayores a los
de un ser humano normal en todos los sentidos, superando
hasta los propios límites, gracias a eso he logrado evitar un
golpe limpio. Por otro lado mis ropas no han compartido
esa misma suerte, encontrándose bastante rasgadas; a
decir verdad sólo el pantalón está relativamente intacto...
lo demás quedo como simples harapos que no cubren nada,
ni siquiera pueden usarse, en consecuencia mi pecho ha
quedado por completo al desnudo.

Al final de cada día me quedo profundamente dormido
por el extremo agotamiento, y a la mañana siguiente
me despierto con un intenso dolor en todo el cuerpo,
afortunadamente me puedo mover sin problemas.

Además, también estamos totalmente desconectados
del mundo. No hemos tenido noticias de la aldea y

mucho menos de mis amigos desde que comenzamos este entrenamiento infernal. No puedo evitar pensar como les estará yendo, sobre todo a Liz con su investigación...

"Te dije que no te distrajeras"

-ZOOM-

Se escuchó un fuerte zumbido justo atrás de mí, esto es verdaderamente malo. ¡Debo reaccionar rápido!.

"¡¿Acaso quieres matarme?!"

Grite con gran voz resonado en todo el lugar. Esta vez estuvo a punto de atravesarme, logre esquivar el ataque lanzado a mi cabeza por la espalda en último momento; escombros vuelan por todas partes, la roca fue destruida casi por completo. Desafortunadamente no pude esquivar el siguiente golpe, con el cual recibí un fuerte portazo, dejándome en el suelo a unos siete metros de mi posición inicial.

Al examinar mi entorno en busca de cualquier otra potencial forma de morir, encuentro al sabio muy cerca, mas especifico como a tres pasos de distancia. Parado con su intacta sudadera, cruzado de brazos y luciendo una gran sonrisa.

"Tu tiempo de reacción a mejorado de una manera anormal. Ahora puedes esquivar cosas como esa incluso a tal velocidad... bien, ahora podre ir en serio"

La sonrisa casi sádica de su rostro no ha cambiado en absoluto. Es la primera vez que un alabo suena como una sentencia de muerte. ¡Espera!, ¡no es momento para pensar en eso!.

"¡¡¡Debes estar bromeando!!!"

Y con ese grito desesperando de mi parte, la velocidad de las raíces aumentaron demasiado, bridándome el día con mayor número de experiencias pre-muerte en toda mi existencia... vi pasar mi vida ante mis ojos tantas veces que ya me la he aprendido casi por completo. Si en definitiva consigo sobrevivir a esto, lo cual ahora veo complicado. Tendré el poder suficiente para proteger a mi pareja y a Knight de cualquier enemigo, de eso no tengo dudas.

"Ufff, ufff, ufff... Al fin acabo"

Dije entre jadeos, muy aliviando por finalizar la difícil sesión de entrenamiento en el día de hoy. Me encuentro acostado en el pasto sin ninguna decencia, con los brazos y piernas totalmente extendidos. No lo había notado antes pero, esto es lo mejor del mundo.

Ya es de noche, puedo ver el cielo sin nube alguna completamente iluminado por las estrellas, brindando buena visibilidad incluso donde no llega la luz de nuestra pequeña fogata. Este ambiente es la mejor medicina tranquilizante para aliviar el enorme estrés generado cada día, de no ser por ella, mi mente no habría llegado tan lejos.

"Ten, toma esta carne fresca"

Me dice Percival mientras sostiene un pernil fresco de jabalí, fue cazado esta tarde; en verdad huele y se ve extremadamente delicioso. Sin dudarlo por un momento, lo tome por el hueso comenzándolo a devorar como si fuera una pierna de pollo, la suave carne es bastante fácil de masticar, tanto que se hace agua en mi boca.

"Deberías comer un poco más despacio, te puedes ahogar"

Comentó la única persona a mi lado en un tono sarcástico.

"No intentes mostrar esa falsa preocupación. Cada día has estado a punto de matarme varias veces"

Ante mi enérgico reclamo con la boca parcialmente llena de comida, Percival comienza a reírse sin reservas con ruidosas carcajadas. A esta hora normalmente comemos juntos e iniciamos una larga conversación de temas sin importancia como gustos por las mujeres o preferencias en las armas. Hablando de eso... el primer día me pregunto muy interesado acerca de mi relación con Liz. Resultando bastante sorprendido por el hecho de que estoy casado a tan corta edad... o al menos eso cree. Él por el contrario, comento que demoro mucho más en encontrar el amor, no brindándome más detalles a parte de este.

Al parar sus carcajadas, se sienta con las piernas extendidas justo a mi lado mirando las estrellas.

"En verdad eres afortunado por vivir en esta época tan pacífica"

¿?, Primera vez que escucho una frase como esa salir de su boca. Observándolo con un poco de detalle, puedo notar claramente su mirada ausente... no lo había pensado pero...

"Percival, ¿De qué época vienes?... a veces hablas como si vivieras en un mundo completamente diferente a este, o debería decir tiempo. ¿Por qué?"

Ante mi pregunta se sentó para cruzar sus piernas y brazos, también cerrando los ojos como si estuviera meditando. Luego de unos segundos se acostó de repente en el suelo y comenzó a relatarme su historia.

"No te sorprendas demasiado pero en realidad tengo más de setecientos años, nací el nueve de agosto de 1297 en plena edad media e inquisición. Por eso se tanto de esa época, viví en ella. Te contare lo siguiente cuando despiertes tu Trickster... pero cuando me refiero a que tienes suerte por vivir en este tiempo, es porque el ser más poderoso en el mundo actual es un Rey"

"¿Qué quieres decir con eso?"

Le pregunte intentando no sorprenderme por su aterradora edad, debido a que su segunda revelación es en definitiva más importante e impactante. Lo he visto por poco tiempo y de una sola persona, pero el poder de un Rey es muy grande aun si se él se contiene.

"Lo que estoy por contarte es quizás en mayor secreto en la historia. Cuando la edad media termino y los otros mundos se separaron de la tierra, los seres poderosos como dioses y bestias legendarias perdieron una capacidad característica de ellos, llegar aquí. Gracias a eso el mundo es el lugar pacifico que conoces"

Ahora todo tiene sentido, por eso hemos perdido en contacto con ellos y no se han registrado nuevas apariciones fantásticas desde esa fatídica época. En verdad tiene razón, es una suerte ese suceso... a propósito, aún necesito saber ciertas cosas.

"¿Eso por qué sucedió?. También quiero saber... ¿Qué tan grande es el poder de un Rey?"

"A ciencia cierta nadie sabe la respuesta a por qué sucedió, sin embargo se conoce al responsable, el primer Rey·<<Comento con decisión para luego volverse pensativo>>· Mmmm, Desde ese día nuestro poder también se vio bastante limitado como todos en general, cuando lo obtengas de seguro podrás entender mis palabras. Por cierto la reciente falta de creencia hacia los poderes sobrenaturales es la responsable directa de su desaparición, hoy en día cuando se realizan los contratos nadie pide cosas como esa, prefieren el dinero antes de habilidades especiales"

Ya veo. Aún hay muchos huecos en todo eso incluso para él. Por lo otro. no me sorprende en absoluto, de hecho cuando menciono los poderes por contrato ya lo había imaginado; aun así, me encuentro aliviado de que sea cierto. Como dato adicional, para ejecutarlos se debe poseer un catalizador el cual usualmente es un anillo, aunque este varía dependiendo del poder requerido. Otro factor importante e incluso decisivo, es que si un usuario de contrato no usa o pierde el catalizador, no puede hacer uso de sus beneficios aun si pago el precio debidamente.

A parte de ese asunto, Percival también menciono un poco sobre su época de nacimiento...

"En verdad pasaste por momentos difíciles, cuando me tengas la confianza necesaria siéntete libre de contarme"

Al escuchar mis tranquilas palabras, el sabio se ve algo satisfecho.

"Lo hare, de eso no tengas duda... ya tengo sueño, me voy a dormir"

-Auuuuuuu-

Dejo salir un gran bostezo justo al terminar sus palabras y luego se aleja poco a poco hacia su elaborado refugio. Yo debería estar yéndome a dormir en su lugar, pero de extraña manera no tengo sueño alguno, aun quiero seguir despierto por bastante tiempo.

Con eso en mente me levante del pasto, parándome justo en el borde del acantilado para ver las fuertes olas romper contra él. Hoy no hay luna, por lo que no se puede ver muy claramente el horizonte... de todas manera la vista sigue siendo magnifica, siendo uno de las pocas ventajas en este entrenamiento.

A pesar de estar prácticamente desconectado del mundo...
me siguen preocupando las grandes amenazas que nos
rodean, siendo en ultimas los llamados dioses y bestias.
Sólo es hipotético pero... ¿Qué pasaría si algún día me
tuviera que ver cara a cara con ellos?, ¿Podre salir vivo?,
¿Podre proteger... a los demás?. No tengo manera de
saberlo porque desconozco como son esas escalas de poder.
Por sobre todo esto, si tengo algo muy claro. ¡Si intentan
lastimar a cualquier persona importante para mí se las
verán conmigo, y no dudare en hacer todo lo que este en
mis manos para oponerme ante ellos!, ¡Nunca más volveré
a pasar por esa experiencia donde el pueblo voló en
pedazos!... afortunadamente no dije esos pensamientos en
voz alta, habría sido vergonzoso.

"Ughh"

Deje salir una exclamación de dolor en mi pecho, de
repente mi bolsillo comienza a brillar con una intensa luz,
viéndose claramente a pesar de estar por debajo de la tela.

Al sacarlo, empieza literalmente a fundirse con mi brazo
izquierdo, provocándome un agudo, fuerte e intenso dolor.
Que sobrepasa con creces el sentido en la operación.

"Argggggghhhhhhhhh"

Grite sin ganas de contenerme en lo absoluto, siento como
si mi brazo estuviera derritiéndose en un enorme horno de
fundición. ¡Es insoportable!, el dolor sigue en aumento...
extendiéndose por mi hombro, pecho y pierna izquierda.

Llego a tal punto que me caí de boca en el suelo, mi
conciencia... rápidamente comienza a desvanecerse.
¡Rayos donde esta Percival cuando más lo necesitan!, él
podría hacer algo con sus poderes. ¡Urggghhhh!, el dolor
es demasiado... abruma por completo mis sentidos... a una
velocidad... impresionante, ahora la muerte... nuevamente
parece una opción bastante tentadora, demasiado diría yo.

¡¿Por qué ahora... justo cuando estaba a punto... de volverme más fuerte!?,¿ porque...?

De esa manera perdí súbitamente el conocimiento, sumergiéndome en un lugar ya bastante conocido para mí, un mundo negro completamente lleno de oscuridad.

No pase en el mucho tiempo, salí casi al acto jalado por un misterioso resplandor amarillo como la luz de sol. Lo siguiente que puedo notar, es ser llamado por una voz gritando mi nombre.

"¡¡Reiss, Reisss!!"

Se oye lejana... es más, parece como si fuera un eco en vez del sonido original, ¿en dónde rayos estoy?. Aunque he recuperado cierto control sobre mí mismo y de mis sentidos, aún sigo atrapado en un lugar muy similar a un vasto océano de nubes, donde puedo ver con claridad el amanecer.

Dejando eso a un lado, la pregunta importante es... ¿Cómo llegue aquí?. Lo último que recuerdo fue el gran dolor sentido por la fundición del cristal en mi brazo, provocando este desmayo y al parecer nuevamente una experiencia cercana a la muerte un poco diferente, dado el idílico lugar donde me encuentro.

Sin importar cuanto busque en cualquier dirección, no hay nadie más aparte de mí y las nubes... me pregunto cómo saldré de aquí. Pienso mientras estoy acostado en una nube mirando los límites del firmamento, al menos tengo una vista magnifica.

Luego de diez minutos comienzo a sentir la primera señal de movimiento, el lugar donde me encuentro comenzó a agitarse violentamente por el fuerte viento.

"Tu poder te protegerá a ti y a tus seres queridos si así decides usarlos. Y recuérdalo muy bien Reiss, eres un caballero. Pero estas llamado a ser rey"

Una voz dijo fuerte y claro resonando en todas partes con claridad, haciendo imposible no escuchar ese mensaje; por extraño que parezca, suena muy familiar... ¡Ya se!, es la misma voz de cuando tuve el sueño acerca de venir a Stonehenge poco antes de salir de Rio.

"¿¡Quienes eres y que quieres de mí!?"

Pregunté con un grito fuerte y claro, ahora mi mayor preocupación es conocer la identidad de este misterioso informante.

"..."

No hubo respuesta, en su lugar las nubes bajo mis pies comienzan a separarse, dejándome poco a poco sin dónde ponerme en pi-

"Aaaaaaaaaaaaaaa"

Comencé a caer rápidamente, sin nada mi detuviera mi caída libre, cada segundo voy más rápido. A este ritmo me hare pedazos una vez golpee el suelo, si es que hay suelo en algún punto. No entiendo nada de esto, si en verdad es un sueño, seria de los más raros que una persona puede tener en toda su vida.

Justo cuando pensaba eso; repentinamente abrí los ojos, permitiéndome ver un techo elaborado con hojas de palma encima de unas ramas. Ya lo había visto antes, estoy acostado en el refugio de Percival.

A pesar de estar en el suelo es realmente cómodo, el pasto debajo de mi es muy suave, en verdad él ha dormido muy bien todo este tiempo.

"¡Reiss, al fin despertaste!"

Dijo con gran emoción una voz bastante conocida para mí, es Liz quien estaba por entrar cuando notó mi presencia. Sin perder tiempo en reparos viene directo hacia donde estoy, y sentándose delicadamente pone su mano derecha en mi mejilla. Puedo sentir una calidez tranquilizante viniendo de ella.

"¿Cómo estás?"

Me pregunta mientras luce una cara entre tristeza y preocupación.

"A decir verdad, un poco mareado"

Le contesté en un tono despreocupado, después de todo no tengo ninguna sensación anormal. Por otro lado... me sorprende verla por aquí; si mal no recuerdo el contacto con el exterior estaba prohibido, ya que únicamente sería una distracción en el entrenamiento. Más importante, acabo de caer en cuenta...

"¿Cuánto tiempo estuve dormido?"

"Dos días"

Me quede pálido ante esa respuesta, no puedo creerlo. Estoy completamente seguro de que no estuve inconsciente poco más de cuarenta minutos; mi sentido del tiempo se equivocó totalmente.

Espera un segundo, me pregunto cómo estará mi brazo después de eso... afortunadamente aun puedo sentirlo. Quizás ese asunto es el responsable de la inusual visita por parte de mi pareja... si está aquí debe haberse dañado seriamente, pero no siento ningún dolor... creo que lo sabré en cuanto lo vea. Con eso en mente quite las sabanas en mi lado izquierdo para revisar su estado.

Lo siguiente que vi no lo habría creído de no tenerlo justo en frente de mi rostro. Mi brazo... ha cambiado por completo, ni siquiera parece el de un ser humano; esta todo cubierto de... ¿¡Escamas!?.

Preocupado por su nueva apariencia comencé a observarlo con más detalle. Mi piel ha sido reemplazada por escamas de color escarlata sangre, al menos por encima. Abajo predominan las escamas de color blanco, dándole un aspecto similar a la extremidad de un lagarto... incluso mi mano también cambio de forma radical. Tengo garras en vez de uñas y unas escamas particularmente grandes y robustas rodean mis nudillos. Olvidándonos de su apariencia perturbadora, ¿Será real?, no hay manera de que un brazo se transforme tanto en tan poco tiempo... ¡Mi otro brazo!, ¿También habrá cambiado?.

Preocupado por el estado de mi extremidad, saque también el derecho esperando un mejor resultado. Para mi fortuna este sigue siendo normal, no tiene ningún cambio. Pero lo más sorprendente de todo, es... que no hay duda alguna ambos son mis brazos, se mueven perfectamente a mi voluntad. ¿El cambio será permanente?, si ese resulta ser el caso, no será una buena experiencia,

Liz al notar mi preocupación comienza a verse un poco triste. Sin embargo no parece molestarle el asunto del cambio, su mirada luce ausente, debe tener en mente otro asunto igual o de mayor importancia.

"Oh, veo que despertaste. ¿Cómo va todo?"

Apareció Percival repentinamente en la entrada de la cabaña diciendo esas palabras con su usual tono relajado. En momentos como este su actitud puede ser verdaderamente molesta, al menos ahora puedo obtener algunas respuestas referentes a esta bizarra situación.

"Antes de cualquier cosa·<<Levante la mano e intervine>>·¿Qué le paso a mi brazo?"

"No solo fue a tu brazo, mira bien debajo de las sabanas"

Por favor, espero que no signifique justo lo que estoy pensando...

Perturbado por sus palabras levante las cobijas por completo, sólo para comprobarlo por mí mismo... como si se hubiera hecho realidad la más negra de mis predicciones, casi la mitad de mi lado izquierdo está cubierto por las escamas escarlatas, viniendo desde el muslo hasta la clavícula. Sencillamente no puede ser... ¿¡Es un sueño!?, ¡Debe serlo! ¡Tiene que serlo!. Por mucho que desconozca del mundo, cosas como esta no deberían ser posibles... ¡Ya se!, voy a despertarme...

Intentare palpar las escamas en busca de comprobar si mi sentido del tacto funciona correctamente, ese será el último requisito necesario para asegurarme de que en verdad se trata de mi cuerpo y de que no estoy soñando.

Al poner juntas mis dos manos puedo sentir perfectamente duras escamas, que además son ásperas y toscas... No sé cómo sentirme al respecto.

"No estas soñando. Yo también reaccione así en mi momento, ¿Ya estas convencido?"

Dijo Percival con una gran sonrisa en su cara. Sus palabras de alguna manera se las arreglaron para tranquilizarme, él ya ha pasado por esto. Ese pensamiento me hace sentir un poco mejor, la condición no parece perjudicial dada la larga vida de este hombre.

"Ahora si dime, ¿Qué es todo esto?"

Le pregunte con gran firmeza, buscando alejar todas mis dudas de una vez.

"Dicho de forma sencilla es el precio por convertirte en rey. Al crearse los Trickster como tales, se fusionan con los poseedores adaptando el cuerpo para que pueda resistir las capacidades de estos, el cambio usualmente es lento mientras te adaptas a usarlos. Sin embargo los Reyes son diferentes, resultando en una transformación demasiado dramática como la tuya... o como la mía"

Levantó su sudadera en la pierna derecha hasta la altura de la rodilla, dejando ver que está hecha por completo de madera de tono ébano, con forma levemente diferente a la de su brazo, pareciendo más una planta a una extremidad humana. Teniendo cuatro dedos, es casi por completo plana excepto por una pequeña protuberancia en donde debería estar su rodilla, y además pequeñas hojas de helecho hojas en vez de vello corporal. A pesar de esto, pasa desapercibida con una extremidad normal.

El cambio sencillamente es demasiado drástico, debió haber alterado la estructura del miembro a un nivel celular muy profundo con una velocidad sencillamente anormal para producir ese resultado. Ahora que lo pienso es el momento perfecto para preguntarle.

"¿Por este cambio es que te mantienes tan joven a pesar de tener esa edad?"

"Me impresiona que lo hayas deducido tan fácilmente·<<Sonrió de oreja a oreja>>·Eso es debido a que los Trickster a diferencia de cualquier otro método, utilizan lo que tu llamas esencia para funcionar, acumulándola en el cuerpo del usuario y usándola para realizar las alteraciones. Como resultado, el cuerpo en si es humano pero tampoco lo es al mismo tiempo. El no envejecer es solo una ventaja adicional"

Ya lo había leído antes en alguna parte... donde este era uno de los tantos secretos para la eterna juventud, aunque nunca espere que alto tan ilógico fuera tan cierto; eso a estas alturas ya no debería sorprenderme. Los artefactos vulgarmente llamados Trickster deben acumular una gran cantidad de esencia en el cuerpo, la cual es consumida en lugar de su... energía vital por así decirlo, supongo que las dos son muy parecidas y pueden remplazarse mutuamente. Como consecuencia, ya que como la esencia es básicamente infinita... el cuerpo no sufre ningún tipo de deterioro. Esa sería una forma entendible para mí.

Pensando bien la situación, me vienen a la mente los demás. Deben estar bien, pero no sobra preguntar.

"¿Mis amigos saben de mi colapso?"

"No, optamos por no decirles. Ahora sólo sería una distracción innecesaria para ellos ya que algunos también obtuvieron sus Trickster hace pocos días"

Me comento Liz bastante optimista, esa noticia es bastante positiva e interesante, honestamente me alegra saberlo. También serán capaces de defenderse por ellos mismos; dependiendo de sus poderes se pueden elaborar una gran variedad de estrategias, si son como los del sabio no debería haber ningún problema.

"¿Qué tipo de poderes despertaron?"

"No sé con detalles pero... al parecer Quatre despertó un poder similar al de controlar el viento con una escala demasiado limitada. Allen tiene su afinidad con el frio, pudiendo aplicarlo en cualquier cosa a su alcance. Jeanne y Erika han tenido problemas con eso y no lo han conseguido todavía"

Comentó muy entusiasmada, a mí también me alegran estas noticas. Suenan bastante interesantes sus poderes iniciales... no puedo creer que diga poderes en una situación tan real como esta. De todas maneras una vez termine el entrenamiento los veré con calma, con esa vaga explicación es imposible determinar muchos factores.

Percival se ve un poco ansioso después de las palabras de Liz, debe estar por explicar algo.

"Reiss ahora que tu grupo ha despertado sus capacidades. Te diré la verdadera diferencia entre un Rey y un usuario normal de Trickster, ósea la diferencia entre tú y ellos. Pase lo que pase nunca la olvides"

Su cara refleja una seriedad poco común en él, aun así lo más importante es su mensaje. Me había preguntado eso repetidas veces dada su marcada insistencia en distinguirlos. A mi parecer no puedo notar ninguna deferencia significativa entre mis compañeros y yo, al menos nada en nuestras condiciones corporales, descartando esa posibilidad de inmediato. En cuanto a los pensamientos propios de cada persona, no me parece una justificación de peso. Entonces, ¿Que hace a un rey ser uno?... estoy a punto de saber la respuesta.

Ante mi gran expectación el sabio se señala a si mismo con su brazo de madera.

"¿Puedes sentir una presencia diferente viniendo de mi a la que sientes viniendo de Elizabeth?"

Ahora que lo menciona, está en lo cierto. No la podía sentir antes, pero hay una gran presión en el ambiente proveniente de él, proyectando una sensación de miedo y poder, como si tuviera un aura de invencibilidad. Todo mi cuerpo me dice al unísono peligro., ¿Qué significa esto?... ¿Será el distintivo de un Rey, esa presencia?.

"¿Mi presencia también es así?"

"Por supuesto,·<<Asintió con amabilidad>>·Lo ha sido desde que te conocí, es normal en todos <nosotros>"

Me quede completamente en blanco, no lo sabía en absoluto. De hecho no había manera de sentirlo y averiguarlo... ¡Espera un momento!.... si así son las cosas hay algo que no encaja.

"¿Por qué no me habían identificado antes si la presencia de un Rey es tan fácil de notar?"

Ante mi pregunta dio un gran suspiro.

"Ya te lo había dicho. Sólo el mismo Rey o sus allegados pueden sentir esa sutil diferencia, nosotros no solamente inspiramos miedo o poder, también admiración... a diferencia de ciertos seres. Además esa característica no la tienes desde tu nacimiento, para manifestarla se requiere una situación muy desesperante donde te niegas a aceptar con mucha fuerza un suceso"

Ahora ya lo comprendo, debió ser ese día. El día cuando murió mama.

En ese fatídico siete de enero, mi viejo manejaba su auto junto a mi madre ya en dirección a su casa después de realizar las compras semanales de la comida, entonces un camión brutalmente chocó contra ellos del lado izquierdo, recibiendo ella la mayor parte del impacto. Mi viejo afortunadamente logro sobrevivir escapando por muy poco de las guarras de la muerte, aunque portando heridas casi fatales. Esa misma tarde fuimos informados con lo sucedido, partiendo de inmediato al hospital para verlos. Justo cuando entrabamos, salieron los médicos llevando a mamá en una camilla. Estaba cubierta, pero pude reconocerla.

En ese momento cuando vi su cadáver cubierto por una sabana saliendo del hospital, una cantidad de emociones inexplicables se manifestaron en mi corazón, destacando particularmente dos. La ira y la frustración por no poder hacer nada; habían nublado mi mente, alejando de mi cualquier otro pensamiento. En ese momento, un deseo completamente desconocido hasta entonces, me gobernó por unos instantes, el deseo de venganza. Estuve a punto de decir cosas las cuales me hubiera arrepentido toda la vida, no obstante fui bruscamente detenido por un desmayo, o al menos eso me dijeron los doctores.

Cuando por fin recobre la noción me encontraba acostado en una cama, a mi lado derecho se encontraba mi viejo, con muchos tubos entrando y saliendo de su cuerpo y vendado por todas partes. A pesar de eso, aún estaba consiente, sus ojos estaban abiertos... completamente llenos de amargas lágrimas.

Mi viejo al notar mi presencia me miró directo a los ojos, pronunciando al mismo tiempo las palabras que se grabarían profundamente en mi corazón. Palabras que desde ese momento nunca olvidaría.

"Nunca vivas en el pasado que ya está escrito y no se puede cambiar, mira hacia adelante, hacia el futuro que aún no está definido. Las pérdidas son una parte normal de la vida, algún día todos inevitablemente moriremos, pero... mientras ese afecto de tus seres queridos continúe viviendo en ti. Tus personas amadas te acompañaran el resto de tus días"

Gracias a eso obtuve la fuerza para seguir adelante, apaciguando en gran medida las ganas de vengarme, no sólo en esa situación, sino también cuando el pueblo quedo destruido; se perfectamente que si mato o no a los responsables, nadie volverá a la vida. Por lo que debo puedo seguir adelante, por supuesto si me los llego a encontrar... No saldrán intactos.

Volviendo un poco al presente.

"Ya entiendo cuando paso, entonces... ‑<<Alargué mis palabras un tanto pensativo>>‑¿Por qué somos dueños de esta presencia tan abrumadora?"

"En realidad es bastante sencillo. Los Reyes son propicios a reunir inconscientemente esencia en sus cuerpos aun sin ayuda externa, incluso de forma inconsciente. Esa capacidad, nos proporciona capacidades en bruto muy superiores a la media... imagino que conoces a los monjes budistas"

Contesto extremadamente seguro de sus palabras,

Si entiendo bien, insinúa que somos imanes para atraer la esencia sin ninguna dificultad, obteniendo los mismos beneficios que los monjes, sin pasar años de entrenamiento y meditación. Algo como eso parece inconcebible, en verdad me gustaría escuchar su explicación.

"Si, por supuesto... Me estás diciendo que inconscientemente somos una gran masa atrayente de esencia, ¿Cómo es eso posible?"

Percival no parece muy seguro de cómo darme una respuesta, por lo que se tomó un par de segundos para pensar. Luego, compartió sus pensamientos.

"Podría tratarse de un capricho del destino o simple suerte, es igual al talento en ese sentido. Una habilidad natural que viene con nosotros, pero permanece latente hasta su despertar"

"Básicamente tampoco lo sabes, ¿Me equivoco?"

Le inquirí bastante decepcionado y nuevamente lleno múltiples preguntas, cada vez que se aclara un misterio surgen diez detrás de este, comienzo a pensar que a este ritmo nunca lograre tener las cosas claras al 100%. Quizás lo mejor sería resignarme a nada más conocerlas y no a explicarlas...

Ignorando mis pensamientos, Percival comienza una gran carcajada a todo volumen.

"Jajajajajaja, en verdad eres un rey, llegas sin problemas a los puntos importantes. No conozco la razón detrás de ello. Pero entre mis teorías, se encuentran desde ser visitado por alienígenas hasta tocado por los dioses... sin embargo lo seguro es una cosa. Es una condición muy rara y no parece que ser física"

"¿Hay más humanos con esa condición aparte de nosotros los reyes?"

"Hasta donde tengo conocimiento no los hay. Volviendo a lo importante·<<Su cara se tornó seria>>·¿Cuándo estabas inconsciente, por casualidad no te hablo una voz?"

Ese comentario cambio mi expresión y la orientación de la plática, mi pareja quien hasta ahora no ha participado también se quedó sorprendida por ello. Puedo asumir algo, si me preguntó eso, a lo mejor sabe quién fue el responsable de eso.

"La verdad si, esta me dijo muy claramente. Eres un caballero pero estas llamado a ser Rey"

"Interesante, tu título es caballero. Hace juego con el nombre de tu grupo, bastante curioso, ¿No?"

Se le ve muy feliz por ello, más importante. ¿Mi título es caballero?, por sus palabras puedo suponer que el apelativo de un Rey es la antesala antes de su llamado como tal. Eso a la vez quiere decir... ¿Él también tuvo esa experiencia?.

"Al parecer también pasaste por lo mismo, ¿Quién nos dijo eso?... ¿Por qué soy un caballero?"

Su expresión cambio repentinamente, ahora nuevamente esta serio. Como pensé, se trata de un asunto relevante.

"Respondiéndote en orden. Por supuesto, lo primero nadie lo sabe y lo segundo... eso quiere decir que tu máxima representación de tu ideal es un caballero"

Ya veo, por alguna razón me lo esperaba. Aparentemente todo lo referente a los Trickster es demasiado simbólico. Nuevamente acertando en mi ideal, para mí los caballeros son la máxima representación del honor, dignidad y lealtad. Los valores más importantes que una persona puede poseer, sin embargo... esto me genera una innumerable cantidad de incógnitas extra.

¿Quién rayos creo semejantes aparatos?, ¿Cómo sabe todo eso?, y quizás la pregunta importante...¿Con que propósito?.

"Elizabeth este hombre en verdad tienes problemas de atención, debe ser difícil para ti"

"En realidad no, ya estoy acostumbrada"

"Ya veo·<<pareció algo sorprendido>>·Como se esperaba de su esposa"

Mi pareja y el sabio comenzaron una no muy buena conversación sobre mi hábito de pensar, haciéndome quedar como el malo. Por ahora hay cosas más importantes, ignoraré ese comentario.

"¿Percival de que se trata la siguiente fase del entrenamiento?"

Pregunté interrumpiendo su charla, el sabio de inmediato me contestó.

"Aprende a usar tu poder, cuando lo hagas. Tendrás duelos contra mí, con el fin de acostumbrarte al ritmo de una batalla real"

En resumen necesito practicar, practicar mucho. Todo segundo de ahora en adelante será muy valioso.

"En ese caso comencemos de una vez·<<Retiré las sabanas por completo y me senté>>·Siento que perdí mucho tiempo"

"Espera un momento, antes debes ver algo"

Dijo poco antes de tomar una tasa con un líquido plateado, también hay leves toques de rojo muy parecidos a la sangre diluida en el agua. Mirándolo más de cerca parece como metal derretido, ¿Qué será?.

"Estos son los restos del metal implantado en tu cuerpo, los expulsaste una y otra vez por la boca durante los días que dormiste. Por eso traje a Elizabeth, ella conoce más sobre Deikel que yo"

¿Ese es el metal que estaba en mi cuerpo?... Deikel debe ser su nombre para él. Se suponía que estaba fuertemente aferrado a cada uno de mis tejidos entonces...

"¿Cómo paso?"

"Tu Trickster al modificar nuevamente tu cuerpo mostro una gran señal de rechazo, lo que termino en su expulsión. Debido a eso quedaste inconsciente tanto tiempo, usualmente habrían sido pocas horas. Además tu cambio fue demasiado grande... a propósito, no están casados. ¿Verdad?"

Comento con una cara ausente mientras explica la razón de mi largo descanso, que incluso entre los Reyes fue anormal. Por otro lado se ha dado cuenta de eso, en verdad es una persona sorprendente.

"Haces honor a tu nombre, por el momento aún estamos comprometidos"

¿Eh?, eso sí fue extraño, deje salir las palabras sin pensarlo. Nunca antes me había pasado, ¿Será esto obra del nuevo cambio?.

"Percival, ¿El cambio es físico o también emocional?"

"Jajajajaja"

Comenzó a reírse con gran alegría y entusiasmo al notar mi sorpresa. Él es una persona en verdad imposible de predecir, aunque ya me ha respondido. Siempre reacciona de esa forma cuando llego de manera inmediata a conclusiones normalmente complicadas de hacer. A decir verdad hubiera sido difícil de notar si no me conociera tan bien a mí mismo. Nunca hablo sin pensar un poco antes de hacerlo, así sea un segundo pero lo hago, hoy esa condición no se cumplió.

Poco después de acabar su risa, pone una seria expresión y toma asiento justo al lado de nosotros, podría ser largo. Para ser sincero estoy empezando a cansarme de la dependencia hacia él en todos estos misterios, si bien es más fácil de esta forma... este tipo lo explica a su manera, haciéndolo un poco complicado de entender.

"Como siempre tus habilidades de deducción son impresionantes, estos aparatos poseen esa particularidad, la cual has notado sin problemas. Digamos que te hacen ser un poco más honesto contigo mismo"

"¿Qué quieres decir con eso?"

Pregunte muy confundido, sin embargo respondió con su usual actitud relajada.

"Exactamente eso, comienzas a ser directo con tus deseos y aspiraciones, sacando todas y cada una de las partes de tu ser. No importa que tan ocultas estén, mi comportamiento relajado es una consecuencia directa de ello. Antes de ser un Rey, era dolorosamente aburrido"

En verdad eso podría ser un gran problema. Sobre todo en operaciones encubiertas o guardando secretos. Por otra parte mi curiosidad por estos extraños artefactos crece en la misma medida que conozco acerca de ellos.

"¿Alguna otra que deba saber?"

"Por ahora nada importante, lo demás puedes descubrirlo en nuestro entrenamiento·<<Se puso en pie>>·Te espero afuera, los dejare solos por un momento. Elizabeth a esperado pacientemente el finalizar de nuestra charla, mantenerla esperando mucho más podría ser maleducado"

Con esa larga oración salió del refugio sin más reparos, un tanto apenado en últimas, puedo entender cómo se siente. Por otro lado ciertamente el cambio fue demasiado exagerado. Me pregunto si mis capacidades físicas estarán igual que antes, he perdido el potenciador de ellas... ¿Mis compañeros pasaron por lo mismo?, esa probabilidad es alta.

"Liz, ¿los chicos también rechazaron el metal?"

"No, afortunadamente no. Según Percival, sólo te paso a ti por ser un Rey debido a la naturaleza drástica de la modificación"

Me alegra saberlo, ellos al menos aún se encuentran siendo normales... si cabe la palabra. Ahora quiero saber unas cosas con mi pareja antes de reanudar con esa persecución... digo entrenamiento. En verdad eso será una verdadera molestia, pero dada la cantidad tan limitada de tiempo no me queda otra opción.

Al menos ahora tengo un poco de descanso, le dedicaré ese tiempo a ella.

"¿Cómo te ha ido?, ¿Has descubierto algo nuevo acerca de ti?"

No se ve muy cómoda respecto a mi pregunta... no le fue muy bien.

"No he tenido mucho éxito, al parecer mi caso no es muy común que digamos. Por eso no tengo ninguna referencia, incluso en la basta biblioteca de este lugar. Por otra parte he encontrado información sobre muchas otras interesantes y útiles"

Es un poco desafortunado ese resultado, lo había supuesto hace mucho tiempo dados los pocos registros mitológicos sobre la especie de Liz en particular. A pesar de haber muchos Epolim, nunca había escuchado sobre los híbridos de ángeles y humanos propiamente dichos, ya los primeros "caían" al momento de procrear, resultando en un Epolim. No obstante, no tengo dudas de la identidad de ella, no es del tipo de personas que mienten.

"Me alegra saberlo. No te preocupes mucho por no saber acerca de ti. Básicamente me encuentro en la misma circunstancia, por lo que de cierta forma puedo entenderte"

"Al menos hay más Reyes... ·<<Se encogió de hombros>>·yo por mi part·"

"No dejare que te sientas sola, no me importan las diferencias entre nosotros. Yo siempre estaré a tu lado"

Le dije al oído inmediatamente después de abrazarla impidiéndole terminar la frase, de no haberlo hecho estaría con lágrimas en sus ojos. Bueno, en realidad ahora tiene lágrimas en sus ojos, al menos estas son de felicidad.

Quiero cuidar a esta mujer, me ha acompañado desde el inicio e incluso ahora un año después. Y al igual que todas las personas cercanas a mí, las protegeré con mi vida sin dudarlo.

"Reiss, gracias... yo quiero decir-"

"¡Dije que esperaría afuera, pero te estas demorando demasiado. No tenemos todo el día!"

El sabio interrumpió en el momento más inoportuno, no entro al refugio, pero su grito fue tan fuerte que lo escuché sin problemas... Liz rara vez se pone así de nerviosa cuando quiere decirme algo. Mi pareja después de la sorpresa se tranquilizó y recupero su actitud habitual... será en otra ocasión supongo.

Ambos salimos del refugio sin decirnos una palabra, deteniéndonos justo en la entrada de este para despedirnos.

"Ya me voy, continua con tu entrenamiento"

"Gracias por la visita·<<La tome en brazos para sentir su calor una vez más>>·Ten mucha suerte"

"Gracias"

Con esas palabras salió de inmediato hacia la aldea. Nuevamente comenzara este infierno. Siendo ahora un peligro mucho mayor dado que Percival ya no se contendrá en sus capacidades, sin embargo ahora tengo la capacidad de defenderme... Pensándolo bien, podría ser interesante y hasta divertido.

Con la esperanza de que las cosas podrían mejorar me acerque a mi instructor, el cual estaba mirando las olas romper fuertemente contra las rocas. Una vez estaba justo a su lado, soltó un gran suspiro y me miro directamente a los ojos.

"Es una buena mujer, no tiene intenciones ocultas. Y pareces gustarle completamente, para colmos vivirá tanto como tú. En verdad eres suertudo"

Eso es extraño, casi sonó como si estuviera celoso. Aun así tiene razón, tengo demasiada suerte.

"Gracias, la verdad pienso lo mismo. La razón por la que busco poder es para protegerla a ella y a los que amo-<<Me interrumpí para adoptar una pose de batalla>>-Bueno mucha charla, empecemos ahora mismo"

"Ohh, ¿quieres volver a sufrir tan rápido?"

Dijo con un sarcasmo casi descarado, esta cometiendo el error que le costó la vida a muchos Epolim, subestimarme.

"No estés tan seguro"

Le dije mientras me aparte rápidamente, al mismo tiempo me preparaba para mostrarle algo un tanto diferente. Ante eso, quedó completamente boquiabierto.

"¿¡Ya lo sabes usar?!"

"Te he visto hacerlo muchas veces, primero necesitas concentrarte e imaginar lo que necesitas hacer para conseguirlo. Es decir el número de alteraciones necesarias. Para esto fueron solo tres"

Levanté mi mano izquierda la cual sostenía una flama, si bien le dije la teoría que había formulado por la observación, la verdad no podía ser más alejada. Lo hice por puro impulso, como si fuera algo natural en mí. La práctica en visualizar las cosas que había comenzado secretamente desde el día cuando descubrí su truco está dando resultado.

"Jajajaja, no me contendré. Al menos ahora podrás defenderte"

De inmediato Percival toma por primera vez ante mi presencia una postura de batalla y se lanza muy rápido hacia mí, gritando muy emocionado con alta voz

"¡Aquí voy!"

"Eso es lo que pretendo"

Así continuo nuestro entrenamiento al siguiente nivel por dos semanas. Aun estando en desigualdad de condiciones me las arregle para darle pelea y obligarle a mostrarme otras de sus capacidades. En definitiva fue increíble cuando comenzó a pelear con seriedad. A pesar de aparentar lo contrario, resulto ser un peleador de combate cercano extremadamente capacitado en las artes marciales, y en compañía a sus habilidades me hicieron casi imposible asestarle un golpe. Logrando tal hazaña solo una vez.

Por otra parte el uso de mis poderes viene con una gran cantidad de desventajas, la principal es que representa un insano consumo de resistencia para mí, no puedo mantenerlos por largos periodos de tiempo; siendo mi máximo una hora. En cuanto a las capacidades, aún se ven muy limitadas debido a mi falta de experiencia al usarlas y nuevamente al consumo, en consecuencia las he utilizado únicamente en soporte tanto ofensivo como defensivo, recubriendo cuidadosamente la espada con llamas. Gracias a esa improvisada pero eficiente táctica, he podido defenderme sin problemas e incluso cortar sus ramas.

Conforme pasan los días me acostumbro en mayor medida a mis habilidades, representando un desafío cada vez más difícil para él, o por lo menos eso dice. Sin embargo siempre termino por verme abrumado de sus tácticas. Aún recuerdo el segundo día de este entrenamiento avanzado... esa vez, sus destrezas para el combate directo simplemente me resultaron imposibles de contrarrestar, me derrotó de una manera casi patética en tan sólo diez movimientos.

¡!

-ZOOM-

Esquive rápidamente por reflejo una estaca de madera lanzada con gran velocidad hacia mi cabeza, esa es una de las muchas maneras del sabio para atacarme. Gracias al ahora ser un Rey, tanto mis sentidos como capacidades físicas han conocido un gran aumento. Cosas así, ya no representan ningún problema. Afortunadamente es de esa manera, de lo contrario habría muerto hace ya un largo tiempo.

"Prepárate Percival"

"¡¡Eso es lo que estoy esperando!!"

En ese momento me concentre muy claramente en lo que quiero hacer, poner mi mano en llamas, muchas de ellas, compactadas fuertemente en un pequeño espacio. Durante el entrenamiento había practicado varias veces esta maniobra, teniendo resultados prometedores, cada cosa tocada por mi mano arde en llamas inmediatamente. A parte de ello consume muy poca energía, es destructiva y fácil de mantener. El único punto en contra, es su grave falta de alcance, limitado a la extensión de mi brazo.

"Nada mal, pero intenta esquivar esto"

Dijo abalanzándose hacia mí con dos claymore hechas de madera en ambas manos.

Sus movimientos son bastante precisos, cada uno dirigido directamente a un punto ciego o apertura. Atacándome sin ningún descuido en su elegante y completamente dominado estilo de lucha.

Aun así me las arreglé para esquivarlas sin roce alguno, luego apunte mi dedo índice izquierdo hacia él, acumulando la totalidad de las llamas de mi brazo en ese pequeño punto. Luego, sin desperdiciar tiempo valioso lo dispare directamente a su pecho.

El sonido del aire ardiente se hizo bastante fuerte mientras se acercaba a su blanco. No se ve para nada alarmado, incluso parece sonriente.

"Así que al fin consigues hacer algo decente"

Recibió el golpe por completo en su cuerpo, desplegando una gran cantidad de humo por la repentina liberación de todo ese fuego. Desgraciadamente con eso se fueron mis últimas energías. Ahora mismo, mi punto débil radica en la poca destreza controlando mi poder. Llevo luchando contra él una hora y media, mi límite máximo es este.

Unos instantes después, Percival salió del humo sin inmutarse en lo más mínimo. Mi ataque no surtió efecto... ¡Un momento!, hay una pequeña quemadura en su pecho. Al parecer su usual defensa de madera endurecida no le sirvió.

Mi compañero de entrenamiento se ve bastante satisfecho con ese hecho.

"En verdad has mejorado en muy poco tiempo, hace unas cuantas semanas sólo eras capaz de huir despavorido, ahora puedes pelear conmigo cara a cara por poco tiempo. Aun eres un inexperto, pero no puedo negar que tienes potencial"

"Gracias"

Le contesté un poco apenado por sus elogios, ya que no acostumbro a recibirlos en cualquier tema referente a combate.

"Es todo por hoy, descansemos. No es muy conveniente pelear de noche"

Dijo señalando al ocaso, habíamos estado luchando con tanta concentración que momentáneamente perdí la noción del tiempo. Todos los entrenamientos con él requieren la totalidad de mi capacidad metal, tanto para maniobras como para estrategias.

Saliéndome un poco del tema... gracias a la intensidad de estos enfrentamientos, mis ropas han terminado de despedazarse. Mi pantalón ya no puede considerarse como tal, debería llamarle pantaloneta de ahora en adelante...

Más tarde, ya de noche. Nos encontramos sentados uno al lado del otro, comiendo el ciervo que cazamos juntos después del entrenamiento diario. El cazar y satisfacer mis propias necesidades se han convertido en algo fácil. Llegando al punto de vivir completamente cómodo en este lugar sin ninguna tecnología. He aprendido usar mi habilidad con el fuego para cocinar los alimentos hasta su punto, dejándolos muy agradables par a degustar.

Percival a mi lado se ve bastante pensativo, su carne estará fría para cuando quiera iniciar a devorarla.

"Reiss, ¿Tú crees en Dios?"

¿Uh?, Eso sí que es completamente nuevo, no había tocado ese tema en todo el tiempo de estar aquí. Ya estuve tratando ese aspecto varias veces antes con Liz, incluso he dedicado gran parte de mis ratos libres para leer posiblemente el documento más interesante en la historia, la biblia.

"Conozco su existencia y su palabras en la biblia·<<Señale>>·sin embargo aún no me ha hablado directamente"

"¿Es por Liz?"

Asentí de inmediato con la cabeza, sería un total descaro de mi parte no reconocer la existencia del creador si a mi lado tengo la hija de un ángel... particularmente, me interesan las inevitables similitudes sobre los gigantes mencionados allí con los recurrentes en los mitos. Comienzo a pensar que lo escrito en ese libro, tiene mucho de real.

"Quizás esto te sorprenda, pero creo mucho en Dios"

"En realidad no me sorprende, lo imagine al momento que me hiciste la pregunta. Ahora permíteme saber... ¿Por qué?"

"Podrías decir por experiencia propia"

Al decir esas palabras se encogieron sus hombros, poniendo al mismo tiempo una mirada bastante vacía, debe estar por contarme algo complicado.

"En 1314, cuando tenía diecisiete. Fui de paseo con mi familia, era de una casa noble y por eso nunca me falto nada. Recuerdo perfectamente lo emocionado que estaba... muy expectante porque vería a mi prometida desde niños, la cual no había visto hace ya cinco años. No aguantaba la emoción por eso, en el carruaje me la pase preguntando ya llegamos a cada diez minutos. Mi madre se molestó mucho por eso, en ultimas mandándome a callar muy seguido, desgraciadamente..."

Percival tomo una gran bocanada de aire para contar lo siguiente, lo más doloroso...

"Fuimos perseguidos por cazadores de fortunas, los cuales mataron a mis padres sin piedad y casi lo hacen conmigo, ahí fue cuando desperté como Rey. Tuve mucha suerte ese día, dado que mi juguete favorito el cual llevaba a todas partes resulto ser un Zero... siempre admire la belleza, fortaleza y majestuosidad de los árboles, como resultado ese fue mi poder. Por poco y mate a los captores por ira, sin embargo no lo hice porque no quería caer tan bajo como ellos...

Su expresión poco a poco se ve más ausente mientras revive su pasado... Al parecer la extrema <suerte> es un recurso compartido por todos los reyes.

"Al pasar los años termine viajando por todo el mundo, despojado de cualquier posesión material. Cuando cumplí veintidós llegue a Jerusalén, aunque mi apariencia no había cambiado significativamente... en mi casa siempre me habían inculcado los valores de Jesús, aunque de una manera muy superficial. Sin embargo eso basto para generarme un gran interés por ese histórico personaje... a la segunda semana de estar en ese lugar, se me dio por ir al templo. Allí encontré a un hombre que decía a gritos: ¡Cristo te ama, seas como seas!... esas palabras mi madre las decía con mucha frecuencia. Ese recuerdo me impulso a investigar un poco sobre la biblia y esas cuestiones... ahora en retrospectiva, ese viaje a Jerusalén fue lo mejor que me ha pasado en la vida, poco a poco el vacío de mi corazón fue llenado mientras más conocía de Jesús y de su vida, llegando hasta el día de hoy. Donde la duda es algo que mi corazón no conoce"

Una historia bastante interesante, no me imaginaba lo de su nobleza. Por otro lado, en verdad... ¿Es así?, me cuesta trabajo creerlo, toda mi lógica me dice en una sola voz: "No hay manera de que una creencia te llene de esa forma". No obstante Percival se ve muy feliz, tranquilo y satisfecho. Eso no debería poder lograse por medios normales... ¿En verdad eso funciona?.

Justo cuando estaba a punto de tomar un mayor interés en las cosas referentes al hijo de Dios, un misterioso hombre llego a nuestro campamento.

"¡¡¡Sabio hay problemas. Debes regresar!!"

Grito con mucha urgencia en cuanto estuvo en nuestro campo visual. Si mi memoria no me falla se llama Marcus, aunque no recuerdo haberlo visto tan desesperado. No quiero hacer malas argucias pero debe ser algo grave.

"Están atacando la aldea, son los Riders·<<Insistió con urgencia>>·Vengan conmigo lo más pronto posible"

Como lo pensé son muy malas notici-

"Reiss vamos. No hay tiempo que perder"

Dijo Percival al instante sin darme tiempo para terminar de pensar... su cara luce una expresión de enojo que nunca he presenciado en su rostro, no hasta ahora... ¡No es momento para pensar en eso!, ¡Debemos partir de una vez!. Si se trata de ellos, cada segundo tiene un valor inestimable.

"Vamos"

Con esas palabras salidas de mi boca, marchamos a gran velocidad en dirección a la aldea. Rogando que no lleguemos demasiado tarde.

CAPITULO 10

--EL PRECIO DEL PODER--

"Poder sin ideal y sabiduría para administrarlo. Es sólo una bomba de tiempo que destruirá todo, incluyéndote"

"Reiss, más rápido"

Dijo Percival estando delante de nosotros, el cual había perdido completamente su actitud relajada junto a todo rastro de paciencia mientras desesperadamente nos dirigimos en dirección a la aldea. A nuestro lado se encuentra Marcus, uno de sus fieles acompañantes desde hace varios cientos de años y buen amigo suyo, quien nos escolta en el relativamente largo trayecto.

"Marcus, explícanos la situación con detalles·<<Preguntó el sabio con urgencia>>· ¿Cuánto tiempo ha pasado desde el inicio del asedio?"

"Sabio, aproximadamente diez minutos. Vladimir hace todo lo que puede para contenerlos, pero contra cien enemigos no hay mucho que podamos hacer sin tu presencia"

La expresión de Percival cambio en ese momento volviéndose aún más seria y apretó el paso en igual medida. Cien enemigos, esas palabras incluso han aumentado mi tensión. No será nada fácil pero teniendo a dos Reyes no debería... Un momento, el debería ser consciente de ello. ¿Entonces por qué se ve tan preocupado?.

"Percival, ¿Qué te tiene tan alterado?"

Pregunte con el fin de saber el detonante de su preocupación.

"Por un momento lo olvide, aun no posees esa capacidad sensorial. Hay por lo menos otro Rey en ese ataque"

¡¿Otro Rey?!, esto ha cambia la situación por completo, he sido testigo de ese poder tan peligroso incluso en carne propia. Aun si no tienen una habilidad tan destructiva como la mía, las capacidades en general son bestialmente altas. Eso, si no contamos otro factor decisivo, la experiencia que debe tener.

Percival al notar mi creciente ansiedad dirige su mirada hacia su buen amigo.

"¿Sabes cuál es ese Rey?"

"Por desgracia lo desconozco. Afortunadamente no parece tener intenciones de entrar en el combate"

Comento Marcus en un tono tranquilo. El sabio dio un suspiro.

"No te sientas tan seguro, los más probable es que me esté esperando"

"Si ese fuera el caso habría pedido por tu presencia al momento de llegar-<<Contesto refutando su idea>>-Aun así no he recibido notificaciones de ello"

Esa fue una conclusión bastante buena, sin embargo, tanto Percival como yo no estamos del todo convencidos.

"Podrías tener razón... De cualquier forma debemos estar preparados sin importar la situación"

Sin darme cuenta me limite simplemente a escuchar su conversación. Aquel hombre llamado Marcus tiene una forma para estar en comunicación con la aldea, el dispositivo parece una especie de teléfono celular considerando la posición de cabeza y manos. Ignorando un tanto su apariencia... es una buena noticia, tendremos total conocimiento de la situación allá sin mucho esfuerzo.

Pero ahora en definitiva mi mayor preocupación son mis amigos, en especial Erika y Jeanne. No tengo noticias de que hayan despertado un Trickster, dependiendo de su posición ellas quizás no puedan defenderse. Debo llegar lo más rápido posible para juntar al grupo.

"¡¡Llegamos!!"

Grito el otro Rey en mi compañía, lanzándose con gran determinación hacia la copa de un árbol muy alto justo cuando entramos al territorio de la aldea. Sin perder tiempo lo seguí al instante. Desde aquí se puede ver todo el frondoso bosque.

Examinando cuidadosamente el campo visual... noto que no parece haber nada por el este ni tampoco por el oeste. Ahora sigue el norte...

Cuando estaba a punto de mirar en esa dirección; una fina silueta se acerca rápidamente hacia nosotros saltando por la copa de los árboles. Esa simple sombra es familiar para cualquiera del grupo, se trata de Elena, la mujer caballero totalmente equipada con su armadura.

"Elena, dime donde están los enemigos. No los puedo ver desde aquí"

Exclamo Percival si siquiera dejar llegar a la pellirroja. Por curiosidad también mire en las direcciones faltantes intentado comprobar la veracidad de sus palabras. Tiene razón, no parece haber nada fuera de lo normal.

"Están al noreste... aun no traspasan las defensas de la aldea... pero no pasara mucho antes de que lo hagan... por el momento el peligro es medio"

Contesto una cansada y jadeante Elena. Las gotas de sudor se ven fácilmente por todo su hermoso rostro. ¿Me pregunto cuanto habrá corrido?...

Justo antes de tener la oportunidad de preguntarle sobre el paradero de mis compañeros, una sacudida repentina me tomo completamente desapercibido.

¡!. Sin previo aviso el árbol comenzó a …moverse?. No, ese no es el caso, ha empezado a inclinarse con gran rapidez.

Uff, por poco me caigo. Me las apañe tomando una de las ramas a mi alrededor, todos los demás con excepción de Percival pasaron por algo similar, afortunadamente el árbol se detuvo aproximadamente a los 45°.

"Prepárense-<<Advirtió el sabio desde la copa>>-Iremos volando hacia allá"

"¡¿No estás pensado hacer eso, verdad?!"

Pregunte bastante preocupado de que mi suposición fuera cierta…

"Reiss no es tiempo de andar parloteando. Agárrate fuerte"

Acerté… ¡Este hombre en verdad no conoce la prudencia!, definitivamente tiene zafado un tornillo. Piensa usar el alto árbol como catapulta para lanzarnos… honestamente espero que tenga algo pensado con el aterizaaaaaaajeeeeeee.

"¡¡Aaaaaaahhhhhh!!"

Grite con gran voz por el inadvertido y brusco movimiento. En ese instante toda la tensión acumulada se liberó de golpe, mandándonos a volar por los cielos con gran velocidad. El viento y estruendo son tan fuertes que los demás fueron incapaces escuchar mi alto clamor.

Por otra parte la sensación de estar en el aire es verdaderamente misteriosa, emocionante, excitante, pero a la vez aterradora. En verdad podría acostumbrarme a ella... lamentablemente el disfrute duro poco, estamos a punto de aterrizar.

"¡¡Percival, espero que tengas algo planeado para no estrellarnos!!"

"¡¡Te preocupas demasiado, sólo sostente de la rama a tu lado!!"

Respondió tan fuerte como mis gritos para poder escucharnos con el fuerte sonido del viento. Luego señalo a una las pequeñas lianas que salieron de su espalda, me sujete a ella sin dudarlo y los demás ya lo habían hecho, todos tenemos una liana.

"¡¡¿Ahora qué?!!"

"¡¡Solo mira y cállate!!"

Acto seguido salieron unas ramas en su espalda, las cuales rápidamente tomaron la forma de una alas de fénix, usando hojas de forma similar plumas... No sé por qué no estoy sorprendido. Quizás ya logre acostúmbreme a sus desquiciadas habilidades.

Lentamente fuimos perdiendo velocidad, conforme a nos acercamos al objetivo. Entonces la pellirroja a mi lado toca mi hombro.

"Reiss salta, ellos planean llegar violentamente entre las filas enemigas"

De esa manera Elena y yo soltamos las lianas poco antes de llegar al límite de la zona arbórea. Cayendo entre los últimos árboles, seguidos de la gran planicie levemente cubierta entre niebla.

En contraste a mi pensamiento inicial, aterrizamos suavemente sin mayor apuro o herida alguna, así fuera superficial. Los otros dos siguieron justo para estrellarse en el suelo levantando una gran nube de polvo. Cuando esta se levantó, sus siluetas se hicieron claramente visibles, están bien... no sólo eso, se encuentran batallando sin ningún inconveniente. Acabando enemigo tras otro como si fueran maestros en medio de principiantes, de hecho lo son. Asestando fácilmente estocada tras estocada, moviéndose de tal manera que dan la impresión de prever los movimientos del enemigo.

Debe ser cosa suya, pero no tiene ningún signo de cansancio a pesar del largo entrenamiento en el día; yo por otra parte me encuentro bastante agotado. Tratare de evitar cualquier pelea innecesaria con el fin de no gastar innecesariamente la poca energía que aún conservo.

"¿Percival siempre fue así de fuerte?"

Le pregunte a Elena, quien de inmediato me ofreció una respuesta.

"La verdad no, antes era más fuerte·<<Inquirió sarcásticamente>>·Presumo que debió habértelo comentando, los Reyes y todos los demás se encuentran debilitados por la falta de esencia en comparación al pasado, hace quinientos años habría destruido todo ese ejercito sin sudar"

Esa revelación es perturbadora, si resulta ser cierta. Entonces él no fue debilitado, Le arrebataron la mayor parte de su poder... también aplica para mí. La poca cantidad de esencia en el mundo actual limita en gran medida el poder obtenido por este método, cosa que se ve con más claridad en el alcance y poder total de la técnica, al menos eso supongo ya que no experimente esa época... a propósito.

"¿Hay una manera de ser tan fuertes como antes?"

"Por supuesto que la hay·<<Respondió sin dudarlo>>·Pero para hacerlo... prácticamente deberías lograr unir los mundos nuevamente, lo cual de por sí solo es complicado, y aun si puedes hacerlo. Traerías guerra de proporciones apocalípticas acompañadas por ese poder"

Esa idea no suena para nada agradable. Volver a esa época de guerra sería una decisión que jamás podría tomar. Aunque ese es solamente mi pensamiento, no puedo decir lo mismo de los demás, sobre todo por los Riders. Sin embargo ellos quienes están tan obsesionados con no involucrarse con los humanos, dudo que siquiera consideren esa opción... sinceramente eso espero.

"Disculpa mi anterior e imprudente pregunta... Por cierto, ¿dónde están mis amigos?"

"Descuida...·<<Levanto su dedo índice derecho, señalando justo hacia el campo de batalla y luego hacia la villa>>·Los chicos por allá, las mujeres por acá. Jeanne es la más cercana"

Lo debí imaginar, ese par de imprudentes deben estar metidos en combate. No deberían tener problemas dada la gran cantidad de apoyo que la aldea nos brinda. Afortunadamente las chicas no se exponen a peligros innecesarios como ellos.

En vez de dirigirnos a las filas enemigas, comenzamos a caminar en dirección de Jeanne, la situación hasta ahora parece controlada, comienzo a pensar acerca de la exagerada reacción del sabio, aunque... No fue para menos. Él me dijo una vez: "Por muy nuevo que un Rey sea con su Trickster, jamás debes subestimarlo, si lo haces solo te lamentaras". De cierta forma estoy de acuerdo, aunque no parece tan peligroso cuando un Rey novato ha llegado a su límite, en pocas palabras... como yo en estos momentos.

"Por ahora no puedo participar en la batalla, de hacerlo moriría incluso siendo Rey"

Dije intentado ser un poco humilde, no obstante recibí una pequeña reprensión por parte de Elena.

"No te preocupes por pequeñeces, el hecho de que hayas aprendido a usar tu poder en tan poco es más que suficiente"

¿En verdad fue poco tiempo?, no lo sentí de esa forma. Mas pareciera como si me estuviera demorando, dado el tiempo muy limitado que puedo hacer uso de ellos y ni hablemos de las capacidades incompletas. Aunque quizás debe tener una razón para decirlo; le preguntare.

"¿Cuánto demoraste en dominarlo?"

"Alrededor de seis meses-<<Aclaro levemente orgullosa>>-Nuestro crecimiento es un poco más lento. Sin embargo el tiempo total depende enteramente de la persona. Tú y tus amigos son casos excepcionales"

Eso sí es inesperado, pensar que encerrados como nosotros tendrían ese tipo de talent-

-BOOM-

Una repentina y gran explosión sacudió todo el lugar, la onda de choque fue excepcionalmente fuerte. Nos mandó a volar a los dos sin mucho esfuerzo por unos varios metros, afortunadamente unos arbustos detuvieron nuestra caída.

... ¿Uhm?, siento algo encima, es pesado y tiene una textura metálica... ¿Podría ser?.

"¡¡Levántate rápido, debemos ver que fue eso!!"

Como pensé, era Elena, si no me equivoco estuvimos en una posición fácil de malinterpretar. Afortunadamente estamos los dos solos y estoy vistiendo una larga chaqueta negra adicional a mí destrozados pantalones, gracias a eso me siento relativamente cómodo.

Más importante aún, esa explosión fue demasiado fuerte. En definitiva no fue algo normal, podría ser una bomba y si resulta así, no será la única.

"¿Elena que fue eso?"

"..."

No hubo respuesta, en su lugar la mujer pellirroja a mi lado se quedó completamente helada mirando en dirección al estallido.

Al comprobar por mí mismo la situación, la gravedad del caso se hace evidente. La única área que aún podría considerarse intacta es la protegida por una pared de madera elaborada por Percival. El resto se encuentra devastado, incluso la neblina se ha disipado completamente. Dejando ver un hombre que viste una larga capacha roja, con su rostro ocultado y portando las ropas características de los Riders. Sin embargo mi vista no es mucha dada la distancia, están a aproximadamente cuarenta metros fuera de la zona arbórea.

La sensación proveniente de él... no hay duda es un Rey. Los comentarios de Marcus resultaron ser aterradoramente ciertos, hay una tercera bestia en este lugar. Su habilidad a primera vista es demasiado destructiva. Empeorando las cosas no viene solo, atrás de él hay cinco personas más usando sus mismas ropas, no pinta nada bien.

"Él es..."

"Si Elena, no hay duda"

Confirme su alarmada premisa, ella también llego a esa conclusión.

Ahora no tendré más opción que entrar al combate aun si no estoy en condiciones óptimas para ello. Por muy fuerte que sea Percival, no puede encargarse de ese hombre y el resto de Riders al mismo tiempo, menos aun considerando a los encapuchados... suponiendo que no haya otros tipos poderosos escondidos. En definitiva no estoy en una posición para nada favorable, para rematar es de noche y hay un gran número de lugares oscuros por todo el entorno.

"Iré al campo de batalla, eres libre de acompañarme si lo deseas"

Comente con mucha confianza, ahora no es momento para sentarme a observar y no hacer nada.

"Por supuesto que iré-<<Replicó molesta>>-¿Pero, qué hay de las chicas?"

"Por ellas no te preocupes; si están con Liz un soldado normal no es suficiente para derrotarlas. Ya les había dicho que si algo así ocurría nos encontráramos en el frente"

"¿Esperabas esto?"

Me preguntó con un tono escéptico y precavido, en contraste al relajado con el que solemos hablar. No está del todo equivocada pero tampoco acierta.

"Son sólo medidas de emergencia. Soy demasiado paranoico, en consecuencia tengo uno o dos planes de contingencia para cada posible resultado"

Se quedó pensativa un rato, supongo que está sorprendida, aunque no duro mucho en ese estado.

"Vaya... como sea, vamos"

Evadiendo el tema por completo pronunció esas palabras. A continuación tomo carrera hacia adelante sin dudarlo por un momento, en verdad es un caballero tanto de mente como apariencia.

Ahora debo prepárame para esto... suficiente de pensamientos innecesarios por las siguientes horas. Deberé usar cada gramo de concentración para lo que podría ser la confrontación más peligrosa de mi vida.

Totalmente en sintonía con mi entorno y una vez completamente mentalizado para la confrontación; corrí a toda velocidad hacia las filas enemigas. Se ve bastante congestionado, espadazos vuelan en todas las direcciones, sangre es derramada como lluvia. Nosotros y el bando de Percival nos encontramos en una notable desventaja con alrededor de diez personas de nuestro lado, yo incluido. Contra alrededor de cien Riders, seis capuchas rojas y un Rey.

"Es hora de entrar en acción"

Utilizando un movimiento practicado anteriormente Cubrí mis ambos brazos con llamas bastantes compactas. Arremetiendo con brutalidad hacia los Riders más cercanos, incinerándolos al instante y sin muchas dificultades, cinco en total. El entrenamiento ha empezado a mostrar sus frutos. Sin embargo apenas podré mantener el ritmo por treinta minutos si no es menos, además me encuentro desarmado hasta que mi pareja llegue y traiga mi espada.

Elena quien hasta hace poco fue mi acompañante, ahora se encuentra junto al sabio. El necesita más apoyo ahora, ella también debe entender eso. En cambio yo tengo un objetivo más fácil por así decirlo, encontrarme con el dúo de imprudentes.

Me abrí paso entre muchos enemigos usando mis manos como arma. Después de todo, cada cosa que toco arde en llamas.

Sus respuestas, o debería decir patéticos intentos de contraataque no son la gran cosa. Sus movimientos están descoordinados además de ser carentes de cualquier trabajo en equipo.

Unas cuantas docenas de Riders después, al fin puedo ver al primero de los imprudentes. Debe ser Allen, lo reconozco por la punta sobresaliente de su lanza. No puedo verlo a cuerpo completo por lo rodeado que esta. Conforme avanzo salgo de dudas al ver su cabello castaño y ropas negras hechas por Liz, en definitiva es el.

"¡¡He vuelto!!"

Exclamé con gran confianza, quemando sin escrúpulos a todos los Riders dentro de mi alcance. Ahora me encuentro tan cerca de mi amigo como para entablar una conversación

"Llegas tarde"

Me reclamó con un tono monótono y antipático, ni si quiera se ve sorprendido por mi habilidad; Concentrándose sólo en blandir su lanza la que por cierto... ¿Está Congelada?. Olvidando ese detalle, Allen muestra destreza digna de admirar, dando la alusión de danzar. No se ve para nada tranquilo aunque su técnica diga lo contrario, de hecho está muy enojado, no lo he visto de cerca pero da la impresión de haber empeorado considerablemente su de por sí solo mal temperamento.

Por otro lado su poder es increíble, cada corte propinado por las dos puntas de la lanza congela una gran área circundante a la herida, formando una capa de hielo alrededor, eso incapacita a sus enemigos. Si tuviera que describirlo, sería una rociada con nitrógeno líquido. El único punto negativo está en la limitación de su alcance a la extensión de arma, aun así, sigue siendo extremadamente peligroso.

"¡Reiss, no te distraigas!"

Una voz conocida entro en escena, es Quatre; viene rápidamente hacia mí desde la derecha con sus ropajes negros iguales a los de Allen. Su arma está envuelta en lo que parece ser viento. No hay lugar a dudas, es su poder.

Quizás él no lo sepa, pero ya conozco el propósito de su advertencia, debe pensar que no he notado a los enemigos atrás... los cuales incinere sin mucho esfuerzo al voltearme.

"¿Oh?, al parecer ya puedes distraerte libremente en tus pensamientos, incluso en las batallas"

Inquirió con un tono descaradamente sarcástico, incluso su cara lo refleja. El sigue siendo el mismo impetuoso de siempre, eso me tranquiliza. Pensé que había cambiado para mal así como Allen, afortunadamente eso no paso.

"Mucha practica amigo, mucha practica"

Le contesté de manera relajada intentando parecer genial, a lo que él se mostró notoriamente sorprendido, sólo para luego iniciar una gran carcajada. ¿No eras tú quien me acaba de decir, no te distraigas?, tus acciones y tus palabras se contradicen.

Durante en el entrenamiento infernal, del que arbitrariamente acabo de salir. El pensar delicadamente sin quitar atención al entorno circundante y cada uno de sus cambios, fue una habilidad necesaria de aprender; en realidad debería decir obligatoria. Sobre todo considerando la variedad de técnicas que enfrente.

Volviendo a lo importante, ahora cuento con el apoyo de ambos. A las chicas no las puedo ver por ninguna parte, es un poco raro.

"¿Han hablado con las chicas?"

"Deberían llegar pronto, estaban con nosotros desde justo antes de la explosión. Dijeron que irían a buscar equipamiento, luego regresarían inmediatamente"

Me respondió Quatre quien se ha posicionado justo a mi lado, Allen en contraste sigue batallando sin parar relativamente alejado de los dos. Parece una máquina, ni siquiera nos presta atención...

Ya veo, puedo estar un poco más tranquilo. Ellas no están ahora en el campo de batalla, y no parece haber novatos los cuales fácilmente puedan morir por el fuego cruzados. Eso significa una cosa, seré capaz de luchar sin preocupaciones adicionales a mi poco poder restante.

"Vamos Quatre·<<Comente antes de iniciar>>·Cubre mi espalda"

"Déjamelo a mí, Allen ven tú también"

"Hmph·<<Bufó de forma arrogante ante su sugerencia>>·Hagan lo que quieran"

De esa forma Quatre y yo nos abalanzamos contra el grupo más grande de enemigos justo enfrente, venciéndolos sin dificultades y misericordia alguna. El poder de mi apoyo, también es impresionante, aquel viento en la hoja aumenta su capacidad de cortar al punto de hacerla imposible de bloquear, al menos eso he visto hasta ahora. Su potencial es enorme, si tuviera alguna idea de su funcionamiento podría dar una apreciación más precisa, ahora únicamente puedo decir eso. Esa capacidad agregadas a sus recién mejoradas técnicas con la espada doble filo, lo hacen un oponente de cuidado, mucho cuidado.

Me alegra que mis amigos sean tan fuertes, así no me preocupare por ellos.

Conforme a más tiempo pasa, la batalla comienza a intensificarse en igual medida, también los enemigos tienen un aumento exponencial en sus habilidades.

Nos hemos organizado en una formación 1-2 luchando codo a codo, con Allen cubriendo nuestra retaguarda dado el gran alcance de su arma, la cual usa para congelar a cualquiera sin piedad.

Enfrente estamos nosotros, Quatre por la izquierda cortando a todo lo que se le atraviesa, obviamente no tan fácil como antes. Yo estoy por el lado derecho teniendo un gran incremento de dificultad para acabar con los enemigos debido a estar desarmado.

Seguimos así por diez minutos, sin ver una notable disminución el número de adversarios, por el contrario está aumentando; algo anda verdaderamente mal. Por si fuera poco hemos empezado a ser heridos, si las cosas siguen este curso se convertiría en una batalla de desgaste, teniendo nosotros todas las de perder.

Observándolos bien, lucen todos exactamente iguales y no han intentado hablar con nosotros en ningún momento, a decir verdad comienzo a dudar si son seres pensantes... apenas lo he notado ahora dada la intensidad del combate; acompañado al hecho de estar rodeados por todas direcciones.

Lo malo no acaba aquí, Percival y sus subordinados están demasiado ocupados en su batalla. Sólo he dado un par de vistazos hacia allá; las explosiones surgen como brotes en primavera, también las grandes raíces de Percival están dispersadas por todo ese lugar. En definitiva no tienen la disponibilidad para brindarnos apoyo... además de que podría quedarme sin poderes en alrededor de veinte minutos.

Mmm, ahora hay un punto más relevante, debo encontrar una solución, una rápida solución. Veamos... todos iguales, el número aumenta y sus capacidades son las mismas en todos, incluso el aumento es el mismo.... me huelen a marionetas por cualquier parte, esa sería la conclusión lógica en este caso. El verdadero problema es... ¿Cómo lo hacen? Y por supuesto también, ¿Quién los controla?.

Aun así no soy el adecuado para esto, mi camarada al lado si posee esa facultad. Le hare ese gran encargo.

"Quatre, observa los alrededores con mucho detenimiento ya que eres el mejor para labores como esta. Te conseguiré algo de tiempo"

"Lo hare, ¿Qué debo buscar?"

Contesto un poco apurado por aluvión de golpes lanzados en su contra, defendiéndose con mucha dificultad a cada uno de ellos.

"La verdad no lo tengo muy claro. Cualquier cosa fuera de su lugar"

Asintió con la cabeza aceptando de inmediato mi solicitud, dando el primer paso para librarnos de este molesto inconveniente. Acabar con ellos de una buena vez es una idea tentadora, y mucho. Si tengo razón, lo haremos sin mayores problemas.

Pero primero lo primero, conseguirle tiempo a mi amigo.

Concentre todo el fuego de mis brazos un solo punto, al mismo tiempo que enfocaba mi mente en una imagen y forma, la de una espada. Las llamas lentamente comenzaron a tomar la forma deseada. No obstante, no fue fácil, por poco pierdo el control del fuego en los últimos arreglos dado que es una medida algo transitoria y completamente nueva para mí.

El arma meramente improvisada, me facilito mucho las cosas. Acabando con un mayor número de enemigos en menos tiempo dado su alcance y mis tan practicadas habilidades en el dominio de la espada. Como contramedida, el consumo aumentó ligeramente, a este ritmo quedare fuera de combate mucho antes. Por supuesto todo sería más fácil si mi verdadera espada estuviera aquí... ¿Este ataque tenía que suceder justo el día cuando Liz esta re forjándola para reparar el daño hecho por Percival?. Esto debe ser mala suerte.

Mientras me enfocaba en mis pensamientos y peleaba con mucho cuidado, Mi amigo Quatre parece haber encontrado algo.

"Reiss mira hacia el sureste, hay una capa roja en esa dirección"

Comento mi camarada señalado con su dedo índice. Acto seguido abandono su posición de observador y siguió ayudándome en el combate.

¡¿Otra capa roja?!, Al pasar el tiempo la situación únicamente empeora. A juzgar por la reacción relajada de mi amigo el probablemente no lo sabe; los capas rojas parecen la elite entre los Riders. A fin de cuentas ellos son quienes se encuentran peleando en igualdad de condiciones a Percival y compañía.

Después de reflexionar un poco, mire sin perder más tiempo hacia el lugar indicado, encontrando con dificultad una silueta bien escondida entre los arbustos. No parece tener intenciones de unirse al combate. Sin embargo, si mi suposición es correcta; podríamos acabar con estos individuos tan molestos de un solo tiro.

"Chicos síganme,·<<Comencé a correr en dirección de la sospechosa figura>>·Encontré una manera de pararlos"

"Enseguida"

Respondió Quatre, preparado para todo. Allen por el contrario no respondió en absoluto y siguió haciendo de las suyas a pesar de sus cada vez más numerosas heridas. Me pregunto si no me escucho.

"¡¡Allen síguenos!!"

Esta vez grite con mucha más fuerza, al fin pareció oír mi voz. En respuesta dejo su puesto sin vacilación alguna, ubicándose detrás de nosotros.

Los tres avanzamos a gran velocidad, no perdiendo ningún valioso segundo en el claro atestado de gente. El número de ellos aumenta conforme nos acercamos al encapuchado, ahora me queda claro de que si se tratan de marionetas. Me gustaría saber cómo se las arreglan para controlar a un número tan grande y con tanta facilidad.

"Allen. Reiss ya logra pelear en modo automático aun si se encuentra pensando"

"De eso me estoy dando cuenta, por atrás se ve totalmente enfocado en la batalla. Pero por delante puede ver que está metido en sus pensamientos"

Dijeron el dúo de imprudentes, al mismo tiempo que luchaban dándose la espalda. Hacen una buena combinación supliendo los puntos débiles de otro. Debieron practicar mucho su trabajo en equipo para llegar a este nivel.

No importa sin son rodeados o si encaran una larga fila de enemigos, los vencen sin mayores dificultades. Honestamente me sorprenden, me pregunto si su entrenamiento fue mucho más completo que el mío... ese podría ser el caso.

Por otro lado el encapuchado en los arbustos ya se encuentra a nuestro alcance, se ve tan enfocado en el campo de batalla que no parece notar nuestros agresivos acercamientos.

Aun así lago no encaja o simplemente se siente como si estuviera fuera de lugar. Se supone que el maneja ese número tan grande de tropas, debería estar más protegido en vez de estar totalmente solo. En cuanto a esto se me ocurren dos teorías, la primera y entre otras cosas la más probable... Debe ser un señuelo para una trampa. También puede significar una medida disuasoria, llevando a tener exactamente esas conclusiones... como consecuencia no se atreverán a tocarlo; una estrategia psicológica.

Como sea es mejor intentar algo en vez de estar luchando interminablemente y sin ningún progreso, no hay más remedio que arriesgarse.

Teniendo esa intención me abalance sobre la misteriosa silueta en cuanto tuve la oportunidad, desafortunadamente ya no cuento con la improvisada espada de llamas. De haber seguido usándola me habría quedado sin energías, así que por ahora sólo concentro las llamas en la palma de mi mano. Mis amigos se encuentran a ambos lados en una triple arremetida, Allen por la derecha, Quatre por la izquierda.

¡Bien, no se ha dado cuenta, sólo un poco más...!

-Cliiiiiiink-

Lo siguiente en escucharse fue el muy ruidoso sonido del metal al chocar, habíamos sido bruscamente detenidos por nuevas presencias en el lugar, tres para ser exacto.

La lanza de Allen y yo hemos sido parados en seco por unos individuos con capuchas negras adornadas del color dorado, las cuales esconden su cara. Quatre compartió la misma suerte aunque teniendo una leve diferencia, su adversario usa una capucha de color rojo.

Sean quienes sean, tienen mucha fuerza. Se interpusieron en nuestro camino bloqueándonos totalmente y ni siquiera parecen estar esforzándose. ¿Serán marionetas?, no, no lo son. Habrían sido destruidas de ser así.

Urgh... No puedo mover el brazo, mi puño izquierdo ha sido agarrado con mucha fuerza, el fuego que lo envuelve no parece importarle a mi oponente. Además de que no está consumiendo para nada la mano del encapuchado. ¿Quién rayos es?...

Al mirarlo más detenidamente note un pequeño detalle que nunca olvidaría. Sólo está usando un brazo, el otro se encuentra en un cabestrillo negro y blanco. ¡Debe ser...!

"¡¿Eres kurohane?!"

"Ku...Jajajajajajaja"

Ante mí exaltada y enfurecida reacción, comenzó a reírse de forma perturbadora. Esa risa...¡No hay duda!, ¡Se trata de ti, gran malnacido!.

Le lance un golpe imbuido en fuego con mi mano libre, siendo esquivado muy fácilmente. El bastardo tomo distancia, como consecuencia también soltó mi brazo. Luego se quitó la capucha mostrando una expresión de alegría en su rostro marcado por un tatuaje.

"Ha pasado un buen tiempo, veo que te has convertido en uno de los reyes. Justo como lo esperaba, Reiss"

Dijo kurohane con el tono educado y sarcástico tan característico de él. En verdad tiene agallas para mostrarse de esa manera tan despreocupada. Esa es una de las tantas razones por la cual le daré un regalo, la muerte más horrible que alguien pueda tener.

"Maldito que haces aquí"

Dijo Allen bastante exaltado, incluso en mayor medida que yo. De inmediato intento zafarse de su molesto contrincante, levantando rápidamente la punta inferior de la lanza, buscando cortarlo por el estómago y dejarlo inmovilizado. No tuvo éxito, el encapuchado de enfrente vio sus intenciones, por lo que tomo la parte inferior con su mano libre, dejando a mi amigo en una posición todavía más desventajosa. Quatre también está molesto, aunque no tanto como nosotros.

"Vaya, vaya·<<El enfermizo sarcasmo de kurohane relució>>·No estén tan molestos"

"¡¡No me jodas desgraciado!!"

Le dije poco antes lanzarle un golpe directamente a su rostro, el cual fue fácilmente esquivado por él, de la misma manera lo fueron los demás, no le acerté ninguno. Me hizo parecer como un novato, en verdad está a un nivel diferente.

Kurohane notó como mi frustración se hacía mayor, pintando una sonrisa retorcida en su marcado rostro. En verdad matare a este hombre con mis propias manos o al menos me asegurare de detenerlo, no merece andar libre después de todo lo que hizo.

"No entiendo por qué estás tan molesto conmigo, incluso les hice un favor"

Este hijo de perra, se las ha pasado balbuceando insensateces. Nada de ello tiene sentido alguno.

Ignorando mi confrontación con ese bastardo. Allen está pasando en verdad un mal rato con su contrincante. No logra acertarle ni un solo golpe a pesar de haber entrenado; todas sus técnicas son inútiles, la situación se repite pero de mucha menor manera con Quatre. Me pregunto si hay más personas entre los Riders con este nivel; De ser así significaría un enorme problema encargarnos de ellos, las marionetas en verdad eran muchísimo menos complicadas de enfrentar, aunque su número también es un gran inconveniente.

¿Quiénes rayos son los Chaos Riders?, ¿Cómo tienen este tipo de habilidades?, y la pregunta con mayor importancia, ¿Cuál es su objetivo?. Son una organización extremadamente peligrosa, pero lo en verdad irritante es su manera de hacer las cosas. Son capaces de pagar cualquier precio por un objetivo, no, disfrutan haciendo sacrificios. De otro no harían tales fechorías.

"Oye Reiss, si no te calmas morirás muy fácil·<<Nuevamente mi oponente intento provocarme>>·No sería para nada entretenido"

"¡Yo decido cuando moriré. Más importante, ¿Qué quieres decir con hacernos un favor?. No hagas bromas de tan mal gusto... destruiste mi pueblo, mataste a los padres de mi mejor amiga. En definitiva no te perdonare!"

Le dije con gran enojo, las emociones están dominándome por completo. Estoy diciendo todo lo que pienso.

"En verdad les hice un favor, el oro que han estado usando. ¿de dónde creen que provino?. Incluso se los envié con un mensajero"

"No puede ser..."

Dije quedándome totalmente helado, el bastardo de enfrente sonrió por ello.

"Si, al parecer si puede ser"

Todos abrazamos un silencio sepulcral, absurdamente sorprendidos por la declaración de nuestro mayor enemigo. De todas las hipótesis que tuve sobre el paradero del oro, esa fue la única que nunca considere seriamente. La razón es sencilla, es estúpido, completamente sin sentido, ¿Para qué nos dejarían un recurso tan valioso como ese?.

Los dos encapuchados volvieron al lado de Kurohane, ignorando sin mucha dificultad al dúo de imprudentes. Mis amigos también vinieron a mi lado, dejando los dos grupos frente a frente.

"¿Por qué hiciste algo como eso?"

"Podrías decir curiosidad, eres fuera de lo común incluso para ser un Rey. Quería ver que tan lejos podrías llegar, debido a eso te proporcione los fondos para iniciar tu viaje y descubrir tu identidad...·<<Se detuvo al mirar mi brazo izquierdo>>·Por lo que veo tu Trickster no tiene más de un mes, aun así su desarrollo es anormal. Parece que no fue una buena decisión dejarte vivir"

Es un sujeto irritante, irritante de toda forma posible. No puedo creer el tamaño de su arrogancia, habla como si lo controlara todo. ¡Bien!, no me importa el dinero, fue un error de juicio por mi parte, no me sirve llorar sobre la leche derramada, pero...

"¡¿Dejarme vivir?, casi muero en esa explosión!"

"¡¿Sobreviviste no es así?, pude haberte matado cuando nos encontramos en la refinería y lo sabes!... Esperaba que sobrevivieras. No, quería que lo hicieras"

No lo había visto hablar en voz alta, la mitad de sus palabras están en lo cierto... la otra mitad son tonterías, nuevamente no tiene coherencia lo que dice. Sin embargo no parece contento, si quitamos toda su excentricidad.

"¿Decepcionado?"

"A decir verdad un poco·<<Me respondió relativamente calmado>>·Sobre todo porque te las arreglaste para sobrevivir al plan que habíamos arreglado cuidadosamente para matarte hace un año y mi capricho de dejarte vivir me ha traído muchos problemas con los altos mandos debido a tu anormal desarrollo"

No puede ser, no puede ser...¡No puede ser!¡Maldición!. ¿Esta insinuando descaradamente que el pueblo fue volado sólo para matarme?. ¡No tiene sentido!, él no es tan imprudente para hacer algo como eso únicamente para matar a una persona... ¿O tal vez si?.

"¿La explosión fue exclusivamente para matar a Reiss?. Ciertamente es uno de los nueve Reyes, pero... ¿Realmente cometerías la insensatez de volar un poblado entero para eso?. ¡No seas tan estúpido!¡Ninguna de tus palabras tiene sentido!"

Esta vez quien hablo fue Allen, dejando salir toda su frustración e ira. A lo que Kurohane respondió con un suspiro colmado de indiferencia.

"El estúpido sin duda eres tú, joven usuario de hielo"

"¡Ya me canse de tus babosadas!"

Le dije mucho más furioso. Me tiene harto, solamente su presencia es una gran molestia. Hablar de esa forma tan arrogante y sarcástica es la gota que colma el vaso.

Impulsado por la ira y los deseos de venganza, lo ataque descuidadamente. Dado que mi tiempo de pelea había terminado... o eso creí. De alguna manera mis flamas han regresado, con mucha más fuerza que nunca. ¡Justo en el mejor momento!.

Pensé que atacarían los tres sin vacilación alguna, sin embargo no fue así. Por el contrario, Kurohane fue el único en adelantarse para enfrentarme.

"Desgraciado te hare pagar"

Di un golpe cargado con una gran cantidad de llamas compactadas, no acerté. En su lugar le di al suelo, generando una enorme explosión de fuego en el proceso. Mi poder aumento repentinamente, ¿Qué significa esto?... no tiene caso preguntármelo ahora, simplemente lo aprovechare.

"¿Oh?, al parecer te has vuelto más fuerte gracias a la intensa batalla. Vaya desarrollo tan irregular el tuyo"

"Muy mal para ti entonces"

Continúe atacándole sin descanso, pensando en que cada movimiento podría ser el último si no tengo cuidado, considerando su nivel de habilidad. Sin embargo no mostro ningún interés por contraatacar, limitándose a esquivar cada uno de mis ataques... ni si quiera parece estar esforzándose. Simplemente está jugando conmigo de la manera más descarada. Pero no será suficiente para hacerme renunciar, continuare atacándole hasta que uno de mis golpes lo alcance.

KNIGHT: ENCUENTRO FATÍDICO

A medida que seguimos en este mal llamado calentamiento. Comienzo a notar dos cosas bastante interesantes. La primera es, no sufro ninguna pérdida de energía al ejecutar mis técnicas, una fortuna a decir verdad. Por otro lado, leer el estilo de kurohane ya no es tan difícil; incluso tiene a veces problemas para esquivarme, usando su mano cuando se ve atrapado.

Su arrogancia desmedida significara su fin... desgraciadamente aun si las cosas siguen su ritmo me tomaría al menos un día completo.

Extrañamente los acompañantes no hacen ningún tipo de movimiento, al parecer solamente quieren observar.... no, deben estar esperando algún tipo de señal; las cosas no pueden ser tan simples, no cuando se trata de estos tipos. Mis camaradas están completamente alerta ante cualquier tipo de actividad inusual como medida de precaución.

Piensa con calma, ¿Qué pueden estar planeando?, ¿Porque nos tienen aquí sin hacer ningún movimiento con intenciones de matarnos?, algo sencillamente no anda bien... ¡Por supuesto!, ganan tiempo, no hay otra explicación. Su verdadero plan debe ser otro... pensándolo bien tiene sentido, el ataque a las afueras con marionetas es una distracción, que su controlador no se encuentre en este lugar lo confirma. Este debería tener una completa visión del campo de batalla si quiere derrotarnos.

La hipótesis tiene una alta probabilidad de ser correcta, en todo caso, tengo una manera rápida de comprobarla.

"Chicos nos vamos"

"¡¿Por qué?, no ves que ese desgraciado se encuentra aquí!"

Allen se vio completamente escandalizado por mi sugerencia, para él no tiene ningún sentido. Sin lugar a dudas su odio y desprecio por Kurohane es el mayor de todos, puedo entenderlo mejor que nadie. No obstante ahora hay preocupaciones más importantes, la vida de otras personas es un ejemplo.

Quatre en vez de verse enojado parece bastante confundido. Aunque no lo suficiente para desviar su enfocada atención.

"Allen calmante, luego te explico"

Le dije con voz fuerte, logrando que a regañadientes se tranquilizara de forma momentánea.

"Están muy confiados si creen que pueden huir de mí"

Mordió el anzuelo, justo la reacción que estaba esperando. Tienen una razón para mantenernos aquí, lo seguiré presionando a ver si con suerte le extraigo información. Espero de todo corazón que algo no salga mal, los resultados podrían ser desastrosos.

"En verdad eres arrogante... ¿Y dime que tienes que buscar en la aldea?"

Ante mi pregunta, levemente altero su expresión habitual de confianza, por una de enojo en un pequeño instante. Los demás probablemente no lo notaron, duro menos de un segundo. Ahora bien, mi sospecha fue confirmada. El verdadero problema es cómo salir de aquí con el menor riesgo posible, el ambiente de por si se encuentra atestado de tensión, el simple hecho de respirar es complicado debido a la incertidumbre generada por sus futuros actos... todo lo anterior sin tener en cuenta un hecho crucial, estamos en completa desventaja.

Podría idear un plan para distraerlos y salir de aquí, honestamente dudo que funcione. Deben estar preparados para cualquier resultado, lo cual reduce drásticamente todas mis opciones... lo único seguro es que será bastante complicado.

Mientras formulaba un plan con exceso de condiciones, kurohane dio un gran suspiro.

"En verdad Reiss, no eres una existencia común. Te las has arreglado para descubrir nuestro propósito aquí. Estas buscando una manera de salir, por lo que ocultarlo mas, no tendría sentido alguno"

Él ha descubierto mis pensamientos, su capacidad de deducción es aterradora. Fue inesperada esa última revelación, la confianza puesta en esas palabras me pone nervioso. Da la impresión de tener un plan tan bien elaborado que ni siquiera nuestra interferencia podría arruinarlo.

Por supuesto, no puedo dejar que él se entere de mis planes tan fácilmente, debo distraerlo...

"Vaya, lamento ser tan fácil de leer-<<Usé un sarcasmo similar al suyo>>-Ahora si dime que quieres"

"Eres justo como dicen los rumores, sabes llegar directamente al punto. No me sorprende que los altos mandos hayan querido matarte aun a costa de acaba con un pueblo completo, tu potencial justifica a la perfección el sacrificio"

¡¿Qué fue lo que dijo?!, ¿Escuche bien?. No puede ser posible, no hay manera de que eso sea verdad. A quien engaño, viniendo de ellos no sería imposible, desde sus ojos los humanos no somos diferentes a insectos.

"Ahora no tengo dudas, de aquí no saldrán vivos"

Acompañado a mis palabras llenas de rabia, las llamas en mi brazo incrementaron de igual manera. Ahora me doy cuenta, responden a mis emociones. Al parecer los fuertes sentimientos influyen en gran medida la esencia que entra a mi cuerpo. Parece ilógico considerando la paz de mente necesaria para acumularla por medios normales. ¡Como sea!, ¡Eso ahora no me importa en absoluto!.

El bastardo de la cicatriz se ve sorprendido ante mi repentino aumento de poder, prosiguiendo a desenvainar su espada, es una katana japonesa con adornos de color dorado y de hoja negra como la noche, a simple vista no es un arma normal.

"Quería ver tu desarrollo porque a mi parecían exageradas las ordenes de los de arriba, ¿Quién pensaría que un encerrado y adicto a los video juegos como tu poseería tal potencial?, Ahora corregiré el error de dejarte con vida".

¡!

Sin previo aviso y de forma repentina lanzó una estocada directo a mi cabeza, a duras penas logre esquivarlo aunque no del todo, logro cortarme algunos cabellos. Intente contraatacar con un golpe a su pecho, pero fue bloqueado sin mucho esfuerzo por la hoja de su arma. La cual fue empujada con mucha fuerza hacia adelante haciéndome perder el balance, dejándome vulnerable; afortunadamente mi mano está en su dirección. ¡Explota!

--FROUSHH--

Una gran cantidad de fuego se liberó rápidamente provocando una explosión, no le ganare con eso; pero representó la oportunidad perfecta para tomar distancia. En un combate cercano tiene una gran ventaja contra mí, aun si ahora está armado la situación no cambiaría mucho. ¿¡Como puede ser tan fuerte con una sola mano!?.

"Ese ataque no estuvo nada mal, tu habilidad aún es muy básica. Lo preocupante la manera en que la usas"

Como había esperado, salió de las llamas... casi sin un rasguño a excepción de las quemaduras en su capa, debe tener un poder muy fuerte. No hay forma de alguien normal, salga tan ileso de algo así.

"Gracias por el cumplido y eso apenas el comienzo"

Le respondí con un tono desafiante ante sus relajadas palabras.

"No me sorprende que te encargaras de mis subordinados dos veces, la segunda en particular fue una estupidez, no hay manera de que pudieran vengar a los híbridos que derrotaste cuando volamos el pueblo"

¿Venganza?, ¿Segunda vez?. No sé nada de eso, supongo que habla sobre ataque a mis amigos cuando ya no estábamos en el pueblo.

Mire la cara de Allen a ver si estaba en lo cierto, pero por alguna razón tiene la mirada baja con la guardia de la misma forma. ¿Me pregunto qué le pasara?, a lo mejor simplemente recordó una amarga experiencia.

A su lado, Quatre le pone la mano en el hombro y con algo de vacilación toma su arma ahora en su funda, para luego... ¡¿Lanzarla hacia mí?!.

"Reiss toma mi espada. Morirás si sigues así"

Dijo mientras el arma aún se encuentra en el aire. No tengo muchas opciones, la tomare.

"Lo sé, ¿Y ustedes?"

Contesté al momento de tomar su espada enfundada; es considerablemente más pesada que la mía. No cabe duda alguna de lo útil que será. Sin embargo mi mayor preocupación son ellos, sus poderes a pesar de ser impresionantes siguen siendo incompletos al igual que el mío... el cual sólo continúa funcionando por pura suerte.

"También tengo esto. De alguna manera nos las arreglaremos"

Saco un dos cuchillo de su espalda tomándolos con un agarre invertido, vino muy bien equipado, si mal no recuerdo esos cuchillos pertenecen a Jeanne... a propósito, ¿Qué se habrán hecho las chicas?. Si Liz se encuentra con ellas deberían estar bien, además no son ningunas peleles. En cualquier momento podrían llegar hacia acá.

"No te descuides"

Me ataco Kurohane cuando tenía la guardia baja, bloquee su arma con la espada aun en su funda, no tuve tiempo para sacarla. Ahora si puedo ir en serio.

Transferí todo el fuego de mis brazos al arma sin perder un segundo, al hacerlo mi oponente comienza a retroceder y yo a ganar terreno, como efecto adicional la funda se convirtió en cenizas por el calor, deberé pagársela a mi amigo.

"Así que también puedes infundir tu espada con llamas"

Comentó nuevamente con usual sarcasmo mientras empujamos con fuerza nuestras espadas, buscando hacerle perder el balance al otro..

"Te dije que apenas es el comienzo"

"Hmph, no seas tan arrogante"

No cayó ante mi provocación, la cual solamente consiguió que el empujara más fuerte a través de su arma... ¡¿Qué es esto?!

¡!

Con una fuerza misteriosa pero enorme, movió su arma hacia adelante mandándome a volar en el proceso, fue demasiado rápido. Como consecuencia salí despedido en dirección al campo de batalla, justo en trayecto de caer en una pila de enemigos.

Casi que por instinto envolví mis brazos en llamas preparándome para el choque, este será un gran estallido.

--BOOOM--

La explosión de las llamas sirvió para amortiguar levemente el impacto, de igual forma fui herido por esta. Mi cuerpo aun no soporta ese poder al 100%, si vuelvo a hacerlo podría ser bastante peligroso.

Dejando eso aun lado, la vista es sacada de una película de guerras. Las pilas de marionetas en el suelo de por si es sorprendente. Percival y sus subordinados todavía continúan su confrontación con aquel misterioso Rey; no dan la impresión de acabar por ahora.

"¿Sólo tienes eso?"

Kurohane salió de entre el humo, con su espada apoyada en la espalda. Me esta menospreciado... eso es lo único, lo único. ¡Que no puedo soportar!.

"¡No me subestimes!"

Lance un gran corte horizontal. Siendo bloqueado por él sin mucho esfuerzo. Dejándonos cara a cara, separados por nuestras armas chirriantes debido a la fuerza... Afortunadamente ese movimiento tan devastador tiene condiciones de uso, si no fuera así ya estuviera volando nuevamente. Si tengo razón, ahora sería un buen momento para sacarle información.

"Bastardo hay algo que me ha estado molestando desde hace rato. ¿Por qué te enfrascas tanto en hacerme creer la gran mentira de que fui el responsable de aquella explosión en mi pueblo?"

Exigí una respuesta mirando directamente a sus ojos negros azabaches y espesos como la brea, en ellos no se ve ni la más mínima duda; no parece un humano, una maquina encajaría más con esa mirada. ¿Contra qué rayos me estoy enfrentando?.

"Reiss, aquí estamos"

Gritó mi pareja, no hay duda alguna es su voz. Al voltear ligeramente en esa dirección la acompañan, Quatre, Allen, Erika, y Jeanne. Las chicas no tienen heridas notorias y portan trajes similares a los de Elena aunque levemente personalizados. Los otros siguen igual, no han recibido daños nuevos, ella debió salvarlos.

"Te tomaste tu tiempo, ¿salvaste a esos dos de camino?"

Le pregunté con sarcasmo aunque muy feliz por su llegada, sin embargo ella negó rotundamente mi suposición.

"Te estaba buscando, ahí fue cuando te vi volando por los aires saliendo del bosque. Como no vi a Quatre y Allen contigo, asumí que estaban de donde saliste disparado, así que fui hacia ese lugar. Los encontré a la salida de los árboles, dejando atrás una pelea entre dos hombres encapuchados"

¿Qué significa esto?, ¿Hay traidores en sus filas?. Si es así será la única buena noticia en toda esta noche.

"Ya lo sospechaba, Lucas siempre ha actuado muy extraño"

Comentó Kurohane, respondiendo indirectamente a mi pregunta. Me pregunto si con Lucas se refiere al que nos dejó ir ese día en Stonehenge. Podría ser, pero no es momento para pensar en ello... ¿Eh?, al mirar a ese bastardo asesino noto algo nuevo, ¿Una sonrisa?. ¿Está feliz por algo?, ¿Aun por la tracción de su amigo?.

El tatuado de espada negra notando mi preocupación se dirige hacia nosotros.

"Llegaron en buen momento, me pregunto... ¿Cómo reaccionarían si se enteraran sobre la verdad del incidente?, ya lo he insinuado demasiado. Es hora de contar la historia completa"

Al fin entro en aminos de hablar. Algo lo ha interrumpido desde que lo menciono, imposibilitándole decirlo por completo.

Ahora no se encuentra en una posición en absoluto favorable. Está inmovilizado junto a mí, además de estar rodeado por el grupo, debe querer ganar tiempo... no importa, quiero saber eso.

"¡Dilo de una vez!"

Le inquirí para que se diera prisa y acabarlo rápido, antes de que vinieran sus refuerzos o algo por el estilo.

"Si insistes, pero te arrepentirás después-<<Aclaró su garganta para luego tomar una gran bocanada de aire, su actitud de prepotencia en verdad es fastidiosa>>-Tu más que nadie debe saber el alcance del poder que posee un Rey, el cual puede pelear aun sobre su límite, justo como haces en este momento. Significando sin lugar a dudas un peligro muy grande, de seguro estas consciente de ello. Por eso se decidió estallar todo el pueblo como medida preventiva, otro Rey no podía interponerse a nuestros planes, sin embargo sobreviviste a todos los asaltos, haciendo el sacrificio de esa pobre gente en vano"

"¡¡No me Jodas!!"

¿¡Cómo se atreve a decir semejante disparate?!, Matar a tanta gente por ese patético miedo...¡Es imperdonable!. No puedo creer que me diera una excusa tan patética para iniciar la masacre. ¡Además se está contradiciendo!, ¿No dijo hace poco que me dejo vivir con su curiosidad?, ¡Sólo quiere hacerme perder el tiempo!.

"Esa será la última estupidez que dirás"

Incremente bastamente la cantidad de llamas en la espada al punto de expedir ascuas tan calientes que comienzan a quemar los cuerpos apilados de las marionetas a mi alrededor. ¡Me asegurare de acabar con el de una sola vez!.

"¡Espera Reiss, hay algo que debo saber!"

Quien habló fue Allen, su voz denotaba mucha urgencia y desesperación. Debe ser importante, nunca lo había visto así.

Detuve el aumento exponencial de calor, pero no retire las llamas. Un movimiento en falso en esta situación significara fácilmente la muerte para cualquiera de los dos. Estar con la guardia baja es un lujo imposible de poseer.

Kurohane se ve bastante interesado por la pregunta de mi camarada. No, es un poco diferente, parece satisfecho, ¿Qué significa esto?.

"Pregunta sin reservas. Si está en mi saber, responderé"

Esto es extraño, no lo había visto tan cooperativo. ¿Tendrá algún as bajo la manga esperando a por nosotros?... puede ser. Me asegurare de matarlo justo cuando termine de responderle a mi camarada.

"Dime, ¿Fuiste tú quien planeo el segundo ataque donde esos tres vinieron a buscarnos?"

¿Está hablando del ataque posterior a nuestra partida?, parece que sí. El interrogado no se sorprendió en absoluto, es más, da la impresión de que estaba esperando esa pregunta.

"No, no fui yo. Ellos actuaron por su cuenta... o debería decir motivados por la venganza. Reiss tu líder, mato a quien los crió. Fueron a por el sin autorización alguna y no regresaron"

Respondió muy tranquilo sin brindar ninguna pista que delatara información adicional. Como pensé, fue una pérdida de tiempo.

"¿Eso es todo Allen?"

"Por supuesto-<<Se encogió de hombros>>-No necesito saber más"

Respondió Allen un tanto inseguro ante mi pregunta... sin embargo el desgraciado de Kurohane no deja de sonreír por alguna razón.

"Me alegra serte de ayuda joven"

La bizarra platica entre los tres termino tan repentinamente como comenzó. El responsable de ello tiene la mirada baja sin intenciones de alzarla, también se le ve confundido. Ojala no sea nada grave.

Ahora por fin podre acabar con este desgraciado de una vez por todas. Lo atacare con todo lo que tengo hasta hacerlo caer.

Me abalancé hacia él con toda la determinación e ira que se había acumulado en mí durante el año pasado.

De esa manera empezó el verdadero enfrentamiento de armas, con rápidos y perfeccionados movimientos, bloqueando cada arremetida, negando cualquier apertura al enemigo. Me las he arreglado para compensar mi falta de técnica con mi habilidad para controlar el fuego, igualándome a su nivel con el consto de no poder mantenerlo por mucho tiempo.

·Clink·,·Clink·,·Clink·

El sonido del metal al chocar predomina en el ambiente ensordeciendo todo lo demás. La velocidad de los ataques es demasiada, a duras penas tengo tiempo para pensar, actuando en casi un 100% por reflejo.

Cualquier error puede significar fácilmente la muerte o la pérdida de una extremidad, siendo este uno de los extremadamente raros casos donde un enfrentamiento es largo... ambos esperamos la equivocación del adversario.

Nuestro duelo se prolongó por unos minutos los cuales parecieron eternos, debido a la intensidad, que también aumentaba exponencialmente conforme pasa el tiempo. Ya no soy capaz de notar lo que sucede a mí alrededor.

–CLANK·

Con gran fuerza colisionamos nuestras espadas generando un fuerte sonido. Proporcionándonos la oportunidad para un breve receso, estoy muy cansando. Mantener ese ritmo consume mi resistencia demasiado fácil. Comienzo a respirar con dificultad.

Kurohane al notar esto comienza una pequeña risa.

"¿Sólo aguantas esto?... no, en realidad has soportado demasiado. Mucho más de lo que habría esperado hace diez minutos."

Es extraño, es la primera vez que me da un cumplido sin su habitual tono sarcástico. También se ve un poco cansando pero no le falta el aliento. Me pregunto... ¿Cuánto entrenamiento habrá sido necesario para llegar a ese nivel?, no tengo informaciones de si es un Rey, ya le había preguntado eso a Percival antes. Entonces, ¿Cómo es tan poderoso?.

"Reiss déjame preguntarte algo. ¿Por qué estás tan empeñado en derrotarme?"

Preguntó mientras intentaba analizarlo, me tomo por sorpresa. Aunque nuevamente comenzó con estupideces... la razón no hace falta preguntarla.

"Por venganza, ¿Que no es obvio?"

No dude ni un segundo en responderle, ante eso se vio notablemente desilusionado y luego prosiguió.

"Es un motivo bastante vacío a decir verdad. Entonces dime... ¿Qué harás cuando me venzas?"

Nuevamente mostro un extraño interés hacia mí, no pierdo nada con responder... pero, ¿Qué esta tramado?... debo pensarlo con cuidado, él no me dirá sus planes.

"Me gustaría dejar esta vida y vivir junto a mi familia, pero sé muy bien que eso no es posible. Por lo que me enfocare en evitar tragedias similares provocadas por la gente de tu calaña"

Le contesté en un intento de ganar algo de tiempo para buscar una forma de aniquilarlo.

"Ya veo ciertamente suena muy idealista, quizás es por tu juventud ese pensamiento... no puedes salvar a todos, tragedias como esas volverán a ocurrir sin importar lo mucho que esfuerces"

Es inesperadamente filosófico, no puedo negar el alto grado de razón en sus palabras, sin embargo...

"Al menos luchare por proteger a los allegados a mi"

"Ya veo... ·<<Sus ojos brillaron e ese momento>>·¿Y si te dijera que los Riders buscamos la paz?"

"No seas tan descarado, ¿Cómo unos asesinos buscan la paz?"

Le reproché con mucha insatisfacción, no puedo creerlo. ¿A estas alturas se atreve a decir algo como eso?, el nivel de insolencias que puedo soportar tiene un límite. Dudo mucho que su objetivo sea una vida tranquila considerando los ataques tan organizados como estos.

"Los sacrificios son necesarios para alcanzar cualquier objetivo, mientras más grande sea este mayor es el sacrificio requerido·<<Contestó con una frialdad digna del cero absoluto>>·Dime una cosa, ¿Si tuvieras que elegir entre salvar a veinte o a doscientos, salvarías a los doscientos aun a costa de sacrificar los veinte?"

"Los salvaría a ambos, no quiero dejar morir a ninguno"

Le contesté con mis pensamientos más profundos, todo lo que quiero es no seguir viendo gente inocente morir. Quiero evitarlo con todas mis fuerzas hasta donde lleguen mis capacidades.

"Por eso eres ingenuo, a veces te ves obligado a elegir. Deberías estar preparado para ello y saber a quién salvar por encima de los demás. ¿Me equivoco joven de la lanza?"

"..."

De repente incluyó a mi amigo en nuestra conversación, el cual no responde, viéndose confundido por esas palabras.

No entiendo nada, ¿Se referirá a algo antes unirse a Knight?. Puede ser, el usualmente es muy reservado con su vida privada.

"Allen, ¿Qué te pasa?"

Le pregunté bastante preocupado por su estado de ánimo, quizás no sea el momento adecuado... pero tengo el presentimiento de que este asunto no puede esperar.

"Reiss... tengo algo que contarte"

Tomó una gran bocanada de aire y alzó la cabeza, se ve bastante pálido y nervioso. Todos nos sorprendimos por su estado. Ese no parece Allen, ¿Qué estará a punto de contarme?.

"Recuerdas cuando te conté que nos atacaron en el pueblo unos meses después de tu partida"

"Por supuesto, ¿Cómo podría olvidar un hecho tan relevante?"

Le contesté con un tono tranquilo, a pesar de encontrarme muy estresado por dentro. Él ya lo había comentado anteriormente. Un tiempo después de haber iniciado nuestro viaje, el pueblo fue atacado llegando a ellos directamente. Ese ataque fue la motivación para venir con nosotros, fue la razón para encontrarnos en México dicho de manera muy superficial.

Si Allen lo menciona, debe haber un detalle grande o pequeño que falta. Pero no entiendo de que puede tratarse, para empezar se me hace raro el hecho de mantenerlo en secreto, si el secreto en verdad existe.

Quatre y Jeanne quienes también estuvieron involucrados directamente lucen bastante confundidos, esperando muy atentos las palabras de nuestro camarada... ¿Ellos no saben nada?, ahora si es raro.

"Esa no fue la verdad, no toda al menos·<<Levemente sonrió dirigiéndose a su rival>>·Cuando me encontré con ustedes, ya era tarde. Ellos hicieron algo que jamás podre perdonarles, mataron a una mujer muy especial para mí, amigo tu sabes quién es, Sarah"

"Sé quién es y en verdad lo siento, pero.... ¿Porque dices esto ahora?, nunca me dijiste nada. No supe más de ella, ese mismo día salimos del pueblo"

El dúo de imprudentes comenzó a hablar de un asunto por completo desconocido para mí. Poniéndome al tanto de un par de cosas inesperadas, no sabía que Allen tenía interés una persona, menos aún que compartiera ese fuerte vínculo emocional.

Kurohane extrañamente ha parado todo intento de pelear contra mí, en su lugar se ha dedicado a presenciar la escena como un espectador más, quiere escuchar las siguientes palabras de Allen.

"Es simple. Ella no volverá, no importa lo que haga. Por eso me he enfocado en eliminar a los culpables de su muerte...·<<Sus ojos se ven un poco enrojecidos pero también demuestran un gran enojo>>·Al causante de todo; de lo contrario se volvería a repetir la misma tragedia. Esa fue mi motivación para seguir con ustedes, estoy decidido a matarlo cueste lo que cueste"

Ahora siento algo de pena por él, ha soportado completamente solo esa carga por mucho. Ahora entiendo la fuerza de su deseo. No sería exagerado decir que su motivación es mayor a la de cualquiera en el grupo.

"Entonces dime, ¿Que sientes al tener todo este tiempo al culpable junto a ti?·<<Nuevamente Kurohane interviene

cuando se le da la gana>>·No hay duda alguna, fueron mis subordinados en busca de venganza"

Ya entiendo que quiere hacer, pero no le funcionara.

"Cállate, el culpable de todo esto fuiste tú"

Le grité a Kurohane antes de usar mi mano izquierda cubierta en fuego para atacarlo. Eso provoco que retrocediera con un gran salto hacia atrás, acto seguido se lanza al ataque reanudando nuevamente nuestra batalla.

Los rápidos movimientos de la espada y el fuerte sonido de los choques vuelven a ser el rasgo predominante del ambiente.

"Reiss, ¿No te sientes mal por el?... ¿No te sientes mal por todos los que murieron?, fue tu culpa"

Me dijo en un fuerte choque donde quedamos frente a frente, brindándonos la oportunidad de hablar.

"Te lo he dicho muchas veces, no digas tonterías. El único responsable por eso has sido tú, que incluso te atreviste a volar un pueblo completo con esa patética excusa"

Resalté con firmeza un suceso importante, uno que no puedo dejarle olvidar. Nuevamente volvimos a batallar, teniendo cuidado sobre cada uno de nuestros movimientos. Para mi desgracia, aún mantiene ese ritmo tan exigente.

"Aunque yo no lo hubiera hecho, otro lo habría intentado sin dudarlo. Los Reyes son la mayor amenaza en este mundo, temidos por todos... odiados por todos. Desde la antigüedad el ser humano ha sido caracterizado por su avaricia, buscando el máximo en todo aspecto de su vida. La envidia es común en este entorno y lo sigue siendo en el mundo actual. ¿Dime como reaccionaria el mundo si se enterara de tu identidad y de tu poder?"

Respondió con un tono sarcástico cuando chocamos nuevamente nuestras armas, el cual acompaño a la perfección sus pensamientos tan filosóficos, si cabe la palabra. También me hizo directamente una pregunta muy interesante, desafortunadamente hay muchas respuestas para ella, por lo que me limitare a darle la más simple y obvia.

"Se sorprenderían, eso sería lo más natural"

"Y no sólo eso, intentarían conseguir ese poder de cualquier manera posible. Incluso guerras se desatarían por él. Todos los allegados a ti sufrirían por tu causa·<<Señalo a mis amigos>>·Serían utilizados como material de chantaje, para llegar a ti"

"No lo niego, he visto muchas veces esa posibilidad.·<<Respondí con firmeza>>·¿Intentas amenazarme?"

"No podrías estar más alejado de la realidad. Los Riders buscamos un mundo donde tener ese poder no te hará diferente, donde todos puedan vivir en paz"

¿Ese es su objetivo?, más bien parece como una excusa de muy mal gusto. No puede esperar que crea eso. Aun si de alguna manera resultara ser cierto, sus formas de actuar los contradicen, no tengo ni idea de cómo piensan hacerlo.

"¿Por esa razón matarías a tanta gente inocente?"

"Es un pequeño requisito para cumplir el objetivo, además la gente inocente<<Hizo hincapié en inocente>>·Muere todos los días"

"Como pensé. Tus métodos son enfermizos y retorcidos"

Comenzó a reírse por unos segundos al escuchar mi comentario, luego se dignó a responderme de una forma apropiada, al contrario de su anterior sarcasmo.

"Lo que el hombre necesita son resultados, al conseguirlos el medio no importa. Una vez lo hagamos, cosas como estas jamás volverán a repetirse... dime algo, ¿Acaso no perseguimos las mismas metas?"

"Nunca mataría a una persona inocente para cumplir mis objetivos"

"Ese débil principio no te impidió acabar con mis subordinados, ¿Creías que nos quedaríamos con los brazos cruzados por sus muertes?"

Kurohane ha tocado una decisión la cual tome hace mucho tiempo. Cuando presencié ante mis ojos la muerte de la pareja, decidí evitar más muertes de personas cuyas vidas no tienen ninguna relación con esto. Esa noción cobro mayor fuerza después de la explosión.

"Por supuesto que no, pero yo tampoco me quedare cómodamente sentado mientras tú y los tuyos matan un numero insano de personas por objetivos dudosos"

"Veo que resultaste ser extremadamente fiel a tus principios"

Esbozo una sonrisa repugnante ante mis firmes palabras.

"¿Si no soy leal a mí mismo, entonces como esperas que siga adelante?"

Su expresión presento un ligero cambio, casi al punto de comenzar a reírse con satisfacción.

"Resultaste ser incluso un poco filosófico, no veo duda en tus palabras... pero tus amigos parecen ser otra historia"

Enseguida volteé mi cabeza para confirmar aquella repentina declaración.

No se ven para nada diferentes a lo habitual... ¡Un momento!.

Por poco me logra mandar a volar nuevamente con ese estallido de fuerza. Afortunadamente logre darme cuenta a tiempo de sus intenciones, brindándome los valiosos segundos para esquivarlo. En consecuencia, nuevamente nos alejamos uno del otro.

"Por poco fui un tonto al creerte algo como eso, tengo muy clara la determinación de mis amigos, ¿No es cierto chicos?"

Les pregunté a los compañeros con los que he vivido estos últimos meses, los conozco bien y se cuáles serán sus respuestas.

"Por supuesto, este tipo habla bonito pero no me dejare engañar"

"Claro que si amigo, no lo dudes. No quiero que el mundo lo cambien de esa manera que parece tan drástica"

"Te apoyo sin vacilación alguna Quatre, y también a ti Reiss"

"¿Te atreves a preguntar algo tan obvio?"

Liz, Quatre, Jeanne y Erika, todos ellos están conmigo en las buenas y en malas. Falto uno en responder, pero dado su frágil condición mental es mejor no presionarlo.

"¿Ves bastardo?, no vuelvas a cuestionar la determinación de mis amigos"

"Hmph, ya lo puedo ver... Suficiente de juegos, me pondré serio"

"Eso es lo que estaba esperando"

De esa forma aumente aún más la cantidad de llamas en mi arma, cubriéndola casi por completo en un grueso y compacto manto de fuego. Kurohane por su parte sólo modifico su postura a una más desafiante, no veo ningún cambio obvio en él a parte ese. Pero es mejor no descuidarme.

Luego de unos intensos segundos de observación mutua, reinicio el combate.

Su siguiente movimiento fue una estocada directa a la parte baja del abdomen, el cual pude bloquear sin mayores dificultades con el reverso de la hoja. Acto seguido retiro su arma e invirtió su agarre para realizar un corte horizontal. También fui capaz de detenerlo ubicando mi espada el costado derecho.

"Has mejorado tu técnica en la batalla, en verdad los Reyes son aterradores"

"Gracias a tu ayuda"

Nuestra batalla continúo a pesar de ese breve intercambio de palabras, seguido por uno más rápido de espadazos.

Al costado, cabeza, bajo vientre, corazón, cuello. Todos han sido dirigidos a un punto potencialmente letal, pero ninguno de los dos tiene intenciones de ceder. Por el contrario, el ritmo de la batalla solamente incrementa.

Por fin comienzo a notar el cansancio en mi adversario, pero este no afloja para nada.

"Me había limitado a decirlo pero, Impresionante"

Dijo Kurohane en el último choque donde nuevamente quedamos frente a frente... esas serian mis palabras para describirte sin lugar a dudas, te las has arreglado para contener lo mejor de mí con un sólo brazo y usando tu habilidad al mínimo. Si hubieras iniciado en serio, no hubiera pelea en este momento.

Seguimos intercambiando pruebas de técnica, recibiendo cortadas por parte del otro en el proceso. No tengo ni idea de por cuanto tiempo hemos estado peleando; parece más dada la gran intensidad del combate... el golpe de metal con metal es casi un sonido continuo, llevando curiosamente un ritmo similar al del latido de un corazón.

-Clink-

Nuevamente quedamos frente, un tanto cansados por la tan larga batalla de desgaste. Pero esta vez no se dirigió a mí, sino a mis camaradas.

"¿Qué pasa joven de la lanza?... te veo bastante indeciso"

Le hablo con un tono demasiado exigente a mi buen amigo. No puedo ver su rostro pero puedo imaginarlo, Allen no está en un buen estado emocional... ¡Quiere confundirlo!.

"¡Allen no lo escuches, sabes muy bien de que es capaz esta persona!"

"¿Oh?, ¿Por qué intentas detenerme?... ¿Estaré diciendo algo verdadero?"

Esa retórica tan retorcida no te funcionara, él no es tan tonto como para caer en algo como eso.

"¡Como si pudieras hablar con la verdad!, sólo trata de confundirte"

"Si es así creo que lo diré claramente. Reiss, tu presencia únicamente hará sufrir a quienes están a tu lado. Mientras vivas habrá conflictos, no... mientras vivan los Reyes como tú. Con deseos egoístas de proteger a los suyos, negando la posibilidad de salvarlos a todos con un pequeño sacrificio en comparación"

"Ya entiendo tu propósito tratas de hacer que mis amigos me traicionen, lamento decepcionarte·<<Aseguré>>·Pero son mis valiosos camaradas, hemos encarado la muerte y duras batallas en más de una ocasión. Nos cuidamos uno al otro, nos apoyamos en todo e incluso vivimos juntos. No hay manera de que·"

Mis palabras fueron bruscamente detenidas por una sensación conocida, pero nada agradable... toque aterrado mi abdomen sin quitar la vista de mi adversario por un segundo, confirmando la peor de mis sospechas... ¡Ha sido atravesado!, ¡¿Pero cómo?!. Kurohane no se ha movido ni un milímetro, está al frente mío sonriendo macabramente sin realizar un solo movimiento.

No hay marioneta cerca, estas evitaron todo contacto con nuestro duelo. Tampoco hay señales de otros Riders en el lugar

"Uguwa"

Vomite sangre bruscamente, la cual ahora sale de mi boca. El daño parece ser grave. Pero más importante aún, ¡¿Quién ha sido?!... creo que ya lo descubrí. Con eso en mente baje la mirada para enfrentar una horrible verdad.

Mis ojos no pueden creer lo que están viendo, una punta de lanza sobresale levemente debajo de mis costillas en el lado derecho. ¡Esta lanza es de...!

"¿¡Allen porque lo hiciste!?"

"¡¿Has perdido la cabeza?!"

"¡Reiss es el único que puede enfrentarse a ese monstruo. Sin él moriremos!"

Los gritos desesperados y mezclados de mis amigos aseguraron inmediatamente la veracidad mis sospechas... pero mi corazón se niega a creerlo.

Volteé de inmediato, por desgracia sólo puedo ver una escena terrible. Allen había congelado las piernas de mis compañeros dejándolos atónitos en el suelo... Liz, Liz... ella parece estar herida e inconsciente. ¡¿Que acaba de hacer ese imbécil!?.

"¡¿Pero qué mierda haces?, ¿Te has vuelto loco?!"

"No, simplemente me he dado cuenta de algo... Kurohane tiene razón"

Dijo mientras me dedico la más fría mirada que he recibido en toda mi vida, no parece él mismo.

"¡¿Qué rayos estas diciendo?, este hombre mata despiadadamente a inocente con tal de lograr sus objetivos·<<Le recordé con sangre saliendo de mi boca>>·¿Es que acaso no lo entiendes?!"

"¡Nosotros no somos diferentes, también hemos matado para protegernos!"

"¡Sólo ha sido cuando no tenemos alternativa, ¿Crees que me alegra mucho hacerlo?!"

Gritamos una cantidad de cosas en el momento, todas ellas ciertas. Lo que no entiendo es que le paso a mi amigo. Ciertamente es arrogante, flojo, y por sobre todo le encanta hacer enojar a la gente, en especial a Quatre su eterno rival. Puede ser todo eso y más, pero nunca ha sido un traidor. ¡¿Que rayos paso?!.

Allen comenzó a reírse de una manera que nunca antes había visto, fue una forma macabra. Como los villanos en las series que tanto nos gustan.

"Juajajajajajajajajajajaja. Evitare esas muertes, evitare la perdidas al mínimo"

"¿¡Se te ha zafado un tornillo?·<<Le grité estupefacto>>·Estás diciendo puras cosas sin sentido!"

No me respondió, está ignorándome por completo. Ni siquiera se digna a mirarme, en su lugar, dirige su vista hacia él que hasta unos pocos momentos fue mi adversario.

"Kurohane, me uniré a los Riders"

¡! Todos nos quedamos en blanco ante esa declaración tan descabellada. Excepto Kurohane quien se ve extremadamente feliz.

"Ya estabas demorando"

Dijo eso para luego saltar ubicándose a su lado, unos instantes después siguió hablando.

"Tenía el presentimiento de que eras el más inteligente en este grupo de tontos·<<Puso su mano en el hombro de Allen>>·... En verdad ha sido una decisión sabia"

"No te pongas tan amigable conmigo·<<Desprecio con repugnancia el gesto de amistad propiciado por Kurohane>>Por supuesto tengo condiciones. La primera es que me digas todos tus objetivos"

"Lo hare, eso no ludes. Ahora es más importante encargarse de estas molestias·<<Nos señaló>>·¿Me permites?"

"Has como gustes"

"¡No se atrevan a ignorarme!"

Dije con gran y fuerte voz, entrometiéndome bruscamente en lo que parecía una relajada conversación entre ambos. No entiendo nada de esto, no encuentro motivos por los cuales Allen, uno de mis mejores amigos está dispuesto a dejarnos morir, pero si piensa que lo dejare hacerlo sin oponer resistencia... ¡Está muy equivocado!.

"¡Primero tendrán que matarme si pretenden hacerlo!"

Mis llamas se incrementaron de la misma forma que mis emociones de ira y frustración, cubriendo enteramente mi cuerpo. Es la primera vez que he llegado a este punto, la sensación de estar en llamas es curiosa... ¡No importa!, ahora tengo a quienes debo proteger aun si eso significa atacar a mi buen amigo. Ya lo he dicho una y otra vez, los protegeré cueste lo que cueste, por supuesto no le matare. Necesito escuchar una buena explicación de su parte.

Saque el arma que me atravesaba usando mi fuerte voluntad, el dolor no fue tan grande como esperaba. Supongo que el soportar dolores más grandes me ha brindado cierta tolerancia hacia él.

Justo cuando estaba a punto de atacarlos, algo cayó enfrente de nosotros con gran estruendo. Levantando una enorme nube de polvo; deteniendo mi arremetida como consecuencia.

"Detente Reiss"

Me dijo un hombre que ya he visto antes, fue la misma persona que paró nuestra pelea en Stonehenge. Lucas Van Hellsing.

Su intromisión indeseada tiene un punto positivo, me proporciono algo de tiempo para calmarme y analizar la situación. Kurohane ya estaba listo para matarme de un sólo tajo en cuanto me acercara más.

"No te daré las gracias"

Ignoró por completo mi orgulloso reclamo, en su lugar se dirigió a ese bastardo"

"Ya han cumplido el objetivo aquí, no tienen motivos para permanecer en este lugar. Si insistes en quedarte, te las veras con ambos Reyes y por supuesto conmigo"

"Hmph, justo cuando las cosas se habían puesto interesantes. Poniéndolo de ese modo no me dejas alternativa. Tener problemas con los superiores no me parece muy agradable, al menos no de nuevo... chico, nos vamos"

Inesperadamente Kurohane accedió ante sus exigencias, no sin antes manifestar su notoria inconformidad por ello. Mi amigo por otro lado no hizo ningún esfuerzo en protestar y acato la orden al instante.

Ambos nos dieron la espalda y desaparecieron sin dejar rastro como es característico de los Riders. Allen mi hasta ahora camarada, sólo se limitó a lanzarme una mirada de lastima como despedida.

"¿¡Por qué hiciste eso?!"

Le pregunte al hombre que me detuvo, no me respondió. Lo que sí hizo fue propinarme un fuerte golpe en la mejilla, tumbándome al suelo.

"Mírate a ti mismo·<<Me señaló>>·un poco más de batalla y habrías perdido, sobre forzarte de esa manera te llevara a una vida corta"

"No entiendo que estás diciendo· Urghh"

Tan repentino como un rayo, una gran cantidad de dolor comenzó a recorrer todo mi cuerpo, es muy fuerte. Me recuerda un poco como cuando me convertí en un Rey... es malo... he empezado a perder la conciencia... ¡¿Por qué en este momento?!.

"Descansa sin reservas, Percival también está aquí. La batalla ya término"

El sabio también apareció en escena, intente saludar por no me... dan las fuerzas... ¡Mis amigos!.

De alguna manera me las arregle para mirar en su dirección, están bien sus partes congeladas han vuelto a la normalidad... de hecho vienen corriendo hacia mí. Se ven tristes, chicos los siento... no pude... hacer nada.

"¡Reiss!"

"¡Amigo!"

"¡Resiste!"

Dijeron preocupados por mí, mientras las chichas me toman en sus brazos... Liz está siendo cargada por Quatre... siempre comienzan a salirles lagrimas después de una batalla... muy propio de ellos... ahora puedo dejarme ir... no me quedó ningún rastro del aparentemente inacabable poder que hasta hace poco recorría mi cuerpo intensamente... ¿Qué me pas-?.

Bruscamente perdí la conciencia y la noción de las cosas.

No mucho tiempo después, al menos a mi percepción, recupere el sentido. Estoy acostado con los ojos cerrados. ¿Qué estaba hacie-?... ¡Por supuesto la batalla!.

"¡Maldición!"

Lance un grito con gran fuerza, expresando toda la frustración acumulada en mi interior. ¿Eh?, no estoy en el campo de batalla. Me encuentro en una habitación de madera blanca, iluminada tenuemente por los rayos de sol como si llevara poco tiempo de haber amanecido.

"Valla forma que tienes para despertarte"

Escuche una voz conocida por fuera de la habitación, al entrar confirma mis sospechas, es Percival, está usando la misma ropa de cuando lo vimos por primera vez. Se ve un tanto calmado. ¡No es momento para eso!.

"¡¿Que ha pasado?,¿Mis amigos están bien?, ¿Cómo esta Liz?!"

Le pregunte desesperado con la manos en su ropa, la cuales quito con una sonrisa en su rostro. Sentándose justo al lado de mi cama.

"La batalla de ayer termino sin mayores pérdidas, la aldea está bien, tus amigos se encuentra durmiendo sanos y salvos en otra habitación. En cuanto a Liz, no está en peligro pero probablemente siga inconsciente al menos dos días más…. todo esto fue gracias a Lucas"

Hablo respondió a todas mis preguntas con su usual actitud relajada, no tiene heridas mayores así que puedo asumir su éxito ahuyentando a aquel Rey enemigo. Son buenas noticias la seguridad de mis amigos… sin embargo olvido decirme algo importante, en realidad dos cosas.

"¿Qué ha pasado con Allen? Y… ¿Quién es en realidad Lucas?"

"Respondiendo a lo primero. Huyó junto a los Riders, tus amigos no llevan muy bien esa pérdida, tomándolo cada uno de una forma diferente, intenta no mencionarlo·<<Un buen consejo si me preguntan>>·Debes recordarlo cuando te lo dije, un Trickster no sólo da poder, manifiesta tus verdaderos pensamientos. Quizás él lo tenía guardado desde hace mucho y eso sirvió como detonante"

Ya entiendo, más adelante hablare con todos sobre eso. Quiero saber que piensan, no me gustaría que nuevamente sucediera lo mismo. Fue mi error por no hablar con el grupo una vez obtuvimos poder. Este puede ser muy peligroso y tiende a enloquecernos, el precio por obtenerlo de una u otra manera siempre resulta alto.

A pesar de encontrarme intentando organizar la información en mi cabeza, Percival aun continúa hablando.

"Lucas es uno de mis amigos de más confianza, se infiltro en los Riders para obtener algo de información acerca de sus hasta hace poco, desconocidos objetivos"

Es explica por qué nos dejó ir ese día sin mayores problemas y de paso porque nos encontramos tan fácilmente con Elena. Lo cierto es, nunca lo hubiera sabido si él no me lo dice; La actitud de Lucas se adapta perfecto al comportamiento natural de los Riders... ahora que menciona sus objetivos; si mal no recuerdo, ese bastardo también lo hizo.

"¿Desconocidos?, ¿No se supone que buscan la paz?"

"Por supuesto que no-<<Negó con ironía>>-Esa sólo es una excusa para reclutar gente a su causa. Lucas debería venir en cualquier momento para informarnos acerca de sus verdaderas metas"

Estoy en verdad confundido. No sé si será por haberme despertado hace poco, o si por que en verdad me siento de esa manera. Ya sabía acerca de esa fachada tan mal elaborada, pero sus metas son un verdadero misterio, no me extraña la decisión de infiltrar a alguien en esa organización. Es una decisión correcta, pero muy peligrosa.

"Por ahora mira tu cuerpo"

Comento señalándome.

¿?, Extrañado por sus palabras me dispuse a seguir su sugerencia. Lo que veo es sorprendente. Las escamas inicialmente llegaban hasta mi cadera; ahora llegan casi hasta la rodilla, de la misma manera también se encuentran algunas en mi cuello. ¿Qué significa todo esto?.

Percival de inmediato notó mis intenciones y se dispuso a explicarme.

"Como resultado de abusar tus limites, el cambio en tu cuerpo se ha expandido para soportar ese repentino incremento de poder, un error común pero permanente. No lo hagas más. No te traerá buenos resultados, créeme, se por qué te lo digo"

"Entiendo..."

Ya se me hacía entraño que pudiera pelear tanto tiempo y con esos poderes. Esta es la consecuencia, siendo honesto no me parece tan mala. Pero tampoco me gustaría verme como un lagarto escarlata, en definitiva tendré más cuidado. De todas formas no puedo evitar preguntarme si esta condición empeora conforme más use mis habilidades...

Justo cuando está a punto de preguntarte ese hecho tan relevante la puerta se abrió súbitamente.

"Lamento la interrupción"

"No pasa nada. Te estamos esperando"

Quien entro al cuarto fue el tan hablado Lucas, usando una camiseta de color negro y unas pantalonetas color café. Siendo rápida y cálidamente recibido por el sabio... mirando más detenidamente, noto que no está solo.

"¡¡Reiss!!"

Dos chicas con vestidos blancos y vendajes entraron de golpe, lanzándose justo a abrazarme. Yo las conozco, son Erika mi mejor amiga desde niños y...¿¡Elena!?, ¿Qué rayos esta pasado?.

"¿Qué es todo esto?"

Pregunté bastante confundido por la inaudita situación.

"Al parecer eres tan popular como siempre, incluso la hija del sabio te ha cogido cariño"

Ese comentario fue de mi amigo Quatre, el cual se encuentra apoyado en la puerta de manera...¿Genial?. Dejando a un lado su extraña forma de pararse, también esta vendado, como usa únicamente unos pantalones azules deja a la vista todos los vendajes en su pecho. Deben ser las heridas por la batalla de ayer.

"Me alegra ver que están bien"

Deje salir mis pensamientos con una sonrisa.

"Lamento interrumpir sus juegos, pero debo decirles algo importante"

Inquirió Lucas con un tono casi de represión, no se ve muy contento. De inmediato las chicas se sentaron en la cama a mi lado un tanto apenadas. Qué curioso... aun después de los hechos tan serios de ayer... mi comedia diaria continúa como si nada. Quizás ya debería empezar a aceptar ese hecho tan decepcionante.

Percival al ver que hemos entrado en ánimo serio, le dice a su buen amigo.

"Ya puedes decirlo"

"Por supuesto, vengo a decirles el objetivo de los Riders. Eso también explica el verdadero motivo por el cual destruyeron tu pueblo Reiss. Eliminarte fue una excusa impuesta por los altos mandos para ocultar sus verdaderas intenciones"

Todos cambiaron sus expresiones, volviéndose graves y casi todas acompañadas con un leve toque de preocupación. Aun así... ¡Lo sabía!, una excusa tan patética como matarme no podría justificar una masacre de esa magnitud. Así que en resumen fue una medida disuasoria de sus verdaderas metas.

Lucas aclaró su garganta teniendo la absoluta atención de todos, los cuales esperamos tan atronadora revelación.

"Durante los últimos años, los Riders han estado en búsqueda de objetos con grandes poderes y capacidades suficientes para acumular grandes cantidades de esencia en un sólo punto. Uno de estos se encontraba en tu pueblo; lo volaron con la intención de obtenerlo y no dejar ningún testigo. Además dado que era el penúltimo no había razón de contenerse, y también fue el único sitio densamente poblado, los demás casi siempre eran lugares remotos"

Objetos... esa fue la razón. Me enfurece que hayan destruido a casi todo el lugar para no dejar evidencias, eso mato a mucha gente...

Aun así, por ahora hay algo más urgente. Sus palabras me llevan a una sola pregunta...

"¿Con que propósito?"

"Uno que no esperábamos-<<Se mostró levemente enojado, pero no por mi pregunta>>·Lo descubrí hace poco, por eso volví después de tanto tiempo. Ellos quieren volver a unir los mundos"

Ante su comentario nadie dijo nada, el ambiente se congelo de repente. Todos nos hemos sumergido en nuestros pensamientos como consecuencia. Puede que desconozca con totalidad los efectos que ese hecho acarrea, pero algo tengo seguro. El mundo como lo conocemos dejaría de existir si tienen éxito...

CAPITULO EXTRA

--PENSAMIENTOS DE JEANNE--

Me cuesta trabajo creer que todo comenzó cuando mi primo Allen me presento a su amigo Reiss en ese viaje a la playa. Esa era la primera vez que vi a ese mencionado personaje, que por cierto coincidió con la descripción de los chicos. Medianamente alto alrededor de metro ochenta, con facciones finas, mandíbula varonil, nariz recta, ojos color miel con fuerte mirada, de tez blanca y en cuanto a su personalidad... sólo dijeron una cosa; bastante peculiar.

Siendo sincera tenia altas expectativas cuando lo vi levemente por la ventana del auto, su rostro demostraba una gran tensión. La razón de eso acompaño una gran decepción por mi lado, estaba comprometido; para colmos con Lizbeth. La mujer más hermosa que puedas imaginar... que resultara mitad ángel no es raro, lo raro era considerarla una mujer normal con tanta belleza.

Desde ese día he presenciado una cantidad de cosas que creí imposibles. Incluyendo la traición de Allen... todos hemos pasado por mucho.

Si fuera la misma de antes, indecisa, impulsiva y por supuesto imprudente. Me habría ido en busca de Allen para hacerlo entrar en razón, sin embargo no puedo hacerles eso a los demás. Dejarlos solos en un momento tan difícil, donde incluso nuestro líder está lidiando con el estado inconsciente de su esposa y su drástica transformación... No sé qué tanto pueda hacer, pero aun así quiero apoyarlos.

Ahora más que nunca debemos estar unidos, no sólo como grupo, si no como los buenos amigos y compañeros que somos. Sin embargo no puedo dejar de preocuparme acerca del futuro y de los Riders. Los responsables de todo esto.

"Jeanne"

"Si, dame un momento"

Le respondí sin demora a Quatre quien me estaba llamado, de inmediato baje de la habitación donde había estado encerrada las últimas horas. Necesitaba un poco de tiempo sola, eso me sirvió para aclarar mis sentimientos. En definitiva, ahora más que nunca, debo seguir adelante.

AGRADECIMIENTOS

Deseo expresar un profundo agradecimiento primeramente a Dios por darme las fuerzas y la gracia para escribir. A todas las personas que me han apoyado a lo largo de casa paso en la publicación del libro. Haciendo una mención principal a mí hermana, quien me colaboro con la portada. También a cada una de las personas quienes sirvieron de inspiración para los personajes, cada uno de ellos tiene las características de alguien cercano a mí, y las situaciones de ellos son muy similares a las que experimento todos los días.

Por ultimo gracias a palibrio por brindarme el apoyo para publicar los trabajos.

CPSIA information can be obtained at www.ICGtesting.com
Printed in the USA
BVOW05s2026040914

365404BV00002B/91/P